新潮文庫

戦車兵の栄光

マチルダ単騎行

コリン・フォーブス
村上和久訳

著者の覚え書き

ミスター・M・J・ウィリスと
帝国戦争博物館のミスター・P・シンプキンに
貴重な技術的支援への謝意を表明したい。

本書をジェーンに捧ぐ

戦車兵の栄光

マチルダ単騎行

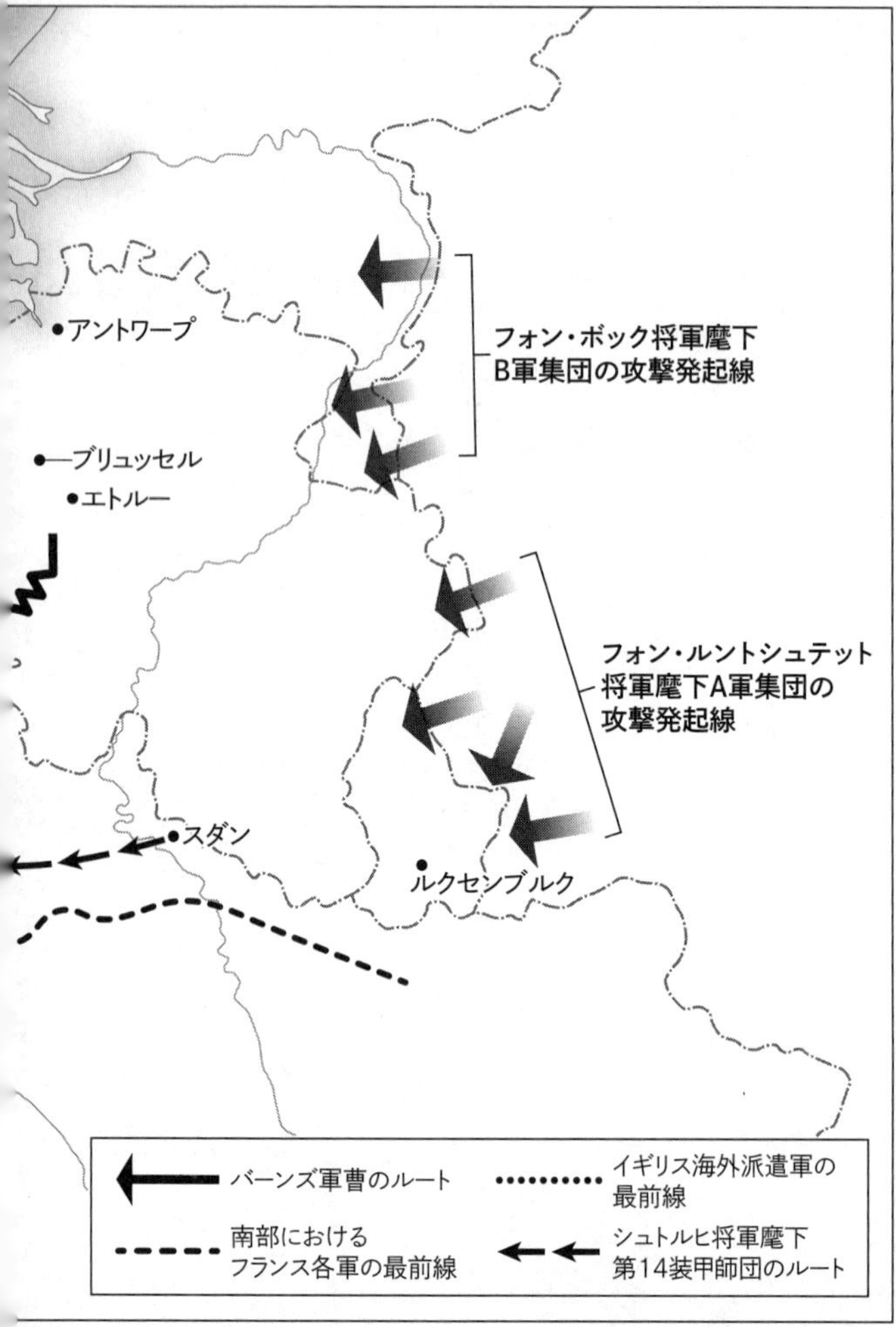

地図製作 アトリエ・プラン

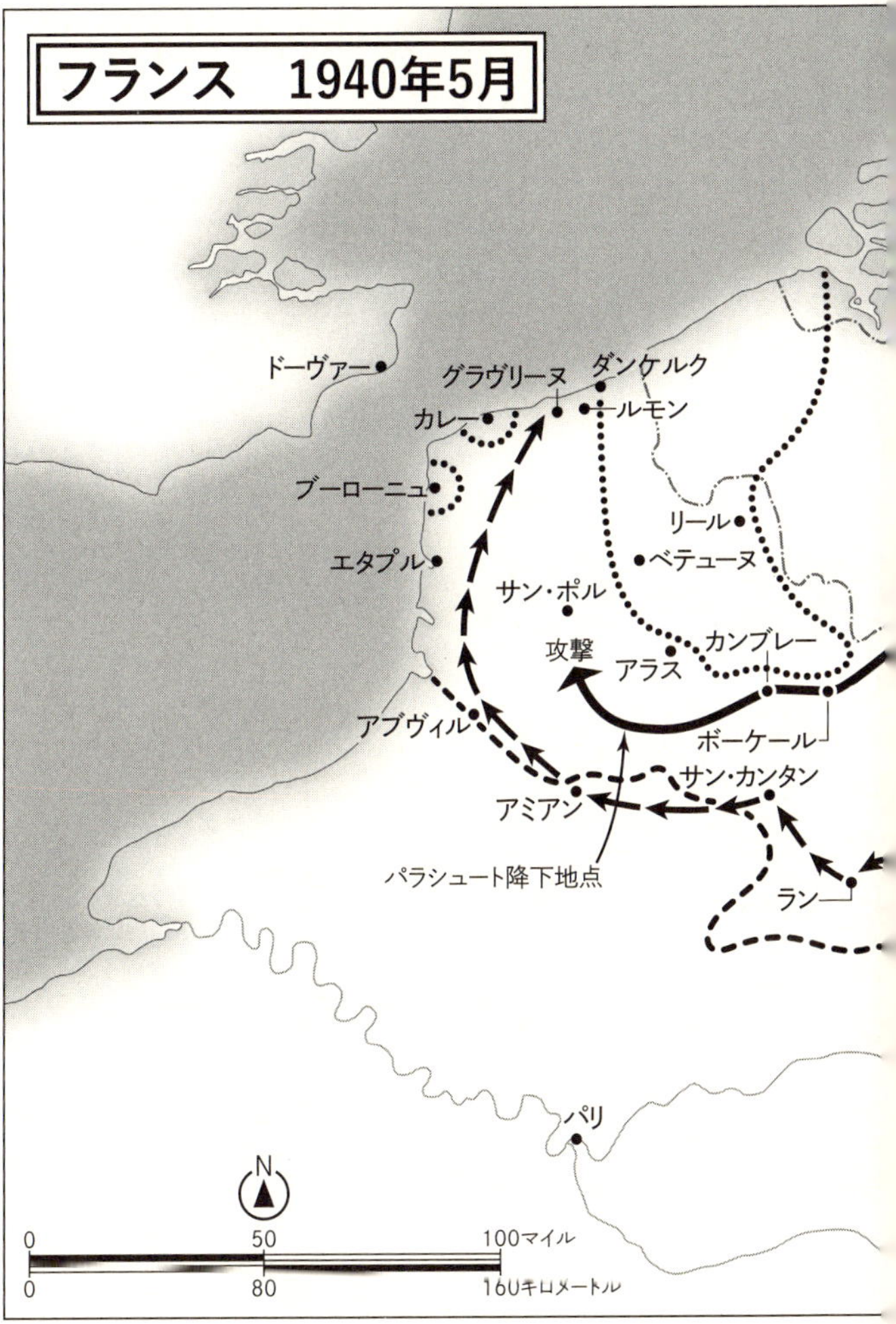

フランス　1940年5月
ドーヴァー
グラヴリーヌ
ダンケルク
カレー
ルモン
ブーローニュ
リール
エタプル
ベテューヌ
サン・ポル
攻撃
アラス
カンブレー
アブヴィル
ボーケール
サン・カンタン
アミアン
パラシュート降下地点
ラン
パリ
N
0
50
100マイル
0
80
160キロメートル

主要登場人物

バーンズ軍曹……………………〈バート号〉の戦車長
M・ペン伍長…………………… 〃 装填手兼無線手
デイヴィス……………………… 〃 砲手
レナルズ………………………… 〃 操縦手
ジェイムズ・Q・コルバーン…カナダ人空軍中尉
パーカー中尉……………………小隊長
ルパン……………………………ベルギー人医師
ピエール…………………………ベルギー人青年
マンデル…………………………フランス人農場主
マリアンヌ………………………マンデルの妻
エティエンヌ……………………マンデルの甥
ジャック…………………………マンデルの甥。緑のルノーの持ち主
ハインリッヒ・シュトルヒ……ドイツ軍の将軍
ハンス・マイアー大佐…………シュトルヒ将軍配下の参謀長

1　五月十六日、木曜日

戦争はもうはじまっていた。

「右へ前進せよ、操縦手。右前進だ。二ポンド砲、旋回、左、旋回、左。そのまま……」

戦車長のバーンズ軍曹は、これでばっちりなはずだと思った——戦車が斜路から鉄道の盛土の上に出て、フォン・ボック将軍麾下《きか》のB軍集団のドイツ軍部隊からまる見えになったとき、砲塔は車体の進行方向にたいして九〇度の角度をなし、二ポンド砲と同軸機関銃は敵を真正面から狙《ねら》うことができる。戦車は時速八キロで着実に斜面をよじ登っていたが、まださえぎるもののない野原を横切って盛土に突撃してくるドイツ軍の攻撃波からは見えていなかった。盛土の陰ではイギリス海外派遣軍（British Expeditionary Force）が敵を手ぐすね引いて待ちかまえ、頭上では太陽が雲ひとつない青空からベルギーに降りそそいでいる。長く果てしない一九四〇年の夏の前奏曲だ。

バーンズの戦車中隊はイギリス海外派遣軍《BEF》の戦線の最右翼に配置され、彼自身の小隊を構成する三輌《りょう》の戦車は、その中隊の最右翼に位置していた。この小隊の向こうのどこかでは、攻撃してくるドイツ軍集団と対峙《たいじ》する、となりの大部隊であるフランス第一軍がイギリス海外派遣軍《BEF》と連繫《れんけい》するためその左翼を広げていたが、このきわめて重要な連繫は、明確でなかった。バーンズがたったいま小隊長のパーカー中尉《ちゅうい》から無線で緊急の指示を受けたのは、それが理由だった。

「バーンズ、フランス軍がいったいどこにいるのか見つけだして、すみやかに報告するんだ、ただちにとはいわないにしてもな」

フランス軍への自然なルートである盛土の下の道路は、急降下爆撃機によってふさがれていて、かつて道路だったものはいまや瓦礫《がれき》と化した建物群の障害物となっていた。そのため、バーンズは、進むべき道はひとつしかないと判断した——盛土の上まで登って、ドイツ軍からまる見えの鉄道線路ぞいに行く道しか。自分の戦車を射場の標的のようにさらすことは、それほど気がかりではなかった。車体上部の装甲は厚さが七十ミリあり、ドイツ軍が携行するどの軽火器も、表面に引っかき傷をつける程度のことしかできない。すでにイギリス海外派遣軍《BEF》の後方地域に砲弾を撃ちこんでいる、さらに後方の大口径砲については、敵が砲兵の射距離をちぢめる前に、この盛土から離れるつもりだった。いますぐにでもだ、とバーンズは潜望鏡に目を押しつけながら心のなかでつぶやいた。

戦車には四名が乗りこんでいた。車体前部の独立した専用操縦区画にレナルズ戦車兵が乗るいっぽうで、中央部の戦闘区画では、バーンズが砲手のデイヴィス戦車兵と装塡手《そうてんしゅ》兼無線手のペン伍長《ごちょう》と狭苦しい空間を分け合っていた。戦車中央部の戦闘区画は司令塔のような形をしていて、その上部は戦車の車体より上につきだしている。地面からほんの数十センチしか上にない床は、砲塔から吊《つ》り下げられたターンテーブルになっていて、動力旋回装置が作動すると、区画全体が火砲と内部の三名の乗員ごと一体となって旋回する。旋回装置は戦車長の指示で砲手が操作する。彼らはいまや盛土のてっぺんのすぐ近くまで来ていたが、潜望鏡ごしの光景には依然として下り斜面の生い茂る草しか映っていなかった。そのころ外では大混乱が起きつつあった。すさまじい音が、狭苦しい鋼鉄の車体のなかで無限に増幅される。炸裂《さくれつ》する迫撃砲弾の恐ろしい爆発音、後方地域へと飛ぶ砲弾の叫びのいっぽうで、いつはてるともない小銃の銃声、機関銃のたえまない連射音が、この死のシンフォニーにつねにつきまとった。乗員がバーンズのきびきびした命令を聞き取れたのは、ひとえに彼が車内通話装置《インターコム》ごしに命じたおかげだった。首に下げたマイクから、乗員が頭につけたヘッドホンに言葉を伝達する片方向の通信システムである。バーンズは目を凝らして、盛土の壁が消えるのを見た。彼らはてっぺんを越えていた。

光景はバーンズが予想していたとおりだったが、それよりもたくさんのものがあった——灰緑色の制服を着てヘルメットをかぶったドイツ兵の長い列が、上げ潮の波のように押し寄せ、広大な野原を横切って彼のほうへ走ってくる。ある者は小銃を、ある者は短機関銃を携行し、軽機関銃を持つ集団もあった。戦車は、最初の突撃が仕掛けられようとするまさにそのとき、盛土に到達していた。

「操縦手、線路を直進せよ——あの貨物上屋の陰だ。二ポンド砲。射距離六〇〇」デイヴィスは射距離を自分の望遠照準機にセットした。「旋回、左」空気のシュッという音とともに、砲塔と乗員が旋回をはじめた。戦車は依然として前進している。「旋回、左」砲塔がきしみながらいっそう速く回転し、いまや火砲と戦闘要員は戦車の車体にたいして四五度の角度をなしていた。「そのままだ」とバーンズは警告した。銃弾の雨が装甲板でばらばらと音を立てるなかで、潜望鏡をのぞく彼の視線は、遠くの対戦車砲に据えられていた。「対戦車砲」彼は簡潔なひと言で、目標を明確に指示した。

「撃て！」

デイヴィスは引き金を引いた。戦車は反動で身ぶるいし、コルダイト火薬の臭《にお》いが砲塔に充満した。バーンズには爆発音が聞こえなかったが、爆発は見えた――砲陣地に白煙が上がり、土砂がぱっと舞い上がるのが。

それから彼らは、斜路が通じている貨物上屋の陰に移動して、つかのま敵の視界から消えたかと思うと、ふたたび姿を現わし、バーンズが新たな命令をあたえた。

「機関銃……」

破壊された対戦車砲は、彼らがバート号と呼んでいる戦車のさしあたり唯一《ゆいいつ》の脅威だった。今度はドイツ軍将兵の番だ。戦車が遮蔽物《しゃへいぶつ》となる貨物上屋の壁からかろうじて顔をのぞかせたところで、同軸機関銃が火を噴いた。砲塔が左から右へと弧を描いて旋回し、情け容赦ない銃弾の奔流を浴びせて、ドイツ兵の第一波を大鎌《おおがま》のようになぎ倒す。砲塔がふたたび弧を描いて旋回をはじめ、機関銃は第二波を撃ち倒すためにわずかに仰角をかけた。そして、このあいだずっと戦車は線路を前進し、いっぽうすでに二ポンド砲を再装塡したペンは、無線機に向かっていた。パーカー小隊長がいまバーンズに話しかけている。

「状況はどうだ、バーンズ?」

「ドイツ軍の攻撃波がちょうどいま押し寄せています――いまにもそちらの地区で攻

撃を開始するでしょう。連中は見わたすかぎり広がっています。どうぞ」

彼は無線交信をつかさどるマイクのレバーを放して待った。パーカーはいらいらした口調だった。

「だが、フランス軍は、バーンズ？――フランス軍の連中は見えるか？」

「いえ、いまのところは。すぐに折り返し報告します。通信終わり」

斜路を登って盛土をここまで進んでくるあいだずっと、砲塔のハッチは閉めたままだったので、バーンズは外でなにが起きているのかを知るのに潜望鏡をたよりにしていた。しかし、これは観測の手段としては制約があり、満足できるものではないとわかった。装甲板でむなしくはじき返される銃弾の騒々しい音がもう聞こえなくなったので、危険を冒して、砲塔ハッチを押し上げると、へりの上まで顔を突きだした。今回ばかりは、鉄製ヘルメットをかぶっていた。すばやく見まわしたかぎりでは、彼らが前進している盛土の一画に近づくドイツ兵はひとりもいないことがわかった。それどころか、この地域のドイツ軍将兵は、彼から逃げるように野原を横切って駆け戻っていた。連中は仲間の身に起きたことを見ていたのだ。連中の敗走に拍車をかけるために、バーンズは二ポンド砲を二度発射するよう命じ、それから同軸機関銃の一連射を要求した。もしなにが起きているかを本気で見るつもりなら、頭を砲塔からしっかりと出す必要があった。彼はよじ登ると、半身をハッチのへりから出して、背筋をのばし、全周をすばやく見まわしながら、レナルズに機械的に指示をあたえた。

「操縦手、この線路をフルスピードで前進せよ。バート号が出せるかぎりのスピードでな」

戦車はスピードを上げはじめた。片方のキャタピラは線路の外、もういっぽうのキャタピラは二本の鉄路のあいだを進み、操縦区画ではレナルズが前面の覗視孔《てんしこう》、つまり厚さ十センチの防弾ガラスで守られたのぞき窓に目を釘《くぎ》づけにしていた。通常、彼は車体前部で高く上げた座席に座り、ハッチから頭を出しているが、いまはその座席を低く下げて車体内に座り、頭上では鋼鉄製のフードがハッチを閉ざしている。彼はバーンズがこれからどうするつもりなのだろうかと漠然と思ったが、まさにその瞬間、バーンズ自身もそれと同じ考えで頭がいっぱいだった。

左手ではベルギーの野原が広がり、黒煙のカーテンのなかに消えている。英国空軍の爆撃とイギリス海外派遣軍《BEF》の激しい砲撃の結果だ。カーテンの前では、小さな人影が、荒らされた蟻塚《ありづか》の住民のように動いていたが、見たところ混沌《こんとん》としたその動きは、戦車の前方の地域をのぞけば、つねに前進だった。彼らはいまや周囲の田園地帯からゆうに六メートルは高いところにいて、がっかりしたことに、バーンズは、さらに南へ進むにつれて盛土がだんだん高くなり、側面の傾斜はいっそう急になって、一メートル前進するたびに線路から降りることがどんどんむずかしくなってくることに気づいた。彼の目は盛土の連合軍側の地面を見わたしたが、彼を安心させるようなものはなにひとつ見あたらなかった。バーンズが盛土に登って線路ぞいに突進すると決めたとき予測したように、盛土からは戦闘地域がすばらしくよく見えた。ベルギーのエトルーという町の郊外は、シュトゥーカ急降下爆撃機の襲撃で徹底的に打ちのめされていたが、戦役のこの初期段階ですら、彼はそうした荒廃の光景に慣れっこになりつつあった。思いもよらなかったのは、荒廃した瓦礫の地域がもぬけの殻になることで、彼の目が人の気配を何度も何度も探すにつれて、背筋を冷たいものが走りはじめた。無線機がぱちぱち音を立てた。だれかがまた交信しようとしている。

「もしもし、もしもし。こちら小隊。わたしはパーカーだ。なにか報告は、バーンズ？」

「こちらバーンズです。まだ友軍の痕跡《こんせき》は見えません。くりかえす、まだ友軍の痕跡は見えません。四百メートルほど前進しましたが、まだその痕跡なし。くりかえす、すくなくとも四百メートル。どうぞ」

「それはまちがいないか、バーンズ？　すぐ旅団に報告しなきゃならないんだ。こっちは確信を持つ必要がある。どうぞ」

「まちがいありません。わたしはいま七メートル半ほど高いところにいて、あたりは平坦《へいたん》な地形ですから、視界は良好です。すくなくとも四百メートルほど前進しましたが、前方に友軍の痕跡なし。さらに前進しますか、それとも引き返しますか？　どうぞ」

「可能ならさらに四百メートル前進して、それからふたたび報告せよ。どうぞ」

「バーンズ了解。通信終わり」

すくなくともそれは好都合な距離だった。戦車はまだ線路にそって前進していた。盛土は定規のようにまっすぐだったが、線路のさらに四百メートルほど先で険しい山腹のなかに消えていた。いまやバーンズにはトンネルのアーチ状の入り口がはっきりと見て取れた。したがって距離は問題なかったが、タイミングのほうはたぶんそういかないだろう。彼は腕時計を見て、あと二分か三分でドイツ軍は無線で砲兵の支援を要請し、盛土のてっぺんにそって弾幕射撃を浴びせてくるだろうと計算した。じきに最初の試射が降ってきて、砲兵観測員がその弾着を報告する。そして、バーンズがひどい思いちがいをしていないかぎり、自分たちが四百メートルの前進を終えもしないうちに、砲弾が戦車を夾叉《きょうさ》しはじめるだろう。盛土がうんざりするほどまっすぐなせいで、ドイツ軍砲兵の仕事はそれだけ楽になる。彼はほかの乗員たちが、地平線につきだしてシルエットを浮かび上がらせていることをどう思っているのだろうと思い、砲塔内を見おろした。デイヴィスは二ポンド砲のショルダーグリップを定位置に保持していて、彼には砲手の表情が見えなかったが、ペンはたまたま顔を上げていて、バーンズはその痩《や》せて知的な顔に不安の気配を感じ取ったと思った。とはいえ、最初に心配するのはいつだってペンなのだ。彼には起きるかもしれないあらゆることを考える想像力があるからだ。知性がありすぎるというのは、戦車のなかに閉じこめられているとき、明白な短所となりうる。彼はマイクに向かって簡潔に話して、レナルズにスピードを維持するよううながした。

バーンズの下をエトルーの廃墟《はいきょ》が通りすぎていき、彼は砲陣地の痕跡を、フランス軍部隊をずっと待ち受けた。大混乱が起きたのだ。その確信は彼のなかでだんだん強まっていった。最初、五月十日にドイツ軍のベルギーとオランダ侵攻のニュースが飛びこんできたときには、大あわての前方進出があった。フランス・ベルギー国境に構築された防衛線から開けた地形へ進出して、ドイツ軍の襲来を真っ向から迎え撃つために。そしてきょうは、それからわずか六日後の五月十六日の木曜日だ。バーンズにとってはむしろ六週間後のように感じられたが、すくなくとも彼らはそこから身動きが取れずにいた。彼はちょっとのあいだ、ドイツ兵の列が死んで横たわる場所をふりかえった。同軸機関銃の情け容赦ない掃射の犠牲者たちだ。彼は一抹の同情もおぼえなかったが、喜びも感じなかった。たぶんイギリス海外派遣軍《BEF》の数少ない戦車の一輌がすでにその真価を証明しつつあるという、ある種の満足感しか。

　鉄道のトンネルはいまやすぐ近く、ほんの二百メートルほど先だった。黒いアーチは戦車が前進するたび刻一刻と近づいてくる。それでもまだフランス軍の痕跡はなかった。なんの痕跡も。バーンズはいますぐ小隊に報告しなければならなかった。この地区でさえ騒音ははげしかった——大口径砲の轟《とどろ》きと、砲弾のうなり。そして、そのせいで彼は敵の来襲を探知できなかった。おまけにエトルーに注意を向けていたせいで、この一分ほど、空をうかがうのをおこたっていた。それは恐ろしいほど突然にやってきた——彼の頭上に出現した飛行機は、爆音を上げてパワーダイブで襲いかかってきた。バーンズは戦車内に飛び降りながら顔を上げ、メッサーシュミットがバート号めがけて機関銃をばりばり撃ちながら地上に向かって突っこんでくるのを見て、ハッチを勢いよく閉めたが、あわてていたのであやうく指をつぶすところだった。しかし、彼はわずかばかり遅すぎた——一発の銃弾が閉じようとするハッチのすきまから飛びこんできて、ほんの数ミリ差でバーンズをはずれ、戦車内に恐怖が入りこんだ。

　操縦手のフードを閉じ、砲塔のハッチを閉めると、一九四〇年の歩兵戦車マークⅡマチルダの乗員は、直撃弾以外のあらゆるものにたいしてかなり安全に感じることができた。そのいっぽうで、なにかの不運で小銃あるいは機関銃の銃弾がもし万が一、戦車の装甲板にかこまれた狭い空間に入りこんだら、そのときには、かつて比較的安心な避難場所だったものが即座に死の罠《わな》と化す。すさまじい速度の運動エネルギーで移動要塞《ようさい》に入りこんだ銃弾は、その速度をどこかで消費する必要がある。そして、戦車の装甲車体の内部であちこちはねかえり、エネルギーを使いつくすまで、あらゆる方向に予測不能に飛びまわることで、そうするのである――通常は、人間の肉体に入ることで。銃弾が飛びこんでくるとすぐに、三人の乗員は自分たちが直面している事態を知ったが、できることはなにもないのもわかっていた――祈りながら待つこと以外には、なにも。金属面から金属面へと飛び交う銃弾の肝を冷やす音は、ほんのわずかのあいだしかつづかなかったが、戦闘の消耗で極限まで張り詰めた神経は、甲高い音響に反応した。くたびれた三人の頭に危険が一瞬よぎり、通常なら消費するのに何時間もかかるような体力と精神力のたくわえを数秒で奪い去った。それから、つかのまの静けさがおとずれ、そのあいだもレナルズはトンネルに向かって全速で戦車を走らせた。最初に口を開いたのはペンだった。

「無線機にあたったんだと思います」

バーンズは自分の通信装置を点検し、マイクを叩《たた》きながら、無線機を調べているパンを見た。そのとき、疑念が彼の頭にどっと押し寄せ、彼は砲塔をよじ登ると、ハッチをふたたび開けて、晴れた朝空を見あげた。利口な野郎どもめ！　やつらがメッサーシュミットを寄越したのは、だれかを撃つためではなく、バーンズに砲塔を閉鎖させるためだったのだ。そうすることで彼の視界は制限され、つぎにやってくるものが見えなくなる。しかし、いまや彼にはそれが東から来襲するのが見えた――太い脚をした醜い鳥たちのV字編隊が。バート号に襲いかかるシュトゥーカ急降下爆撃機だ。

彼は操縦手を名指しして、乾いたがらがら声でマイクに向かって話しかけた。

「レナルズ、おまえがおれたちをあのトンネルに先に入らせなかったら、全員、急降下爆撃を食らうことになるぞ」

バーンズは砲塔にとどまって、シュトゥーカがとっている進路を確認し、あれがポーランドを打ちのめした飛行機であることを思いだした。自分はこの戦争で死ぬだろう。それはわかっている。しかし、いまはまだ、いまはまだ！　彼は先にドイツ軍が叩きつぶされるところを見たかった。彼が細めた目でトンネルが近づいてくるのを見守るなか、シュトゥーカが高度わずか三百メートルで接近してきた。やはり、彼の思った通りだ——やつらはバート号に襲いかかろうとしている。敵機はいまや方向を変えていて、バーンズは最初の一機が編隊を離れて急降下をはじめるのを待った。恐怖を死に変える、あの金切り声を上げる爆弾の身の毛のよだつような叫びを待った。

「ライトをつけろ」バート号がトンネルに向かって驀進《ばくしん》すると、彼は反射的に命じた。

いまや最初のシュトゥーカが編隊を離れ、横ざまに降下すると、腹から黒い卵を放った。バーンズはハッチをいきおいよく閉じて、ターンテーブルの床に飛び降り、彼らのほうに近づいてくるトンネルを見られるように、潜望鏡をまわした。

「覚悟しろよ」彼はみんなに警告したが、おもに操縦しているレナルズに注意するためだった。

彼らはそれがやって来るのを聞いた。かん高い風切り音が、エンジン音さえ容易に圧する、耳をつんざく叫び声へと高まり、装甲板の壁を張子紙のようにつらぬいた。今度は直撃弾だ、とペンは思った。彼はデイヴィスを見たが、砲手の目はターンテーブルの床をひたと見据えていた。顎《あご》の筋肉はこわばり、額は突然の汗で濡《ぬ》れている。ペンはバーンズを見たが、軍曹は潜望鏡に目を押しつけたまま、トンネルが近づいてくるのを見守っていた。驚いたな、とペンは思った。軍曹はこれっぽっちもぶるっちゃいない。爆弾はいまや泣き叫ぶ女の妖精《ようせい》バンシーのように金切り声を上げている。

永遠に着弾しないつもりか？　戦車の前部ではレナルズにもそれがやって来るのが聞こえたが、彼はふたつの恐怖と戦っていた。彼には想像力はなかったが、覗視孔ごしにトンネルの入り口が彼の前に立ちはだかるのを見て、かつて新聞で読んだある記事を思いだしたのだ。それはスペインの内戦中に起きた事件だった――爆撃から逃れるためにトンネルに向かって疾走していた偵察車が、猛スピードでトンネルから出てきた急行列車と衝突した……。しかし、戦闘地域で列車を走らせる者などだれもいない。トンネルの入り口が彼のほうに大きく口を開け、そして爆弾が爆発した。

衝撃波は装甲板がガタガタ揺れるほどの打撃をお見舞いし、一瞬、戦車を盛土から吹き飛ばそうとしているかに思えた。装備品がターンテーブルの床に騒々しく落ち、金属製の車室内に反響する爆発音のあまりのうるささに、全員耳が聞こえなくなった。やがてつぎの爆弾がやって来るのが聞こえた。最初に風切り音、そして叫び声。今度はバーンズも自分たちがそいつをまちがいなく食らうと感じた。叫び声はずっと大きく、その照準点は砲塔のどまんなかに思えた。戦争中、だれかの身にそうしたことが起きるはずだ――爆弾がハッチのどまんなかを突き抜けて、狭い空間内で爆発する……。爆弾は命中して爆発した。それは戦車をおもちゃのように揺さぶり、装甲板を強打した。高性能火薬のつんと鼻をつく臭いが戦闘室内に入りこんできた。いまのは近かった！　彼はデイヴィスを見た。それに自分の命がかかっているかのように、まだ床を見つめている。ペンは顔面蒼白《そうはく》だった。ととのった小さな口ひげを震わせると、唇をぎゅっと引き結び、それから唇を開いて言葉を発した。

「コン、コン、コン。だれですか？」

だれも笑わなかった。にこりともしなかった。みんなおたがいを不思議そうに見るだけだった。つぎの爆弾がやって来るのが聞こえたからだ。操縦席ではレナルズが戦車を全速力で走らせつづけ、彼ですら存在することを知らなかったスピードの余力をバート号からしぼりだしていた。トンネルの入り口はいまや彼の覗視孔の横幅いっぱいにひろがっている。山腹から出てくる列車のことは全部忘れていた。操向レバーを握る手は水につけたかのように濡れている。汗が広い額を滝のように流れ、目にしたたり落ちたが、彼は目を開けつづけ、ヘッドライトの光線がいまやトンネル内に入るのを見た。そのとき、三発目の爆弾がやって来た。トンネルがぐんぐん迫って来るいっぽうで、爆弾はどんどん低く、前の二発より大きな音を立てて落ちてくる。たのむぞ、バート号、たのむ！　レナルズはひとりごとをつぶやいた。トンネルの壁が押し寄せ、彼らがトンネル内に入ったとき、爆弾が爆発した。爆発の力は、バート号の後部をつかんで、山の中に押しこんだように思えた。つづいて恐ろしいがらがらという音が聞こえた。彼らの後方で低い轟音《ごうおん》がして、それからキャタピラの下の地面が揺れ、彼らは戦車内でもその振動を感じ取った。バーンズは悪態をついて、潜望鏡を一八〇度旋回させ、日光のアーチ状の枠があるはずの場所を見つめ返したが、漆黒の闇《やみ》以外なにも見えなかった。最後の爆弾は入り口のてっぺんをとらえ、山腹を吹き飛ばして線路上に崩落させ、外の世界を遮断していた。

「停まれ」バーンズはマイクに向かってどなった。「ただしエンジンはふかしたままで」

このトンネル内で彼がもっとも望んでいないのはエンジン故障だった。彼はほかの乗員に目をやり、彼らはいまや神経を参らせるような静寂に呆然《ぼうぜん》として見つめ返した。エンジン音をのぞけば、不気味なほどの静けさだ。飛び交う砲弾も、頭上から金切り声を上げて降ってくる投射物もない。

バーンズは慎重に砲塔によじ登ると、伸縮式のアームがついたハッチを押し開けた。まるで地下の大洞窟《だいどうくつ》に入っていくようだった。バート号のヘッドライトに不気味に照らされた地底の洞窟に。バーンズは胃の筋肉がきゅっと締めつけられるのを感じながら、懐中電灯の光線を暗い隅々に向け、巨大な岩の山の上にゆっくりと光を走らせた。車内通話装置でレナルズにヘッドライトを消すよう命じると、同時に自分の懐中電灯も暗くした。どこにも光のきらめきはない。入り口は完全にふさがれていた。彼は戦車から降りると、懐中電灯をたよりに岩の壁のところまでいった。依然として日光の形跡はない。ここから出るには、トンネルの反対側の端まで進むしかないのだ。ふたたび戦車に乗りこんだとき、彼はペンがまだ無線機を調べているのに気づいた。彼はヘッドホンをつけ、レナルズにヘッドライトを点灯するよう命じた。ペン伍長は顔を上げて、しかめっ面《つら》をした。

「処置なしです。銃弾が飛びこんだとき、真空管が二本吹っ飛びました。いいですか、おれは自分の骨盤に弾を食らうくらいなら、こいつで止まってもらったほうがよかったですがね、あいにくスペアの持ち合わせがないので、修理は中隊本部に戻るまで待たなきゃなりません」

バーンズは車内通話装置をもう一度ためしてみた。すくなくともそれはまだ通じていたが、パーカー小隊長と連絡が取れないのは深刻な問題だった。ありがたいことに、彼はフランス軍の戦線の間隙《かんげき》について、ひとつ警告を発していた。彼はラックから地図ケースを取ると、車体へ降りた。ペンはそのあとにつづき、彼が戦車後部のエンジンカバー上にベルギーとフランス北部の詳細な地図を広げると、肩ごしにのぞきこんだ。彼の懐中電灯はエトルー周辺の地域に焦点を当てた。

「このトンネルはえらく長いぞ、ペン。駆け足で通り抜けて、それからドイツ野郎の許すかぎりできるだけ早く引き返さなきゃならん。すくなくとも、最終的に帰還したときには、われわれはこの地域についてかなり有益な報告ができることだろうな」

「ずいぶん長いまわり道になりそうじゃないですか？」とペンはたずねた。「このトンネルを出たらすぐに、この運河が引き返すルートを何キロもふさいでいる。おれたちはこの橋を渡って、それからこの道をたどらないと……」

彼の指は、エトルー後方の郊外へと彼らをつれもどす大きな半円コースをなぞった。バーンズはこれが唯一の道であることを認め、無線機の故障を心のなかで呪《のろ》った。パーカーは彼らがいったいどうしているのかと思っているだろうし、それと同時に、ドイツ軍の攻撃に戦車三輛ではなく二輛で立ち向かわねばならないだろう。それはどうしようもないが、彼らはさっさと取りかかったほうがいい。バーンズは車内に戻ると、レナルズとデイヴィスに状況を説明し、レナルズには車内通話装置で注意の言葉をあたえた。

「このトンネルはまっすぐとはいかないだろう。そいつはおまえの命を賭《か》けてもいいぐらいまちがいない。だから時速八キロ以下にスピードを落として、曲がり角に目を光らせるんだ。おれは砲塔に登って、誘導を手伝う。どうかしたか、デイヴィス？」

角ばった顔をして赤毛のがっしりした砲手は、取りつかれたような表情を浮かべ、体から張りつめた空気を発散していた。彼は口を開いたが、なにもいわずにまた閉じた。

「どうした、いっちまえよ、さあ」バーンズはかみついた。

「馬鹿《ばか》げていると思うでしょうがね、軍曹、おれはずっとトンネルがこわいんです。話したとおり、おれは昔、炭鉱作業員だった。おれは一九三四年の炭鉱大事故の現場にいました――おれたちは五日間、閉じこめられ、自分たちが生き埋めになったと思った……」

「なあ、デイヴィス、たまたまこれは鉄道トンネルで、十分もすれば通り抜けられるだろうから、おまえは火砲に集中するんだ」バーンズはにやりとした。「向こうからやって来るドイツ軍の装甲師団にばったり出くわすかもしれないからな」

彼が自分の冗談の空虚さに気づいたのは、砲塔に登って、前進命令を出したときだった。もしいまドイツ軍がたまたま向こう端で戦線を突破していたら、エトルーを側面から占領することを願って戦車隊をトンネルに送りこむのは名案に思えるかもしれない。彼は前方を厳重に監視しつづけたほうがいいと心に決めて、二ポンド砲弾が鉄道トンネル内で爆発した場合に推定される効果を計算しはじめた。強力なヘッドライトはトンネルのある程度の距離をつらぬき、じきにバーンズは線路のカーブをレナルズに警告していた。戦闘地域から離れているので、操縦手はハッチからフードを後ろに押し下げて、座席を上げ、箱蒸し風呂《ぶろ》に入った男のように車体の上に頭をつきだしていた。トンネル内の旅は薄気味悪く奇妙で、キャタピラのきしみとエンジンのうなりがうつろに反響して、たぶん坑道を進んでいるのとそっくりだろうとバーンズは思い、下の区画を見おろした。ペンは信念の証《あか》しとなる行為を遂行しようとするかのように、まだ無線機をいじっていたが、デイヴィスは火砲の後ろで石のごとく微動だにせずに座っていた。その体はショルダーグリップにしっかりと押しつけられ、手は二ポンド砲の引き金にかかっている。疑いなくデイヴィス戦車兵の考える自分だけの地獄とは、地底深くでドイツ軍戦車の縦隊と出くわすことだった。

エンジンの騒音はトンネルのなかで反響するせいであまりにも大きく響き、鋼鉄のキャタピラのきしみとキュルキュルという音は世界最大の戦車の前進を彷彿《ほうふつ》とさせた。バーンズはふたたび腕時計を見て、それから前方を凝視した。地図から判断すると、彼らはもうじき日光を見ることになるはずだし、トンネルを出るにはかなりの慎重な偵察が必要になるだろう。バーンズは戦線のこの地区では情勢がどうなっているのか皆目見当がつかなかった。盛土から見た光景からして、向こう端にたどりついたとき彼らが直面するかもしれないものについて、楽観的になる理由はほとんどなかった。彼の頭の一部は行く手を探る光線に集中すると同時に、べつの部分は彼らが遭遇する可能性のあるさまざまな事態を考慮していた――いっぽうでは、開けた地形への迅速な突進を要求し、他方では、もっと慎重な通行を要請する事態を。地図からわかるかぎりでは、線路は開けた土地に出ていて、土盛りの形跡はなかった。両側には野原があり、運河が彼らの行きたい方角である西への道をふさいでいるはずだ。すぐにわかるだろう。ヘッドライトはいまやゆるやかな曲がり角の向こうへとのびはじめていた。この曲がり角の向こうのどこかで、彼らは日光を見るはずだ。たぶん最初のかすかな光、それから遠くのアーチ道を。そうなったら戦車を停めて、徒歩で偵察に出ようと、バーンズは心のなかでつぶやいた。自分たちがデイヴィスに手を焼かされないかぎりは。彼はふたたび視線を落として、デイヴィスがまったく同じ姿勢で座って、まるで自分の命そのものがかかっているかのように二ポンド砲を握っているのを見た。あまりにもかたくなに硬直した姿勢に、バーンズは砲手の見せそうな反応を想像してまったく心楽しまなかった。

「じきにつくぞ、デイヴィス」彼は車内通話装置でいった。「ペン、万一にそなえて自分の座席に戻れ。停まる用意をしろ、レナルズ、わたしが命じたらただちにな」

戦車は前進をつづけた。左側のキャタピラは枕木《まくらぎ》の上をガラガラ進むいっぽうで、右側のキャタピラは小石を蹴散《けち》らしていたので、戦車はかすかに右にかたむき、三つの音がたがいにおぎない合った——エンジンの脈動、キャタピラのうなり、そして小石のばらばらという音。唐突にバーンズは停止を命じると、それ以上なにもいわないまま、これを乗員たちにどう打ちあけたものかと思った。ヘッドライトは闇をつらぬき、それから光線の最大照射距離のなかほどで硬い表面にぶつかって飛び散っていた。山崩れに似た土と粗石のガレ場から大きな岩々がつきだした壁面だ。トンネルのこちら側もふさがれていた。彼らは大地の奥深くに閉じこめられていた。

五月十日、イ《B》ギリス海外派《E》遣軍《F》はフランスからベルギーに移動し、バーンズの部隊もそれにしたがっていた。それより四時間前の午前三時、フォン・ボック将軍のB軍集団はイ《B》ギリス海《E》外派遣《F》軍とフランス三個軍を要塞化された戦線からさそいだす明白な目的でオランダとベルギーの国境を越えて前進していた。この日が終わる前には、この大規模な部隊の動きはロンドンとパリにはきわめて明白になっていたが、よりいっそう大規模な部隊の動きはいまのところ気づかれていなかった。

ベルギーとフランスとルクセンブルクが接する地点には、西ヨーロッパでもっとも知られていない地域がある――アルデンヌ山地の大山塊が。高い山々が木におおわれたけわしい渓谷を取り囲み、二級道路がくねくねと走る、人里離れた地域だ。ここはベルギーからスイスにいたる広大な戦線のうちで、フランス軍総司令部が大昔に「通行不能」と宣言した地区であり、彼らはもっとも弱い部隊をこの地区に向き合わせていた。

五月十日未明にフォン・ルントシュテット将軍のA軍集団は「通行不能」なアルデンヌ地方を抜けてひそかに前進を開始した。それは世界がかつて見たどんなものより強力な軍集団だった。二千輛以上の装甲車輛を有する装甲師団群を中核とし、四十四個師団の部隊で構成されていた。軍集団は夜を徹して曲がりくねった狭い谷間に浸透し、フランス国境によりいっそう近づいた。戦車は密集隊形で走行し、各車は前の戦車の遮蔽した尾灯にみちびかれていた。赤外線カメラの目で上空から見たら、ドイツ軍は実際、蛇に似ていたことだろう。いやむしろ、ひとつづきの蛇たちに――暗闇のなかをスダン近くのムーズ川に向かって進む装甲した蛇たちに。

先頭の装甲師団は、ポーランドで名を上げた――そして昇進を勝ち取った――三十二歳の将軍にひきいられていた。彼の部隊はドイツ国防軍の先頭に立って燃えるワルシャワに入城し、いま彼は先陣を切ってパリに入城するのを楽しみにしていた。貴族のコネを持たない将軍は、純粋に非情な能力によってほんの数年で昇進して、眠っているフランスの心臓部を狙う槍《やり》の穂先のまさに尖端《せんたん》を指揮していた。彼の戦車は実際、先頭を走っていて、いま彼は砲塔に樅《もみ》の木のように直立していた。胸には夜間用の双眼鏡が下がり、首には騎士十字章が吊るされている。その目は前方のオートバイ偵察に据えられていた。

頂部の高い制帽の下の鷹《たか》を思わせる顔はおだやかで、なんの感情も浮かんでいない。手袋をはめた手は、大きな車輛が悪路を進むあいだバランスを取るために、力を抜いて砲塔のへりに軽く置かれている。まるでいまは軍事演習中で、彼はあとで審判官の賛辞と食堂で仲間の将校たちとの一杯を楽しみにしているかのようだ。ただし将軍は酒も煙草《たばこ》もやらないという事実と、さらに、彼が来《きた》るべき猛攻の前衛をひきいて、イギリス軍とフランス軍の完全なる殲滅《せんめつ》に決定的役割を演じようとしていると確信しているという事実がなければ。

ドイツ軍の先鋒《せんぽう》の最尖端は五月十二日にムーズ川に到達し、五月十三日にこれを渡河して、五月十六日の木曜日には、将軍はフランスの心臓部に深く入りこんで、ランの街に来ていた。彼は依然として戦車に直立して前進を指揮し、以前、参謀長のハンス・マイアー大佐から鉄ヘルメットに替えるよう懇願されたにもかかわらず、いまだに布製の制帽をかぶっていた。

「その必要はないさ、マイアー。まあ見ているがいい」と、将軍はいっていた。「われわれは大鎌のように敵を切り裂くだろう」

マイアーはヘルメットを引っこめながら、一カ月前、ヴィースバーデン近郊で最後の軍事演習のさいに将軍とかわした会話を苦々しく思いだした。マイアーにとって、いまやその会話はすくなくとも一年前にかわされたように思えた。すでに戦車隊は鉄舟橋でムーズ川を渡河しつつあったからだ。

「大規模な戦闘が二、三回生起するだろう」と将軍はいっていた。「そして、それはわが軍がムーズ川を渡河したあとすぐに発生する。二、三週間の熾烈《しれつ》な抵抗のあと、敵は完全に崩壊すると見ていい」

「そうでしょうか」マイアーは疑わしげに答えた。

将軍は少しばかり自信満々すぎて、マイアーは好きになれなかった。とくに指揮官が取るに足らない人間であるのにたいして、ハンス・マイアー自身は東プロイセンでも有数の名家の出であることを思いだしたときには。人は時代とともに進まねばならないし、マイアーはまだ四十三歳だ。戦車のはてしない縦隊がフランスの野原へと前進していくのを見守りながら、マイアーはこの戦争で自分が一躍昇進するのを期待していて、それは将軍の好意によるところが大きいことを自分に思いだささせた。だから、ここは妥協して、将軍についての疑念は自分の胸のなかにしまっておかねばならない。

戦車隊はムーズ川を越えると、散発的な抵抗にしか遭わなかった――火砲から発射された死に物狂いの砲弾数発と、機関銃の連射音、どこかに落ちる迫撃砲弾の不規則な破裂音。将軍は師団を幹線道路にそってノンストップで前進させ、初夏の太陽が鋼鉄の縦隊に照りつけるなかで、土煙を上げながらフランスを横切って驀進した。道路から離れたところでは、畑で働く女たちが手を止めて、暖かな青空に煙幕のように立ち昇るその土煙を見守っている。美しい朝で、空には雲ひとつなく、太陽は全面戦争というより怠惰な寛《くつろ》ぎの時間を思わせる、きびしい暑さを増しつつあった。女たちのなかには、土煙がフランス軍縦隊の前進をしめすものだと思う者もいたが、それは逆の方向へ進んでいた。ほかの者たちは絶望と恐怖感に心をつかまれながら立ちつくして驚嘆していたが、ドイツ軍が戦線を突破した事実をいまだに受け入れられなかった。

というのもドイツ軍はまさにそれをやってのけたからだ――ドイツ軍はフランス第九軍と第二軍が接する地点でフランス軍の戦線をきれいに突破していた――連続するどんな戦線のなかでもいちばん守りづらい地点を。そして、急降下爆撃機がムーズ川西岸のあらゆる抵抗を粉砕していたので、いまのところ熾烈な戦闘はまったくなかった。将軍は若く働き盛りで、生まれながらにしてとほうもない精力と楽観主義の蓄積にめぐまれていたので、彼の第六感は彼にあることを告げはじめていた。重要なのはなにがあっても止まらずにひたすら前進をつづけることだ。その気持ちはハンス・マイアー大佐には共有されていなかった。

将軍の戦車がフランスのある村の中心部でちょっと停止したときには、醜悪な場面があった。彼の背後でさらに四輛の大型戦車がキャタピラの音を響かせながら広場に乗り入れて停まり、その大口径砲が古い広場の上階の窓のまわりをゆっくりと旋回して、抵抗の考えさえも脅《おびや》かした。マイアーは自分の戦車から降りて、将軍に近づいた。将軍は依然として砲塔で直立し、無表情のまま自分の地図を手渡した。

「マイアー、偵察隊はこの道を進んでいる」彼は手袋をはめた手で指さした。「だが、正しい道だろうか？　彼らはそうだとわたしに確約している——きみはどう思う？」

マイアーは地図をすばやく調べて、広場からの出口をざっと見まわし、自分の地図と照合して、もう一枚の地図を将軍に返した。

「彼らのいうとおりだと思います、将軍」

「地元住民に聞いてみたほうがいいな。きみはフランス語が話せる。あそこのあの男——彼にたずねるんだ」

将軍は手袋をぬいで、ホルスターの蓋《ふた》のボタンをはずし、拳銃《けんじゅう》を抜くと、白髪まじりの髭《ひげ》をはやした中年男性に向けた。それは息を呑《の》むような光景だった。太陽は暑いほど照りつけ、住民たちは古い広場で恐怖に身をこわばらせ、絵画から抜けだした蠟《ろう》人形《にんぎょう》のように立ちつくしている。

ほんの五分前には、彼らは少し不安だが本気で恐れることなく日課に取りかかろうとしていた。そのとき、それが起きた——おびえた少年が大きな土煙についてなにごとか叫びながら広場に駆けこんできた。少年が話をおえないうちに、オートバイ兵たちが広場を走り抜け、タイヤがコーナーで金切り声を上げると、西へ走り去り、姿を消した。この騒ぎに、人々はすっかり当惑して家々から出てきた。ひとりの女性はサイドカーに乗るドイツ兵たちを見ていた。ヘルメットをかぶり、短機関銃を持った姿を。議論が巻き起こった。彼女は頭がどうかしたにちがいない。きっとありもしないものを見たんだ。そして、彼らが議論し、首をひねっているところに、将軍が五輛の戦車とともに到着した。彼が拳銃を抜いて狙いをつけると、村は麻痺《まひ》状態になった。

髭をはやした男はななめ前に進みでて、拳銃の銃口に身をさらした。無意識にひとりの女をかばっている。男の妻だ。日に照らされた広場に恐怖の静寂が降りた。マイアーでさえ動揺した。彼はいそいで口を開いた。

「その必要はないでしょう」

「やつに聞くんだ、マイアー」

銃は男の胸に向けられたままだった。マイアーは前に進みでた。その顔は怒りにこわばっている。彼はさらに男とつきつけられた銃口のあいだに自分の体を割りこませて、流暢《りゅうちょう》なフランス語で男に話しかけた。

「サン・カンタンへの直通ルートはどっちかね？　こっちがなにを持っているかは見てのとおりだから、慎重に考えてから答えてくれ。サン・カンタンへの直通ルートだ」

フランス人が唇を湿して、横に目をやると、一台の軍用トラックが広場に乗りつけた。トラックが停車する前に、男たちが後部から飛び降りてくる。小銃と短機関銃で武装したドイツ兵たちだ。彼らの軍曹は地図を手にしていた。この地方の詳細な地図である。彼はすばやくあたりを見まわすと指をさし、分遣隊が建物に駆けこんだ。外の広場では、髭をはやしたフランス人が決断を下していた。彼には考慮すべき妻とほかの村人がいた。彼はオートバイ兵たちが取った方角を指さした。その手は震えている。

「サン・カンタンはあっちです――唯一の直線ルートです。神にかけて誓います」

マイアーはうなずくと、依然として自分の体で男をかばいながら向き直り、将軍のほうは拳銃をしまった。

「ルートはあの通りの先だといっています。本当のことをいっている、わたしはそう確信します」

「けっこう、けっこう。われわれが確信するのであればな」将軍は砲塔のなかで向きを変えて、部下数名とトラックのかたわらに立つ軍曹へ声をかけた。

「われわれは解放者としてやって来たと彼らにいうんだ。すこしでも抵抗のそぶりを見せたら全員、射殺するともいえ」彼はじれったそうに言葉を切った。「おまえがどういえばいいかわかっていることを願うよ。われわれはこれから前進をつづける」

彼は操縦手に命令をあたえ、戦車は轟然と広場から出ていき、あわてて自分の戦車に乗りこむマイアーを置き去りにした。村人たちのほうは、まばゆい日差しのなかでやって来た悪夢をまだ理解できずに、微動だにせず立っていた。

わたしの考えは正しい、と将軍は、戦車が村の向こうの開けた野原へと進むなか、心のなかでつぶやいた。わたしは自分の考えが正しいとたしかに信じている。彼はわずかな歓喜さえ心のなかに湧《わ》き上がるのを許さなかった。〝本格的な抵抗はいっさいないだろう〟あの村人たちは象徴的だった。装甲部隊のハンマーの衝撃はフランス人の士気を打ち砕き、心理的麻痺状態を引き起こしたのだ。われわれは先へ先へと進みつづけなければならない。そしてドイツ軍の先鋒は突進をつづけた。ハインリッヒ・シュトルヒ将軍麾下《きか》の第十四装甲師団を尖端とする先鋒は。

戦車の乗員たちはすでに二十四時間以上トンネルのなかに生き埋めになっていて、緊張は目に見えるほどだった。時間の三分の二以上を骨の折れる重労働についやし、素手で大きな岩を取りのぞいて、戦車に積んであるスコップで大量の岩屑《がんせつ》を運びだしていたのに、疲労困憊《こんぱい》に近い状態でも、彼らは依然として考えることをやめられなかった。そして、山のなかに閉じこめられた時間が長くなればなるほど、よりいっそう自分たちがトンネルを生きて出られるだろうかと疑問に思うようになっていった。バーンズは手を休めてスコップによりかかり、額から玉のような汗をぬぐうと、ヘッドライトで腕時計を見た。五月十七日、金曜日の夜七時だ。

彼らは前日の午前十一時にトンネルに乗り入れていたが、いまだに地すべりの表面を引っかく以上のことをやった形跡はなかった。無慈悲なヘッドライトの光線のなかでその鉄壁の硬さがいやというほどあきらかな岩の表面では、デイヴィスとレナルズが壁の左側から巨大な岩を運びだそうと奮闘している。ふたりは、バーンズとペンがスコップをふるういっぽうで、チームとして協力していた――ふたりの戦車兵は乗員のなかで断然もっとも力強い人間だったので、理にかなった労働の分担だ。バーンズは後ろに下がって、ふたりの作業を見守りながら、十五分の休憩をはじめた。彼は作業手順を配分して、一時間ごとに十五分休憩をとるようにしていた。そしてさらに、それぞれ話し相手ができるように、ふたりずつ休憩するよう手配していたが、それと同時に各人が作業の進捗《しんちょく》状況を見張るようながしていた。四人が同時に休んで全員が不安を口にしたら、士気に壊滅的な効果をおよぼしかねない。

「ひと休みの時間だぞ、ペン」と彼は声をかけた。

「ちょっと待ってください――こいつをいま動かしちまいますから」

バーンズは三十四歳で、乗員のなかで最年長であるだけでなく、いちばん小柄だった。身長わずか百七十センチの彼は、骨細で痩せ型だったが、その体つきは強靱《きょうじん》で、長時間の持久力ではたぶん純然たる意志の力だけでほかの三人を上回ることができただろう。顔は細面で、きれいに髭を剃《そ》り、高い頬骨の上の褐色の目は依然として油断なく注意深く、レナルズとデイヴィスをじっと見つめていた。サイズの面では、ふたりのあいだにそれほどちがいはなかった。ふたりとも大柄でがっちりとした体格の男だったが、気性は大きくちがっていた。元炭鉱作業員のデイヴィスが憂鬱《ゆううつ》な気分になりがちであるのにたいして、レナルズは取りかかったいかなる任務もぶっ倒れるまでやり遂げると信頼できたし、いついかなるときでも熱意も絶望も見せなかった。

三十歳のペン伍長《ごちょう》についていえば、彼は四人のうちでまちがいなくもっとも知的で高い教育を受けた男だった。戦争が勃発《ぼっぱつ》したとき、彼は将校任命辞令を受けることもできただろうが、いまだはっきりしない理由でそれをことわっていた。瘦せて長身の彼は、乗員のなかでいちばん陽気で、同時にいちばん繊細だった。彼はスコップを置くと、大げさなしぐさでバーンズのほうへよろめき歩いてきた。

「こいつは特別手当をもらわなきゃなりませんね、ぜひともそうでなきゃ。地下で作業するなんて、おれがみとめた任務の範疇《はんちゅう》に入っちゃいないですからね。こいつは服務規定にあたってみなくちゃならないな。よければちょっと遊歩道をぶらぶらしませんか？」

遊歩道とはトンネルを散歩するというペンなりの表現だったので、バーンズは座っていた車体から降りて、ペンといっしょに歩いていった。ペンの懐中電灯の光線が行く手を照らしている。ほかのふたりに聞こえないところまで来るとすぐに、ペンは話しはじめた。

「デイヴィスの様子が気に入りませんね。これ以上こいつに耐えられるとは思えません」

「耐えてもらわねばならん――われわれ全員が同じだし、いますぐにも向こう側に抜けでるかもしれないんだ」

「本気でそう思っているんですか？　あの壁は厚さが六メートルもある可能性だってある。おれが思うに、ドイツ軍が入り口を爆破したんですよ」

「そのようだな――あるいは、鉄道を爆撃していて、投下した一発が地すべりを引き起こしたのかもしれん。いまとなってはそうちがいはないがな――われわれは二ポンド砲を使えるだけ深くまで掘り進む必要がある」

「二ポンド砲ですって？」ペンは線路のまんなかで立ち止まった。「もちろん冗談をいっているんですよね？」

「いいか、ペン。陽の光を見るころには、われわれはくたびれきっているだろう。そして、いずれにせよ、われわれは二十四時間以上、小隊から離れている。外がどうなっているかは神のみぞ知るだが、われわれの仕事はできるだけ早く原隊復帰することだ――そしてそうする方法は、可能になったら砲撃で道を切り開くことだ。わたしが這《は》いでて偵察できるだけの大きさの穴ができるまで待つんだ。そのあとデイヴィスが残った邪魔物を砲撃で吹き飛ばして、うっぷんを晴らせばいい」

「デイヴィスが最後まで持ちこたえたらの話ですがね――そして、おれたちが軍曹の小さな穴にたどりつけたらの話だ」

「おまえはいまデイヴィスのような話しかたになりかけているぞ。おまえたちはみんな、このなかに閉じこめられているほうが、シュトゥーカに爆撃されるよりずっと安全であることに気づいていないようだな」

ペンは驚いてバーンズをちらりと見た。彼がいっていたことは本気だったのだ。それはまちがいないとペンは感じた。水が尽き、食糧が尽き、バッテリーが消耗して明かりが尽きるまで自分たちがこのトンネルに閉じこめられるという考え――それらはなにひとつバーンズの心をよぎっていないようだ。彼はいつものやりかたで、自分たちが切り抜けると本気で思っていた。あの恐るべき壁を突破するのは時間の問題にすぎないと。まあ、信心が山を動かすというなら、バーンズはあの壁を動かしそうだし、彼らの戦車長は計画立案と先見の明でその信心をささえるのを常としていた。彼らは、バーンズがつねに一週間分の食糧を携行することにこだわったおかげで、いまだにコンビーフとビスケットの食事を味わっていた。ペンは向きを変えて、岩壁までバーンズの背中についていき、つくとすぐに問題が起きたことを察知した。デイヴィスはあきらかにふたりが戻ってくるのを待っていて、いまやがっしりした砲手は軍曹をにらみつけていた。その声は、反抗的なうなり声だった。

「このいまいましい壁を通り抜けるなんて永久にむりです」

「ああ、そうだろう――おまえがそこに突っ立っていたらな」バーンズはおだやかに同意した。「だからさっさと取りかかるんだ」

「こんなのは時間の無駄です……」

「いや、ちがうぞ、デイヴィス――そうじゃない。いまのところ、時間を無駄にしているのはおまえだ。だから、さっさと取りかかれ」

バーンズの声は依然としてじつにおだやかだった。おちついた雰囲気をただよわせながら、大きな砲手の近くに立ち、その目はデイヴィスの目から片時も離れなかった。

「おれたちはここで死ぬんだ――死ぬんです、聞こえますか？　そして、いつの口か、人々はこのくそいまいましいトンネルを開いて、四つの死体を発見する――四つの骸《がい》骨《こつ》を」彼の声はいまやヒステリーに近く、口と手は完全な精神錯乱の瀬戸際《せとぎわ》にあるかのように動いている。「おれは炭鉱作業員だ――これがなにを意味するか知っている。おれは……」

「デイヴィス！」バーンズの口調はいまやもっとするどくなっていた。「おまえ、ひょっとして、考えすぎて、これが本当に炭鉱の坑道だと思いこんでいるんじゃないだろうな？」

「ちがいますが……」

「だったら、われわれは地下数十メートルにいるのではなく、実際には地表面にいるんだ――そうだな？　じつのところ、デイヴィス、おまえが炭鉱作業員だというのは、ペンが以前、製図工だったことと同じぐらいの関連性しかない。さあ、おまえはレナルズにあの岩をひとりで動かさせるのか、それとも手を貸すつもりか？」

「あの一画を動かすのには二週間かかるかもしれない」デイヴィスはかたくなにいい張った。「もしかしたら何十メートルも……」

「デイヴィス、わたしはおまえにしびれを切らしかけているんだ。突破するにはわれわれ四人全員の力が必要である可能性が大いにあるから、われわれにはここにスペアタイヤをころがしておく余裕はない。そして、いまのおまえがそれだ。これが三度目だが、わたしはいますぐ取りかかるようおまえに命令する」

「反対側をためしてみたらどうです――あそこは壁がもっと薄いかもしれない」

バーンズの表情がきびしくなった。彼はデイヴィスの胸にこわばった人差し指をつきつけ、ひと言ごとにつついて言葉を強調した。

「おまえは三回命令をあたえられ、三回ともそれを遂行することを拒否した。戻ったらすぐに、おまえは罪に問われる。それまでのあいだ、おまえは残りのみんなといっしょに役目をはたすんだ。それから無駄口をたたいて五分間むだにしたから、つぎの休憩時間は十五分ではなく十分だ。すぐにあの岩のところへ行ってレナルズに手を貸してやれ」

バーンズは向きを変え、引き返して戦車の車体に腰を下ろすと、自分の十五分がもう終わりかけているかどうかを腕時計を見て確かめてから、両手を体のわきにぴったりとつけて、デイヴィスがまた作業をはじめるのを見守った。彼の横ではペンがにやりと笑ってささやいた。「いまや自分たちしかいないので、反抗的になってもいいと思ってるんですよ」しかし、バーンズは答えず、その表情はけわしかった。あれは危機一髪の出来事だった。感染が広まるのには、樽《たる》のなかの腐った林檎《りんご》一個だけで事足りるし、もっとも伝染性の強い感染症は恐怖だ。外見上はバーンズは依然として完全に自信たっぷりで、彼の言葉や態度はどれもあきらかに、彼らが外の世界にたどりつくのはいくらかの激しい重労働の問題にすぎないことをしめしていた。しかし、内心では、彼はその様子が気に食わなかった。彼らは戦場のどまんなかで孤立し、戦争は四半世紀前にそうだったように、戦線を越えて前へ後ろへと何週間も猛威を振るうことも考えられる。それがつづくあいだは、埋もれたトンネルを掘りかえしてまわる人間の数はある程度不足するだろう。たとえ、その考えが彼らにとって重要に思えたとしても。空気はたいした問題ではなかった――トンネルは彼らが何週間もなかで呼吸できるほど長かった――が、水と食糧は数日しかもたないだろう。バート号のバッテリーはいうまでもなく。そして、バッテリーがつきたら、彼らは暗闇に呑みこまれるだろう。そうなれば壁の表面に取り組むことはほとんど不可能になる。生き埋めになって最初の数時間、バーンズはおもに自分の小隊から切り離されたことを心配していたが、時間がたち、新たな一日に入ると、彼は自分の頭がデイヴィスと同じように考えはじめていることに気づいた。そして、炭鉱大事故の比喩《ひゆ》はあまりにもぴったりで、だから彼はできるだけ早い機会にデイヴィスを黙らせたのだった。彼はふたたび腕時計に目をやって、ペンにうなずくと、前に進みでてスコップを取った。

それから二十四時間後の五月十八日、土曜日の夜には、彼らは信じられないほど大量の粗石と岩を取りのぞいていたが、依然として壁の表面に変化はなかった。彼らはいまや、バーンズがいつも戦車内に積んでいるオイルランプの明かりで作業していた。そして、その理由はバート号のヘッドライトを節約するためだけではなかった。バーンズは、士気が落ちかけたときまたヘッドライトをつけたら、自分たちがなんとかもう少し長くがんばりつづけられるかもしれないと考えたのだ。だが、この決定の本当の理由は胸のうちにしまっておいた。午後のなかばには、あやうく致命的な事故が起きるところだった。壁の一部が突然はがれて、それ自体のいきおいで前にすべり落ちたのだ。ひとえにレナルズのすばやさと力がデイヴィスを救った。彼は砲手の腕をつかむと、ころがり落ちる岩の通り道から彼を横に引きずりだした。彼らがいくらか不安に思ったのは、この衝撃的な出来事を経験しても、デイヴィスは最初に立ちなおって、レナルズのもとから走り去り、藁《わら》にもすがる思いで壁の中心を見上げたことだった。彼の声はしわがれて、張りつめていた。

「もう向こうへ抜けたかもしれない」

「下がっていろ。見てみるから」バーンズはぴしゃりといった。

彼は、いつ新たな崩落が起きるかと思いながら、きわめて慎重に粗石の斜面を登っていったが、彼が岩の表面にたどりついて押してみると、まるで要塞の側面によりかかっているようだった。そこで、彼らはまた作業をはじめ、バーンズとペンはスコップを夢中でふるって、新たな粗石を取りのぞき、ほかのふたりがバールで岩の表面にたどりつけるようにした。ペンが自分の休憩時間に感想を漏らしたのは、七時ちょっとすぎだった。バーンズは戦車の車体上で彼のかたわらに座り、レナルズが新たな岩を動かし、いっぽうでデイヴィスが素手でひっぱってそこにさらに力をくわえようとしているのを見守っていた。

「おかしな話ですが、ここに来てからずっと、おれたちは戦闘の音をまるで聞いていませんね」

「わが軍がたぶん敵を少し押し返したんだろう——それに、エトルーのこちら側では、大したことは起きていなかったしな」

バーンズはその先をいわずに、なぜほかのみんなはとうの昔に明白で恐ろしい結論をみちびきだしていないのだろうと思った。外の世界で起きている大規模な砲爆撃のかすかな音さえも聞こえないということは、彼らの脱出を妨害する壁の途方もない厚さをほかのなによりも明白にしめしている。バーンズは二十四時間前にそのことに気づき、あまりにも心配になったので、ほかの者たちが眠るまで待ってから、トンネルを歩いて戻った。端っこにつくと、ふさがれた入り口で慎重に耳をすませたが、外の世界からはなんの音も漏れてこなかった。彼らは両方の端で完全に封じこめられていた。彼はマグカップから水を飲んで、顔をしかめた。それからごく慎重にマグカップを車体に置くと、レナルズとデイヴィスが作業をしている場所へ歩いていった。彼は壁に向き合うと、それから聞き耳を立てるかのように横を向いた。それは劇的な瞬間で、ペンは即座になにかが起きたことを見抜いた。バーンズが戦車から降りて、前に歩いていったからだ。バーンズの態度のなにかが、レナルズとデイヴィスの注意を引き、ふたりは作業をやめた。

「なんです？」とペンはたずねた。

バーンズは首を横に振り、また壁に向き合った。腰に手を当て、その目は表面を慎重に調べている。彼が口を開いたとき、その声は静かだった。

「ほとんど向こう側に達していると思う」

「どうしてです？」ペンが即座にたずねた。

「かすかな空気の流れを感じられる――ここに来て立ってみろ」

「驚いたな！　いうとおりだ！　いうとおりですよ！」

彼らはバーンズが空気の流れの入り口をたどった地点に無我夢中で取り組みはじめた。トンネルの床の高さから一・二メートルほど上の地点に。それから十五分後、バーンズがランプを消しながらちょっと作業をやめるよう命じたとき、彼らはもう一度、元気を奮い起こす瞬間を経験した。つかのま、トンネルの闇のなかは音もなく、いっぽうで四組の目はこらされ、壁に日の光のいかなる痕跡《こんせき》でも見つけようとした。それを最初に見つけたのはバーンズだった――大きな岩の上面にそった細く薄っぺらな割れ目を。

「向こう側に抜けたんだ」とデイヴィスは叫んだ。「本当に抜けたんだ。ああ、なんてことだ、おれたちは向こう側に達したぞ！」

「まあ、そう早まるな」とバーンズは注意した。「これは一筋縄ではいかないことも考えられるからな。まだあそこにはがっしりとした岩のかたまりがある」

彼がオイルランプをまたつけ、ふりかえると、デイヴィスはすでに彼らが目にした割れ目の端近くの隅にバールを差しこもうとしていた。その手は拳《こぶし》が白くなるほど鉄棒を握りしめ、その尖端を壁にいっそう深く突き刺して、梃子《てこ》の原理でねじったりまわしたりしはじめた。バーンズは口を開いたが、なにもいわずにまた閉じた。あのかわいそうな男は、炭鉱に閉じこめられて脱出した記憶のせいで、ほかの者たちよりずっと大きな精神的苦痛を味わっていたにちがいない。バーンズはデイヴィスを手荒くあつかったとき、そのことを理解していたが、あのとき少しでも同情を見せていたら全員の士気をくじきかねなかっただろう。それに、バーンズはナポレオンの金言をけっして忘れなかった——士気と物質とは三対一の関係にある。だからいま彼はデイヴィスの好きほうだいにさせていた。デイヴィスは残された障害物にバールをうずめ、突き立てて、その作業の勢いで自分の手を痛めつけても、その苦痛に気づいてさえいなかった。ペンは残っている岩の根元をむき出しにするためにスコップで粗石をどけながらいった。

「いまだからいいますがね、おれはおれたちがやり遂げるとはこれっぽっちも思っていなかった」

「この戦争が終わるまでには、これよりもっとつらい状況に直面することになるだろうさ」

　十分もしないうちに、デイヴィスはバールで岩を浮かし、レナルズが彼に手を貸して、それを壁から押しのけようとしていた。非常時の調理手段としてバート号車内に積んでいるオイルコンロと同じぐらい大きな岩を。岩は突然はずれた。たったいまデイヴィスがバールに全体重をかけ、顔の横を汗がしたたり落ちたかと思うと、つぎの瞬間、岩が手前側に動きだし、前後にゆらゆらと揺れてから、ふたたびトンネルにころがり落ちてきた。あまりにも予想外だったので、ふたりは横に跳んで避けなければならなかった。バーンズはオイルランプを取って、自分の背中に隠し、全員が長方形の日の光を見つめた。それは忘れられない瞬間だった。四人の男たちは、それぞれがひそかに自分たちはぜったいにやり遂げられないだろうと感じていたが、いまや自分たちは生きのびるだろうと知っていた。だれもなにもいわず、だれも動かない間があった。それからデイヴィスがあばれだした。

岩といっしょに落ちているバールをつかむと、それを開口部の上側の岩の裏側につっこんで、全身の力をこめて持ち上げたりねじったりしはじめる。バーンズは警告の叫び声を上げたが、デイヴィスには聞こえなかったか、聞こうとしなかった。彼は岩が簡単に動くのを感じて、バールを捨てた。すっくと立ち上がって手をのばし、両手を岩にぴったりとつけて押す。岩は外側に落ちて、窓がかなり大きくなった。デイヴィスがよじ登ってそのなかに入り、頭上のゆるんだ岩を手で押しながら、壁のくぼみのなかで膝《ひざ》をついてかがめるほど大きく。バーンズがまだ叫んでいるとき、大惨事が襲いかかった。

上側の岩は、開口部の両側の岩棚によって開口部の上の位置におさまっていたが、岩棚の上でぐらぐらと動いていた。そのため、デイヴィスがふたたび全身の力をこめて押すと、岩は揺れて、それからデイヴィスの手の猛烈な圧力で外側に落ちた。岩は落ちながら、上の壁の重心を狂わせた。デイヴィスがまだ開口部でかがんでいると、低いごろごろという音がした。上側の壁全体が震え、ばらばらと崩れはじめる。バーンズはデイヴィスを引っぱってこようと前に駆けだしかけたが、そのときペンが彼の腕をしっかりとつかむと、彼をトンネルの側面に投げ返した。つぎの瞬間、岩と粗石の雪崩《なだれ》がさっきまでバーンズの立っていた床に押し寄せて、線路の中央部を何トン分もの破片でうずめつくし、トンネルは耳を聾《ろう》する轟音《ごうおん》で満たされた。それから土煙が彼らの肺に入りこんで、目を見えなくさせると、彼らは二つ折りになって、息を詰まらせ、咳《せ》きこみはじめた。

土煙がおさまりはじめてからやっと、バーンズはなにが起きたのかを見て取った。トンネルの向こう端では、壁に背をもたせかけて、レナルズが無事だった。バーンズのかたわらでは、ペンが目をぬぐって、視界をはっきりさせようとしている。しかし、いちばん圧倒される光景は、トンネルの入り口だった。新たな地すべりはトンネルの上半分から完全に障害物を取りのぞき、いまやトンネルの奥深くまで広がった粗石の斜面の上に、大きな隙間《すきま》ができている。うれしい宵空をおがむことができる隙間、バート号が斜面に乗り入れたら通り抜けられる隙間が。

デイヴィスの居場所をつきとめるのには少し時間を要した。彼らは、崩れてくる壁の通り道からバーンズがペンに引き戻されたあとで立っていた場所のほんの一メートルほど先で、砲手を発見した。すくなくとも、彼らはデイヴィスの頭を発見した。彼の体の残りは崩落のなかに埋まっていて、ちょっと調べただけで彼らにも彼が死んでいることはわかった。

2　五月十八日、土曜日

ベルギーのこのあたりでは、なにかひじょうに奇妙なことが世のなかに起きていた。戦争がどこかへ行ってしまったのだ。

粗石の斜面を登って、反対側の斜面を下り、トンネルから戦車を走りださせる前に、バーンズは夕方のすばらしい暖かさのなかで個人的な偵察を行なっていた。最初に気づいたのは、驚くほどの静けさだった。唯一《ゆいいつ》の音である、どこかでのどかに鳴く一羽の鳥のさえずりによって強調される静けさに。トンネルの向こうでは、線路が広々とした野原を横切ってのびている。線路はもぬけの殻で、緑の野は人けがなく、どこにも生命の痕跡《こんせき》が見られない。エトルー、あるいはその名残りは、きっと山腹から遠ざかるにつれてだんだんと小さくなっていったにちがいない。彼の右手には、建物も、人々も、なにひとつ見えなかったからだ。あるのは、彼らが簡単にエトルーに引き返すのをじゃまする、太い運河の静かな水面だけだ。

バーンズは沈黙に、砲声が聞こえないことにひどく戸惑って、破壊されたトンネルの入り口の上の山腹を少し登ってみたが、依然としてなにも聞こえず、なにも見えなかった。戦争は遠くへ行ってしまった――どこへだ？　そして、どっちのほうへ？　彼は少しのあいだ草に腰を下ろした。彼の神経は、平和な風景が邪悪な意味に満ちているかのように、奇妙にぴりぴりしていた。彼は強い日差しに目をしばたたかせながらそこに座り、新鮮な空気を吸いこんでから、すばやく立ち上がって、戦車に引き返し、前進命令を下した。

デイヴィスの埋葬を心配する必要はなかった。すでに大量の岩の下に埋まっていたからだ。そこで彼らは彼の名前と階級、認識番号を紙片に書いて、頭近くの岩の下にそれを残した。それから、あまりにも疲れはてて、砲手の死の唐突さにショックを受けた以外にはあまり感情を覚えることなく走り去った。いまバーンズの頭のなかでもっとも重要な考えは、自分の乗員が四人から三人になったことだった。彼らは全員、緊急時には火砲を撃つことができたので、バーンズは必要になったら自分が砲手をつとめるとペンに告げた。線路にそって進みながら、バーンズは地図を手に砲塔に立ち、彼の頭は状況をきびしく秤《はかり》にかけていた。すくなくとも、彼らにはほぼ満杯の燃料タンクがあった。つまり、路上を二百四十キロ移動できるということだ。この距離は、路外を移動しはじめると五〇パーセント減少するが、これが彼にかき集められる唯一のプラスな点だった。乗員をひとり欠き、無線機は使えず、パーカー小隊長がどこにいるのかまるでわからない。彼らはほとんど、基地との連絡手段を持たずに海図のない海へと向かう軍艦のようだった。彼の頭の半分は小隊と再合流するという疑わしい可能性を思いめぐらすいっぽうで、残りの半分は、しだいに大きくなることになる、ある考えのぼんやりとした光をもてあそんでいた。〝なにが起ころうとも、自分たちは本当に価値のある目標を見つけなければならない〟

トンネルから一キロ半先で線路は踏切にたどりつき、この地点で彼らは線路からそれて、貧弱な草原の野を縁取る低い生垣のあいだを走る二級道路を進みはじめた。十キロ先で、彼らはエトルーの向こう側の後方地域へとつれていってくれる道路にそって、右に曲がることになる。しかし、軍隊はどこにいる？

バーンズは砲塔に直立しながら、砲声に耳をすませ、煙か飛行機の姿をもとめて目をこらした。野原は遠くまで空っぽのまま広がり、空は淡いブルーの丸天井で、無人のままかなたまでのびている。不気味な感覚がしだいに大きくなった。未開の地に足を踏み入れている感覚が。戦車のキャタピラは全速力で前進し、エンジンは力強く脈動する。まるでトンネルのなかに閉じこめられていたあとで、このあけっぴろげの土地を疾走するのを精いっぱい楽しむと心に決めているかのようだ。するとそのとき、バーンズは戦闘の最初の痕跡を見た——野原に残るかすかなキャタピラの跡、点在する砲弾か爆弾が爆発した大穴。そして、彼らが人けのない道を進むにつれて、痕跡はもっと頻繁に、より不安をかきたてるようになった。ある地点で、バーンズはレナルズに停車を命じて、道路わきの破壊された車輛《しゃりょう》を調べるために下車した。それは燃えつきた五輛の戦車で、全ドイツ軍と自分たちだけで戦ったかのように見えるフランス軍のルノー戦車だった。道路の少し先で、彼はまた停車して、ペンがフランス軍の装備の山を見るためにいっしょに降りた。溝のなかには、恐ろしくて圧倒的ななにかからパニック状態で逃げるとき投げ捨てられたかのように、何梃《ちょう》もの小銃が横たわっていた。バーンズが一梃を取り上げてみると、銃はまだ装塡《そうてん》されていた。数メートル先には、捨てられた背嚢《はいのう》、捨てられたヘルメットがあり、すべてフランス軍のものだった。どんなに探しても、バーンズはドイツ軍の装備をひとつも見つけられなかった。ヘルメットのうちふたつは所有者がいて、死体はうつぶせに横たわっていた。それからさらに小銃。そのすべてが装塡されていた。

「この状況は気に入らないな」とバーンズはいった。「装塡された小銃のことだ。まるで連中が命からがら逃げだしたように見える。たぶん、戦車対人間の戦いだったんだろう」

「だったら、連中は退却したってことだ」ペンは静かに感想を漏らした。

「そのようだな。われわれがあのトンネルに閉じこめられているあいだに、ずいぶんたくさんのことが起きたにちがいない。地図によれば、さらに八キロほど先に村がある——そこでニュースを得たほうがいいな。バート号は村の外に停めて、わたしが徒歩で行くことにする。この状況はまったくもって気に食わない」

「退却したのはドイツ野郎という可能性もある」ペンは考えこむようにいった。「パーカー中尉《ちゅうい》はいまごろライン川ぞいにいるかもしれませんよ」

「戦争はそんなに速く移動しないよ、ペン、どっちの方向にもな。ドイツ野郎の退却についていえば、わたしはまだ溝の装塡された小銃の様子が気に食わない——フランス軍の退却の臭《にお》いがする。さっさと乗車したほうがいいな」

道を進めば進むほど、バーンズは、戦争の大鎌《おおがま》がその方向へ通過した証拠をさらに多く目にした。さらに多くの燃えつきたルノー戦車、破壊された火砲、野原に大の字になって横たわる動かない人影、ヘルメット。そして、きまってそれはフランス軍のヘルメットだった。彼は依然として、人にせよ乗り物にせよ、ドイツ軍の損害の痕跡をひとつでも目にするのを待ち望んでいた。そして、それをいまだ見つけられずにいたとき、彼は遠くのほうに、この不気味なほど空っぽの風景のなかではじめて生命の印を目にした――水平の煙の線。その線は地上すれすれの高さで空を横切り、まるで木炭で書いたように微動だにせずに架かっている。しかし、その一方の端、八百メートルほど先で道路に近づきつつある端では、線はしだいに太くなっていて、彼はそれが機関車の煙であることに気づいた。土手の高さより低くてまだ見えない列車の。彼は空を見まわして固まった。その手が砲塔のへりを強く握りしめる。青い広がりの高いところで、飛行機の編隊が、列車の進行方向と平行すると思われるコースで飛行していた。彼は双眼鏡を持ち上げて、編隊に焦点を合わせた。断言することはできなかったが、それはイギリスのブレニム爆撃機の飛行隊のように見え、彼の心はその光景に浮きたった。

　戦車がガラガラと進んでいくあいだ、彼は飛行機が近づいてくるのを見守り、それから双眼鏡の焦点を道路の先に合わせて、あと一分以内に列車が通過するであろう踏切を目にした。彼は双眼鏡を空中編隊に向けなおして、はっと息を呑《の》んだ。爆撃機はいまや一列にならびつつあった――〝爆撃行程のために進入しているのだ〟彼は停車を命じると、車内通話装置で乗員に警告した。

「じきに爆弾が何発か近くに投下されると思う。笑うんじゃないぞ――だが、そいつはうちの連中からやって来るんだ」

　エンジンをアイドリングさせて停止した戦車のなかで待つあいだ、だれも笑わなかった。バックしようかどうしようかとバーンズは迷ったが、それからその考えを却下した。爆弾のなかにバックすることだって容易にありうるのだ。彼はハッチを閉じる準備をしたが、ブレニムが目標に命中させるかどうか見たくて、しばらく待った。

「連中はなにを狙《ねら》っているんです?」ペンが下から呼びかけた。

「列車だと思う。列車はこの先でいまにも道路を横切ろうとしているから、それにそなえるんだ」

　彼の双眼鏡はいまや前方の道路をとらえ、彼は土手の向こうから煙の線が姿を現すのを目にした。列車は道路を横切って、その先の野原へと進みはじめた。二輌の機関車が貨車の列を引いている。彼は長物車の上で小さな人影が長い砲身のまわりに群がっているのを見て、はっと息を呑んだ。ボフォース砲か？　砲が空に砲弾を撃ち上げはじめると、いまやその砲声を聞くことができた。彼が顔を上げると、最初の爆弾が落ちてきた。暖かな青の背景に小さな黒い点。ありがたいことに、遠すぎてバート号の脅威にはならなかったが、あの列車の近く、とてつもなく近くに落ちるだろう。一連の黒い点が煙の向こうに消え、彼は爆発を待ち受けた。彼が煙の線に目を釘《くぎ》づけにしてそこに立っていると、巨大な爆発が夕べを台無しにした。爆発は本来のものよりはるかにすさまじかった。貨車が二つに折れると、最初の衝撃波が道路をさっと走り抜けた。衝撃波が戦車の車体に叩《たた》きつけられ、バーンズはあわてて車内に降りはじめた。彼の脳のなかでは言葉が叫んでいた。弾薬列車だ！　第二のもっと壊滅的な衝撃波が戦車を襲ったとき、彼は途中まで降りていた。片手は砲塔内にあり、ハッチはまだ開いている。衝撃波のとてつもない力が足場のバランスを崩させ、彼は鋼鉄の縁《ふち》に後頭部を強打した。まさにその瞬間、気づかれずに接近したメッサーシュミットが全機関銃を撃ちまくりながらパワーダイブでさっと舞い降りたが、バーンズはすでに意識を失っていた。

土曜日の夜、午後七時。第十四装甲師団は、フランスにいっそう深く快進撃をつづけ、いまやランをはるかに越えて、ソンムに近づきつつあった。ハインリッヒ・シュトルヒ将軍は、鷲《わし》のような鼻を持っていただけではなかった。その捕食鳥の目も持っていて、その目はいまや、野原の向こうの少し離れた丘に釘づけになっていた。彼は双眼鏡をさっと持ち上げて、目標に焦点を合わせ、シューッと息を漏らした。彼が首につけたマイクに短く話しかけたとき、一発の砲弾が金切り声を上げながら野原を横切って戦車縦隊のほうへ飛んできた。七十五ミリ砲だ、とシュトルヒは心のなかでつぶやいた。フランス軍全体のなかで最良の火砲だ。たぶんドイツの大型戦車と対決できる唯一の砲だろう。彼がふりかえると、砲弾は道路とその先の野原で炸裂《さくれつ》した。試射だ。縦隊はすでに彼の命令にしたがいつつあった。

シュトルヒの戦車はスピードを上げて、怒った恐竜のように道路をつきすすみ、いっぽう砲手はシュトルヒの命令にしたがって砲塔を旋回させ、その大口径砲をフランス軍の砲兵陣地に向けた。将軍の背後では、四輌の戦車がさまざまなスピードで動いて、一分もたたないうちに広く散開し、フランス軍の照準手の仕事をはるかにむずかしくした。照準手はいまやひとつの目標しか狙うことができなかったが、それにたいして四輌の戦車は反撃を恐れることなく応射していた。戦車縦隊は停止して、五本の砲身が野原の向こうの擬装した丘に狙いをさだめた。二発目の砲弾が彼らに向かって飛んできて、中央の戦車のすぐ手前に着弾し、草のなかで炸裂して、車体に土砂の雨をぶちまけた。ドイツ軍戦車隊は応酬した。

シュトルヒは片手で砲塔のへりをつかみ、もういっぽうの手で双眼鏡を持ちながら、自分の戦車の大口径砲の反動を感じた。彼らの砲弾もまた目標の手前に落ちて、七十五ミリ砲陣地の前に煙の雲を舞い上げた。シュトルヒはつぎの一発が目標をとらえるだろうと確信して簡潔に命令を発したが、彼の砲手が射撃の機会を得ることはなかった。後ろの戦車が放った砲弾がフランス軍陣地の真上に落ちたからだ。砲弾は炸裂して、煙が目標をかき消し、それから七十五ミリ砲の弾薬が誘爆して第二の爆発が起き、砲員のずたずたになった体を野原に投げ飛ばした。さらに二輌の戦車が砲撃し、まるで同僚の射撃の腕前に勇気づけられたかのように、いずれの砲弾も立ち昇る煙のなかに着弾して、破壊された火砲の残骸《ざんがい》をばらまいた。シュトルヒは双眼鏡を目標に向けたまま、静かな声で撃ち方やめを命じた。

「おめでとう、マイアー。きみの鴨《かも》撃ちの経験が実を結びつつあるな」

自分の戦車の砲塔のなかで、マイアーは唇をとがらせた。シュトルヒがよくやったと背中をぽんぽんと叩くのと同時に脇腹《わきばら》をつっつかずにいられないのはいつものことだ。鴨撃ちの発言は、マイアーが貴族の出であることへの当てこすりだ。彼はそれを疑わなかった。マイアーは待機するあいだに、片眼鏡を拭《ふ》いて、またもとの位置に戻した。彼はそれがシュトルヒをいらだたせるとわかっているという理由だけで、ことあるごとに片眼鏡をかけていた。将軍はその眼鏡を社会階層の象徴と見なしている。そのときイヤホンのぱちぱちという音をとおして将軍の甲高い声が聞こえた。彼らはふたたび移動する。

シュトルヒの喜悦感はどんどん高まりつつあった。心のなかで、彼はすでに遠く離れた目標である、海からわずか四十キロのアミアンへと突進しつつあった。彼の装甲師団は並はずれた進撃の先陣に立ち、彼はその位置をなんとしても維持しようと決意していた。彼はマイクで操縦手にスピードを上げるよう命じた。オートバイ偵察隊を追い抜くかもしれない恐れはあったが、観測機がちょうど無線連絡をよこして、前方の道路は障害なしといってきたばかりだった。

マイアーは二輛目の戦車で後につづきながら、顔からシュトルヒの戦車が蹴立《けた》てた土煙をぬぐった。彼の気分は指揮官のそれとは大いにちがっていた。じきに彼らはフランスの村をさらにもうひとつ止まらずに通過して、またしても同じ驚くべき光景を目にすることだろう。もうひとつの教会、もうひとつの村の広場、住民たちはドイツ軍戦車が轟々《ごうごう》と通りすぎるあいだ、呆然《ぼうぜん》自失状態で壁を背にして立ち、恐れすぎ、仰天しすぎて、室内に駆けこむこともできない。これもそう長くはつづけられない、とマイアーはけわしい顔で自分にいい聞かせた。彼らはすでに歩兵をはるか遠く引き離していて、彼はつぎの停止地点でそのことについてシュトルヒと話すつもりだった。マイアーの職業的本能は、この未知のものへの大それた向こう見ずな突進に嫌悪感《けんおかん》をいだいていた。

彼らは村をあとにして、またしても広々としたフランスの景色に足を踏み入れた。広大な野原がはてしなく広がり、日差しが乾いた放牧地に照りつけている。そして、シュトルヒが前方の人けのない光景にフランスの崩壊のあらゆる証拠を見ているのにたいして、マイアーは隠れた危険でいっぱいのパノラマを見ていた。彼はマンシュタイン計画が、連合軍の北方集団を南方のフランス軍から切り離す大がかりな包囲運動を構想していることはよくわかっていた。その機動は彼らが海に達したとき完了する。しかし、マイアーにとってこの計画は、連合軍が座視してそれを実現させるという途方もない前提にもとづいているように思えた。マイアーは第一次世界大戦の経験から、それが常識知らずの人間の前提であると知っていた。いまにも敵の反撃が開始され、ドイツ軍の主力のはるか前方までのびきった装甲縦隊に高波のように押し寄せるだろう。彼は反撃が自分たちの背後で実現しないよう神に願うしかなかった。彼らが交差路に近づくと、さらなる指示が来た。シュトルヒは停止した戦車でマイアーがやって来るのを待っていた。マイアーは自車から降りて歩いていき、将軍を見上げて立った。将軍が先に口を開いた。

「観測機が前方の道路上のなにかを報告している——ただいま調査中だ」

「わかっています」マイアーは大きく息を吸いこんで、シュトルヒが砲塔から降りてくるよう願った。「わたしはこれをずっと予期していました——いまにも激しい反撃がやって来るでしょう。歩兵が追いつくまでここで待つよう進言してもよろしいでしょうか？　数キロ後退するのも、より賢明かもしれません——守りを固めるために」

「なぜだ？」

シュトルヒの声は猫なで声だった。彼は砲塔ごしに身を乗りだすと、マイアーをしげしげと見た。マイアーはさらに不利な立場になった。将軍の制帽が彼の顔に影を作っていて、彼にはその表情が見えなかったからだ。

「なぜならわれわれには奪った土地を死守するための支援部隊がいっさいないからです」彼はもう一度息を深く吸いこんだ。「実際、われわれが奪ったものは、われわれがベルリン特急のようにつき進んでいる土地を占領する部隊がなければ、ほとんど意味がないかもしれません」

口に出してからすぐに、彼は自分がいいすぎたと感じたが、話してしまった以上、ぜったいに引き下がるまいと覚悟を決めて、抗弁する用意をした。いずれにせよ、もし事態が本当に悪い方向へ進んだとき、これはたぶん軍の調査委員会でくりかえすのに有益な会話だろう。将軍はすぐには答えなかった。かわりに頭を横に向け、まるで人間の聴力の範囲を超えたなにかを聞いているかのように耳をそばだてた。シュトルヒはたしかに並はずれた聴力の持ち主で、彼はそれが酒を一滴もやらないおかげだと考えていた。顔を上げ、太陽のまぶしさに目を細めたマイアーは、いまやシュトルヒの横顔をとらえた——傲慢《ごうまん》な鼻の曲線、薄く広い口、するどくとがった顎《あご》の線。

「どうやら爆撃の音のようだな」将軍は感想を漏らした。「こちらのシュトゥーカがつぎの町を叩いているにちがいない。では、きみはわれわれがここで停止するべきだと考えるんだね、マイアー？」

「あるいは、後退してもっとあけっぴろげではないところへ……」

「忘れてもらっては困るんだが、マイアー大佐」シュトルヒはまだ聞き耳をたてながら言葉を切った。「この装甲師団はわたしの指揮下にあり、よってわたしは軍団長のグデーリアン将軍*にたいして責任を負っているんだ。将軍はフォン・ルントシュテット将軍から指示を受けている」

＊グデーリアン将軍は装甲師団の発展のいちばんの貢献者で、ド・ゴール将軍の著作『未来の軍隊』を入念に研究していた。グデーリアンはのちに装甲部隊をひきいて南方からモスクワへ近づいた。

マイアーはぞっとした。いったいなにが起きようとしているのだ？　まさかシュトルヒは自分を基地に送り返すことをもくろんだりしていないだろうな？　彼は体をこわばらせて立ちつくしながら、自分の戦術ミスをひどい気分で理解しはじめた。シュトルヒは彼がたったいまいったことを敵前での臆病《おくびょう》な行為と容易にとらえかねないからだ。マイアーはなにもいわず、シュトルヒは同じ猫なで声で言葉をついだ。

「さらに、戦車は鎖から解き放たれることになるというグデーリアン将軍の命令も忘れてもらっては困る――燃料がつづくあいだ、できるかぎり遠く速く前進するという命令をだ」

はじめて将軍は参謀長を見おろすと、イヤホンを適切な位置に引き下ろし、耳をかたむけ、それからまた引き上げた。その声はいまやもっとけわしくなっていた。

「ところで観測機が行く手の障害物の位置をつきとめ、識別したよ――フランスの農家の荷馬車が二台だ。われわれがそんな相手にわずらわされてしまっていいとは思えないな、マイアー大佐」彼は砲塔のなかで背筋をのばしてぴんと立った。「マイアー、自分の戦車に戻ってくれないか――ひきつづきおおむねアミアンの方角へ前進する」

バーンズはなにかがおかしいと感じた。これは通常の目ざめとはちがうと。なので目をすぐに開ける誘惑にあらがった。彼は耳をすました。頭が混乱した感じで、自分が夢を見ていたことをおぼろげにおぼえていた。なにか不快なこと、なにか戦争に関係のあることの夢を見ていたが、それはすでに彼の意識の範囲から消えていた。彼はいつも寝覚めがよく、いま彼は夢を、悪夢を押しのけ、自分がどこにいるのかを懸命に掌握しようとした。

いったい自分はどこにいるのだろう？　建物のなかはひっそりとしていて、彼は手足をのばしてあお向けに横たわり、はるか頭上の梁《はり》と垂木《たるき》をめぐらせた天井を見あげていた。記憶が戻ってくると、驚きが彼をとらえた。ブレニム爆撃機、長い煙の線、弾薬列車、恐ろしい爆発、なにかが右肩を引き裂く感じ、それから昏倒《こんとう》。毛布の上に横たわったまま、彼は指をのばして肩をさぐり、分厚い包帯とべとつく絆創膏《ばんそうこう》に触れた。ああ、連中が自分をつれてきたんだ、まちがいない。しかし、自分はいまどこにいるのだろう——そして、ペンとレナルズはどこに？

彼は毛布の上で起き上がろうとしたが、めまいの波が押し寄せてきて倒れこんだ。頭はひどく痛み、弱々しく疲れ切った感じで、ほとんど集中できなかった。包帯の下で彼の肩はうずき、鳩尾《みぞおち》にむかむかする感覚があった。彼は横たわったまま、恐る恐る膝《ひざ》を曲げて、脚を動かしてみた。最初は右膝、つぎに左膝を。脚は無事なようだった。今度は腕だ。彼は毛布の上で腕をまわし、指を曲げ伸ばしした。わかるかぎりでは、彼のおもな障害は、いつもなら筋金入りの体軀《たいく》をゼリーのような粘度に変える、驚くほどの弱々しさだった。彼は頭を一方にめぐらせて、自分のブーツが一メートルほど向こうにきちんと揃《そろ》えて置かれているのを目にした。そのつま革《トウキャップ》は黒いガラスのように光っている。それが自分のブーツだとわかったのは、片方のつま革の小さな傷に見おぼえがあったからだ。そして、彼がそのブーツの光景に元気づけられたのは、最近細心の注意をこめて手入れされていたからだった。ということは、きっとレナルズが手入れしたにちがいない。彼は肩に負担をかけないように、体を横向きにすると、首をもたげて自分の宿舎を検分した。彼はある種の離れ家のなかにいた。おそらく農家の一部だろう。そのとおり、遠くの隅に古い鋤《すき》と、そのかたわらに彼らの軍装備の一部が見えた――急造の三脚にささえられ、焚火《たきび》の灰の上に吊《つ》るされた飯盒《はんごう》と、エナメルのマグカップがふたつ。そのとき、彼は自分をひどく驚かせるなにかが壁に立てかけられているのを目にした。ドイツ軍の短機関銃だ。銃身の下には弾倉が突きだし、その負い革はきちんとループ状に丸まっている。

バーンズは立ち上がって装塡した銃に手をのばそうとしたが、足に力が入らなかった。そこで体にかけた毛布の下から這《は》いだすと、膝立ちになって、上半身裸で木の床をよろよろと進んだ。銃に手がとどいたところで、彼は崩れ落ちた。歯を食いしばってまた膝立ちになると、短機関銃の長い銃身をつかんで、それから毛布まで這い戻る。彼は上半身を起こすと、短機関銃を調べはじめた。弾倉を抜いてから、撃発機構をいじくりまわす。銃がどのように作動するかわかったとき、彼は思いだした。だれかがけがの手当てをしてくれたのだ。赤い頬にふさふさの白い髭《ひげ》をはやした男が。その同じ男は彼に注射をしていて、バーンズは右腕に針のちくりという感覚をおぼえていた。そのあと、その知らない男は傷に包帯を巻きなおすために戻ってきた。彼はまた起こされて腹を立てたことをはっきりおぼえていた。しかし、自分たちはどれほど長いあいだ、このなかにいたのだろう？　六時間か？　十二時間か？　腕時計を見ると、文字盤にはひびが入っていて、針は七時四十五分で止まっていた。これはほぼ弾薬列車が爆発した時刻だろう。壁面の高い窓ごしに見あげると、外は真っ昼間であることがわかった。きょうもまた、空は青く、暖かい素晴らしい一日だ。そのときだれかがやって来る音がした。彼は弾倉をふたたび差しこんで、体の上に毛布をかけると、銃を毛布の下に隠して、じっとした。左手は銃身の下に置き、右手は用心鉄《ようじんがね》にまわしている。

ふたりの男が建物の向こう端にある大きな扉から入ってきた。ペンと見知らぬ人間だ。十八歳にも満たない若者で、青いデニムの上着とズボンを身に着け、シャツの前を開いている。どこから見ても健康で背が高く、がっちりとした青年だ。そのふるまいは精力的な雰囲気をただよわせている。その金髪は頭の後ろへ櫛《くし》できちんととかしつけられ、青い瞳《ひとみ》はバーンズを好奇の目で見おろしていた。

「起きていたんですね、軍曹」

「どうなっていると思っていたんだ──死体か？　こっちはだれだ？」

「ピエールです。彼は英語が話せます、ピエール、こちらはバーンズ軍曹だ」

「お会いできて光栄です、軍曹」

若者は身をかがめ、しかつめらしく握手して、バーンズをとまどわせた。それから身を起こすと、なにもいわずに待った。

「レナルズはどこだ？」とバーンズはたずねた。

「外で見張りに立っています」

「バート号を見張っているということか？」

「ええ、バート号はとなりの小屋にあります。ご心配なく──外からは完全に見えませんから」

「で、それはどういうことだね──どうしてわたしが心配する必要がある？」

「気分はどうですか？」ペンがたずねた。「おれたちは……」

「いったいどうなっているのかと思えるほどには元気だよ。われわれはこの場所にどれぐらい長くいるんだ、ペン？」

「軍曹は脳震盪《のうしんとう》を起こしたんです。ドイツ野郎の戦闘機が急降下してきたとき、軍曹は肩に銃弾を食らって、砲塔に頭をしたたかぶっつけたんです」

「それぐらいおぼえている」バーンズは怒りっぽくかみついた。「話をはぐらかさずに、わたしの質問に答えるんだ。われわれはこの場所にどれぐらい長くいる？」

「四日間です」

　その答えはバーンズにとってまさに青天の霹靂《へきれき》だった。ペンの発言の意味するところが頭のなかをかけめぐるあいだ、彼は人生ではじめて言葉を失った。小隊はどこにいる？　さらにいえば、イギリス海外派遣軍《BEF》はどこにいる？　上体を起こすと、肩の傷のうずきがいっそうひどくなった。できればまた横になりたいところだったが、それは論外だった。彼はまばたきをして視界のもやをはらうと、ペンがまた口を開いた。

「ピエールの話を聞いたほうがいいですよ――その件については、彼はおれよりよく知っている」

　バーンズは青年を見上げた。彼の口調は丁重だったがきっぱりとしていた。

「ピエール、悪いが外に出て、数分間、レナルズ戦車兵といっしょにいてくれないか？」

ピエールの顔がうなずき、ペンが顔をしかめるのが見えた。青年が外に出て扉を閉めると、ペンは抗議した。

「こんなことはしてもらいたくなかったですね——われわれには彼が必要かもしれない。軍曹はここの状況を知らないでしょう」

「そして、おまえが話してくれないかぎり、知ることはない」バーンズは毛布を落とし、短機関銃を横にして置いた。

「なんのためにそいつがほしかったんです？」ペンがたずねた。

「目をさましたとき、わたしにはどういう状況なのかまるでわからなかった——ドイツ野郎が二、三人、あの扉から入ってきたかも知れないんだ。さて、状況はどうなっている？」

ペンは少し黙ると、それから一気にまくし立てた。「おれたちはドイツ軍の前線のとんでもなく後方にいます。おそらく三十キロ以上」

「そんなことはありえない……」

「ドイツ軍は戦線全域で防御線を突破したんです。戦線にとてつもなく大きな間隙《かんげき》を生じさせ、すさまじい大混乱が起きました――どれぐらいすさまじかったかは、はっきりしません。なにしろ噂《うわさ》があまりにも多く飛びかっているんで……」

「だったら、やつらが突破したというのも噂であるとも」

「その可能性はありません――今朝、ドイツ軍戦車隊がアラスに到達していると聞きました。ドイツ空軍はこのショー全体を独り占めにしています――うちの連中とフランス空軍は最初の数日間で空から撃ち落とされました。ドイツ軍には数百輛の戦車と数千機の飛行機があります。おれたちはそいつに立ち向かわなきゃならない――ドイツ軍の戦線の何キロも後方にいるんですから」

「では、きょうは木曜日か？」

「ええ、木曜日です、五月二十三日の」

「それで、われわれは正確にどこにいるんだ？」

「フォンテーヌという場所のすぐ外です。フランス国境のかなり近くにいます」

「なんだと？」

バーンズが愕然《がくぜん》としたのは五分間で二度目だったが、今回は伍長《ごちょう》をけわしい顔で見つめただけで立ち上がった。脚が一度、へなっとなるのを感じたが、純粋な意志の力で衰弱した筋肉に力をこめた。近くの壁に手をついて、直立をつづける努力で汗が背中をつたい落ちるのを感じながら、彼はわびしくほほ笑んだ。

「ペン、わたしの頭がどうかなったのでなければ、弾薬列車が爆発したとき、われわれはフランス国境からゆうに六十キロ以上離れていたのをおぼえている気がするんだが」

ペンの口ひげが震え、それから彼のユーモア感覚が勝ちをおさめて、彼は陽気にいった。

「バーンズ軍曹、軍曹はわれわれのこの美しい世界から四日間、遠ざかっていたんですよ——つまり、気を失っていた。だから、軍曹を無事、家に送っていくのはおれの役目だった。これを家と呼べたらですがね。もっとも個人的には、これよりもっとましなのを知っていますが。黙ってなにがあったかおれに話させてくれたら、そうしたら軍曹はずっと幸せな気分になりますよ。ならなかったとしても」と彼はにやりとしてつけくわえた。「おれがいつだってじつに気の利《き》いたやりかたでものごとを表現することはご存知でしょう」

「じゃあ話してくれ」

「列車が爆発したとき、おれたちは一機のメッサーシュミットの攻撃を受けて、軍曹は肩に一発食らいました。そして、それと同時に頭をこっぴどくぶつけちまった。軍曹は車内に降りる途中でハッチをしっかり閉めました。そのおかげでこうしていまおれは軍曹と話ができるんです——ドイツ野郎が去っていく前に、弾薬ベルト半分の銃弾が砲塔にばらばらぶつかる音が聞こえましたからね。おれが健康状態を調べてみると、軍曹は昏倒して、刺された豚みたいに血を流していましたが、なんとか包帯を巻くことができました」彼はこの一連の出来事の劇的な要素を強調するように大げさに深呼吸をした。「それから数時間、おれたちはかなり暗くなるまでドイツ野郎をかわしつづけました。逃げおおせたのはまったくの偶然です——ほとんどがあけっぴろげの原野を走ってね。結局、その数時間後、ここにたどりついて、それ以来ずっとここにいるというわけです」

「ひと晩じゅう、戦車を走らせたのか？」

「ええ、月が出ていて、それが役立ちました。ヘッドライトを使う勇気はなかったことを思えばね。ここについたとき、自分たちがいったいどこにいるのか見当もつきませんでした。それから、軍曹がその件でおれをどやしつける前にいっておきますが、原野を横切って移動しながら、ドイツ野郎に目を光らせ、自分の戦車長がまだこの世にいるかどうかたしかめるために首を引っこめながら、夜中に地図を読むなんて、できるもんじゃありませんよ。すくなくとも」彼はにやりと笑って言葉を結んだ。「おれにはできません」

「おまえはじつによくやってくれたよ、ペン。感謝する。この場所にとどまっている理由はなんだ？」

「ベルギー人の医者を見つけたんです。その医者はおれたちがここにいることをだれにも知らせずに進んで軍曹を診てくれます。この建物はフォンテーヌの外にあって、村人たちはまだおれたちのことを知りません。医者はルパンという名前の親切な親父《おやじ》さんで、最後にたずねてきたときには、あとは包帯を取りかえて、軍曹が回復するまで待つだけの問題だといっていました。また戻ってくるかは怪しいと思いますね——軍曹を手当てしたせいでドイツ軍に射殺される可能性もある。肝心なのはおれたちがまだ見つかっていないことです……」

「ピエールはわれわれを見つけているが」

「すぐに彼のところに行ってきます。具合はどうです？」

ふたりが話をするあいだ、バーンズは自分自身を診断していた。床をゆっくりと歩きまわり、壁の近くから離れないようにして、いうことを聞かない脚をむりやり前に進めた。傷はいまやひどくずきずきしていたが、めまいは引きつつあった。

「だいじょうぶ」と彼は口早にいった。「つづけてくれ」

「ルパンは天の恵みでした。たぶんおぼえていないでしょうが——それに軍曹も運がよかった——あの医者は軍曹が薬で眠っているあいだに銃弾を取りだしてくれたんですよ。すくなくとも十日間の休養が必要だろうという話です——きのうから数えれば一週間です」

「アラスだが——あのアラスについてのニュースはどこで仕入れたんだ？」

「ラジオのニュース速報です。おれは一日に一度はフォンテーヌに行って聞き耳を立てています。ルパンの家の裏に畑があって、おれのために小屋にラジオを置きっぱなしにしてくれているんです」

「フランスのラジオはあてにならないかもしれんぞ」

「おれが話しているのはＢＢＣのことですよ」

バーンズの背筋に冷たいものが走った。アラスは海への中間点にある。彼は依然として大惨事の程度をなかなか呑みこめずにいて、報道がひどく誇張されているという望みにいまだにしがみついていた。

「われわれがドイツ軍の戦線のどれぐらい後方にいるのかある程度知っておく必要がある」彼はきっぱりといった。

「おれには見当もつきませんね」

バーンズは言葉を切って、壁で体をささえた。「いいか、ペン、どこかに前線があるはずだ。ラジオのニュース速報はなにもいっていないというのか？」

「軍曹、まだ理解していないんですね。エトルーの南方のフランス軍は、大打撃を受けたんですよ。おれの理解できる範囲では、ドイツ軍機甲部隊の全重量が彼らに投入され、もはやここには前線は存在しないんです。なにもかも、しっちゃかめっちゃかです。ドイツ野郎どもは戦線に大きな間隙を生じさせ、それは日を追うごとに大きくなっている。そして、イギリス海外派遣軍《BEF》はいまやブリュッセルのはるか西方にいます」

「フォンテーヌにドイツ軍はいないのか？」

「今朝までは。二日前に戦車の縦隊が通過しましたが、それが連中の行動のやりかたのようです――ひとりの兵士もあとに残しません」

バーンズはそれを興味深く思った。そして、そのことを考えながら、衣服を取って、苦労しながら身に着けはじめた。すくなくとも彼はまだ戦闘服《バトルドレス》のズボンをはいていたので、それと格闘する必要はない。それから彼は反対尋問を再開した。

「戦車はとなりだといったな。どんな状態だ？」

「エンジンは正常運転できる状態です。機関銃はオーケー。二ポンド砲も右に同じです。無線機はいまだに使用不能ですが、車内通話装置はオーケーです。おたがいに話はできるが、外の世界からは切り離されている。レナルズとわたしは、軍曹がリップ・ヴァン・ウィンクル（アメリカ版の浦島太郎）を演じているあいだ、ほとんどの時間を整備にかけていました」

「ひとつ気になるんだがな、ペン。あの青年、ピエールだ。彼はどう関係してくるんだ？」

「彼はおれたちを大いに助けてくれるんですよ。この場所にはじめて到着したとき、おれたちがやって来るのを見て、それ以来ずっとあたりをうろちょろしています。どうせおれたちがここにいるのを知っているので、友だちになるのがいちばんいいと思ったんです――それに、彼が母国語のフランス語と同じぐらい流暢《りゅうちょう》に英語を話せるというのは、天の賜物です……」

「ベルギー人なのか？」

「ええ、両親は北部の出身ですが、親とは音信不通になっています。戦争がはじまったとき、彼はフォンテーヌの叔父をたずねているところでした」

バーンズはさらに多くの質問をしながら、衣類を着おえ、なによりもいまが午後一時であることを知った。会話の最後で、彼はピエールの話題に戻った。

「戦争がはじまったとき、彼はここにいる叔父をたずねていたといったな――去年の九月にさかのぼるということか？（第二次世界大戦勃発の一九三九年九月）」

「いや、二週間前、ドイツ軍がベルギーを攻撃したときのつもりでした。おれはそれでもピエールが役に立つときがやって来ると断言しますよ。おれたちはふたりともフランス語を少々知っているが、この状況から抜けだすには、地元住民と話ができるだれかが必要だし、ピエールはおれたちといっしょに来る気満々だ。自分たちがどこにいるかいったいどうやって知るんです、もし……」

「彼をつれて来い」

バーンズは短機関銃を取ると、また弾倉を抜いて、撃発機構をためしに動かしてみはじめた。

「ピエールがそいつを持ってきたんですよ……」とペンが話しだした。

「彼を呼んでこいといっただろう」

バーンズはペンがピエールを呼んできてからも銃をいじりつづけ、彼を待たせたまま、銃を点検しつづけた。ピエールに質問を投げかけたときも、ずっと銃に視線を落としていた。

「これをどこで手に入れた？」

「フォンテーヌの外の道路わきで見つけました。一台の車が停まったかと思うと、ドライバーがそれを溝に放り投げたんです。それから猛スピードで走り去りました。銃の状態は良好です、バーンズ軍曹」彼はそれを〝ベァーンズ〟と発音した。「自分でためしに動かしてみました。もちろん最初に弾倉を抜いてから」と彼は誇らしげにつけくわえた。

「なるほど。きみのような歳《とし》の若者がどこでこういうものについて学んだのかな?」

「うちの父はベルギーのエルスタルにある小火器工場で働いてます（エルスタルは銃器メーカーのFN社の所在地）。父はどんな拳銃《けんじゅう》だって機関銃だって撃てるんです」またしてもかすかな誇らしさ。「あなたたちのブレン軽機関銃だって。あの銃がそう呼ばれているのは、チェコスロヴァキアの都市ブルノで最初に製造されたからです」

「フォンテーヌに住んでいる叔父さんがいるんだって?」

バーンズは青年の青い目を真正面からのぞきこみ、相手もそれをじっと見つめ返した。ピエールの眉毛《まゆげ》はきれいな金髪だったので、眉毛がほとんどないように見え、そのせいで奇妙なくらいもっと年配なような感じがした。

「もういません」と彼は答えた。「叔父さんは一昨昨日《さきおととい》、ドイツ軍から逃げだしました」

「なるほど。きみはなぜいっしょに行かなかった？」

「こわくないからです。ぼくはドイツ軍と戦います」彼は早口で話しつづけた。「七月には十八歳になるので歳はじゅうぶんだし、ぼくには武器の知識があるので訓練はいりません。ペン伍長はいっしょにいっていいといいました」

「あわてるな、若いの」ペンが口をはさんだ。「おれはバーンズ軍曹にたのまなきゃだめだといったんであって、そいつはまるっきりちがう話だ」

バーンズは口を開いて、いっしょに来ることはいかなる状況でもできないといおうとしたが、それから考えを変えた。フォンテーヌを去る前に青年を敵にまわしても意味はない。バーンズはかわりに質問をした。

「どこで勉強したら、そんなにきれいな英語を話せるのかな？」

「ありがとう、軍曹」ピエールは誇りで目を輝かせた。「うちの父はイギリスの武器について学べるように、ぼくをイギリスのバーミンガムにあるヴィッカーズ社にやって、六カ月間すごさせてくれたんです。人にいわせると、ぼくにはミッドランド地方のなまりがあるそうです」

「わたしがペン伍長といっしょに戦車をちょっと見ているあいだ、レナルズ戦車兵のところへ行っておしゃべりでもしているんだな、ピエール」

ピエールが建物から出ていくあいだ、バーンズは短機関銃の仕組みについてペンに説明をはじめ、要点をわかりやすくしめすために銃を彼に手渡した。

「この銃を持つとどうしても弾倉をつかみたくなるが、もっと上のほう、銃身のすぐ下を握らなきゃいけないんだ……あの医者、ルパンだが、おまえは彼がここでわたしを診ているあいだ、彼とけっこう話したか？」

「ほとんど話しませんでしたね――ひどく無口な人間だったし、わたしはピエールに通訳をまかせていました」

「自分でフォンテーヌに行ったことは？」

「いいえ、ニュースを聞くためにルパン家の庭の小屋に行くとき以外は、少しでも近づかないようにしていました。ドイツ軍があの場所をいまにも占領するかもしれないと思っていたし、軍曹がよくなるまで身をひそめていたかったんで」

「この建物の持ち主はだれだ？――どこかの農民のものだと思うが」

「そのとおりですが、難民といっしょに逃げちまったので、道路がもっと静かになるまでしばらくここにいてもだいじょうぶなはずです。フォンテーヌを抜ける本道はまだ難民の通行でごった返していて、村自体も難民であふれています。数日間はここでじっと待つことになるかもしれません」

「地図を持ってきてくれ、ペン。ドイツ軍の戦線後方の一カ所で四日間も動かずにいるというのはまったく健全な考えではないし、われわれの幸運はいまにもつきることになると思う。移動する必要がある」

「軍曹はたったいま起きたばかりですよ」

「そして、起きつづけるつもりさ。レナルズにいって、われわれがいつでも即座に走りだせるように、なんでも必要だと思う最終チェックをやるよう釘をさすんだ。それから、なにか残っていたら、食べるものがほしい」

バーンズがひと言口にするたびに空気はすでに変わりつつあり、ペンにもそれが感じ取れた。こうしてはいられないという思いがバーンズに活力をあたえ、その思いがペンにつたわってきたが、彼は最後のひと踏ん張りをした。

「それでもまだ、軍曹はすくなくともじゅうぶん休むべきだと思うんですが……」

「わたしはピエールといっしょにフォンテーヌへ行って、この目で見てくるつもりだ。戻ったら、われわれは移動の準備をしなきゃならない。いいか、ペン、日暮れよりかなり前にこの場所を後にするんだ」

バーンズはこの場所から離れて移動しなければならないという気持ちにしきりにせ

っつかれながら、ピエールといっしょにフォンテーヌへの道をずんずん進んでいった。午後の日差しがベルギーの野原にまばゆく照りつけ、彼らの顔に降りそそぎ、彼らの手を暖めて、体に純粋な熱を感じさせた。バーンズには偵察の理由がふたつあった。自分で空気を嗅《か》いでみたかったし、自分の持久力をためしたかった。焼けつく日差しのせいで傷の不快感が増して、いまやずきずきにくわえて、包帯の周囲にちくちくする感覚もおぼえていた。包帯をむしり取りたくなるほどの感覚を。頭がずきずきとして、彼はむりやり歩幅を広くとって、ぎくしゃくと歩いた。一歩ごとに、小さな路面の隆起にぶつかったような衝撃が敏感な肩につたわってくる。しかし、彼はまだ立っていたので、だいじょうぶだった。ホルスターにはウェブリー四五五口径回転式拳銃をおさめ、蓋《ふた》のボタンははずしてあった。

「村があります、バーンズ軍曹」

「道のあの大勢の人間はいったいなんだ？」

「難民です。昼も夜もずっとフォンテーヌを通り抜けています。大広場を横切るのもむずかしいほどです」

灰色をしたスレート屋根の教会の尖塔《せんとう》が石壁の建物の集合体からそびえ、その距離からだと、村の両側に、彼らが歩いている道と直角に走る一本の道が見て取れた。本道は信じられないほど密集した人の流れでごった返している。のろのろと動く縦隊は、蝸牛《かぎゅう》の歩みで進んでいるため、ほとんど動いていないように思えた。バーンズは道を離れると、村の東のはずれへと通じるコースにそって、野原をななめに横切りはじめた。

「フォンテーヌには入らないんですか?」とピエールはたずねた。

「あの縦隊を見てみたいんだ。あとで村に入って、なにか食糧を買いたい」

「なにも手に入りませんよ——村の商店は空っぽで、商店主は二日前に出ていきましたから。ひどくこわがっていて、いい潮時だといっていました」

「ドイツ軍をこわがってかね?」

「いいえ、村人たちをです。じきに現金をはらわずにほしいものを持っていくだろうといっていました。実際に、ある男は彼を泥棒呼ばわりしていたんです——この目で見ました。商店にいたほかの人たちは彼をおどしていました」

その出来事には不快な響きがあって、バーンズは不安をおぼえはじめた。できるだけ早くこの地域を離れたほうがいい。しかし、まず道路の状況を調べる必要があった。われわれはたしかに困った状況にある、と彼は心のなかでつぶやいた。もし主要な道路が全部こんな状態なら、野原を横切って進まねばならないだろうし、そうなればスピードは遅くなり、燃料消費量は倍増する。彼らは難民の行列に横から近づいていった。行列は見わたすかぎりつづいている。道ばたから十数メートルのところで、彼らは野原のなかで足を止め、その光景を見守った。道路は水かさを増した川のような避難民の群れで端から端までぎゅう詰めだった——数台の自動車、シーツ類やマットレスや家財道具の山を高く積み上げた多数の荷馬車。一台の荷馬車には、いまにもへりを越えて倒れてくる恐れのある、真鍮《しんちゅう》の柱がついたベッドが見えた。しかし、なによりも道路は徒歩の人々でごった返していて、バーンズはこれほど痛ましい顔をついぞ見たことがなかった。窮地に追いつめられた男女の顔。彼らの表情はくたびれはて、絶望して、前の車輛《しゃりょう》に目をぼんやりと向けたまま、無慈悲な太陽の熱気の下をとぼとぼ歩いている。

「あの群衆を通り抜けるのはむりだな」彼は最終的にいった。

「あの向こうに分かれ道があります」ピエールは野原ごしに低い生垣を指さした。「その道なら戦車で進めます。ドイツ軍が攻撃したので、あの方角からは難民は来ていません」

「その道はどこへ行くか知っているか？」

「もちろんです。道はアラスに通じています。行ったことはありませんが、叔父さんが話してくれました。ぼくはあの道を何キロもたどったことがあるし、道幅は戦車にじゅうぶんです」

　ピエールがいっていることはバーンズが調べた地図と一致していて、彼は自分の考えがアラスの町のほうへどんどん向いていくのを感じた。ペンは、その朝のニュース速報がアラス地域で連合軍の反撃が展開されていると報じていたといっていた。イギリス軍の戦車隊の反撃が。そして、町は連合軍がドイツ軍と交戦しているらしい定地点だった。彼は車がクラクションをしつこく鳴らしながら近づいてくる音を聞いて、右のほうを見た。緑色のルノーの四人乗りオープンカーで、見たところ、軍用乗用車の外見をしていた。バーンズはほんの一瞬、自分が連合軍との接触を取り戻したのかもしれないと思ったが、そのとき唯一《ゆいいつ》の乗員が女性であるのが見えた。彼女は車を停めてクラクションを何度も鳴らすと、それからさらに数メートルじりじりと進んだ。バーンズはきっと正気を失っているにちがいないと思ったが、彼女を見ているうちに不安感に、奇妙な予感につつまれた。馬鹿《ばか》げたふるまいにくわえて、彼女は前方をとぼとぼ歩いている疲れ切ったかわいそうな人々にだれひとりとして乗っていかないかと声をかけてもいなかった。

「どれだけ人を怒らせればいいっていうんだ?」バーンズはどなりつけた。

「なんですって?」

ドイツ軍の攻撃はなんの前触れもなしに容赦なくやって来た。太陽を背に晴れた青空から舞い降りてきたので、その接近に気づくのはほぼ不可能だったが、バーンズはそれが近づく音を聞いた。

「伏せろ!」

彼はとまどう群衆に向かってその言葉を何度も叫び、それからピエールのかたわらの草に身を投げだすと、最初のメッサーシュミットが縦隊にそって飛びぬけた。エンジンが金切り声を上げ、機関銃がノンストップで火を噴く。群衆は放心状態で、恐怖で呆然としている。突然の来襲のショックで、安全な場所へ逃げようとすることさえできない。バーンズは戦闘機がうなりを上げ、銃声を轟《とどろ》かせながら道路を一直線に近づいてくると、目の前でひとりの老人がふりむいてそれを見つめるのを目にした。彼は荷馬車に背中から叩《たた》きつけられる前に、銃弾を数十発食らったにちがいない。最初の戦闘機がうなりを上げて飛び去ると、バーンズは回転式拳銃を抜き、銃身を腕に載せて安定させると、つぎの一機を待ち受けた。ほとんどすぐに、二機目のメッサーシュミットが急降下から引き起こして、行列の上を高速で飛び抜けた。バーンズはパイロットの飛行帽の輪郭と胴体の黒い十字、尾翼の鉤十字《かぎじゅうじ》を目にした。彼はつづけざまに三発撃ったが、むだなあがきであることはわかっていた。四五五口径弾が燃料タンクを貫通しないかぎり、弓と矢で狙《ねら》っているも同然だったが、彼はなにかやってみる必要があった。三機目がいまや来襲しつつあり、その下腹はパニックに襲われた難民の頭をほとんどかすりそうなほど低かった。バーンズは引き金を引いたが、西に目を転じたときべつの一機が近づいてくるのに気づいて口ぎたなくののしった。そして、その瞬間、一頭の馬があばれだして、荷馬車を引きずったまま道路から飛びだし、人々はこの新たな脅威から必死に逃げようとした。

戦闘機は全部で六機で、彼らが殺戮《さつりく》の場から飛び去ると、午後は突然、おそろしいほど静かになった。むせび泣く女性たちの悲しみに満ちた叫びだけが静寂を満たすなかで、バーンズはよろよろと立ち上がり、動かないルノーに駆け寄った。車のところへ行って、なかをのぞきこむと、彼は歯を食いしばった。ルノーの女性は機関銃の衝撃をもろに受けていて、いまや彼女は血まみれの死体としてさえほとんど見分けがつかなかった。まだエンジンがかかっていたので、彼は身を乗りだして点火装置を切った。彼はこの難民たちにできるだけ手を貸してから、ノンストップでアラスを目ざすつもりだった。

戦車はフルスピードで南へ走り、行く手の道路は見わたすかぎり障害物ひとつなかった。またしてもベルギーの放牧地の光景が広がり、どこにも木らしきものはほとんど見えない。つまり航空攻撃から身を隠す場所がないということだ。

バーンズは砲塔に立って、全方位を観測しつづけることに神経を集中していた。人けのない前方の道路、後方の道路、遠くで人々が働いていて、イギリス軍戦車の通過にはまったく気づいていないように見える左右の野原、そしてなによりも、もっともすばやい危険がなんの前触れもなく襲ってきかねない頭上の空。彼の下では、ペンが火砲の後ろでデイヴィスのかつての配置につき、いっぽう戦車の前部ではレナルズが開いたハッチから頭をつきだし、自分たちがまた移動していてバーンズが指揮をとっていることにほっとしながら、汗だくで操向レバーをあやつっている。レナルズにとって、バーンズが指揮をとっているかぎり、世のなかはすべて順調だった。砲塔の後ろにはピエールが座っていた。彼は戦車の外でエンジンカバーの上に座らされ、大きなキャタピラが回転のたびにさらに南へと進んでいくなかで、すでに車体のおだやかな揺れに慣れていた。ベルギー人青年をつれていく件をめぐっては、バーンズとペンのあいだであやうく喧嘩《けんか》が起きるところだった。最初、バーンズはきっぱりと拒否した。

「彼は情報を得るために必要です」とペンは抗議した。「彼はこの国を知っているが、おれたちは知らない。戦闘地域近くで、ある町に入ったとしましょう――正確な情報はきわめて重要だ。おれたちの命がそれにかかっているかも知れないし、地元住民からすばやくそれを手に入れられるのはピエールだけだ。彼はすでにおれたちといっしょに何度か危険を冒している――ドイツ軍戦車の縦隊がフォンテーヌを通り抜けているあいだずっとおれたちといっしょにいた。そのときはわからなかったが、もしいっしょに捕まっていたら、やつらは彼を射殺していたでしょう。それに、彼はわれわれに食糧を運んできてくれた」

ピエールをフォンテーヌよりもっと平和な地域で下ろせるようになるまで同行させるようバーンズを説得したのは、結局のところ、たぶん食糧を運んできたその態度だった。彼らがまさに出発しようとしていると、ピエールが何本かのフランスパンを両《りょう》脇《わき》にかかえ、肩掛け鞄《かばん》いっぱいの缶詰肉をぶら下げて村から駆け戻ってきた。ポケットにはコーヒーの小袋さえも詰めていた。その食糧品をどうやって手に入れたかはだれも子細にはたずねなかった。結局のところ、戦争ははじまっているのだ。

そしていま、戦車がフォンテーヌを遠くあとにしながら、バーンズは多くの事柄を秤《はかり》にかけていた。太陽が照りつけているのは心地よかったが、ドイツ空軍が奇襲をかけてくるのはその太陽からだ。だから彼は頻繁に小手をかざして空を見まわし、接近するエンジンの最初の警告音をもとめて耳をこらした。前方の景色が波打ちはじめ、彼は待ちかまえているかもしれない砲陣地のいかなる形跡をも見つけだそうと、隆起にそって慎重に観測をつづけた。いまのところ、彼らはこのはてしなくつづいているように思える人里離れた道路で、ベルギー人の荷馬車としか出会っていなかった。荷馬車はのんびりと通りすぎ、馭者《ぎょしゃ》たちは自分の目がほとんど信じられないといったように戦車を見つめた。バーンズは油断なく監視をつづけながら、自分たちが進んでいる道路を地図上で見つけようとした。フォンテーヌからおおむね遠くのアラスの方角へ南西にのびる一本の道路があったが、この道路はじょじょに曲がっていて、彼らは真南に向かいつつあった。彼はこの発見を口にせずに、地上の目標物に目を光らせた。

自分たちはもうじき問題にぶつかるだろう、バーンズにはそのことが直感的に分かった。彼らは火砲を装塡《そうてん》し、動力旋回装置のスイッチを入れて移動しており、バーンズはピエールに、問題が起きたらただちに戦車を離れて物陰に隠れるよう厳重に言い渡してあった。彼らの前進の唯一の目撃者である牛が野原で草を食《は》む、こののどかな道路を先へ進めば進むほど、バーンズの神経はいっそう張りつめていった。自分たちがなにか大きなことに出くわすのは時間の問題にすぎなかったし、それが起きたら、電光石火で決断を下さねばならないだろう。彼は自分にそれができるよう願うしかなかった。彼は肩のうずきとちくちくする感じを日常の負担として、呼吸と同じぐらい自分自身の一部として受け入れる段階に達していたが、せめてひどくずきずきする頭痛がおさまってくれればいいのだがと思った。この状況では、非常事態が発生したとき彼がそれに反応しただけでも驚くべきことだったし、実際、即座に反応したのはほとんど奇跡といってよかった。

そのとき彼らはバーンズの指示で速度を落として進んでいた。彼らは太鼓橋に近づいていたからだ。田園地帯の性格はまたしても変わっていて、いまや低い丘陵が道路に近づいていた。砲塔の高く見晴らしのきく位置からでも、橋のすぐ向こう側の道路を見るのは不可能であることがわかったので、バーンズの視線は前進しながら、まだ百メートル先の橋の頂点に据えられていた。彼は橋の様子が本能的に気に入らなかった。そこで万一にそなえて、警戒命令をあたえはじめた。

「二ポンド砲。射距離一〇〇。目標、前方の橋」

彼の下では、ペンの頭がパッド入りの半円にしっかり押しつけられ、その目は望遠照準機ごしに、橋の頂点を中心とする田園地帯の小さな円をじっとのぞきこんでいる。二ポンド砲の革張りのグリップは肩まわりと脇の下にしっかりと固定されているので、その肩のほんのわずかな動きでも砲口は自動的に上がったり下がったりする。左手は動力旋回レバーを握り、もう一方の手は引き金ハンドルを握っている。いまやガラ人の円内の十字線は橋の頂点のどまんなかに合わさっていた。射距離はセットされ、準備はできた。そして、このすべてに要した時間はほんの数秒だった。

バーンズがほとんど命令をあたえ終えないうちに、そしてペンがちょうどそれにしたがい終えたときに、それは起きた。太鼓橋の頂点を一直線に越えて、幌《ほろ》付きの大型トラックが一台、向こう見ずな猛スピードを出しながら突進してきたのだ。バーンズは一瞬でその正体を心に留めた――後部から大きく身を乗りだしてこっちをのぞいている兵士にいたるまで。その頭にはプディング型のヘルメットがしっかりと載っている。ドイツ軍の自動車化歩兵の分遣隊だ。

「ドイツ軍のトラックだ！　撃て！」

砲身がわずかに下がった。トラックはもう太鼓橋を渡り終えて、なおも彼らに向かって突進していたからだ。バーンズは予期すべきことを心得ていたので、砲塔の縁をつかんだ。戦車は胃をつかんで揺さぶるような反動の衝撃で震えた。砲弾は金切り声を上げてつき進み、その目標はそれとぶつかるために突進した。ふたつの飛翔《ひしょう》体《たい》は恐るべき衝突を起こした。砲弾はエンジンの高さより少し上でトラックに命中して、凄《すさ》まじい爆発を引き起こし、金属とキャンバスと肉を引き裂いた。砲塔内では、空気がコルダイト火薬の煙の臭《にお》いで充満するなかで、いまや砲の後ろについたバーンズが、新しい砲弾を力をこめて放りこんで閉鎖器を閉じさせ、再装填した。それから砲塔のてっぺんにいそいで戻る。戦車はまだ目標に向かって進んでいた。車体前部では、レナルズが冷ややかな満足感でトラックを見つめていた。やれやれ、あぶないところだった！

トラックは粉砕されていたが、爆発の力は奇妙ないたずらをするもので、この爆発は開いた後部からまだ短機関銃をつかんでいるドイツ兵数名を放りだし、草の路肩に投げ飛ばした。彼らは少しのあいだ、呆然《ぼうぜん》とそこに横たわっていた。しかし、バーンズが砲塔から目をやったときには、彼らは立ちなおりつつあり、草地から跳び上がって離れた。恐怖の反射作用が彼らの動きを加速して、彼らは野原に駆けこむと、目標を分散させた。もしよく訓練されていたら、彼らはあっというまに戦車を包囲しているだろう。バーンズは即座に命令を下した。

「操縦手、右へ、道路から出て、右へ。機関銃。機関銃。右だ。ずっと右。撃て！」

引き金を握るペンの手が同軸機関銃へ跳んだ。レナルズは道路から離れ、低い針金の柵《さく》を抜けて、草地を越え、走る兵士たちのほうへ一直線に向かった。機関銃が火を噴きはじめ、銃弾の雨が最右翼の兵士をとらえた。銃弾は兵士が足を踏みだしかけたとき空中で彼をとらえ、兵士は体をぴくぴく痙攣《けいれん》させながら落下しはじめた。その手から短機関銃が落ちる。

「機関銃。旋回、左、左……」

ペンの頭と手はパニックを起こすことなく冷静にバーンズの意図を忠実になぞり、砲塔は銃弾の雨といっしょに旋回をはじめた。まずいちばん右の兵士を倒し、それから走る兵士たちの前進に向かって左へ旋回して、必死に散開しようとする五人の兵士たちを全員とらえると、機関銃を下に向けて、草の上に倒れこんだ者たちに地表の高さで掃射を浴びせた。一分もたたないうちに、すべては終わり、バーンズは戦車を道路に戻すよう命じた。

破壊されたトラックは片側にグロテスクに沈みこみ、まだタイヤは地面についていたが、奇妙な角度にかたむいていた。炎がボンネットを舐《な》め、後部のやぶれたキャンバスに火がついている。そのとき、燃料タンクが爆発して、にぶいドンという音を立てた。炎が高く上がって、キャンバスが燃え上がり、急速に燃え広がって、金属製の幌骨《ほろぼね》がむき出しになった。バーンズは戦車を停めて、火災がおさまるのを待った。その目は機影をもとめて夏空をたえず見まわしていたが、戦争の形跡はなにひとつ見あたらなかった。死がすばらしい快晴の日を台無しにしているのは地上だけだ。火勢が弱まりはじめるとすぐに、バーンズは戦車に前進するよう命じた。砲撃されたトラックはいまや行く手をふさぎ、残骸《ざんがい》が道路のまんなかに立ちはだかっていた。彼は草の路肩にそって慎重に戦車を誘導し、車体前部がトラックと真横から向き合うようにした。

「操縦手、ゆっくりと前進して、あれを道の端から落とすんだ」

戦車が前進し、キャタピラがトラックの側面にぶつかった。戦車は橋の末端にある斜面に向かって少しずつトラックを押し下げていく。その斜面が運河へとつづいているることは、もうバーンズにも見て取れた。砲塔からは太鼓のように盛り上がった橋の向こう側が見わたせ、その先の道は何キロも障害物がなかった。さらに運転台の床とトラック自体の内部には、制服姿の兵士とはほとんど似ても似つかない衣類の山が見えた。トラックは、戦車に押しのけられ、いまやほとんど縁まで来ていた。戦車は廃材を片づけるブルドーザーのように車を動かしている。トラックがころがり落ちはじめると、ヘルメットをかぶった人影が死体の下から飛びだしてきて、車道に飛び降り、よどみない動作で短機関銃をこちらに向けた。あの殺戮をどうやって生きのびおおせたのかは神のみぞ知るだが、いまや彼は数秒しか生きのびられなかった。短機関銃が向けられると、バーンズは拳銃を発砲し、それと同時に同軸機関銃が火を噴きはじめた。ドイツ兵は後ずさって縁を乗り越え、その数秒後、トラックがころがり落ちて、つぶれる金属の耳ざわりなきしみ音とともに、斜面の彼の上に激突した。トラックは運河のへりに落ちて、つぶれたアコーディオンのようにそこでとどまった。燃えるゴムの不愉快な臭いがして、バーンズはバックを命じると、前進して橋を渡り、向こう側で停車した。それから道路に降り、橋を渡って戻った。

遠くにピエールの姿が見えた。トラックが姿を現わすとすぐさま飛びこんだ溝からよじのぼっている。いま彼が道をゆっくりと歩いてくると、バーンズは殺戮の様子を調べるためにいそいで斜面を降りていった。まるで小さな戦場のようだった。トラックは落ちていく途中でそのおぞましい積荷を投げだし、運河のほとりに死体をまき散らしていた。ひとりの兵士は顔を下に向けて半分運河に横たわっていた。ずたずたにされ、ねじれた体は、ひとり以外、全員死んでいた。バーンズはけわしい表情で、うめき声を上げる男のところへ歩いていった。そのうめき声は死の苦痛にさいなまれる動物を連想させた。両脚は吹き飛ばされ、うつ伏せに横たわっている。体の下部は血まみれの切り株だった。ヘルメットをなくしていて、戦死しているように見えた。男が間もなく、長くても三十分で死ぬのはきわめて明白だったが、その三十分のあいだ、男は耐えがたい激痛に苦しめられる生きものだった。やれやれ、とバーンズは思った。なぜ気をきかせて自分も死なななかったんだ。彼は歯をきつく嚙《か》みしめた。あわれなやつだ。彼は男が聞いているかもしれない、それどころかなんとか顔をこっちに向けるかもしれないと恐れて、声に出さずにいった。自分が歯を食いしばっていることに気づかずに、身をかがめると、男の頭から数センチ以内に拳銃の銃口をかまえ、それについて考えるまえに引き金を引いた。ドイツ兵は短く痙攣運動をすると、動かなくなった。バーンズは息を吐きだした。背筋をのばすと、自分がひとりではないことに気づいて、ふりかえった。橋の欄干ごしにふたつの顔が見おろしていた。ペンとピエールだ。

「ピエール」とバーンズは叫んだ。「すぐにここに降りてこい」

青年はゆっくり降りてきた。足元に気をつけながら、自分の下に横たわっているものを見ないようにして、斜面をすべりおりてくる。橋の上では、ペンがまだ無表情で見おろしていた。ピエールは底につくと、立ち止まってバーンズを見た。彼の髪は櫛《くし》であらたに撫《な》でつけられ、その表情はうつろだった。

「よく見るんだ、ピエール」バーンズはうながした。「これが、きみが参加したくてたまらなかった戦争だ。きみは適齢期に達したら召集されることになる――戦争はそれまでつづくだろう。だが、それが楽しいものだとはぜったいに思うな」

ピエールの視線は死体の上をさまよい、その顔にはなんの感情も浮かんでいない。背筋をぴんと伸ばして立っている。

「よく見るんだ」バーンズは彼にじっと眼を据えながらつづけた。「あれは戦車と飛行機から女たちを機銃掃射する人でなしどもだ」

「もう行っていいですか？」ピエールはそっけなくたずねた。彼は〝軍曹〟という言葉をつけくわえなかった。

「ああ、まっすぐ戦車に戻って、レナルズ戦車兵といっしょにそこで待っていろ。ペン、ちょっとここに降りてきてくれ」

彼は待った。ペンが引き船道に降りてきたとき、ピエールは橋を越えて姿を消していた。ペンの目は怒りに燃え、声にはとげがあった。

「彼にあんなことをする必要があったんですか？」

「わたしなりの理由があったんだ。さあ、良好な状態の短機関銃を二挺《ちょう》と、できるだけたくさんの予備弾倉を見つけるんだ。そうすれば各自一挺ずつ持てるし、重宝するかもしれない」

彼らは無言で作業した。バーンズは死体の数を数え、彼にわかったかぎりでは、トラックには、道の向こう側で野原に横たわっている者たちをふくめ、総員二十名が乗っていた。疑いなく運転台で運転手の横に座っていた将校の衣服をできれば調べたかったが、このごちゃごちゃのひどい状況では、そうした捜索に何時間もかかるだろう。かわりに彼は足のない男のところへ戻り、体の下に手をのばして、彼の俸給手帳をひっぱり出した。第七十五野戦連隊のグスタフ・フライスラー。すくなくとも、それが部隊を識別する長いドイツ語らしきものの意味するところだった。彼は俸給手帳を自分のポケットにしまった。連合軍の戦線にたどりついたら、手帳は部隊を確実に識別してくれるだろうし、さらに彼はこのあわれな男の戦死報告ができるだけ早く赤十字を通じてドイツ本国へとつたえられることを望んでいた。

彼らが戦車に戻ると、バーンズは少し時間を割いて、ペンとレナルズにドイツの短機関銃の仕組みを説明し、弾倉を抜いた状態でふたりにその使いかたを練習させた。これが行なわれているあいだ、ピエールはエンジンカバーに座って、バーンズにわずかな注意も向けずに空を見上げていた。ペンは熱心に短機関銃の練習をし、練習が終わると、ほとんどひと言も漏らさずに戦車によじ登った。レナルズだけが冷ややかな空気に気づいていないようで、向きを変えてハッチ内に降りていきながら、自信たっぷりにいった。

「ペンはたよりになりますね。あの二ポンド砲を本当に使いこなせる」

「彼はいい仕事をやってくれるよ――あのトラックのなかには連中が二十人もいたんだ」

　ペンはたよりになる、その点はレナルズのいうとおりだ。もし彼があのトラックを初弾でぶちのめしていなかったら、死んだドイツ軍将校がいま彼らの俸給手帳を調べていてもおかしくなかったのだ。しかし、いまバーンズの頭を占めているのは、自分たちを待ち受けているもののことだった。そして、目を細くして午後遅くの空を確認しながら、彼は、きわめて深刻な問題に出くわさずに自分たちがつぎの夜をすごすことは望めないと確信した。


　彼の決定には危険な要素があったが、バーンズは計算された危険を冒して、河川橋の近くで夜をすごすと決めた。運河近くに砲撃されたトラックを置き去りにして以来、彼らは緊張の夕べを経験していて、それが彼らのすでに張りつめた神経をずたずたにしていた。さらに、バーンズがフォンテーヌで気を失って寝ているとき、四夜にわたってペンもレナルズも交代で見張りに立っていたので、彼ら全員が疲労困憊《こんぱい》に近い状態にあった。おそらく、ほかのなによりも彼らを精神的に疲れさせる要素は、自分たちが敵戦線の後方を移動していて、いつなんどき自分たちをわずか数分でやすやすと叩きつぶす圧倒的なドイツ軍部隊に遭遇するかもしれないという事実だった。とりわけ、バーンズはドイツ軍戦車の縦隊と正面からぶつかることを恐れていた。

高まる緊張感はさまざまな形でその存在を感じさせた。エンジンが故障したときは道ばたで二時間が空費され、彼らは故障個所を見つけて修理するのに必死になった。このあいだピエールは、後部のエンジンカバーを開けたとき戦車から離れなければならなかったので、草の路肩に無言で座っていた。バーンズは、ペンでさえベルギー人青年をつれてくるのにあんなに熱心にならなければよかったと考えはじめているのではないかと思ったが、伍長《ごちょう》自身が柄にもなく黙っているので確信はできなかった。レナルズは鈍感にエンジンに取り組み、なにかがおかしいとも感じていなかったが、とはいえ雰囲気にかんするかぎり、レナルズが敏感すぎたことは一度もなかった。彼らは故障の原因をつきとめ、修理すると、水を一杯飲んで、それから町を迂回《うかい》するために道路を離れて移動をつづけた。いまのところ、彼らは開けた原野を横切って、三つの町を大まわりで避けていた。この戦術はまたペンとの議論を引き起こした。

「危険を承知でやってみてはどうです？」彼は力説した。「こっちにはピエールがいるんだから、だれか一人が彼といっしょに忍びこんでなにかニュースを仕入れてくればいいんです」

「あとでそうする必要があるかもしれないが、いまはまだだ」バーンズはきっぱりと答えた。「まず自分たちがどこにいるかをもっとよく知りたい」

「それは地図ではわからないんですか？」

エンジンは修理が終わったばかりで、バーンズとペンは、また出発するまえに、レナルズが最終点検をするあいだ、近くの野原をぶらぶら歩いていた。

「そうだ、ペン。われわれは前回と同様、この場所も迂回する」

彼らが立っている場所からは、遠くの町が見えた。高い教会の尖塔、工場の煙突数本、建物の長い列。シュトゥーカ急降下爆撃機の編隊が北西を目指して空のひじょうに高いところを横切った。フォンテーヌを出て以来、彼らは敵機が視界の外に飛び去るあいだ、四回停止していた。ペンは、もどかしげに食い下がった。

「でも、フォンテーヌからの道路をたどっているだけなら……」

「ペン、いま移動している道路は、自分たちが進んでいると思っている道路と一致しないんだ。まったく一致しない。われわれはいま南西へ移動している。それはわかる。しかし、長い時間、われわれは真南に向かっていたんだ」

「方位磁石がイカれているのかもしれません。あれだけ金属にかこまれていると、ときどきそういうことが……」

「わたしは太陽をたよりに進んでいるんだよ——それなら金属の影響を受けないだろう？」

「つまり、どこかで迂回したときに、ちがう道に戻ったのかもしれないということですか？」

「とにかくこのすべてがなにかひどくおかしいということさ。だから」バーンズはきっぱりといった。「きょうは、どの町にも近づかない。どこであろうが、この場所を迂回する。さっさと動きだそう」

夕暮れまぎわになったとき、バーンズはその橋を目にした。二車線を楽々通せるほど幅が広い、大きな石の橋だ。どこからも何キロも離れた広大な原野のどまんなかにあり、三十分もたたないうちに、ヘッドライトをつけないと移動できなくなるだろう。それはなにがあっても彼がぜひとも避けたい行為だった。

戦車が近づくと、彼は橋の右側に雑木林があるのに気づいた。彼は戦車を停め、ペンといっしょに調べにいった。

「ここはおあつらえ向きの場所かもしれませんよ」とペンは持ちかけた。「橋はおれたちにとって縁起がいい。あの林にバート号を停められます」

しかし、雑木林は遮蔽物《しゃへいぶつ》には向いていなかった。草地のところどころにぽつぽつと生えたひと握りの幹の細い若木にすぎなかった。どう戦車を停めても、バート号はまだ道路から見えるだろうし、バーンズが心配しているのはその道路だった。ペンはちがったふうに考えていた。

「ここは理想的な場所ですよ。とくに夜は」

「それは正しくないな、ペン。南からあの橋を渡ってくる車輛はみんな、この場所にヘッドライトを真正面から向けてくるだろう。われわれはこれまでついていたんだ——ドイツ軍の侵攻のせいで、この道路は通常の車どおりがすっかり絶えてしまったのだと思うが、だからといってドイツ野郎がこっちにもっと多くの部隊を送りこんでこないということにはならない。どこかバート号を完全に見えないように停められる場所を見つける必要がある。橋の下ならうまくいくかもしれん」

「橋の下……？」

しかし、バーンズはひとりごとをいっていた。彼は大股《おおまた》で道路へ戻っていくと、橋の側面近くで土手を駆け下り、鬱蒼《うっそう》たる茨《いばら》をかき分けながら、下の川に降りていった。たしかに、高い石のアーチの下には広々とした空間があったが、川の深さはどれぐらいあるだろう？　バート号は、渡河用の蓋で後部の空気排出口を閉じれば深さ九十センチの水を楽々漕《こ》いで進むことができた。バーンズは橋の下では水深が三十センチもないことを発見して、二週間以上雨が降っていないことに感謝した。さらにありがたいことに、川床の表面はなめらかな岩で、岩のあいだは細かな砂利だった。

古い歩道が川の北側にそって走っていた。歩道は雑草と背の高い草の下に半分うもれていて、戦車のそばで眠る場所を彼らにあたえてくれるだろう。アーチの下から見あげたバーンズは、バート号の全高二・四メートルをおさめるのにじゅうぶんなゆとりがあると判断した。つぎは隠蔽の問題だ。彼は橋の下の歩道にそって歩きながら、歩数で距離を計った。約八メートル。バート号の全長は五・五メートルだから、アーチ道の内側にじゅうぶんおさまる。唯一の問題は、戦車を川床へ下ろすことにあった――土手はすくなくとも三メートル半の高さがあって、勾配《こうばい》は急だった。その斜面は茨と下生えのジャングルでおおわれている。彼は戦車に戻ると、道路わきにピエールを残したまま、指示をあたえた。戦車を誘導して、日に焼かれた野原を少しの距離、横切り、橋からじゅうぶん離れると、川床へ降りようとした。橋の近くの下生えを押し倒して、自分たちの痕跡《こんせき》を残したりはしないつもりだった。

バーンズはもう一度、川の深さをたしかめ、戦車に戻って、レナルズにヘッドライトを点灯するよう命じた。この予防措置は気に入らなかったが、土手の高さより下はいまやほぼ真っ暗だったので、それが必要不可欠であることはわかっていた。それからキャタピラが下生えを踏みつぶしながら下りはじめた。戦車の重心が土手の縁の上でかたむくと、がたんという音とともに車体が下がり、それから茨をすべったり踏みつぶしたりしながら一気に下に突進し、しぶきを上げて水面にぶつかった。戦車はレナルズが右のキャタピラを少しの間止めたので向きを変え、左のキャタピラの回転が車体を九〇度旋回させて、川下を向くようにした。バーンズが懐中電灯の光線を向けると、川の水位はキャタピラ側面の三十センチにも満たないことがわかった。いつもどおりレナルズはこの異例の状況でもすばらしい操縦ぶりを発揮していた。戦車は橋に向かって前進した。土手との隙間《すきま》はいずれの側も一メートルもない。彼らはしっかりとした川床を進んで、アーチ道の下で停止した。車体内では、ペンがキャタピラを叩くのどかな水音にじっと耳をかたむけた。

「さあ、晩飯の時間だ」バーンズはてきぱきといった。「ペン、レナルズが茶を沸かすあいだ、橋の上で一時的に見張り任務につくんだ——用意ができたらすぐにわたしが行って交代するから。いったいピエールはどこへ行ったんだろう?」

バーンズは歩道に降り、土手をのぼりはじめたとき、ピエールが上流から歩道をやってくる音を聞いた。青年は手になにかを持っている。懐中電灯をつけてみると、ピエールが大きな魚を持っているのがわかった。

「もっと上の淀《よど》んだ場所でつかまえました——晩飯に食べられますよ。もっとたくさんいます——ひとり一匹ずつは楽に」

橋へ向かう途中のペンが、土手を半分登ったところで足を止めた。

「じつにすばらしい考えだ——もう口のなかに涎《よだれ》が出てきた。つけあわせのチップスがないのが残念でならないね」

「おれによこせ！」レナルズが夢中で手をつきだし、バーンズは操縦手が入隊前は魚屋だったことを思いだした。「お茶の支度ができたらすぐに、下ごしらえをはじめるから」

「晩飯に本気で生魚を食べたいのか？」バーンズは静かにたずねた。

「生だって？」ペンは抗議した。「そんなものはあっというまに料理できますよ」

「今夜ここで料理はしない。暖かい夜で、空気はまったく動いていないから、料理の匂《にお》いがこの橋のまわりに何時間もただようかもしれん。その危険を冒すつもりはないんだ。紅茶とコンビーフで間に合わせなければならんだろう。ピエールが持ってきてくれたフランスパンもあるしな」とバーンズはつけくわえた。

「勘弁してくださいよ！」ペンが不満を爆発させた。

「おまえはあの橋の上で見張りをしているはずだぞ」バーンズは見せかけのおだやかな口調で答えた。

「すみません」ペンは堅苦しくいうと、ふりかえって、斜面のてっぺんまで登っていった。

レナルズはなにもいわずに、小さなコンロでお茶の支度に戻った。バーンズはベルギー人青年の反応を興味深く待ち受けた。ピエールは片手を後頭部に当てると、魚を下流のできるだけ遠くへ放り投げ、バーンズを見ずに歩道に座りこんだ。アーチ道の下では、レナルズが無言で作業をしていた。アルコールコンロを荷ほどきして、白いメタアルデヒドの固形燃料をなかに置き、火のついたマッチをかざして、それから炎の上に金属のキャップを置きなおす。やかんに水を汲《く》みに上流へ行ったとき、彼は数分間、行ったままだったので、バーンズは、魚を見られるようにピエールのいう川の淀《よど》んだ部分から水を汲んだのだろうと推測した。

コンロは軍の支給品ではなかったが、彼らが積んでいる多くの物品は、彼らが腰に下げた鞘《さや》付きナイフのように、どんな公式装備品リストにもぜったいに載っていなかった。バーンズはかなり前に、自分の戦車は必要とあらば通常の補給施設がなくても自己完結型の部隊として活動できなければならないと心に決めていた。もっとも、彼がどんなに理論を飛躍させても、自分たちが敵戦線の後方にいて、自分の部隊はおろか味方の軍隊との接触も完全に断たれているという、こんな状況は思い浮かべられなかっただろうが。わたしは正しい決断を下したんだ、とバーンズは、ペンのいらだちを思いだし、晩飯を用意するレナルズのいつになくのろのろとした動きを見守りながら、自分にいい聞かせた。このふたりはフォンテーヌにたどりついて以来、毎晩四時間しか眠っていなかったし、きょうもへとへとに疲れる一日だった。少し休まないかぎり、だれひとり敵との戦いにはくわわれない。だから、できるのは回復するまで身をひそめて静かにしていることだけだ。平和な夜になってくれるとよいのだが。彼はペンと交代するために橋へ上がっていった。

彼らは疲れて話すこともできずに、またたくアルコールコンロの光をたよりに無言で食事をした――ピエールとペン、そしてレナルズは、アーチの下の歩道に肩をならべて座り、水は戦車のキャタピラを通りすぎてさらさらと流れていく。もうかなり暗くなっていて、淡い青色の炎のなかで、戦車はまるでどこかの戦争博物館に置かれているかのように巨大で奇妙に見えた。ペンは首筋を手でたたくと、悪態をついた。十時をすぎていたが、空気は暖かく、むっとして、蚊がさかんに飛んでいた。一匹が耳の近くでぶーんと音を立てるのが聞こえ、そのいやらしい虫はどこかへ行こうとしなかった。彼はいそいで食事をかきこんだ。彼が食べおわるまで、橋で見張りに立っているバーンズは腹を空《す》かせていなければならないからだ。ペンはこの思いつきに慣れてきたので、橋の下に隠れている安心感をむしろ気に入っていた。まるで洞窟《どうくつ》でキャンプしているようだ。彼が子供のころいつも大いに楽しんだ行事である。彼は忘れずにバーンズの包帯を取りかえなければならなかったし、橋の上で最初の見張りに立つことを主張するつもりだった。そうすれば自分が昼間、不平たらたらだったことの埋め合わせに少しはなるだろう。

三十分後、ペンは包帯を取りかえて、見張りをつとめるために橋に上がっていた。バーンズは歩道に座って、応急の包帯を巻いてもらったことに感謝しながら、また上着を着た。気分がよくなって、自分が驚くほど疲れていることをちゃんと理解できるようになっていたが、すくなくとも前より心地よく感じた。服を着おえると、彼は横目でピエールを見た。数分前から青年の視線が自分に据えられているのは感じていた。

「明日になったら、どこかきみを下ろせる場所が見つかるかもしれない」バーンズは彼にいった。

「それはあなたが決めることです」

「ああ、そうだ、ちがうか？　さあ少し眠ったほうがいい。この先も長い一日になるかもしれないんだ」

「ぼくも橋の見張りを分担していいですか、軍曹?」

「さあどうだかな。おしゃべりはやめて、さっさと寝るんだ」

その五分後、ピエールは小道に手足を大きく投げだしていた。脚をバーンズの頭のほうへ向け、背中を橋の壁にあずけて、軍用毛布をだらしなく体にかけている。レナルズは上流で洗い物を終えて、バート号の向こう側で土手の下に腰を落ちつけていた。彼はいつも寝相が悪いので、夜のあいだに毛布を水に投げ込んでしまわないよう体に巻きつけていたが、ほとんど頭を下ろさないうちに大いびきをかいて、極度の肉体疲労で深い眠りに落ちていた。

いっぽうでバーンズは、疲れを感じていたが、眠たくはなかった。時刻は十一時で、二時間後にはペンから見張りの任務をひきつぎ、そのあと最後の番でレナルズにひきつぐことになる。彼の頭は制御を失ったエンジンのように目まぐるしく働いていた。いま大事なのは、なにか本当に価値のある目標を見つけて、ドイツ軍の鼻面《はなづら》に強烈な一発をお見舞いすることだ。彼は気づかないうちに、いつしか不安な眠りに落ちていった。頭のごく小さな一部は、起きていろと必死に訴えていたにもかかわらず。

3 五月二十四日、金曜日

「軍曹！ 起きてください！ 起きてください、い、っ、た、ら！」

バーンズは即座に目を開けると、一度まばたきした。手が毛布の下に隠した回転式拳銃《けんじゅう》を無意識のうちに握りしめる。

「どうした、ペン？」

「橋に上がってきてください――お客さんです」

バーンズはブーツをはいて寝ていたので、いま最小限の動作で起き上がると、手でおおいながら懐中電灯のスイッチを入れ、ピエールのほうへ目をやった。すぐさまスイッチを切り、よろよろと立ち上がると、あやうく川に倒れこみかけた。ピエールは眠りこんだときとまったく同じ姿勢で寝ていた。片方の大きな手が毛布の外にだらりと置かれている。戦車の向こう側からは、低くてうるさいいびきが聞こえてきた。レナルズはまだ自分の時間を有効に使っていた。バーンズはペンのあとについて、上手

を登っていった。足の爪先《つまさき》を突き立て、手を使って、橋の壁面のラインをたどってい
く。ペンから借りた腕時計の蛍光塗料を塗った針は、一時三十分を指していた。夜明
けまであと二時間半だ。そして、ペンは彼に三十分間の寝坊をさせてくれていた。
橋に上がった彼は、背筋がぞっとして立ち止まった。月が出ていて、おぼろに照ら
された夜のなかを、南のほうからライトの列が彼らに向かって進んでくる。午前早く
のしんとした静けさのなかで、彼はたくさんのエンジンの音をかすかに聞き取ること
ができた。車輛《しゃりょう》の数をすばやく見積もったが、二十輛にたっしたところで数えるのを
やめた。それは小さなライトの総数のごく一部にすぎなかった。
「ペン、下にいって、レナルズを起こすんだ——静かにな。さっさとブーツをはけと
いえ」
「ピエールはどうします？」
「なにがあっても起こすな」
バーンズは立ったまま寒さで少し震えながら待った。一番手前のライトはいまやさ
らに近づいたように見え、エンジンの音がはっきりと大きくなった。あれは橋へ向か
う難民の行列ではない。ヘッドライトの秩序だった進み具合からそのことはわかった。
ヘッドライトは、はてしない縦隊全体が時速約三十キロの一定の速度で前進できるよ

うに、まちがいなくじゅうぶんな間隔をあけている。バーンズは頭を一方にかしげて、注意深く耳をかたむけたが、雲のない空に飛行機の音はしていなかった。その橋の上に立っていると、下の洞穴でバート号のまわりを渦巻く川のおだやかなせせらぎが聞こえたが、いまやその水音は近づいてくる大軍勢のエンジンの着実な回転によってくぐもっていた。バーンズはそれが強大な攻撃力を持つ軍の縦隊であるともう確信していた。イギリス軍か、フランス軍か、それともドイツ軍だろうか？　彼らの命そのものがその質問の答えにかかっているかもしれない。数分後、彼がもっと集中して聞き耳をたてていると、ペンが彼のかたわらに立った。いや、聞きまちがいではない。彼はエンジンのリズムのなかでも、おなじみの音を聞き分けることができた――戦車のキャタピラのたえまないガラガラという音を。彼らは装甲縦隊の通り道に立っているのだ。

バーンズは感触で道を探りながら土手の側面を駆け下りて、橋の下に入ると、ちょっと懐中電灯をつけた。レナルズは起きていて、ちょうど靴ひもを結んでいるピエールと同じ側に立っていた。青年の髪は櫛《くし》でなでつけられたばかりで、彼は回転式拳銃を持つレナルズを見あげていた。

「連中は数分で橋を越えているだろう」バーンズはてきぱきといった。「ドイツ軍戦車の縦隊かもしれん。わたしが戻ってくるまで、ふたりともなにがあってもここにいるんだ。わかったな、レナルズ?」

　彼は意味ありげに操縦手を見て、それからペンがまだ橋の北端で待っている場所へといそいで土手をまた登っていくと、ちょうど伍長《ごちょう》があわてて道路から離れて、橋の向こう側に飛びこむのが見えた。即座にバーンズは土手にそって横方向に移動し、野生の低木の豊かな茂みに隠れた。つぎの瞬間、彼は一台のオートバイの軽快な爆音を聞いた。ライトが光り、橋を渡ってコーナーをまわると、北に向かい、すぐさまもう一台のバイクがあとにつづいた。二番目の偵察班のライトが最初の偵察班をちょっと照らしだし、彼はサイドカーのなかに腰かけたひとりの兵士をちらりと見た。プディング型のヘルメットをかぶり、胸に短機関銃をかかえている。まちがいなくドイツ野郎だ。ちくしょう!

　二番目の偵察班は、最初の偵察班のあとを追うかわりに、スピードを落として、草地のほうへ道をそれると、ヘッドライトがバーンズの隠れている低木をさっと照らしだし、それからエンジンをかけたままで停車した。サイドカーの兵士が降りて、オートバイは歩哨《ほしょう》を残して走り去った。歩哨は橋のほうへ戻っていく。バーンズはドイツ兵が彼の側の欄干越しに見つめるあいだ、ぴくりともせずに横たわっていた。強力な懐中電灯の光線が点灯して、土手の上をさっと照らしだす。そこは彼らがバート号を直線ルートで川床へ下らせていたかもしれない場所だった。それから懐中電灯は消え、彼は歩哨の足が欄干の端へと戻っていく音を聞いた。また懐中電灯がともって、土手を指した。懐中電灯は前へ動きだし、その後ろでは足がすべり、立ちなおって、それから手さぐりで茨《いばら》を越えて下りはじめた。バーンズは歯ぎしりをした。几帳面《きちょうめん》な野郎め。やつは橋の下を調べるつもりだ。

バーンズは音を立てずに右手を尻《しり》に持っていくと、ナイフの柄をつかんで、鞘《さや》から抜いた。近づくエンジンの音はずっと大きくなっている。この計略をやってのける時間はまるでないかもしれない。彼はじっと横たわって、土手を降りてくる歩哨の音に耳をすまし、ペンが発砲しないように祈った。ドイツ兵はバーンズから一メートルも離れていないところを通りすぎ、その足は下生えのなかを歩くとき大きな音を立てた。バーンズは慎重に立ち上がると、歩哨の引きずる足音にまぎれて橋の壁面へと横切っていき、片手をつきだして石組みにふれた。それから、左手を壁面につけ、右手でナイフを握って、ドイツ兵のあとを下りはじめた。最初のひと刺しで片づけなければならない。懐中電灯の明かりで歩哨のシルエットがはっきりと見えた。もういまにも懐中電灯が左を向いて、動かない戦車を照らしだすだろう。橋の下でそれを見つけたときドイツ兵がどんな反応をするかは、なにをおいても一見の価値がある。バーンズはこっそりと土手を降りていった。あやうく足をすべらせかけ、右のかかとで必死に踏んばって、ナイフを持つ手をばたばたとふりまわす、身の毛のよだつような瞬間が一度だけあったが、歩哨に聞かれずに彼はバランスを取り戻した。ドイツ兵はいまや、一メートル半ほど前方にいて、橋の向こうではエンジンの音がどんどん大きくなっていた。もっと近づく必要がある。バーンズがさらに下っていくと、その瞬間、ドイツ兵が懐中電灯を横に向け、光線が隠してある戦車の威圧的な車体を完全に照らしだした。その二ポンド砲は下流に向けられている。バーンズはナイフを高くかまえて前に跳んだ。彼の体はひとっ跳びで前下方に突進した。ナイフは歩哨の背中にとどき、オーバーコートをきれいに刺しつらぬいて、バーンズの荒々しい突進の勢いで体に深々と突き刺さった。彼らはいっしょに土手に前のめりに倒れ、歩哨はバーンズの下敷きになると一度うめき声を漏らした。懐中電灯が川に落ちて水しぶきを上げる。

バーンズは倒れながらドイツ兵の鉄製ヘルメットに額をぶっつけ、一瞬、目をまわしたが、彼の脳はまだナイフの柄を持ったまま彼をむりやり立ち上がらせた。彼はナイフの柄を乱暴に引っぱったが、どうしても抜けなかった。ペンがアーチの下から姿を現わした。

「たったいまそいつを撃ち殺そうと思っていたところですよ」

「そいつをわたしは恐れていたのさ。さあ、これを持て」バーンズはスイッチを入れた自分の懐中電灯を手渡した。それからドイツ兵をひっぱってあお向けにすると、鉄製ヘルメットの顎紐《あごひも》をはずしたが、頭がヘルメットのなかでのけぞっているのでひと苦労だった。彼はヘルメットを脱がすと、それをペンに押しつけた。「これをかぶるんだ……だれかが歩哨役をやらなきゃならん——連中は歩哨を目にすると思っているからな。わたしは背が低すぎるから、おまえがたったいま名乗りを上げたというわけだ。こいつの短機関銃を拾うんだ、さあ」バーンズはオーバーコートのボタンをはずして、死体をうつ伏せにしようとしたが、ペンに手伝ってもらわなければむりだった。前進するエンジンの鼓動が彼の耳のなかで轟《とどろ》く。「レナルズ、おまえはピエールといっしょにそこにいろ」ふたりはいまや歩哨をうつ伏せにして、それぞれがぐったりとした腕の上でコートの袖《そで》を引っぱった。

「ナイフだ」とペンがいった。「どう考えても……」

「いや、できるさ。おまえは連中にそれが見えないように、橋の壁面に背中を向けて立つんだ」袖はいまや腕から抜けていた。バーンズはコートをしっかりつかんで、つきだしたナイフの柄をきれいにくぐり抜けさせて脱がせると、ペンがコートにくるまるのを手伝った。「さあ、ついてこい。ただし、わたしがいうまで、見えないところにいるんだ——手遅れかもしれないからな……」

バーンズは茨で手と顔を切りながら、土手をふたたびテリアのように駆けあがり、てっぺんにたどりつくと、欄干ごしにのぞきこんだ。先頭の車輛は危険なほど近づいていたが、そのヘッドライトの光線はまだ橋にとどいていない。低くやかましいガラガラという機械的な音がはっきりと聞き取れた。連中はまちがいなく戦車をしたがえている。

「ぎりぎり間に合ったぞ、ペン。ほら、いちばん上のボタンをかけ忘れている。あっち側へ渡るんだ、背中を壁面に向けてな。短機関銃は胸の前に下げて。あそこにつっ立って、連中に見えるようにしていればいい。さあ、行け！」

ペンは駆け足で橋を横切り、持ち場についた。バーンズはヘッドライトを最後にもう一度見てから、手で壁面を撫《な》でながら、土手を手さぐりですばやく降りて行った。下まで降りると、まっすぐ川に足を踏み入れ、光っている歩哨の懐中電灯を拾い上げる。スイッチを切ると、橋の下に投げ入れ、土手に戻った。つぎは本当に手間がかかる部分だ。彼の手は暗闇《くらやみ》のなかを探って、歩哨の脚に触れると、その足首をつかんだ。バーンズは大きく深呼吸をすると、ドイツ兵をひっぱりながら、アーチの下で後じさりしはじめた。彼は、はたして自分にやり遂げられるだろうかと思った。死体はバーンズより十キロ以上重く、まるでバッファローを動かそうとするようなものだったが、少しずつ後ろへ引っぱって、ついに死体が完全に橋の下に来た。そこで彼はかがんで、死体を横倒しにすると、死体は川岸とバート号の右キャタピラのあいだで水に落ちた。立ち上がったとき、彼の脚は重労働のせいでがくがくし、汗が背筋と額を流れ落ちていた。立ち上がった彼は、だれかにぶつかった。ピエールだ。その声は喉《のど》を詰まらせているようだ。

「気分が悪くなりそうです――レナルズに襲われました」

「レナルズは」とレナルズがうなった。「そいつの腹に回転式拳銃を押しつけたんですよ。英雄を気取ろうとしていたんでね。上がって助けに行きたがってたんです」

「われわれのしたことで気分を悪くするんじゃない」バーンズはぴしゃりといった。

「きみが望んだんじゃないか」

「もうだいじょうぶだと思います」

「座っておとなしくしているんだ、ピエール」バーンズは暗闇のなかで手をのばして、ピエールが歩道に座るのを感じるまで彼の胸を押した。「それからもしきみがひと言でも漏らしたら、レナルズは銃の弾がなくなるまできみを撃つからな……」

バーンズは話すのをやめて、壁面で体をささえた。車輛が彼の頭上を通りすぎた。

一対の光線が川の土手をさっと照らし、野原の雑木林をかすめた。それから光線は行ってしまい、車輛は北へ進んでいった。すぐにさらに多くの車輪が彼らの頭上を越え、さらに多くの光線が向けられては消えていった。ピエールに状況を確実に理解させるために、バーンズは回転式拳銃の銃口を彼の頭に軽く押しつけ、身を乗りだしてささやいた。

「とにかく静かにしているんだ、若いの、そうすれば心配することはなにもない」

心配することはなにもない、か。たいしたせりふだ、とバーンズは思った。さらに四台の車輛が通過し、それからべつの音が近づいてくるのが聞こえた。なめらかに地面を噛《か》む重いキャタピラのがちゃがちゃという音だ。それが頭上を轟音《ごうおん》とともに通りすぎると、アーチは震えるように思えた。頭上わずか三メートル半ほどのところを、一輛のドイツ軍戦車が中程度のスピードで進んでいく。轟音が消えていく前に、彼らはつぎの怪物がスピードをわずかに落として橋に近づいてくる音を聞くことができた。キャタピラは小さな怪物の足取りのようにがちゃがちゃ鳴っている。バーンズは石の壁面にもたれながら、激しい恐怖をおぼえ、ペンはいまごろどんなにみじめな思いをしているだろうかと思った。

ペンは呆然《ぼうぜん》自失の状態だった。突発的な恐怖にとらわれ、なにかの感情をおぼえることもほとんどできなくなっていた。最初の車輌がやって来たとき、彼はちょうど持ち場についたところだった。ヘッドライトが彼の顔をちょっと照らしてから、橋の上をさっと横切り、コーナーをまわって、フォンテーヌへ向かう道路の先へと向けられる。装甲車だ。ペンは、やって来る車輌に自分の輪郭が見えるように、橋の壁面がカーブを描いて道路から遠ざかる地点に陣取っていた――プディング型のヘルメットとオーバーコートと短機関銃の輪郭が。銃をななめにかまえて、銃口はまちがいなく連中に見えるように道路の反対側に向けている。装甲車がもう一輌、通りすぎ、ペンは数を数えはじめた。バーンズはあとで縦隊の構成を記録したがるだろう。あとがあればの話だが。ペンはそこに立ちながら、将校を乗せた車輌が一台停まるだけで自分はお陀仏《だぶつ》であることに恐ろしいくらい気づいていた。さらに四輌の装甲車が通りすぎ、それからペンはおなじみのがちゃがちゃという音が近づいてくるのを耳にして、いっそう激しい恐怖を経験した。戦車が近づいてくる――砲塔には戦車長が直立しているだろう。戦車長は大きな車輌が角を曲がるとき、彼のほうへ目をやる時間があるだろう。彼は身をこわばらせた。その手が短機関銃をきつく握りしめ、銃口がぶるぶると震えはじめる。彼はいそいで手の力をゆるめ、最初の戦車が橋にかかると祈った。その目は真向いの壁面を見つめている。戦車が彼の立っている場所とならんだとき、彼の目は砲塔の下部にじっと向けられ、頭上の人影を痛いほど意識していた。戦車は通りすぎて、コーナーをまわると、スピードを上げた。ペンは自分でも無意識のうちに止めていた息を吐きだし、自分はあとどれだけこれに耐えられるだろうかと思った。二輛目の戦車がいま近づいてくる……。

危険に直面したとき、ペンは自分で「心を冷蔵する」と呼んでいる、ささやかな頭の運動を実行することを学んでいた。そのためには感情や通常の反応をいっさい抑えることが必要で、ようするにたったひとつのことに集中して脳の活動を一時的に停止させるというものだった。いま彼は数を数えることに集中していた。二十輛の大型戦車が通りすぎるのを数えたところで、彼はあることに気づいた——戦車長はだれひとり、彼に目もくれていなかった。橋を越えてくるとき、彼らは戦車にコーナーを曲がらせることに集中しすぎていて、その存在を夜の風景の一部としてしかとらえていない歩哨になどかまってはいられないのだ。ペンは戦車の到来を歓迎する境地にさえ達していた。なぜなら自動車化歩兵のトラックのほうがはるかに危険であることがわかっていたからだ。最初にやって来たトラックは、彼に恐ろしい動揺をあたえた。ヘッドライトが通りすぎると、彼はそれをはっきりと見ることができた——彼が二ポンド砲で吹き飛ばしたやつと瓜《うり》ふたつだ。トラックはゆっくりと前進し、ペンはヘルメットの縁ごしに将校が運転台で運転手のとなりに座っているのを見た。将校は横目でペンを見て、それから運転台は通りすぎていった。出し抜けに、幌《ほろ》がかかっていないトラックの後部がペンの目の前に現われた。後部には武器をかかえたヘルメット姿のドイツ軍歩兵が満載されている。たくさんの無表情な顔が彼を見つめるなかで、トラックはコーナーでバックファイアを起こし、停まりかけた。たのむ、進みつづけてくれ、お願いだ！　トラックはコーナーをまわって、姿を消した。ペンの手は汗だくで、銃をまっすぐ持っているのにひと苦労した。数えるんだ、数えつづけろ。数える以外のことはどうでもいい。彼はオーバーコートで手を拭《ふ》いた。トラックがまたもう一台。制帽をかぶった将校の同じ不機嫌そうな視線、それからトラック後部のたくさんの見つめる顔。こういうのはもうたくさんだ。お願いだから、もっと戦車をよこしてくれ。ペンはそう考えてくすくす笑いかけ、自分の反応に困惑した。恐ろしい緊張で頭がおかしくなりかけているんだろうか？　気をつけろ、またいまいましいトラックだ。車が行ってしまったとき、彼は背後の欄干の向こうからバーンズの声を聴いた。

「その調子だ、ペン。おまえはまったく大したやつだ」

バーンズの声を聴いて、ペンは少し気分がよくなった。敵に容赦なくさらされているという恐ろしい感覚はやわらいだ。それに、下のほうだって、それほど楽しいわけはないからな、と彼は心のなかでつぶやいた。もしかしたら、どうなっているのかわからないほうがもっとつらいかもしれない。彼はまた数えはじめた。それから三十分後、まるで彼の神経がすでにずたずたにされ、ゼリー状になるまで叩《たた》きのめされ、それから再度ずたずたにされていないかのように、運命がよりいっそう強く圧力をかけて、彼を極限まで追いつめ、さらに存在することさえ想像できなかった、恐怖に満ちた絶望の領域を越えて、彼を追いやることに決めると、試練がなんの前ぶれもなくおとずれた。

そのトラックは前のと同じように橋に近づいてきて、ヘッドライトが彼の顔をちょっととらえた。トラックは斜面を乗りこえ、まずは将校の乗った運転台が、つぎに見つめる顔の群れが乗った幌のない後部が、彼を通りすぎた。そしてコーナーを曲がりはじめると、爆発するように何度もバックファイアを起こした。トラックはスピードを落とし、エンジンはまだトラックを前進させているものの、不愉快に咳《せ》きこんだりうなったりしている。ペンには運転手がエンジンを動かしつづけようと奮闘している音が聞こえ、短いあいだ、エンジンは完璧《かんぺき》に回転した。それからまたひどい咳きこみがはじまり、トラックは道路からはずれて、ヘッドライトが雑木林を真正面から照らした。さらに数メートル野原に乗り入れたところで、トラックは停まった。

ペンは恐怖で呆然となりながら、兵士たちが後部から飛び降りて、野原を歩きまわりはじめるのを見守った。将校と、まちがいなく運転手と思われる兵士は、ボンネットを上げて、エンジンをのぞきこんでいる。バーンズが殺した歩哨は、この師団にきっと親友がいたにちがいないと、ペンは暗い気分で考えた。あのトラックの外にいることもありうる。兵隊が自分のところにやって来るまでどれぐらいかかるだろう？この新たな悪夢に直面していても、ペンはつぎの戦車が橋を渡ってきたとき、なにが起きているのかを理解していた。きっとどの車輌も同じ指示を受けているにちがいない——故障しそうになったら、なにがなんでも道路から出なければならないのだ。なにがあっても、戦車の移動をさまたげてはならない。そして、この連中は夜明けまで依然としてここにいることも容易にありうる。

「ペン！」バーンズが欄干の後ろから名前をささやいた。「なにが起きたかはわかっている。とにかくじっとしていろ。連中はすぐにあのトラックを動きださせるかもしれん……」

彼はべつの戦車が橋を渡ると言葉を切って、壁面にぴったりと体を押しつけ、砲塔の戦車長に見つからないようにした。

「ペン、なにかまずいことが起きたとしても、わたしは連中の短機関銃の一梃《ちょう》を持っておまえのすぐ後ろにいる。動くんじゃないぞ――いいか……」

彼の言葉の残りは、またもう一輛の戦車が騒々しく通りすぎて聞こえなかったが、バーンズが壁面の向こうで待機していると知ったことは、ペンの士気になによりも必要な後押しをあたえた。彼は短機関銃をしっかりと握りしめた。もし来るべきものが来たのなら、まあそういうことだし、自分にはこの変装ごっこを最後の最後までつづける以外にできることはない。トラックの兵士数名は道路に近づいていて、将校と運転手はまだエンジンの上に身を乗りだしている。もしすぐにエンジンを始動させなかったら、待っている兵士の一部が彼とおしゃべりをしに道路を横断してくるだろう。ひとりの兵士が横断しかけるのが見えたが、そのときヘッドライトが光って、一台のトラックが超過スピードで橋を渡ってくると、ブレーキを鳴らしてコーナーで停まり、エンジンをふかしながら、コーナーを通り抜けた。兵士は草地に後ずさり、怖気《おじけ》づいてそこに立ちつくしている。すぐになんとか手を打たねばならない。

バーンズはペンの背後の壁面を離れ、いま南側の土手を駆けあがっていた。近づいてくる縦隊にいちばん近い土手を。彼の手は先ほどの茨との格闘のせいでずたずたになり、固まった血でおおわれていた。固まった血はさらに新鮮な血の膜におおわれ、両手は血糊《ちのり》でべとべとし、汗で濡《ぬ》れている。彼はてっぺんにたどりつくと、また車輛がやって来たので地面に伏せ、それが通りすぎるのを待ってから、低木の枝をかき分けて、自分が目にしたものにはっと息を呑《の》んだ。彼らはあやうく手遅れになるところだった。彼はまた土手を駆け下り、歩道から短機関銃を拾い上げると、川に入って、反対側をよじ登った。つぎの戦車が横断するのを待ってから、早口で言葉をかけた。

「これから来る車輛は四台だけだ――最後の二台はたぶんオートバイだろう」

「野原のあのトラックはもう行くと思います……」

「わかっている、エンジンがかかるのが聞こえたからな。いいか、聞け。おまえはさらに二台、車輛をやりすごしたら、わたしの合図で一目散にここまで降りてくるんだ」

「でも、野原のトラックが……」

「つべこべいうな！」

かなりきわどいタイミングになるだろう、バーンズにはそれがわかっていた。彼はトラックを見守れる橋の終端からのぞいていた。兵士たちは後部に乗りこみ、将校と運転手は前の運転台に座っている。縦隊の最後尾では、最後の偵察班がペンを収容するために停まろうとしているだろう。彼らはその偵察班に対処しなければならないが、すべては、あの野原のトラック一台分の兵士が、彼らが橋を独占するのに間に合うように走り去ることにかかっている。そしてバーンズはそのタイミングがほんの一瞬であることを理解していた。いまや兵士は全員乗りこんで、尾板は上げられている。トラックは半円を描きながら向きを変えはじめた。もう一台の車輛が橋を渡った。装甲車だ。さらにもう一台、やって来る。トラックは、じりじりするほどゆっくりとしたペースで、でこぼこの野原を跳ねながら横切って、道路のほうへ進んでいた。つぎの車輛が通りすぎる前に道路に乗り入れるだろうか、偵察班がやって来る前の最後の一台が？　バーンズは短機関銃をしっかりと握りしめ、彼の頭のなかはこれから六十秒以内に要求されるすばやい決断のせいでぴりぴりしていた。トラックが道路のへりにたどりつき、ちょっと停まって、道路が空いていることをたしかめた。バーンズはそれをけわしい顔で見守った――あのトラックは真の敵だった。彼の部隊の生と死の分かれ目になりかねない敵だ。トラックは動きだすのをしぶっているようだ。運転手がなにかここでやり残した仕事があることに気づいたみたいに。ある考えが頭にふと浮かんで、バーンズは自分たちが不運にも死のうとしているのではないことを切に願った――不運にも運転台の将校が自分で歩哨を収容することに決めたせいで。それからトラックはハンドルを切って道路に乗りいれ、走りだすと、一台の装甲車が橋を渡ってきて、スリップしながらコーナーをまわり、トラックを追いかけてフォンテーヌへの道路を進んでいった。バーンズはさっと立ち上がった。

彼は橋の末端をまわりこんで、ペンの腕をつかむと、土手ぞいに彼をせき立てていった。

「ペン！　いまだ！」

「あの茂みの向こうに伏せるんだ。なにがあっても、必要でないかぎり撃つんじゃないぞ。最初の偵察班はそのまま走りつづけて、最後の偵察班におまえの収容をまかせるだろう。もし最初の偵察班が停まったら、われわれは連中を一掃して、それから第二の偵察班を相手にしなければならん」

「やつらはきっと探しに……」

「そうともかぎらん——おまえが見つからなかったら、最後尾のトラックの一台に拾われたのだと思うかもしれん。わたしは向こう側へ行っている」

バーンズはつまずかないように足の裏全体をつけて駆け戻った。脱兎《だっと》のごとく道路を横切り、土手をさらに走っていくと、道路から二十メートルほど下がった茂みの向こう側に伏せる。その地点からだと、橋の北側とその向こうの道路が見わたせた。ペンがこちらを向いているので、彼らは偵察班を挟み撃ちすることになるが、彼はそうならないよう願った。戦車の縦隊の最後尾がまだそう遠く離れていないからだ。やつらを疲れさせてくれ、と彼は祈った。疲れきって橋の下を突っつきまわす気になれないほど。それからライトが見え、最初のサイドカー付きオートバイがやって来た。

オートバイは高速で橋を渡ってくると、排気音を轟かせながらブレーキをかけ、金切り声を上げてコーナーを強引にまわり、それから姿を消した。あまりにもすばやい出来事に、バーンズはほとんど息もつけないほどだった。これで彼らが相手にするのは最後の偵察班だけになった。停まって歩哨を収容することになっている偵察班だ。彼は地面にいっそうぴったりと体を押しつけた。短機関銃は彼の前に横たわり、光が反射する危険を避けるために地面に平らに置かれている。彼はいまやオートバイがやって来る音を聞くことができた。まるで早く歩哨を収容して縦隊に追いつきたくてたまらないように、全速力でやって来る。せっかちなタイプだ。これはちょっと役に立つかもしれない——真夜中に人けのない橋のまわりをほっつき歩いてあまり多くの時間をついやしたくない人間だ。茂みごしにいまライトが見えた。茂みの小さな枝や葉でぼやけている。ライトは橋に向かってつき進んでくる。

彼の脚の筋肉は緊張し、手は短機関銃を握りしめた。オートバイの咆哮《ほうこう》はほとんど彼らの上まで来ていて、ライトが欄干の上に見える。つぎの瞬間、オートバイがやって来て、橋を渡ると、急に向きを変え、コーナーで激しく横滑りすると、バランスを取り戻し、縦隊を追いかけて道路を走り去った。

バーンズは声を出さずに弱々しく笑った。痙攣《けいれん》が彼の痛む体を震わせる。そうとも！ 自分は手順を誤解していたのだ！ 自分には再教育コースが必要にちがいない。本物の歩哨は縦隊の進捗《しんちょく》状況を注意深く見ていて、それから手を振って最後尾のトラックの一台を停め、収容してもらうことになっていたのだろう。オートバイには無線通信手段がないので、前方に収容すべき歩哨がいることをつたえる手段がないし、橋を渡っていったあの最後の偵察班はすでにサイドカーに兵士を乗せていた。あの緊張はすべて、あの頭がおかしくなりそうな不安はすべて——まったく無意味だったのだ。彼は道路を渡っていって、ペンに話した。

「じつにすばらしい」ペンにはそれしかいう言葉が見つからなかった。「いずれにせよ、これでおれたちはのんびりできるというわけだ」と彼はつけくわえた。「残念だがそうじゃない——朝が来る前に答えを出さなきゃならない重大な問題がひとつあるんだ」

時刻は夜明けまであと三十分で、橋の下では世界は真っ暗だった。バーンズは懐中電灯のスイッチを入れ、ピエールを揺り起こした。青年は目をさまして光線のまぶしさに目をぱちぱちさせ、起き上がると、髪を指でくしけずった。

「また問題ですか、軍曹？」

「いや、だがきみはどうやら自分も役に立ちたいようだ。われわれは全員、ほとんどくたびれはてているので、よければレナルズと見張り役を交代してもらいたい。われわれは七時まで動きださないつもりなので、三時間、橋の上に立つことになる」

「もちろんですとも！」ピエールは靴の紐を締めはじめた。「ぼくはいつだって見張り役の順番を大歓迎で引き受けるつもりです。そういったでしょう」

「きみがどの程度できるか見てみよう。きみは橋の上に立って聞き耳をたてていればいい。車輛がやって来るときライトをつけているとは思うな——それから、忘れるな、ほかのやつのように南からは来ないかもしれない。むしろわたしは、歩哨がひとりいなくなっていることに気づいたとき、連中が北からだれかを送ってよこすことを心配しているんだ」

「ごく慎重に見張ります」

「なにかがやってくるのを見たり聞いたりしたらすぐにここへ駆け下りてわたしを起こすんだ——わかったな？」

「完璧に」ピエールは短機関銃に手をのばしたが、バーンズの手が銃を握りしめた。

「ぼくにはなにかが必要でしょう？」ピエールは抗議した。

「そうだ――きみの目と耳がな。わたしはきみが暗闇のなかで、しゃがんだ人間でなく低木だと判明するなにかに向かって銃をぶっ放すような危険を冒すつもりはない。さあ、行くんだ」

バーンズはピエールが橋へとよじ登っていくまで待ち、それからアーチ道の下に駆け戻って、音を立てずに川を渡った。反対側の土手をよじ登って、戦車縦隊の前進を見守っていたとき身を隠していた低木の陰に腰を落ちつけた。彼はいまやどの方向からも隠されていた。彼の下半身は茨の茂みに埋まっていたからだ。彼が横たわっているところからは、ピエールとレナルズが橋の上で話しているのが聞こえ、それにつづいて操縦手が土手をすべり下りてアーチ道へ戻ってくる音がした。それ以降は、ピエールが行ったり来たりして巡回している橋自体から音が聞こえてくるだけだった。しだいにバーンズは、巡回する人影が欄干の向こうにおぼろげなシルエットとなって見えるのに気づいた。シルエットは自分がチェックされていることにまったく気づいていない。夜明け前のかすかな光が東の空を染めだすころには、バーンズはピエールが優秀な歩哨になるだろうという結論に達していた。青年は頻繁な間隔で橋の両端で立ち止まり、たっぷり一分間、聞き耳をたててから、行ったり来たりを再開した。一度か二度、欄干の壁面ごしに目をやって、まるで彼らが上流か下流から奇襲攻撃にさらされるかもしれないと恐れているかのように、川をながめた。驚いたな、とバーンズは思った。彼は専門の訓練を受けているといってもおかしくないほどだ。

本物の夜明けがおとずれはじめ、冷たい光の青ざめた条《すじ》が地平線の低いところに見えてきたとき、バーンズは自分が困ったことになったのに気づいた。彼はこの場所に陣取って以来ずっとじっと動かずに横たわって、右脚の痛みを我慢していた。痛みはどんどんひどくなり、突然、彼はこむら返りの発作に見舞われた。彼はなんとか体が動かないようにしながら、こむら返りが居座って、ふくらはぎの筋肉を激しく圧迫したりねじったりするのを感じた。そのあまりの激しさに、彼は地面に指先を突き立てて耐えなければならなかった。ピエールがいま橋のこちら側で立ち止まっているので、バーンズはぜったいに動かないつもりだった。ピエールはバーンズが横たわっているほうに顔を向け、夜明けの光がより明るくなっていくのを見守っている。いかなる音でもピエールに警戒心を起こさせ、彼が監視されていると警告するだろう。汗がバーンズの顔にしたたり落ちはじめ、彼は痛みが引くまで意志の力を総動員して脚を曲げないように努力した。痛みはじょじょに引いていき、そしてこむら返りがおさまったとき、まるでバーンズに最大限の苦しみを味わわせるために待っていたかのように、ピエールが巡回を再開した。

バーンズはいまや低木ごしに野原を見ることができた。その向こうは丘へとなだらかに傾斜している。最初に到着した直後あたりを個人的に偵察したので、彼は地面がその丘の向こうで低いところまで急激に下っていることを知っていた。そこは実際、橋周辺で唯一《ゆいいつ》見られずに近づける地点だった。敵の偵察隊が遠くから見つからずに橋に近づける唯一の場所だ。それはいま彼の目が釘《くぎ》づけになっている地点でもあった。そして、彼が見守っていると、丘の線はどんどん明確になり、灰色と金色の斑点《はんてん》がまじった夜明けの空を背景に、やがてその輪郭を鮮明に浮かび上がらせた。またしてもすばらしい一日のはじまりだ。ピエールは今度は橋の向こう側でまた立ち止まっていた。早朝の完全な静けさは不気味で現実ばなれした感じだった。バーンズはその静けさがほとんど聞きとれるほどだと思った。そのうえ肌寒く、彼は寒さが戦闘服に浸透して、身体《からだ》を凍えさせはじめると、数回、身ぶるいした。気温の低さは朝露が降りたせいでいっそう身に染《し》みた。朝露は彼の軍服に降りて、手を湿気の膜でつつんでいる。丘の向こうでは、白い靄《もや》の渦が地面から立ち上り、水蒸気のカーテンが夜明けの光をぼやかしていたので、彼は靄の向こうで動きがあるとほとんど確信することができた。その数分後、彼は丘の向こう側で人の動きを発見した。

おぼろげな人影はしだいに丘のさらに高いほうへと移動して、それからじっと立ちつくした。バーンズは緊張した。指は右手の回転式拳銃をしっかりと握りしめ、目はもの言わぬ人影を見つめている。人影は靄に半分隠れているため、着ている衣服を識別することはできなかった。人影は二次元的で深みがなく、背後の光を背にぼんやりと輪郭を浮かび上がらせていたが、やがて靄が渦を巻いて消え、彼にはそれがオーバーコートを着てプディング型のヘルメットをかぶった兵士の上半身であるのがわかった。またピエールが橋を横切るのが聞こえ、それから足音が唐突に消えた。彼が横に目をやると、ピエールは欄干の壁面の陰にうずくまって姿を消していた。これは彼の反射神経をためすことになるな、とバーンズは意地悪く心のなかでつぶやいた。

ヘルメット姿の兵士は動かないまま、まるで危険を感じ取ったかのように、おおむね橋の方向を見つめている。いまや静けさは、嵐《あらし》が発生する前の瞬間のように重苦しく、不吉だった。バーンズは待った。ピエールも待った。ドイツ兵も待っていた。ドイツ兵はまったく動かずに立っていたので、彫像といってもおかしくないほどだった。そして、いまやバーンズの注意は二カ所に集中していた——彼の前方の丘と、彼の横の欄干の壁面に。そのときだしぬけに兵士が丘の頂上まで登って、反対斜面を降りてきた。まるでまだなにも目にしていないが、依然として橋の様子が気に食わないかのような、ゆっくりと慎重な近づきかただ。彼が歩哨の身に起きたことをつきとめるために派遣された偵察隊の前衛だということも容易にありうる。敵を奇襲することを願って、予想外の南側からこの地域に近づけるように、さらに上流で川を渡った頭のいい偵察隊の。

兵士は短機関銃を体の前で横向きに下げて近づいてきた。体は前かがみになり、その顔は消えていく靄の名残りでぼやけている。バーンズはピエールがうずくまっている欄干の向こうから、かさかさという音を聞いた。かさかさが止《や》むと、重苦しい静けさのなかで唯一の音は、近づいてくる兵士のブーツのかすかな足取りだけになった。足取りはじつに静かで、バーンズには彼が忍び足でこっそりと前進しようとしているのがわかった。丘と橋の中間で兵士は立ち止まり、頭を一方にかたむけて聞き耳をたてた。それからまた前進をはじめ、バーンズはかすかに体を起こした。いよいよ来るぞ。いますぐに。橋のほうから引っかくような音が聞こえて、ピエールが両手を高々と上げて立ち上がった。呼びかけながら、開けた場所へ歩みでる。ドイツ兵が発砲しないと、もっと早足になり、しきりに呼びかけた。バーンズは、しわくちゃの戦闘服姿で両手をわきに下ろして立ち上がると、開けた場所にやはり出ていき、ピエールのほうは橋と兵士のあいだの中間地点まで来た。兵士はいまや短機関銃を横に振ってバーンズに向けている。ピエールは向きを変えてバーンズを見ると、また呼びかけた。

片手でバーンズの方向を指さしている。彼は声をかぎりにくりかえし叫びつづけながら兵士のほうへ駆けだしはじめた。ヘルメット姿の人影まであとちょっとというところで彼は唐突に立ち止まり、バーンズが早足で野原を横切ってふたりの男のほうへ歩いていくと、その声は弱まってしだいに消えていった。ピエールはヘルメットの下の顔を見るまで休みなしにドイツ語で叫んでいた。ドイツ軍のオーバーコートとヘルメットを身につけたペンの顔を。

「じゃあ、こいつについて軍曹が考えていたことは正しかったわけですね」ペンはピエールの腹に短機関銃を向けた。

「ベルギー人の愛国者にしては奇妙な行動だな」とバーンズはいった。「じつに奇妙な行動だ。彼はドイツ兵が頂上を越えてやって来るのを見て、わたしを呼ぶかわりにドイツ兵に駆け寄った」

ペンは短機関銃の銃床を小脇《こわき》にかかえ、片手はまだ用心鉄《ようじんがね》にまわしたまま、もう一方の手でドイツ軍のオーバーコートのいちばん上のボタンをはずした。

「こいつは息が詰まるぜ。軍曹がいっていたとおり——おれはこいつがぜったいに反応しないと思った。そこでおれたちで卑劣な小賢《こざか》しいスパイを罠《わな》にかけたってわけだ」

「彼はすぐには反応しなかった。歩兵小隊がまるまる一個、おまえのあとから丘を越えてくると思ったからだ。わたしが登場したせいで驚いて行動に出たのさ。おまえはいくつかミスをしたんだよ、ピエール」

「どんなミスだ？　おれはミスなんかしない」ピエールは胸を張って立っていた。若い顔には冷笑が浮かんでいたが、容疑をいっさい否定しようとしなかった。髪を指でくしけずって、乱れをなおしさえした。

「一例をあげれば、それだよ――おまえは自分の見た目に執着している。昨日、あのトラックをさんざん撃ちまくったとき、おまえは髪をきれいにとかして現場にやって来た――さっきまで溝で這《は》いつくばっていたのにだ。十七歳の普通の青年がそんな反応はしない。しかし、自分の美貌《びぼう》にうぬぼれきった、訓練を受けた兵士なら、無意識のうちにそうするかもしれない――実にタフで、おまけに少々人でなしだったらな。われわれが撃ちまくったのはおまえのお仲間だぞ、忘れるな」

ピエールの目が燃え上がり、彼は背筋をぴんとのばして立った。「あのときはどうすることもできなかった」

「いや、おまえはマチルダ戦車を無傷で自国民の供覧に差しだせるまで時間かせぎをしていたんだ。それからもうひとつ――破壊されたトラックを中心とするあの墓場にたいするおまえの反応もおかしかった。おまえがいっている年齢にしてはな」

「ドイツ兵は敵から橋の下に隠れるような訓練は受けていない」

ペンは一歩前に踏みだしたが、バーンズが視線で制した。その声はふたたび口を開いたとき依然としておだやかだった。

「好きなだけいわせておけ——なにか情報を差しださないかぎり、じきに射殺されるんだからな」

はじめてバーンズは見つめる青い目に一抹の恐怖を見たと思った。その目はペンの肩ごしにちらりと向こうを見たかと思うと、またバーンズに戻った。彼は憤然としゃべろうとしたが、声はあまり思うようにいかなかった。

「それは殺人じゃないか、バーンズ」

「軍曹と呼んでくれないか。それから忘れないでもらいたいが、おまえは制服を着ていないから、そのせいで即座に射殺していいスパイのカテゴリに入るんだ。おまえの所属部隊は、ピエール？」

「おまえの質問に答える必要はない」

「ああ、そのとおりだ。そのかわり射殺されることだってありうるぞ」

「ある程度の質問には答えてもかまわないかもしれないな」

「そのほうがいい。年齢は？」

「二十歳だ」

「なのにまだ頬に産毛《うぶげ》か」バーンズはペンを見た。「たぶんドイツでは乳離れが遅いんだろう」

ピエールは拳《こぶし》を握りしめ、両足をくっつけて、ぎこちなく立っていた。両頬にはピンク色の斑《ぶち》ができている。

「本当の名前は、ピエール？」

「ゲルハルト・ゼフト。ゲルハルト・ゼフト軍曹だ」

「それで所属部隊は？」

沈黙。ゼフトの口は真一文字にむすばれ、彼はまたペンの肩ごしに目をやった。

「では、本当の戦争をなにも経験していないんだな？」バーンズは挑発した。

ゼフトの声が変わった。彼は肩を怒らせ、バーンズをにらみつけながら、怒鳴らんばかりに答えた。

「おれはポーランド戦にドイツ国防軍の一員として従軍した。おれはワルシャワにいた。われわれはポーランド軍をずたずたにして、叩きつぶした――そして、おれはそこにいたんだ！」

「なるほど、だったら民間人の服装で捕らえられた兵士の立場はちゃんとわかっているな」

ドイツ人の目がぱちぱちして、彼はすぐさま話題を変えた。「ペン伍長はおれに見られずにどうやって橋を離れたんだ?」

「レナルズがおまえに見張り番を引きついでいるあいだにこっそり川床をさかのぼったのさ」バーンズは反応を待ったが、ドイツ人はなにもいわず、なにかを待っているかのように無表情で視線を返した。「ゼフト、なぜ連中はおまえに危ない橋を渡らせたんだ——民間人の服装で敵戦線の後方へ送りだしたりして? わたしは知りたい。なぜだ?」

「おれが完璧な英語とフランス語を話すからだ。おれの母親はフランス人だった」

彼は同情を買うためにその最後の部分をつけくわえたのだろうか? 自分を捕らえている者たちに自分もまた人間であることを思いださせるために? バーンズはそうではないかと思い、ゼフトへの敵意は強まった。彼の声はいまやいっそう辛辣《しんらつ》になった。

「この道路はどこへ通じている?」

「アラスのほうへだ——話しただろう」

「おまえは愚にもつかない嘘《うそ》を山ほど話してくれたよ、若いの。それで、話のついでに聞くが、われわれはどこから来たんだ?」

「もちろん、フォンテーヌだ」

ゼフトの態度がまた自信たっぷりになってきた。即座に射殺されることはないと気づくと、かすかな傲慢《ごうまん》さが戻ってきた。

「フォンテーヌからだって？」とバーンズはたずねた。「そいつももう一度、ためしてみるんだな」

「でも、その点はやつのいうとおりですよ」ペンが驚いて抗議した。

「そうかな？　ゼフト以外に村のだれかがあそこはフォンテーヌだといったか？　いっていないだろう。われわれがフォンテーヌから進んでいるはずの道路は、地図上では南西に走っているが、この道路は何キロも真南に走ってから南西に曲がった。そのうえ、われわれは本来ならすくなくとも十数カ所の村を通過していたはずだ——そのかわりに、われわれは四つの町に出くわし、村にはたったひとつも出会わなかった。ゼフトの策略は、われわれをドイツの占領地域の奥深くにみちびいて、機会あればバート号を無傷で引き渡すことだった——そして、それが彼のお手柄になっていただろう。ドイツ軍総司令部は、自分たちがなにと戦っているかを正確に知るために、損傷していない戦車を一輛、ぜひとも手に入れたいだろう。やつは戦車一個師団分が頭上を進んでいくあいだ、レナルズがやつに拳銃《けんじゅう》を向けていたとき、きっと内心怒りくるっていたはずだ。そして、ゼフト、それがもうひとつのミスだった。おまえはお仲間がやって来たとき、ちょっとばかり物陰から出てきたがりすぎた。さあ、おまえがフォンテーヌと呼んでいた村の名前はなんだ？」

彼はドイツ人を見あげて立っていた。その目は半分閉じている。彼が狂信的な若いナチと出会うのはこれがはじめてで、こんな状況なのに冷笑を浮かべた傲慢な態度を取るのはじつに興味深い反応だと思った。バーンズはびっくりも感心もしなかった。ようするにまったく手に負えないほど愚かなのだと思っただけだ。ゼフトは大声できびきびといった。

「敵に役立つかもしれない情報をあかすことは許されていない。おまえたちはおれの敵だ。ハイル・ヒトラー！」

ペンは彼の横っ面《つら》を張った。手の甲で激しくひっぱたき、強打はドイツ人のピンク色の肌に赤いみみず腫《ば》れを残した。彼が一歩後ずさると、ペンはぴしゃりといった。

「一度いったな、ゼフト、だからもう一度はいわないぞ。バーンズ軍曹に話しかけるときには、軍曹と呼ぶんだ。今度忘れたら、おまえの歯が何本かなくなるからな」

ゼフトは顔を記憶しているかのようにペンをしげしげと見た。それから悠然と頬の向きを変えると、最大級の軽蔑《けいべつ》をこめて地面に唾《つば》を吐いた。またしてもバーンズの視線がペンを制した。

「この若造に力をむだに使うんじゃない。おむつもまだほとんど取れていないいんだからな」

その言葉を理解したかどうかはともかく、この侮辱はゼフトを刺激した。彼は背筋をのばし、顎を前につきだすと前へ出た。その声は教練係下士官のようにしゃがれている。

「ドイツ軍がすぐにでもここにやって来る。おまえたちはドイツの占領地域に立っていて、もうおれの戦時捕虜だ。バーンズ軍曹、拳銃をよこせ」

ゼフトはさらに二歩前に進みでて、抑えきれない怒りに顔を紅潮させながら、手をのばしてバーンズの手をつかもうとした。その厚かましさ、その行為の向こう見ずな愚かさにペンはびっくりしたが、バーンズはそう出てくることをまさに予期していたかのように反応した。彼は後ろに下がると、脇から拳銃を持ち上げ、凶暴な弧を描いてそれをふりまわした。銃身がゼフトの左こめかみに激突し、その一撃はあまりにも強烈だったので、回転式拳銃があやうく手から離れるところだった。彼はもう一歩横にずれ、ドイツ人は前にのめって、地面に崩れ落ちた。その腕は頭の先にのび、ブロンドの髪の毛がそこらじゅうに広がっている。バーンズは前かがみになって、頸動脈《けいどうみゃく》をさぐり、それからペンを見上げた。

「この馬鹿《ばか》は死んだよ。むしろよかったな——現時点でわれわれには捕虜にかかずらっている余裕はないんでね」

「きっと完全に頭がどうかしていたんでしょうね」

「やつは自分はなにをやっても許されると思う狂信者だったが、頭が完全にイカれていたわけではないさ。肩ごしに見てみろ。ゼフトのやつはきっとわたしより先にあれを目にしていたんだろう」

遠く離れた南のほう、早朝の朝日のなかで道路がもうはっきりと見えているあたりに、ペンはおもちゃのような車輛の細い列が自分たちのほうへ道を進んでくるのを目にした。縦隊の後部は地形の隆起の向こうに隠れていたが、縦隊がどんどん前へ進むにつれて、さらに多くの車輛が姿を現わしつつあった。バーンズはけわしい声でいった。

「双眼鏡で確認するが、こっちにやって来るのは新たなドイツ軍戦車の縦隊だ、まちがいない。だから、あっちのルートはふさがれている。そして、もしフォンテーヌなる場所へ引き返したら、われわれはまたべつのやつらに出くわすだろう」

「いったいどうするんです？　つぎはぜったいに無事ではすまされませんよ」

「まだ開かれている唯一のルートを使って、できるだけ早くバート号でここからずらかるんだ」

4　五月二十四日、金曜日

午前四時三十分、彼らは命からがら逃げていた。戦車は時速八キロで橋の下から出て、茨《いばら》におおわれた高い土手にはさまれた川床を、まるで下流へ下る巨大な金属の艀《はしけ》のように進んでいった。バーンズは砲塔に直立して、頭上五十センチから一メートルのところにある土手のてっぺんごしに向こう側が見えないことにほっとした。ということは、敵にも彼らが見えないということだからだ。橋をあとにすると、彼はふりかえって、キャタピラが通った跡を残していないことを確認したが、水が濁っている以外には、彼らの存在をばらす痕跡《こんせき》はいっさいなかった。川は前方で百メートルほどほぼ直線に走ってから、曲がって視界から消えていた。彼らはドイツ軍戦車縦隊の先遣隊が橋にやって来る前にその湾曲部にたどりついて、それを曲がらなければならない。バーンズは成功の可能性が五分五分よりかなり低いと踏んだが、それが彼らの生きのびる唯一《ゆいいつ》の希望だった。

橋と湾曲部とのほぼ中間地点では、並木が左右の土手をおおい、川にかかったその枝が木の葉のトンネルを作って、水面に屋根をかけていた。トンネルのなかは暗くて、川がはっきり見えないほどだ。川が急に深くなったら、いずれにせよ彼らはおしまいだろう。彼の背後では、渡河用の蓋《ふた》が後部の空気排出口を閉じていて、バート号はいまや水陸両用だった――つまり水深一メートルちょいまでは水陸両用ということだ。彼は戦車の後部のロープで縛られたおぞましい積荷を見おろして、自分たちの出発が遅きに失したのでなければいいがと思った。

橋からの出発は、ふたつの死体を処分する必要があったせいで遅れていた――歩哨《ほしょう》の死体とゼフトの死体だ。そして、バーンズは、敵に疑念を生じさせ、捜索を招きかねないものはいっさい橋近くに残さないと決めていたので、唯一の安全策は死体をつれていくことだと判断した。死体はいま、車体の後部でエンジンカバーに横たわり、べつべつのロープで砲塔につながれている。

最大の危険は、双眼鏡ごしに縦隊の前を進んでいるのが見えるオートバイの偵察班だった。彼らも以前の縦隊と同じ手順にしたがうだろう、バーンズはそう確信していた。偵察班はやって来て、歩哨を一名下ろすために停まり、それから走り去る。歩哨は橋の中央部まで進んで、川をまっすぐに見とおす。バーンズは川を見とおした。そう、あの湾曲部まではたっぷり百メートルはある。心配事はほかにもあった。川床にそって戦車を走らせるのは、比較的まっすぐな川でも、もっとも楽な操縦操作とはいえなかったし、彼はたえずマイクに向かって話しかけ、土手のあいだを走らせるレイルズを誘導していた。どうにか間に合うかもしれない、川床がしっかりしたままだったら。彼は高い位置から前方の水面下の地形を見ようと必死に目をこらし、広範囲の沈泥《ちんでい》や軟弱な地形、あるいはさらに厄介な急流の危険の形跡を探した。そのうえ、エンストを起こして彼らが接近するドイツ軍からまる見えになるかもしれないという可能性がつねにあった。彼はその考えをすぐに頭から追いやると、ペンが上がってきて彼といっしょになった。

「間に合うと思いますか？」ペンはそっとたずねた。

「あの湾曲部を時間内にまわれればな」

「もうちょっとスピードを出せないんですか――これじゃ這《は》っているも同然だ」

「わざとそうしているのさ。いいか、これはグレート・ノース・ロード（ロンドンとエジンバラを結ぶ幹線道路）じゃないし、わたしは川床のことが気がかりなんだ――だんだん深くなっている」

水位はキャタピラをどんどん上昇しつつあり、バーンズは水深が六十センチを超えていると見積もった。一メートルちょいがバート号の耐えられる最大限だ。同時に川岸が迫ってきていて、レナルズには左右にわずか十五センチの余裕しかなかった。キャタピラは水を押し分けながら前進した。見えない岩の上をがたがた走り、泥をかき回して水を変色させ、水面下にどんどん深く沈んでいく。ペンは顔をしかめ、バーンズは橋のほうをふりかえった。

「もうすくなくとも九十センチはあるにちがいない」

「まるまるな」バーンズは硬い口調でいった。

彼らが橋と樹木のトンネルとの中間に来たとき、新たな悩みの種が彼らにふりかかった——飛行機の音だ。エンジンの軽快なリズムから、バーンズはそれが小型機で、超低空を飛んでいると推測した。ドイツの戦車縦隊は前方の土地を調べるために観測機を使っている。それはつまり、パイロットが眼下の田園地帯をすみからすみまで探っているということだ。もしあの飛行機が川の上を飛んだら、彼らは発見される運命にある。バーンズはすべてを鮮明に思い浮かべることができた——飛行機が上空を旋回しながら後方の司令部に無線で報告し、両岸に大型戦車がやって来る——前方、後方、そして頭上に。それから、バート号が粉砕された残骸《ざんがい》になるまで至近距離からの容赦ない砲撃。まるで彼は自分たちを死の罠《わな》にまっすぐつれてきたみたいだ。彼はマイクに向かって話しかけた。

「操縦手、スピードをもう八キロ上げるんだ。わたしの指示に正確にしたがえ。おまえは左の土手に近づきすぎている……」

樹木のトンネルは依然としてひどく遠く離れているように思えた。間に合うようにたどりつけさえすれば、あのトンネルは彼らを飛行機から隠してくれるだろう。飛行機のエンジン音はごく近く、さらに低く飛んでいる。おそらく橋を見つけて、川の流域全体をくわしく偵察するために近づきつつあるのだ。その瞬間、戦車はあやうく右の土手に衝突しかけ、バーンズはするどい口調でレナルズを叱《しか》ったが、それは公平ではなかった。操縦手はハッチから頭をつきだし、前方はよく見えていたものの、側方の視界は限られ、土手のへりは見えなかったからだ。飛行機はさらに高度を落としつつある、バーンズはエンジン音でそれがわかった。

「こいつはやばいことになりそうですね」

「橋を見張っていてくれないか。わたしはこれから先、空に集中したい」

バーンズはいくつかのことに集中したかった——空を確認し、橋を観察して、戦車の左右の間隔を見守り、前方の川筋をしっかり見張りたかったが、できない相談だった。いつもどおりレナルズはすばらしい仕事をしていた——ほかの操縦手ならエンストを起こしたり、土手に激しく突っこんだり、理解できないミスを山ほどしでかしたりしていただろうが、レナルズは平然と進みつづけた……。バーンズは戦車全体が沈みこむと激しくよろめいた。戦車は、はっきりとわかるほど大きく沈みこんだ。ペンの顔が真っ青になり、彼はすばやく下に目をやって、それからまだ人けのない橋の観測に戻った。戦車はきっとすくなくともさらに三十センチ沈みこんでいて、いまや半分川に沈んでいた。じきに車体が水に洗われるだろう。バーンズはうめき声をあげて、左右の隙間《すきま》を確認し、それから空を見まわした。彼らはいまや賭《か》けに出なければならないだろう。川の深さが変わらないという一縷《いちる》の望みに賭けるしか。あの飛行機はほぼ彼らの頭上に来ていた——バーンズは手でへりを握りしめながら、それが視界に飛びこんでくるのを待った。戦車が障害物で揺れ、濡《ぬ》れた手がすべった。彼が依然として見あげたままバランスを取り戻していると、木の葉の屋根が空をかき消した。からみあう枝は、木の葉の層で幾重にも厚くおおわれている。緑のネットワークの上で、観測機が川を一気に横切り、北へのコースをそのまま飛びつづけた。

「いまのところはだいじょうぶだよ、と男は娘にいいました」ペンが冗談を飛ばした。

「まだ橋がある」

「まだなにもいません、ドイツの連中さえね」

バーンズはふりかえった。石のアーチはいまやずっと小さくなり、樹木のトンネルのなかからは驚くほど平和に見えた。日差しがその白い石をじつに鮮明に見せている。いまにも兵器がぞくぞくと橋を渡って戦闘地域へ向かうなんて信じられないように思えた。バーンズは、木の葉につつまれたトンネルの涼しさを顔で感じながら前方に向きなおると、心臓が飛びだすほど驚いた。彼らの行く手はふさがれていた。

トンネルのなかは薄暗く、そのせいで彼は障害物に気づいていなかった——わずか十メートルほど先の川のどまんなかに、巨大な岩が水からつきだしている。岩は黒く、てっぺんがとがっていて、その左側はほとんど垂直に高くそびえ、川の流れを二分する中州《なかす》を形づくっている。バート号は高さ六十センチの垂直の障害物を乗りこえることができるが、岩の高さはすくなくとも一・二メートルはあった。戦車が数メートル進む時間に、バーンズは選択肢を検討した。岩を登るのは論外だ。体当たりを食らわすのは自殺行為だ——エンストを起こすか、車体を損傷するだろう。バート号を川から出して土手の斜面を走らせ、障害物を迂回《うかい》するのは、自殺行為に近い。しかし、可能性があるのは第三の選択肢だけだったので、彼は、いまや無理難題を解決するようもとめられているかわいそうなレナルズに、すぐさま警告と指示をあたえはじめた。迂回するためには、戦車を川床から急斜面に乗り入れさせ、それから車体を川のずっと上で急角度にかたむけたまま、なんとか岩の上を通りすぎる必要があった。ペンはバーンズが準備の指示を終えるまでこわばった表情で聞いていた。口を開いたとき、彼の声は張りつめていた。

「そんなことできますかね？　横倒しになりかねませんぜ」

「それしかないんだ――なんとしてもやらなきゃならん。あの橋をよく見張っているんだぞ」

「まあ」ペンは陽気にいった。「時間がたっぷりあればいいんですがね」

「つべこべいわずにあの橋を見張るんだ、ペン」

ペンは戦車が急に沈んだとき下をちらりと見た以外は橋から目を離していなかったが、この瞬間、バーンズは伍長《ごちょう》の軽口につきあっている気分ではなかった。彼らは岩のすぐ近くに来ていて、近づけば近づくほどそれは動かしがたく思えた。たしかに、唯一の道は土手を登ってその側面を進むことだ。レナルズはバーンズが注意深く見守るなかで機動を開始し、左のキャタピラにブレーキをかけ、右のキャタピラが戦車を土手のほうへ向けた。水から出て、左側の斜面を登ると、突発的な不安がバーンズの体を走り抜けた。土手は見かけよりずっと急だったのだ。下生えは戦車の重みで何十センチも沈むかと思いきや、三十センチ程度しか押しつぶされなかったので、危険ははるかに大きくなった。バート号は川と平行に斜面を進もうとするとき、サーカスで垂直の壁を走りまわるオートバイのようになるだろう。おれたちは横倒しになるかもしれないとペンはいっていた。そう、バーンズは砲塔内の人間たちにとって、起こりうるその結果がどういうものか知っていた。川床で二十六重量トンの戦車の下敷きになるのだ。キャタピラが前進し、戦車はじりじりと斜面を登っていくと、それからかなり致命的となりうる方向転換をはじめた。レナルズは右側のキャタピラにブレーキをかけていて、いまや反対側のキャタピラの回転が回転軸の上で大重量をゆっくりと旋回させたかと思うと、彼はちょっと停止した。戦車は下の川と平行になっていて、砲塔は水面上でかたむいている。かたむきが急だったので、バーンズとペンはバランスをたもつのがむずかしく、彼らの体は急角度でへばりついていた。やるならいまだ。

彼らは全員、ささいな判断ミスでも戦車を転覆させることになるのを痛いほど知っていた。そして、ありえないことだが、彼らがもし生きのびたとしても、バート号は無力な甲虫のように、キャタピラを空転させながら、川床にあお向けに横たわることになるだろう。そして、バーンズの目には、すべてが数度のかたむきにかかっていることは明白だった。右側にあと数キロ重量がかかっただけで、致命的な横転がはじまる可能性がじゅうぶんにある。彼は命令をあたえた。戦車は前進運動をはじめた。キャタピラは下生えの下の地面を踏みしめながらじりじりと進み、だれひとりしゃべることも身動きすることもなかった。あらゆる神経の末端が、鋼鉄のキャタピラの苦痛なほどゆっくりとした回転に向けられていた。彼らが下の巨大な岩をそろそろと通りすぎはじめたとき、危機がおとずれた。バーンズは左側のキャタピラがゆっくりと持ち上がりだし、かたむきが数度増えるのを見た。彼は砲塔のへりをつかみながら決断を下した。ゼフトと歩哨の死体がエンジンカバー上で右にすべりつつあった――肩ごしに目をやったとき、彼にはそれが見えた――そしてその死体は彼らの重量《デッドウェイト》トンに百二十キロ以上を追加していた。文字どおり、死人《デッド》の重さだ、と彼は苦々しく思った。

「ペン、あのロープを切るんだ――いそげ！」

ペンは即座に反応し、鞘《さや》付きナイフを抜くと、体が横にかたむかないようにとくに用心しながら、砲塔後部にこわごわ身を乗りだした。ロープはずるずるすべっていく死体の重さでぴんと張りつめていて、彼はすばやく切りつけた。彼の神経はひどくぴりぴりしていたので、ロープのより糸の一本一本が切れていくのが見えた。ロープはより糸数本まで細くなり、突然、勝手にぷつんと切れた。ゼフトの死体は傾斜した車体をころがり落ち、岩の横の水路に落ちて大きな水しぶきを上げた。ペンはもう一本のロープを切りながら橋を監視しようとするのに夢中だったので、最初の死体が落ちるところを見さえしなかったが、バーンズは死体が水面下に沈むのをすばやく一瞥《いちべつ》してから、視線を前方の進路に戻した。彼らは不安定な地面を手さぐりで進む動物のように、下生えをゆっくりと踏みつぶしていて、彼はあと少しでも車体が持ち上がったらバート号の危なっかしいバランスが崩れかねないことを知っていた。

戦車前部の高く上げた座席では、レナルズ戦車兵がエンジンにかんするあらゆる経験を活《い》かして、致命的なエンストを起こさずにどれだけゆっくりと動きつづけられるか必死に見きわめようとしていた。もしそういう事態が起きれば、エンジンを再始動する振動ですらたぶん彼らを川に転覆させるだろうと確信していたからだ。そして、これはどんな訓練もそなえさせることができない体験だった。戦車の構造と特性にかんする彼の徹底した知識だけが、もし可能ならその芸当をやってのけられた。バーンズは数分間、ひと言もしゃべらなかった。言葉は役に立たないし、この悪魔のような迂回運動をやってのけるためにはレナルズに完全に一任しなければならないとわかっていたからだ。大岩を通りすぎて四分の三ほど進んだところで、上側のキャタピラが茨の茂みに向かって進んでいるのが見えた。しかし、キャタピラは茂みを踏みつぶすかわりに、下生えの下の見えない障害物に乗り上げて登りはじめた。さあ来るぞ、バーンズは心のなかでつぶやいた。彼はペンに飛び降りろと叫ぼうとした。レナルズが間に合うようにハッチ口から抜けだす望みは皆無なので、自分が車内に残らなければならないのはわかっていた。キャタピラはまだ登っていたが、バート号はまだ土手の側面に笠貝《かさがい》のようにへばりついて、ありえない角度でバランスをたもっている。そのときバーンズは揺れを感じ、戦車がかたむきはじめた。その瞬間、ペンがロープの最後のより糸数本を切断して、歩哨の死体が自由になり、車体から川に落ちた。揺れはおさまり、上側のキャタピラが下生えを荒っぽく踏みつぶして、下の地面にすくなくとも十五センチは沈みこんだ。彼らはバランスを取り戻していた。ペンは息せき切っていった。

「さっきはもうおしまいかと思いましたよ。ふたりの同乗者はその重圧に耐えられなかった——なので降りていきました」

「おまえはぎりぎりで間に合ったようだが、われわれはまだ木立から出ていないんだ。ドイツ軍戦車の形跡は？」

「橋はまだ絵葉書のように静かです。それがそう長つづきするはずもないですがね」

「ああ、そのとおりだ。見張りをつづけろ」

彼らはまだ木立から出ていなかった。いまやレナルズは、たったいま完了したのと同じぐらいむずかしいこと請け合いの新たな操縦操作に直面していたからだ。上側のキャタピラはまだ平坦《へいたん》な斜面を前進していたので、バーンズはそっちのキャタピラがまた登りだす前にさっさと取りかかることにした。それに、彼らはもう大岩を通り越していた。彼は指示をあたえ、それからそれ以上レナルズに言葉をかけずに、じっと見守りながら待った。またしても、これは操縦手の役目だった。

川の高さに戻るためには、レナルズは右側のキャタピラにブレーキをかけ、上側のキャタピラを回転させつづけて、回転軸を中心に戦車を旋回させて鋭角で土手の下を向かせる必要があった。ここでもまた致命的なミスの可能性がじゅうぶんにあった。レナルズがこわかったのは横転だけではなかった。上側のキャタピラの回転が横すべりを起こさせるかもしれないと恐れていた。彼はひと呼吸置いてべとべとする手をズボンでふき、それから操向レバーをしっかりと握りしめた。自分がうまくやるとバーンズがあてにしているのはわかっていた。上側のキャタピラがスピードを上げ、彼らは旋回をはじめた。レナルズはおもに感覚で戦車をあやつり、すばらしい操縦ぶりを見せたが、バート号が最後の一、二メートルをすべって、すさまじいしぶきを上げながら水に落ちたとき、彼自身の評価では百点満点はつけられなかった。しかし、二度目の旋回を終えたとき、向こう側の土手にぶつからなかったことで、自分としては名誉を挽回《ばんかい》した。いまや戦車はふたたび下流を向いていた。バーンズは早口でいった。

「おみごと。さあ、突っ走れ……」

レナルズはアクセルを踏みこみ、キャタピラが水をかき回して大釜《おおがま》に変え、戦車は川を押しのけながら前に突進して、いまやすぐ近くに来た湾曲部を一目散に目指した。なにがあろうと目的地にたどりつくぞ、と彼は自分にいい聞かせ、さらにスピードを上げた。いまや湾曲部の向こうの川筋が一部見え、それがゆるやかに曲がっているのでスピードを落とす必要はないことが見て取れた。そのかわりに、彼はスピードを上げた！　砲塔では、ふた組の目が後ろを向いて、まだ人けのない遠くの橋を見つめていた。石は日差しで真っ白に見えた。バーンズはふりかえって、自分たちが湾曲部にどれほど近づいたかを見て取ると、ペンに警告を叫び、ふたつの頭は砲塔内に引っこんだ。頭上の木の枝が金属にぶつかって折れるばきっという音が聞こえた。バーンズが頭を上げたとき、ペンはすでに背筋をのばして立ち、橋を観察していた。緊張で拳《こぶし》を白くしながら、砲塔をつかんでいる。戦車が湾曲部に入ると、彼らは足元で戦車が向きを変えるのを感じた。右側の土手がじょじょに橋を視界から隠していき、ついには完全に見えなくなった。バーンズは前方にまたしても長くのびる川がまだ樹木のトンネルで隠されているのを見た。彼らは間に合ったのだ。

それから三十分もたたないうちに、まるで彼らのくたびれ切った神経がまだほとんど我慢の限界を超えてためされていないとでもいうように、新たな危機が彼らの目の前に突然現われた。ドイツ軍の戦車隊が下流から近づいてきつつあった。

彼らは湾曲部から百メートルほどのところでバート号を停めて、自分たちが間一髪で逃げおおせた、前進する縦隊をはじめて見るために、南側の土手に登っていた。てっぺんについたとき、ちょうど最初のオートバイ偵察班が橋にやって来るのが見えた。川の湾曲部のせいで、彼らは開けた野原ごしに橋のほうがはっきりと見わたせ、ペンは木立ごしにのぞいて息を呑《の》んだ。オートバイは橋のどまんなかに停まり、ひとりの兵士がサイドカーから降りてきた。その距離からでも、ペンはその歩哨が、自分たちが通ってきたばかりの川の部分をあきらかに見つめていると確信した。

「なんてことだ！」ペンはあえぎながらいった。「おれは今朝、髭《ひげ》を剃《そ》ってないが、こいつは素人《しろうと》の髭剃り以上に冷や汗ものだったな」

「それで思い出したんだが」とバーンズは返した。「機会ができたらすぐに、われわれは身ぎれいにしないといけないな」

双眼鏡の焦点を合わせると、橋が彼に迫ってきた――歩哨は北側へ歩いていき、欄干ごしに目をやって、縦隊がやって来る前に橋の下を点検するために茨のあいだを降りていく。そう、たしかに冷や汗ものだった。双眼鏡の向きを変えると、一対の円が縦隊にそって動いた——ずんぐりした装甲車、どっしりとした自走砲、強力な砲身を道路の先に向ける大型戦車。ようするに、全部だ。彼は数を数えはじめ、手帳に数を暗号で記録した。彼にしか解読できない一種の速記だ。それを、橋の下で見張りのテストのためにピエールを起こすのを待つあいだ、前の縦隊の編成を記録していたときに作成したメモ書きにつけくわえた。

彼らの後方では、レナルズが戦車に残っていた。戦車はいまや奇妙な鉄の島のように流れのなかほどに横たわり、日差しが頭上の木の葉のあいだから漏れて、車体に影のパッチワークを形づくっている。木の葉は依然として生い茂り、頭上を飛ぶかもしれない見張りの飛行機から彼らを隠してくれている。川はこの地点では浅くなり、水は戦車の側面を深さ九十センチ程度で流れすぎていたが、同時に川幅もずっと広くなり、いまや左右ともゆうに九十センチの余裕があった。この機会を利用して軽い整備をしているレナルズにとって、それはボートの甲板をちょこまか動きまわるようなものだった。彼は土手の高さから三メートル半以上上下にいるので、ドイツ軍戦車の恐ろしげな轟《とどろ》きは聞こえなかった。遠くのコンクリートミキサーのうなりのような音は。

木立の下ではバーンズがさらにメモを取り、いっぽうペンは腕組みをして立ちながら質問を投げかけた。

「死体は川に落ちたときどうなったんです？　おぼえているかもしれませんが、おれはそのとき橋を見張るのでいそがしすぎたもんですからね」

「両方とも沈んだよ——たぶんいまごろは何キロも下流をただよっているだろうな」

バーンズはメモを終えて、顔をしかめた。強力なエンジンのうなりと、戦車のキャタピラのこすれ合いきしむ音が、混乱したゴロゴロという音になって野原にただよっていたが、彼のするどい聴力はべつの音を拾っていた。いや、音は同じだが、ちがう方向から聞こえてくる。彼が首をめぐらせると、ペンがその動きに気づいた。

「なんです？」

「静かに」彼は右手の野原を見わたした。八百メートルほど先で、地面は低い丘へとおだやかに傾斜していて、その向こうの地域は視界から隠されている。あの丘の向こうにべつの道路があるのだろうか？　近づいてくるエンジンの音はいまやもっとはっきりしていて、ペンにも聞き取れるようになった。

「べつのやつらじゃないでしょうね？」彼はいかにも絶望したようにうめいたが、彼の絶望感は本物だった。それに彼は夜のあいだに橋の上で体験した過酷な試練からまだ立ちなおっていなかった。バーンズが戦車を土手によじ登らせて大岩を通りこした、あの肝を冷やす体験はいうまでもなく。まだ午前六時だというのに、ペンの士気は早朝ですでにどん底状態にあり、おまけに彼は髭を剃っておらず、顔を洗ってもいなかったし、なにも食べていなかった。橋をあとにして以来、水を飲む時間もなく、彼はいまや空腹で喉《のど》が渇き、腹が張っていた。

「見てみたほうがいいな」バーンズがやっといった。「おまえはここに残って、数えつづけるんだ——ちょうどいま橋に近づいてくるあの戦車からはじめて」

「もしドイツ軍戦車が川を上ってきたら、おれたちを見つけるにきまってますよ」

「いいからここで待て」

バーンズは十五分ほど留守にしていたが、ペンにはそれが一時間のように感じられた。腕時計をバーンズに貸しているので、時間の経過をたしかめるすべはなかった。彼はむっつりと数を数えつづけた。頭の半分はメモを取ることに割かれ、残りの半分は下流のエンジンの遠いうなりを聞いていた。おれたちは挟み撃ちにされている、と彼は心のなかでつぶやいていた。くそ野郎どもの縦隊ふたつのあいだに閉じこめられて。こうなる運命だったんだ、おれたちの幸運は尽きた……。下生えを踏みつける音を聞いてふりかえると、バーンズが背後の土手を近づいてきた。

「たしかにドイツ軍戦車だ。百メートルほど先に、もうひとつ湾曲部があり、カーブをまわってすぐのところに橋がかかっている。丘の向こうに道路があって、べつの縦隊がその橋を渡っているんだ――たぶんこの連中の側面を守るためだろう」

「おれたちはサンドウィッチの肉というわけだ」

「そんなところだな。われわれは下流に進みつづけるかわりにここで止まってよかった――さもなければ連中に出くわしていたか、われわれが橋を通過したあとで連中に見つかっていただろう。川はあそこのすぐ先で、開けた土地を抜けて流れているからな。それに連中はもちろん歩哨を配置している。そいつはわたしが木の間ごしにちらりと見たとき、こっちを見ていた」

「じゃあ、このままじっとしてるんですか？」ペンはバーンズが託した手帳にメモした。「軍曹がまた数えはじめる前に、ちょっと飲むものがあればありがたいんですがね」

「戦車からおまえの水筒を持ってくるよ」

バーンズは土手を下るために向きを変え、凍りついた。

なにかがたったいま下流へただよいながら戦車を通りすぎていった。不格好な物体はいまや流れのなかでスピードを増しつつあった。レナルズはエンジンカバーを上げて、左側の水路に背を向けて車体に膝《ひざ》をついていたのでそれを見ていなかったが、ペンはそれを見つけて、口ぎたなくののしった。

「あれは歩哨の死体だ――つぎの橋のそのドイツ兵がじきにあれを目にするぞ」

「ここにいるんだ！」

バーンズはつまずきすべりながら斜面を駆け下り、それからまるで地獄の悪魔全員に追われているかのように、草木の生い茂った土手の側面にそって走りはじめた。脚を力強く踏みしめ、それからまっすぐに上げて、彼の通り道に罠を仕掛ける茨につまずいてころばないようにしながら、足の裏全体をつけて走る。走っているあいだ、暗《あん》澹《たん》たる絶望が彼の心を包みこもうとおびやかした。まったくなんという不運だろう。この瞬間までは、すべてがじつに簡単に思えた。彼らは両方の道路のドイツ軍戦車が北へ姿を消すまで頭を低くして見えないところに留まるだけでよかった。それがいまやこれだ。まるで岸まであと少しのところで突然、自分が引き潮にさらわれて溺《おぼ》れかけているのに気づいた人間みたいだ。そして、川という潮は歩哨の死体という形で彼らから安全を運び去りつつあった。いったいなにが起きたというのだろう？　死体はきっとなにかに引っかかり、その後、水の流れがふたたび死体を自由にしたにちがいない。バーンズには嘆くこともできただろう。かわりに彼は走りつづけた。地面に気をつけながら、しかしたえず視線を上げて、あきらかにドイツ兵のものである死体の進み具合を見ていた。

死体は水に顔をつけていたが、肩と背中と脚はかなり水面上に出ていて、ドイツ軍歩兵の上衣《うわぎ》とズボンが見えていた。だから、どこかの頭のいい将校が、なぜこれが川のドイツ国防軍が渡っているふたつの橋のあいだの部分にいま姿を現わしたのだろうと不思議に思うのに、さほど時間はかからないだろう。バーンズはスピードを上げて、数歩前へ進むと、顔からばたりと倒れた。あわててまた立ち上がったが、茨の棘《とげ》の切り傷引っかき傷が最近の傷口をまた開かせたのにはほとんど気づかなかった。しかし、彼は右肩から横にどすんと倒れたので、すぐにまたぶり返した傷口のするどいうずきには気づいた。彼は短く悪態をつくと、ふたたび必死に走りつづけた。あの死体が湾曲部をまわって流され、橋の歩哨からまる見えのところを流れていく前に追いつかなければならない。こっちを見ている歩哨から。彼は茨のロープに足を取られてまたばったりと倒れ、立ち上がると、走りだし、それから立ち止まった。浮かぶ死体は依然として川の中央部をただよいながら湾曲部に近づきつつあった。いまが最後のチャンスだ。彼は戦闘服の上衣を脱ぎ捨て、ブーツをおいそぎで脱ぐと、飛びこんだ。

水の冷たさに息が止まったが、彼は衝撃を無視して、すばやく下流へ泳ぎだした。戦前、職腕が水を切り、彼の身体《からだ》は水の流れでいっそう勢いを得て前へ突き進んだ。

業軍人としてインドに駐留しているあいだ、バーンズは師団の水泳チャンピオンだったが、いま彼はあらゆる記録をやぶり、まるで命がかかっているかのように泳いでいたし、たぶん実際にそのとおりだった——さらに、ほかのふたりの命も。シャツの下で傷はたえずうずいていて、これからほんの数分間ありったけのエネルギーが必要というときにそれを奪っていた。彼は歯を食いしばって泳ぎ、自分が死体に追いつきはじめたことに気づいた。少しずつ距離がちぢまり、少しずつ湾曲部が近づいてくる。浮かぶ死体まであとほんの数メートルというところで、彼の脚が水面下の岩にぶつかり、その打撃で膝から腿《もも》へ激痛が走った。彼は一瞬手を止めたが、すぐにまた泳ぎつづけた。その目はほとんど自分の上に来ている湾曲部に据えられている。死体はまだ数メートル先だ。ドイツ軍の制服の山が少しスピードを増して、かすかに上下しながら、湾曲部をすべるようにまわって、橋からまる見えになった。彼は間に合わなかった。

彼はすばやく目を走らせた——曲線を描く橋、低い欄干、背中を向けて向こう側に立つ歩哨。バーンズは大きく息を吸いこむと、水中にもぐった。いまやほとんど川床にそって泳ぎ、力強いストロークで前につき進んで、ついに頭上ほんの三十センチのところに灰色の塊を目にした。片手を頭上にのばして死体のまんなかあたりをつかむと、ありったけの力で下に引っぱる。まるで一トンの重りを引きずり降ろそうとしているような感じがした。死体は突然沈んで、力なくひっくり返ると、いまや彼の両腕はふたり分を泳がせようとしていた。橋は湾曲部のすぐ近くだったが、その距離は、死体が好き勝手に動こうとするなかで前に泳いでいるときには、果てしなく遠く思えた。死体はいまにも彼の手からすり抜けそうだった。彼は懸命にコントロールを維持しようとしながら、上のほうへ目を光らせて、自分が橋の下に来つつあることを警告する、光の最初の変化の兆候を探した。それと同時に、張り裂けそうな肺とも戦っていた。血が蒸気ハンマーのように脈動するのを感じながら、歯を食いしばり、二酸化炭素を押しとどめて、肺をあとほんの数秒長く持ちこたえさせようとした。光の変化の兆候はまだない。彼は空気を吐きだしはじめ、水面に影を目にすると、上昇して、橋の下の水面をやぶった。息を吐きだし、酸素を吸いこみながら、川岸に向かって手足をばたつかせ、片手でそれをつかんだ。

一輛《りょう》の戦車が橋を渡っていて、バーンズは鋼鉄の轟音《ごうおん》を聞くことができた。したがって、彼が手足をばたばた動かしている音はだれにも聞こえないだろう。彼は左手で土手にしがみつきながら、右手で歩哨を押さえつけた。さてつぎは荒っぽい部分だ——逃げだすのだ。戦車は行ってしまったので、彼は待った。つぎの戦車が近づいてくると、水から這いあがりはじめ、それからずぶ濡れの死体を引きあげようと悪戦苦闘した。死体は急に十倍も重くなったように思え、一時はあやうくバーンズ自身を水に引きずり戻しかけた。バーンズは茨のなかに腹ばいになりながら、ずっしりと重いお荷物を懸命に引っぱり上げて川べりを乗りこえさせようとした。彼の両腕は死体の腰に巻きつき、両手をしっかりと組んで、死体が土壇場《どたんば》で二度とまたすべり落ちて、見えるところにただよっていかないようにしていた。それはおぞましい仕事で、彼が死体を川岸に引きあげるのに成功したとき、よりいっそうおぞましくなった。死体はごろりところがり、それといっしょに彼もころがって、一瞬、あお向けの格好でほとんど歩哨の下敷きになりかけたからだ。死体はずぶ濡れで、水をしたたらせ、その顔は彼の顔に近づいて、蒼白《そうはく》の頭には髪の毛がぺったりと張りついていた。

バーンズはべつの戦車がやって来るのを待って、それから死体を茨の茂みの奥深くに猛然と押しこんだ。セメント袋のようにあつかって、最後には脚を引っぱって折り曲げ、死体の残りの部分のあとから押しこんだ。彼がいまその下に横たわっている橋は、上流の橋よりずっと小さく、一車線分の幅しかなかった。歩道は大昔、茨が生い茂って、石の壁面まで川岸全体を埋めつくしたとき、完全に姿を消していた。さあ、これで片はついた。探さないかぎりだれも歩哨を見つけることはないだろうし、いまやバーンズは橋を渡るさいのドイツ軍の手順に精通しつつあった。縦隊がやって来る前にその下を点検するが、まちがいなくもう一度降りてきてつっつきまわすことはない。自分が注意を引かないかぎり。

バーンズは一時的にくたびれ果てていた。創傷はいまや彼をひどく悩ませ、膝頭はずっと痛んでいる。手と顔は茨の棘で傷だらけになって火照《ほて》っている。彼は数分間、回転式拳銃《けんじゅう》を手にじっと横たわっていたが、水に浸《つ》かったあとで銃が機能するかどうかはだれにもわからなかった。彼は縦隊が頭上を轟々と通りすぎていく音に耳をかたむけ、じょじょに回復していった。その胸中には自分がまた出発点に戻ったのだという思いが駆けめぐっていた。アーチの向こう側を注意深くのぞくと、頭上の歩哨の長い影が土手の上部に広がっているのが見えた。上半身と、おかしなほど引きのばされたプディング型のヘルメットが。あの野郎は橋の右側――下流側――にいて、バーンズは橋の下に閉じこめられていることにうんざりしていた。彼は一か八かやってみることにした。それに、早く戻らないと、ペンがかんかんになっているだろう。本当の危険は、彼の泳ぐ姿が湾曲部にたどりつく前に水中で発見されるかもしれないことだが、川のこの部分は一・二メートルほどの深さがあるので、彼は川床に顔を向けて泳ぐだけでよかった。砲塔に直立した戦車長は高いところから見られるので、バーンズは戦車の一輛が橋を渡ってしまうまで待ってから、深呼吸をして音もなく川にすべりこみ、川床にそって上流へと泳ぎはじめた。

今回、彼は距離を二段階にわけて泳ぎ、コースのなかほどの、長い草がなびいて水に浸かっている土手の物陰で休憩することにした。実際、彼はいまや川の流れに逆って泳ぐことになるので、小さなさくらんぼでもふた口で食べるように、気を使う必要があった。これは同じ女の子に二度会うという意味のペンお気に入りの言い回しだ。平たい岩の川床に顔を近づけて、予想していたより強い流れに逆らって前進するためには、全力で泳がねばならなかった。彼は川岸近くへと向きを変えはじめ、空気をゆっくりと吐きだした。目は水中の岩を探して前方を見つめ、やわらかくぬるりとした草が彼の顔に気持ち悪く触れた。川岸にたどりつき、なびく草の陰で浮かび上がってみると、自分がすでに半分の距離を進んできたことがわかった。鼻をわずかに水面上に出し、川岸にもたれて立つと、また一輛のドイツ軍戦車が近づくのを見守った。まるでビーズのカーテンごしに観察しているようだ。すべてを破壊しつくす波のようにフランスの平原を席巻《せっけん》しつつある兵器を間近で見るのは、これがはじめてだった。

川岸の下でもたれて待つあいだ、彼の頭は前途に横たわる問題をめぐって目まぐるしく働いていた。危険が去ったらバート号で下流へ下っていくのは、この水深ならんとかやってのけられるかもしれない。そして、橋をこえたら、川岸が低くなってい る箇所で川を離れられる。彼は橋の下からそのことに気づいていた。戦車はいまや橋 を渡っていた。戦車長が砲塔から身を乗りだして、間隔をチェックしている。この連 中から逃げだしたら、われわれは西南西を目ざそう、とバーンズは思った。ゼフトの 策略にもかかわらず、彼は自分たちの居場所を大雑把につかんでいると確信していた。 地図上で偽《にせ》のフォンテーヌに相当する可能性のある場所を二カ所見つけていたからだ。 そして、西南西はアラスの大まかな方向へと通じている。戦車はいま渡りきった。彼 は水中にすべりこんだ。

バーンズは即座に自分の動きが遅くなったことに気づいた。ストロークに推進力が なく、彼は努力を倍増した。なんとしても今度はあの湾曲部をまわらねばならないと 心に決めていた。さもないと見つかってしまうだろう。自分は運を限界からそのはる か先まで酷使している。だから、なにがあっても進みつづけるんだ、と自分にいい聞 かせた。たのむから進みつづけろ。うまくいくか不安だったので、彼は近道をとって、 左へ向きを変え、川のカーブをまっすぐ目指した。前方になびく草の茂みを見ながら、 不快な泥水のなかを進んでいく。もう少しでたどりつくと思ったとき、彼は右膝頭の 上をひっぱられるのを感じた。けがをしているほうの膝を。懸命に前に泳ごうとしたが、彼は依然として草が脚にからみついてきた場所に釘《くぎ》づけにされていた。ほんの一瞬休んでから、荒々しく突進してみたが、草の輪っかが締まるのを感じて、一センチも前に進まない。息がつづかなくなってきた。こうなったら浮上するしかない。彼は上へ泳ごうとしたが、からんだ草が蛸《たこ》の脚のように締めつけてきた。水深一・二メートルで溺れるはずはないぞ、バーンズ。だが、ありうるんだ——もし太腿を川床近くでしっかりと縛りつけられていたらな。震えが脳を走り、体へとつたわって、恐怖が高まるのを感じた。その感情をむりやり抑えて、いまいましい脚を自由にすることに集中する。よく考えるんだ、すぐに！　前進はまったく役に立たない——横方向をためすんだ、川の流れのなかほどに出るんだ。彼の肺がまた抗議をはじめ、風船のような恐ろしい圧力を増していた。水は奇妙に渦を巻き、耳鳴りが大きくなる。彼は横方向につき進み、草が締めつけてくるのを感じた。ああ、今度ばかりは本当におしまいなのか。動きつづけるんだ、バーンズ！　彼は最後にもう一度こころみて、草がまるで獲物をしぶしぶあきらめるかのようにちぎれるのを感じると、それから自由になった。まだ水中にもぐったまま上流に向かって水を掻《か》き、ついに水面に浮かび上がると、水を飲んで息を詰まらせ、咳《せ》きこんでごほごほいった。彼の頭は無意識にまわって自分の位置を確認した。彼は湾曲部《ベンド》を越えていた。

そして、もっと長くこんなふうに物事が進めば、われわれは全員、山《ベンド》を越えるだろう、と彼は川岸を目指しながら思った。しかし、彼の本能は、たぶん状況はもっと悪くなるだろうと告げていた。

それから八時間半後の午後三時、橋から四十八キロ離れた戦車は、ハンターに追われる動物のようだった。まだ生きていたが、それはひとえに、その指揮官のするどい目と危険にたいする鋭敏な直感のおかげだった。指揮官は四度にわたってハンターに見つかるのをふせいでいた。それと同時に、動物はまだ内部に隠された七十発以上の二ポンド砲弾と機関銃の弾薬十箱で凶暴に武装していた。

午前八時半には、ドイツ軍戦車隊は河川地域から姿を消し、戦車の乗員たちは――バーンズの要求で――髭を剃って、コンビーフとゼフトが持ってきたフランスパンの残りを食べていた。これで彼らの食糧は、ごく少量残っているコンビーフのほかなにもないところまで落ちこんでしまった。ゼフトが持ってきた肉の缶詰ふた缶は、ふくらんでいるのがわかった。偶然かわざとかはもはや問題ではなかったが、彼らには絶望的に食糧が足りないということはまちがいなかった。水も少なくなりつつあったが、これは事故と、偶然と疲労の結果であるうっかりミスのせいだった。川を離れる前に、彼らはラジエーターの面倒を見て、自分たちで使うために飯盒《はんごう》に水を満たしていた。その一時間後、彼らがシュトゥーカ爆撃機の編隊に発見されるのを避けるために急な土手を登って森に入ったとき、事故が起きた。飯盒がひっくり返って、その貴重な中身をターンテーブルの床にぶちまけたのだ。うっかりミスは、自分の水筒を満たすことを忘れなかったのがバーンズだけだったということだ――彼はほかの者たちが自分の水筒をちゃんと満たしたのを確認しなかったことで自分を責めた。ようするに、いまや三人のいや増す喉の渇きをやわらげるのには水筒一個しかないということだ。一瞬話題になっただけだったが、喉の渇きは、一時過ぎにバーンズとペンのあいだで起きた激しい口論の原因になった。

「危険を冒して行ってみるべきだと思います」ペンは地平線上の町を指さして強い口調でいった。

「かわりにわれわれは迂回するんだ――原野を横切ってな」バーンズは静かに答えた。

日に焼かれた野原ごしに、町は――またしても教会の尖塔《せんとう》と建物の列――まばゆい陽炎《かげろう》のなかでゆっくりと揺れて、蜃気楼《しんきろう》のように見えた。いつもなら一年のこの時期、農民たちはいそがしいだろうに、畑には労働者がいないせいで、その印象はいっそう強まった。バーンズは人がいないことに困惑し、自分の決定に意を強くした。

「少しばかり用心深すぎる可能性もありますよ」ペンは熱くなっていった。

「ぜったいに抜けだせないなにかに足を踏み入れる可能性もあるぞ。あたりにはだれもいないし、わたしはこの雰囲気が気に食わないんだ」

「何キロにもわたって、だれもいなかったじゃないですか――なぜこの場所がそんなにひどくちがうっていうんです？」

「向こうに町があるという事実さ。もしドイツの占領下にあるなら、地元住民は室内におとなしく引っこんでいるかもしれない――あれは耕作地だし、だれかが農作業をしているはずなんだ」バーンズはふたたび戦車に乗りこむために車体に足をかけた。

「出発前にほかになにか質問は？」

「橋をあとにしてからおれたちは地上でドイツ野郎の痕跡《こんせき》を見ていません――軍曹はなぜこの近くのどこかにいると思うんです？」

「ペン、わたしにはドイツ野郎がどこにいるかさっぱり見当がつかないよ。わたしが見たこと、おまえがあのラジオのニュース速報について話してくれたことからすると、ドイツ軍は連合軍の戦線に幅三十キロに達するかもしれない大きな間隙《かんげき》を生じさせたのではないかと思う*――現時点で、われわれはその間隙の内側のどこかにいるが、わたしがそれについてもっと知るまでは、われわれはできるかぎりあらゆる町と村を避けるんだ。さあ、出発するぞ」

＊バーンズは状況をひどく過小評価していた。その時点で、ドイツ国防軍が連合軍の戦線に生じさせた間隙は幅八十キロから百キロだった。

その二時間後、彼らは午後の太陽のかまどのような灼熱《しゃくねつ》の下で、人けのない田舎道を移動していた。この長い二時間のあいだに、飛行機に見つかるのを避けるために三度停止していた。二度は生垣の陰で停車し、一度は見捨てられた酪農場のなかに、空のミルク缶にかこまれながら隠れた。シュトゥーカ爆撃機がいなくなるのを待つあいだ、牝牛《めうし》の群れが柵《さく》の向こうに集まってきた。その乳房はひどくぱんぱんになり、その奇妙な鳴き声は、シュトゥーカのエンジンの遠い轟きよりも彼らの感情をかき乱す痛ましい音だった。しかし、乳を搾《しぼ》る者はだれもいなかったので、牛たちは去っていった。ありがたいことに、そのときバート号のエンジンが動物たちの苦痛の響きをかき消してくれた。この戦争で苦しんでいるのは人々だけではないんだな、とバーンズは思った。

四方に広がる広大な空っぽの田畑のあいだを、生垣に縁取られた道路にそって着実に進みながら、バーンズは自分が重圧を感じていることを自覚していた。太陽が激しく照りつけるなかで、砲塔に長時間、背筋をのばして立っていることの重圧を。日差しのあまりの強さに、彼のシャツとズボンは、川から上がったときとほとんど同じぐらい汗でずぶ濡れだった。はてしなく監視をつづける彼の任務は、どんなに強靭《きょうじん》な男の精神力をもためすだけの過酷なものだった。たえず見張りつづける必要があるからだ――前後の道路、道路の左右の景色、そしてなによりも空を。いまや一瞬不用意に気を抜いただけでメッサーシュミットが突然襲いかかって罰をあたえるかもしれないと身に染《し》みてわかっていたからだ。しかし、バーンズはこれ以上ないほど元気だとは思っていなかったし、肩の傷のたえまないうずきがさらに彼の力を奪っていた。彼はそのうずきが無視できないことに気づきつつあった。それと同時に、水中の岩にぶつけた右の膝頭がひどいあざになっていたので、左脚に体重をかけなければならなかった。バーンズの頭はまだ働いていたが、体のほうはぼろぼろだった。

小手をかざして太陽のまぶしさをさえぎると、彼は道路ぞいに小さな建物が路肩の際《きわ》に立っている場所を見つめた。というか、正確には建物の残骸が立っている場所を。砲弾か爆弾の直撃を受けたにちがいない。しかし、彼の注意を引いたのは、残骸の外の道に渡された棒だった。赤と白の縞《しま》の棒だ。彼はマイクに向かって話しかけた。

「国境は目と鼻の先だ。われわれは国境を越えてフランスに入ろうとしている」

彼はいまや、棒の横の税関支所が砲陣地の存在を擬装していたのを見て取ることができた。その陣地は完全に叩《たた》きつぶされていた。七十五ミリ砲の砲身が一本ころがり、地面にはフランス軍のヘルメットが数個ちらばっていたが、依然として敵も死んだことをしめすドイツ軍のヘルメットはひとつもなかった。バート号は前進して、棒をマッチの軸のようにへし折った。彼らはフランスの国土に入った。ペンは少しのあいだ砲塔に上がる許可をもとめ、バーンズは即座に同意した。きょうの午後、戦車内はきっと地獄のようだろう。

「ホームグラウンドにご帰還だ」ペンは陽気に感想を漏らした。

「故郷《ホーム》はまだはるかかなただよ」バーンズはにこりともせずに答えた。

「マイルド・アンド・ビターを一滴もらえますかね?」彼がいっているのはビールではなく水のことだった。

「まだだ。もう水筒半分しか残ってない」

「まだあの町に行ってみるべきだったと思うんですがね」ペンはしゃがれ声でいった。

「そして、十中八九、ドイツ野郎の待ち伏せに出くわすというわけだ。戦車は町に向いていない——敵戦線の後方を単独でさまよう戦車はな。通りの両端に二門の対戦車砲を置いて、こっちを挟み撃ちにするだけで、われわれはおしまいだ。それぐらいもうわかっているだろう」

「いいですか、そう長くこんなふうにはつづけられませんよ。レナルズは前のあそこに閉じこめられて何時間も操縦をつづけていて、もうほとんど我慢の限界に来ているにちがいない」

「レナルズは文句をいっていない」バーンズはそっけなく答えた。

「ですが、レナルズはおりこうさんですからね」

「おまえの会話の質がこの程度なら、砲のうしろの持ち場に戻ったほうがいいな」

ペンはなにもいわずに戦闘区画に降りていき、バーンズはすぐに自分の返事を後悔したが、いってしまった以上、放っておくしかなかった。やれやれ、きっとあんなくだらないことをいうほど重圧がこたえているにちがいない。しかし、緊張は重圧の産物だった。彼は指折り数えてみた。二十四時間で、彼はおちつかない睡眠をわずか二時間とっただけで、レナルズも同じ割当量で我慢していたが、ペンはまるっきり寝ていなかった。そして、それ以前には、バーンズが意識を失って寝ているあいだ、ふたりとも四夜つづけて毎晩四時間の睡眠で間に合わせていた。そう、彼らは今夜、安全な野営を必要としていた。そして、八時間の睡眠を。彼はふたたび空を見まわした。

車内では、室温はすさまじく、空気はほとんど存在しなかった。ペンは肌着とズボン姿で座り、ショルダーグリップを抱きしめて、手を用心鉄《ようじんがね》の近くに置いていた。目の前で橋を渡っていったトラック一台分のドイツ軍歩兵との経験は、彼ら全員に休みない警戒の必要性を印象づけていたが、現時点では、ペンが持ち場についたのは純粋に反射運動だった。彼の脳は、暑さやディーゼル燃料の臭《にお》い、エンジンのたえまないうなり、キャタピラの眠気をさそうがたがたという音で麻痺《まひ》しつつあった。彼は自分が気絶するかもしれないと恐れる段階まで来ていて、砲塔に上がっていたのはそれが理由だった。目まいがひどくなり、彼はそれをふりはらうために頭を振りつづけた。彼を悩ます喉の渇きは舌が口の上側にくっつくほど激しく、泡立つビールのジョッキが見えるような気がして、彼は自分の想像力がこんなに強くなければいいのにと心から思った。戦車は進みつづけた。

戦車の前部では、レナルズが無感動な表情を浮かべていた。暑くて体がべとべとし、喉も渇いていたが、彼らが水を飲むのはバーンズが許可したときだった。それまでは待つことができた。彼は心配していなかったし、あきらめてもいなかった——ただ自分の仕事をつづけ、指示にしたがってバート号を操縦していた。スローモーションのコンベアベルトのようにどんどん近づいてくるがけっして止まることのない道路の単調さに少し手を焼いたが、頻繁に横目で原野を見わたすことでこれに対処した。では、自分たちはいまやフランス国内にいるというわけだな。レナルズにはそれほどちがうようには思えなかった――どの野原も同じようで、あの棒がなかったら、なんの変化にも気づかなかっただろう。もちろん燃料は減りつつあったが、それはバーンズがなんとかするだろう。戦車は進みつづけた。

水、燃料、弾薬、食糧。これらは基本的な物資で、上から順に、戦闘部隊としての彼らの生存にとってきわめて重要であり、つねにバーンズの頭の前にぼんやりと浮かんでいた。いまやそれらの問題が大きく立ちはだかるなかで、彼はうずく傷や、あざになった膝頭、暑さ、そして喉の渇きに耐えながら、同時に全周の監視をつづけていた。彼は状況を正確につかんでいた――ディーゼル燃料は六十ガロン残っているが、車体後部のタンクは九十ガロンの容量がある。さらに水筒半分の水と、一食分なら間に合うだけのわずかな量のコンビーフ、そしていくらかの紅茶があった。もちろん弾薬は目いっぱい積んでいた。それを食べられないのは残念だが。彼はつぎに自分たちが出くわした場所をたぶん調べたほうがいいと考えはじめていて、自分が幻を見ていないことをたしかめるために小手をかざした。いや、たしかにある――真正面の地平線に建物の列が。彼はマイクに話しかけた。

「町に近づいている。あの場所に行ってちょっとのぞいてみるつもりだ」

その瞬間から、全体の雰囲気がいいほうにがらりと変わった。バーンズが砲塔内を見おろすと、ペンが見あげていた。伍長《ごちょう》はにっこりと笑ってウインクした。レナルズでさえ反応して、座席で少し背筋をのばし、肩を張って、操向レバーをもう少し強く握った。彼らにとってそれは約束の地へ近づくようなものだった。水、燃料、弾薬、食糧。ひどく運がよかったら、必要なものをすべて積みこめるかもしれない。それから情報。バーンズはその項目を優先リストの高いところにつけくわえたい気分だった。もし自分たちが正確にどこにいるかがわかりさえすれば、どれだけ肩の荷が下りるだろう！　彼はペンにその温室からまた上がって来いと声をかけ、伍長は砲塔にほとんど駆け上がってきた。その声はあきらかに陽気になっている。

「たぶん今夜はいつものコンビーフとおさらばでしょうね。〈レストラン・ドゥ・ラ・ガール〉のメニューにはなにが載っているのかな」

「われわれはドイツ軍の戦線の後方にいるんだぞ」バーンズは彼に思いださせた。

「たとえそうでも、君主閣下がお留守なら、とびっきりの夕食にありつけるかもしれませんよ。さて、そうですねえ、なにがいいかなあ」

「まずはミネラルウオーターだな」

「牛肉の赤ワイン煮《ブフ・ア・ラ・ブルギニヨン》の莢いんげん添え《アリコ・ヴェール》なんかいいですね。よし、それに決めた。もちろん、テーブル・ワイン《ヴァン・オルディネール》数本でそいつを流しこむ。軍の給料じゃ、ヴィンテージ・ワインをたのむ余裕なんか実際ないでしょう？」

「卵が孵《かえ》る前に雛《チキン》を数えるなというだろう（「捕らぬ狸の皮算用」の意）」

「チキンですって？　まあ、いざとなれば、ロースト・チキン《プーレ・ロティ》でも手を打てるかもしれませんね。もちろん、やや庶民的ですが」

彼らは数分間おしゃべりをつづけ、ペンの陽気な軽口と近づく町の光景はバーンズを生き返らせたが、じきに彼は用心のためにペンをまた戦車内に降りさせた。町を出るトラック一台分のドイツ軍歩兵にまた出くわしたら、それはいつものように彼らがついていなかったということだ。彼は決まりきった手順をくりかえし、がらんとした暑い青空を見まわして、周囲の田園地帯に危険の兆候を探し、そのあいだじゅう戦車は前進をつづけながら、未知の町へと彼らをさらに近づけていった。いまや彼は町を見るのに困難をおぼえていた。道路が曲がって、太陽が彼の目に直接照りつけていたからだ。

町が近づくにつれて、彼はより頻繁に小手をかざして、燃え上がる日差しのなかで奇妙に静かに見えるシルエットの細部をとらえようと目をこらしていた。もう一度、全周の観測結果を確認すると、それからすばやく前方を見た。彼の手は両目の上で庇《ひさし》のようになり、不安感はつのった。この町はひどい爆撃を受けていた。彼が遠くから詳細に調べて建物だと思ったものは、実際には不規則な形をした石造りの建物の正面《ファサード》だった。そしていま、彼は町のすくなくとも半分が瓦礫《がれき》と化していると確信した。しかし、この規模の町なら、きっとだれかが残っているはずだ。彼に町名を話してくれるだれかが。それに、彼らはディーゼル燃料をもっと見つける必要があった。燃料の残り少ない戦車は、その第二の武器である機動力を封じられた、いいカモだ。このニュースはみんなに打ちあけたほうがいい。彼は静かに話した。

「この場所はかなり破壊されているようだ——ドイツ野郎がわれわれの前にここにいて、慎重に狙《ねら》いすました爆弾を何発か落としたのだと思う」

彼らはいまや町から四百メートル以内にいた。おそらく彼の推定では人口三万人ほどの小さな町だ。彼はまた手を上げて、眉《まゆ》をひそめ、口元をこわばらせた。それは彼が見たことのある、第一次世界大戦中に撮影された激戦地イープルの写真を思わせた。ただ彼は、自分たちがその不運なベルギーの町から何キロも遠く離れているということを知っていた。彼は近づいてくるシルエットをむっつりと見守った。

郊外は破壊しつくされていた。ほかにそれを表現する言葉はなかった。まだ立っている壁は窓が失われ、上階の窓枠は、視力を失った目のように、その向こうの青空をかこんでいる。壁の中間あたりからガレ場がはじまっていた。瓦礫と残骸《ざんがい》の斜面が。これは建物の名残りで、生命の痕跡はどこにもなかった——近くの畑で働く女たちも、通りからがらくたを片づける男たちもいない。なんにもない、まったくの無だ。そして、破壊の上には、奇妙な空気がただよっていた。日差しのまぶしい午後にはいっそう不自然に思える、恐ろしい沈黙が。水、燃料、弾薬、食糧……。

彼らは最低速度で郊外を通り抜けた。戦車のキャタピラが石のかけらを踏みつぶしていく音を聞き、石が粉々に砕けると車体がかすかに沈むのを感じながら。バーンズは瓦礫がちらばる幹線道路のどまんなかを走らせるようレナルズに指示して、自分たちが通りすぎていく爆撃された建物の幽霊のような壁を不安げに見つめながら、すぐに引き返すべきだろうかと考えていた。せりだした壁のひとつが戦車の移動の振動で倒れないとはまったく断言できなかった。その一部は、奇跡的なバランスでまっすぐ立っているように思えた。彼らは慎重に角をまがって、さらに町の奥へと進んでいった。

破壊はどんどんひどくなっていく、それは疑いなかった。それまでは多くの建物ですくなくとも立っている壁がひとつはあったのが、いまや彼らはほぼ完全に壊滅した地区に入りつつあった。バーンズが目にしているものと町との関連は、想像力を限界まで広げることでしか思い浮かべられなかった。彼は六十五万平方メートル近くの地域が瓦礫の海になっていると計算した。瓦礫は巨大な爆弾孔のあいだにもりあがった円錐形《えんすいけい》となって立ちならび、その光景はフランス北部の町というより月の風景を思わせる。そして、状況はますます悪化していた。

「操縦手、停まれ。エンジンはかけたまま」

バーンズはペンに上がってくる許可をあたえると、通りに降り立った。片手を車体に置き、つぎの瞬間、熱で皮膚が焼かれるとあわてて手を引っこめた。彼は考えを変えて、人の気配を感じとれるかどうか聞き耳をたてられるように、レナルズにエンジンを止めるよう命じた。この規模の町が見捨てられるとはいまだに信じがたいと思っていたからだ。

「かならず後に残る人間がいるものだ」彼はペンにいった。「なんとかがんばろうとする人間が」

「ドイツの戦車隊も通ったかもしれませんよ」ペンは反論した。

「だが、やつらはいまここにいないだろう？　もし連中がこっちに来ていたとしたら、この場所を占領せずにそのまま通り抜けたんだろう――おまえがニュース速報について話してくれたことからすると、その種のことがいま現に起きている」

「でも、ここにはだれも残らなかった——この場所を見てくださいよ」

「わかっているさ、だが向こう側はそんなにひどくないかもしれないぞ。ちょっと見てみよう」

「悪いですがね、おれならよろこんでさっさと逃げだしますよ」

　ペンは三人全員の気持ちを代弁していた。人けのない町にはなにかひどく重苦しいところがあった。まるで蛮族に略奪され、住民全員がつれさられて奴隷《どれい》にされたかのように。瓦礫の海の向こう側で、壁がゆっくりと揺れてかたむくと、倒れて見えなくなった。彼らは鈍いどすんという音を聞き、大きなほこりの雲が立ち昇るのを見た。バーンズはまだじっと聞き耳を立てていたが、突然、行動に移って、ペンに戦車内に引っこむよう命じ、レナルズにはフードを閉めるよう警告すると、自分は砲塔に飛びこんで、ヘッドセットをつけ、指示をあたえた。

　戦車は瓦礫の海の中心部に向かった。三角錐のあいだを縫って、爆弾孔の斜面を一気に下り、底を横切って、反対側を登る。地域の中心近くまで来たとき、最初の飛行機が現われた。低空を飛ぶシュトゥーカ爆撃機の編隊だ。バーンズは広い爆弾孔の中心で停止を命じ、戦車のなかに引っこむと、ハッチを閉じて待った。最初の爆弾群は少し遠くに落ち、さらに遠くはずれると、だんだんかすかになっていった。ペンの声は当惑していた。

「まさかやつらがおれたちに気づくはずはないですよね？」

「ああ、連中はどのみちここに来ることになっていたんだと思う。わたしはあの壁からじゅうぶん離れていたかったんだ」

「でも、やつらはすでにこの場所を木《こ》っ端《ぱ》みじんにしているっていうのに……」

ペンは言葉を切り、ふたりは顔を見合わせて耳をすました。金切り声がまたはじまっていた。死を運ぶ積荷を投下する前に高速急降下に入る一機のシュトゥーカの金切り声が。つぎの爆弾群が襲来しつつあったが、今度のは前とちがっていた。最初の爆発は遠くはずれ、つぎのは近く、三発目はもっと近くて、神経をずたずたにする恐るべき爆発だった。ペンは自分自身と無言の会話をはじめた。つぎの一発がおれたちを殺す、つぎの一発が……。爆弾は彼らの耳のなかで爆発し、衝撃波はハンマーの一撃のようだった。戦車の車体は震え、揺れて、ふたたびおちついた。それから五発目がさらに遠くで爆発した。六発目はよりいっそうかすかに。

「やつらは頭が完全にイカれているにちがいない」ペンの声は憤慨していた。神経質なタイプの憤慨だ。「前回はきっちりと仕事をやったってのに――人殺しの爆弾を置いておく場所がなくなりかけているのかな?」

「こいつには明るい面もあるぞ」バーンズはそういうと、ペンの表情を見ながら早口でつづけた。「連中はこの町を完全に通行不能にするために戻ってきたにちがいない——まるで連合軍の増援部隊がじきにここを抜けて前線へ移動することを恐れているようにな」

「それを聞けてうれしいですよ。そういってくれたんで、ずっと気分がよくなりました、軍曹」

急降下を開始するべつの飛行機の金切り声がはじまった。飛行機の音は真上から聞こえてきた。金切り声はまるで機体が制御不能になったかのように、近づいてくるとどんどん大きくなった。その金切り声にバーンズの背筋を冷たいものが走り抜けた。それから一連の爆発がやって来た。心臓を揺さぶる爆発は、バーンズの居場所を正確にとらえて、彼らの周囲全体に降ってきた。爆発の合間に、彼は遠くでべつの音を聞いた。残っていた壁のひとつが倒れたのだ。すくなくとも彼は、あぶなっかしくせりだした壁から自分たちを離れさせていた。バーンズは市街地が空襲を受けた場合、死傷者の大多数は崩壊した石造建築の下敷きになった住民だとよく知っていた。彼はペンに目を走らせて、伍長が爆撃によく耐えているかたしかめた。ペンは視線を返すと、こわがったふりをして髭の端をわざと震わせた。

こわがったふり？　ペンの神経はつまびくヴァイオリンの弦のように震えていた。もう一発の爆弾が彼らのほとんど真上で爆発し、戦車はその衝撃でおもちゃのように揺れた。装備品が置き場所から飛びだしてターンテーブルに落ちた。爆撃は受ける側がどこに隠れていてもぞっとする体験だが、戦車内にいる者たちにとってはとくにぞっとする。ペンはひどく無防備に感じていた。建物の煉瓦《れんが》の壁は戦車の側面下部を保護する四十ミリの鉄板程度の保護しかあたえてくれないかもしれないが、建物のなかはもっと保護されているように感じるものだし、マチルダの車内に閉じこめられていると、鼓膜への衝撃はすさまじかった。ペンが身をこわばらせて座っていると、爆発の音は金属の外皮をやすやすとつらぬいてくるように思えたが、いったん車内にとどくと、爆発音はまるで十トンのハンマーが装甲板を叩いているかのように壁から壁へと反響して、彼を心底震え上がらせる振動を起こさせた。空襲がつづくあいだ、彼はあの橋の上でドイツ軍戦車隊が通過していくときそうしたように、必死に心を冷蔵しようとしたが、いまその方法はきかなかった。彼は爆発を百まで数えることにして、その数字に達するよりずっと前に空襲は終わるさと自分にいい聞かせていたが、すでに数を忘れてしまい、あきらめて、いまはひとつの爆発ごとに胸をなでおろしていた。

戦車の前部では、ほかのふたりと切り離されて、レナルズが前にかがみこんで座っていた。その手はまだ操向レバーを握りしめ、頭は恐怖でぼうっとしていた。彼は直撃を受けることについてはさほどこわがっていなかった。もしそうなったら、心配することはなにもないからだ。そうではなく、レナルズはバート号の構造のある技術的要素を必死に忘れようとしていた――戦車の前部におさめられた四個の六ボルト・バッテリーのことを。そして、ほかのなによりも、レナルズは自分で自分を押さえられないほど、視力を失うことを恐れていた。彼は、至近弾でもバッテリーが破裂しかねない壊滅的な打撃を車体にあたえる可能性があることをよく知っていた――自分の顔と手に硫酸をぶちまけるかもしれないと。彼は無言でそこに座り、つぎの一発を待ち受けながら、こんな危険に自分をさらしたことでマチルダを設計した男を罵《ののし》った。はずれるか殺してくれ、と彼は祈りながら、レバーの上で濡《ぬ》れてすべる手をいっそう強く握りしめた。さあ来たぞ、おれの真正面だ。たのむ、やめてくれ！　爆発が車体前部を打ちのめし、彼は破片が覗視孔《てんしこう》の防弾ガラスに飛び散る音を聞いたが、それから自分が今回はだいじょうぶだったことに気づいた。彼はまだ頭を下げて座り、膝のほうを向いて、目を固く閉じていた。

「いまのところはだいじょうぶ」とバーンズはペンの冗談をまねしていった。

「そのとおり」

ペンはその言葉を吐きだすようにいうと、それがあとどれぐらいつづくかと思った。彼の想像力は熱に浮かされたように働いて、彼はやって来ようとするものを鮮明に見て取った——直撃する爆弾を。車体は引き裂かれて、高性能爆薬の産物であるすさまじいガスを車内に入りこませ、彼らの肉を引き裂き、三人をばらばらにして、どろどろになった遺体を残骸全体にまき散らすだろう。彼らがどうなったかだれも知ることはない。彼らはあとかたもなく消え去るのだ。「戦闘中行方不明との報告……」ああ、かわいそうなおれの家族たち、と彼は心のなかでつぶやいた。おれたちが国境を越えた日に、おれは家族に手紙を書くつもりだった。あれは何日前のことだったろう？彼にはわからなかったし、つぎの爆弾群が降ってきたのでそれ以上考えようともしなかった。爆弾は戦車を夾叉《きょうさ》したので、彼らは苦悩の数秒間、自分たちが死の瀬戸際に立たされていると確信した。

空襲は十五分間つづき、そのあいだ彼らはほぼ休みなしに爆撃を受けていた。短い中断のあと、彼らはあわれなレナルズを限界の一歩手前までおびえさせた一連の至近弾を耐えしのんだ。操縦手がハッチを開けてあの恐ろしいバッテリー群から逃げださなかったのは、たぶんひとえに彼の背後の鋼板のすぐ向こうにいるバーンズの見えない存在のせいだった。レナルズはいつでも一か八か外に出る覚悟ができている段階まで来ていた。それから第二の中断がおとずれた。その中断はえんえんとつづき、そのあいだ彼らは爆撃が再開されるのを待っていた。最初に立ちなおったのはバーンズだった。砲塔に上がっていくと、慎重にハッチを上げ、ほこりっぽい空気のなかに頭をつきだすとすぐに、首筋に太陽の熱を感じながら咳きこみはじめた。砲塔のへりはさわると熱かった。

せりだした壁の多くはもはやそこになく、全域にほこりの帳《とばり》が下りていた。太陽がぼやけた円盤になるほど濃い帳が。見おろすと、車体はまるでバート号が灰色の砂漠で行動するためにカムフラージュされたかのように、ほこりの膜でおおわれていた。車体に降りたとき、足が滑って、あやうくまた膝《ひざ》をぶつけるところだった。バーンズはふたりに戦車から降りて、いっしょにほこりを吸いこんでみろといった。しかし、すくなくとも、彼らは外に出ていた。あやうく鉄の棺桶《かんおけ》になるところだった狭苦しい空間の外に。

戦車は破壊の度合いが少ない町の西部で古い広場のなかにたたずみ、乗員たちは未知の侵入者が姿を現わすのを待っていた。荒廃した町に入って以来、彼らがはじめて出会った生命の音が。広場はせりだした壁にかこまれ、不気味な墓場のような雰囲気は彼らが待つあいだいっそう深まっていくようだった。レナルズはまだ操縦席にいて、ペンは短機関銃をつかんで砲塔に立ち、いっぽうバーンズは壁を背にして広場の角近くに立っていた。本能的に壁にはもたれかからずに、回転式拳銃を銃口が角を向くように胸の前にかまえている。

レナルズが戦車を点検するために広場のなかで停まってから十分もたたないうちに、バーンズのするどい耳はその音を聞きつけていた。まるで近づく足が瓦礫のなかをこっそりとすり足で歩いているかのような、奇妙なかさかさという音だ。足音はいまやすぐ近くで、より速く動いている。バーンズは銃を上げ、同時にペンは短機関銃を向けた。ひとりの男が角をまわってくると、唐突に立ち止まった。

男は肩からずだ袋をだらりと下げ、一瞬、その骨ばった顔は極度の恐怖を見せたが、すぐに立ちなおって、頭から帽子を取ると、こびへつらうように笑いかけた。小柄で痩《や》せた男は、奇妙な服装をしていた。スーツは古くてみすぼらしかったが、首には高価な絹のネクタイを巻き、バーンズは男が袖《そで》をもぞもぞさせる前に、金の腕時計をちらりと見た。男の足は真新しい鰐革《わにがわ》の靴でつつまれていた。バーンズはおだやかに話しかけた。

「驚かせてすまないが、この場所の名前を教えてもらえないかな？」

「イギリス兵、そうだね？」

男はまだむりやり笑みを浮かべていて、バーンズから後じさりをはじめながら、まるでいまにも自分に向かって突っこんでくると思っているかのように、戦車をちらりと見た。バーンズはもう一度聞いてみた。

「われわれはイギリス兵だ。なにも心配しなくていい——きみを傷つけたりはしない。だが、わたしはこの場所の名前を知りたいんだ」

男はフランス語でまくしたてはじめた。すさまじい速さでしゃべるので、バーンズもペンもなにをいっているのか理解できないほどだった。そして、話しながら一歩ずつ下がっていく。つぎの角に近づくと、片手を上げて、戦車がやって来た方角を激しい身振りでしめし、帽子を振って、それからまたかぶった。バーンズが戦車のほうへゆっくりと歩いていくと、ずだ袋の男はこそこそと角をまわって姿を消した。ペンは困惑した表情で、バーンズが戦車にたどりついたとき、怒りっぽくいった。

「なぜやつを捕まえなかったんです？　やつなら……」

「いそげ、ペン——その短機関銃をよこすんだ」

「どういう……」

「いそぐんだ」

「ほら……いったいどういうつもりです?」

「ふたりとも待っていろ、もしわたしがこいつを使うのを聞いたら動きだすんだ——ただしバート号といっしょだぞ」

バーンズは角へ走っていき、のぞきこむと、ちょうど男が道路を離れて、遠くの瓦礫の山をよじ登るのが見えた。バーンズは男を追いかけ、短機関銃を胸に横向きに下げて、つま先立ちで軽々と走った。男はある建物の壁の向こうに姿を消し、男が瓦礫をよじ登った場所にバーンズがついたときには、またしても一軒の家のちびた残骸の向こうに姿を消しつつあった。男は依然として一度もふりかえっていない。バーンズはペースを落としながらその家に近づいた。いまやいつでも使えるように短機関銃を小脇《こわき》にかかえ、奥の壁ごしに向こう側をのぞいた。彼が見たのはまったく思いもよらないものだった。

家の向こうでは、道路は比較的瓦礫が少なく、路上には一台の一階建てバスが停まっていた。その側面はほこりでおおわれている。バスの外には四人の人間が立ち、どうやら議論しているようだ。バスに乗客はいなかったが、車内は雑多な品物の寄せ集めでぎっしりで、開いたドアの向こうにはさまざまな物品がうずたかく積まれた座席が見えた。籐籠《とうかご》から首をつきだしたワインのボトル、カーテンかベッドカバーかもしれない赤い布地、ひっくり返った銀の盆、錦織《にしきおり》の背もたれがついた小さな椅子《いす》の上半分、そして銀メッキの銃床を持つ古い猟銃。立って議論をしている四人組は、彼らのバスの中身とほとんど同じぐらい奇妙な取り合わせだった。

骨ばった顔の男は片側に立ち、ときおり言葉をはさんでいる。いっぽうほかの三人の男は円陣を作って、おたがいに向き合いながら話している。グループのリーダーは、浅黒い肌に大きな黒い口髭《くちひげ》を生やした、ずんぐりした小男らしかった。しわくちゃのビジネススーツを着て、黒っぽい鍔広《つばびろ》のフェルト帽をあみだにかぶり、首には色付きのハンカチを結んでいる。バーンズは以前、インドから帰国する途中、兵員輸送船がエジプトのポート・サイドに寄港したとき、そこのバーで出会ったコルシカ人を思いだした。ほかのふたりの男はやせっぽちでひどく背が高く、議論が白熱したときには浅黒い男にしたがうようだった。ふたりは青いデニムのジャケットとズボン姿で、黒いベレーを頭にしっかりとかぶっていた。バーンズは短機関銃をグループに向けながら、壁の陰から歩みでた。その声はきびしかった。

「いったいここでなにが起きているんだ？」

三つの体がくるりとまわって彼のほうを向き、それから凍りついた。コルシカ人が最初に気を取りなおして、フランス語でなにかいいながら笑顔で数歩近づいてきた。

「英語で話せ」バーンズはぴしゃりといった。

コルシカ人は理解できないふりをした。バーンズは短機関銃を前につきたて、しゃがれ声で言葉を発した。

「手を上げろ、さもないとおまえをずたずたにするぞ」

コルシカ人はさっと手を上げ、肩ごしにすばやくなにかいうと、さらに三組の手が肩の高さより上にぱっと上がった。

「おまえが英語を話せてよかったよ」バーンズはいった。「おまえは何者だ？　さあ——さっさというんだ」

「ジョゼフ・ルブランです。ル・シャトー出身の毛皮セールスマンです」

「この場所の名前は？」

「ボーケールです。あなたはイギリス陸軍ですか？」

「その前衛だ。西から町に入るあの道——あれはどこへ通じている」

「カンブレーです。アラスはその先です」

驚いたな、とバーンズは心のなかでつぶやいた。われわれは自分が考えていたより何キロも南にいるんだ。彼は数歩下がった。ルブランがじりじり近づいてくる傾向を見せていたからだ。彼はてきぱきときびしい口調をつづけた。

「動くんじゃない。ルブラン、ドイツ軍はどのぐらい近くにいる?」

「やつらは行っちまいましたよ」ルブランはびっくりしたような顔をしている。「数日前、最初の爆撃のあとすぐに、ここを通り抜けていきました」

「トラックに乗った兵士たちということか?」

「いえ、そんなんじゃありません。大きな戦車の長い列、でっかい大砲です」

「だが、トラックの兵士はいなかった?」バーンズは念を押した。

「いや、そういうのじゃなかった」彼は短機関銃を見つめて、顔をしかめた。「そいつはドイツの銃ですね?」

こいつは頭の回転が速いぞ、とバーンズは自分自身に警告した。そしてたぶん信用できない。彼は短機関銃をルブランの腹に向けたまま、反対尋問を続行した。

「それは何日前のことだ? 数日前だといったが——正確に何日だ?」

「六日か七日ですね。自分の目で見たわけじゃない——そう聞いたんです。おれたちはここの住民じゃないんで」

ルブランは唐突に言葉を切り、まるでまずいことをいったように無表情になった。バーンズはすばやく話しつづけた。この悪党がまだ狼狽《ろうばい》しているあいだに、最大限の情報を引きだすつもりだった。

「ルブラン、ドイツ軍はいまどこだ？」

「アブヴィルです」

バーンズは反則のパンチを後頭部に食らったように感じた。もしそれが本当なら、北方のイギリス海外派遣軍《BEF》とフランス軍は、南方のフランス軍主力と切り離されることになる。第一次世界大戦の全期間を通じても前例のない大惨事だ。それから彼は立ちなおった。もちろん、このなんとかさんは嘘《うそ》をついているのだ。

「アブヴィルは海岸ぞいだぞ、ルブラン。さあ、もう一度、ためしてみるんだな。ただし今度はもうちょっと慎重にな」

「本当です」男は興奮して、頭の上で手を振った。「やつらは本当にアブヴィルにいるんです――おれたちは町から来た難民に出くわしました。ドイツ軍の戦車はそこらじゅうにいます。何千という戦車を持っていて、それがフランスじゅうにいるんです」

「だが、この近くにはいない？」

ずんぐりとした男の目がずる賢くなり、男はバーンズをじっとにらんでから答えた。

「ボーケールの外にはあの大きな戦車だけです――カンブレーへ向かう道路に」

「ドイツ軍戦車一輛《りょう》ということか？　ボーケール郊外の道路ぞいにどれぐらい離れている？」

「七、八キロです——おれたちはここに戻ってくるとき通りすぎました。偶然あそこにいるんです、まちがいありません。路外で故障して、四人の兵士が修理しようとしているところです。やつらは小作人みたいに上半身裸で作業をしています。それが二時間前のことでした」

「カンブレーに向かって走る場合、道路のどっち側になる？」

「右側です、道路から約五百メートルの」

バーンズはうなずいて彼らに指示をあたえ、各自じゅうぶんな間隔をあけて、道幅いっぱいに一列で整列させた。それから元の広場に向かって行進させていき、広場からの道路につながる曲がり角で停止させた。曲がり角で、彼らをほこりのなかにうつ伏せで両手をいっぱいにのばして寝そべらせると、短機関銃を空に向かって一連射した。うつ伏せの体が跳び上がり、彼らが一瞬、自分たちは死のうとしていると信じたことがわかった。遠くからバート号のエンジンのうなりが聞こえ、バーンズはもう一度短く連射して、戦車に角をまわって来させた。戦車が停まったとき、ルブランだけが肩ごしに目をやる勇気を奮い起こした。

「こいつらは何者です？」ペンが砲塔からたずねた。

「略奪者だ」バーンズはその言葉を吐き捨てた。「自分たちの仲間がドイツ野郎を食い止めようとしているあいだに、こいつらはあさりまわっているんだ。道路の先にはバスいっぱいのがらくたがある」

「どうしてわかったんです？」

「骨ばった顔の野郎がその一部を身に着けていたからさ。よごれた古いスーツを着ているのに、ネクタイと靴がそれに釣り合っていない――金の腕時計はいうまでもなく」

彼はレナルズが四人をボディチェックするあいだ、ペンに砲塔にとどまるよう命じた。操縦手はルブランと痩せた男の片方から拳銃《けんじゅう》二梃《ちょう》、ドイツ製の九ミリ・ルガー自動拳銃を召し上げた。それをどこで手に入れたのかとバーンズが聞くと、ルブランは、衝突したサイドカー付きオートバイのかたわらに横たわっていたふたりのドイツ兵の死体から奪ったと説明した。バーンズは、ルガー自動拳銃で武装しているのはドイツ軍の将校だけだという事実には触れず、ペンに四人を見張らせておいて、レナルズといっしょに歩いてバスに戻っていった。

バスの座席は、古い金貨をおさめたガラスケースをはじめとする各種の略奪品で散らかっていた。バーンズが奇妙な積荷のさらに奥深くへと潜りこんでいくと、レナルズが大声で叫ぶのが聞こえた。操縦手は呼びかけたとき、すでにドアから猟銃や絹のカーテン、小さな椅子、そして銀の盆を放りだしていた。バーンズは顔を上げた。

「シャンパンでも見つけたのか？」

「そうです、バート号に！」

レナルズは重い長方形の缶を持ち、キャップをはずして中身を調べていた。キャップを戻すと、それをバスから持ちだし、まるで繊細なガラスの花瓶であるかのように道路わきに置いた。それからふたりはバスを徹底的に探しはじめ、貴重なディーゼル燃料の缶をさらに見つけだして、道路わきに運んだ。五分もたたないうちに、レナルズは二十缶をきれいにならべていて、バーンズはいまだに自分たちの幸運をなかなか信じられなかった。バート号はディーゼル燃料で動いていて、おそらくフランス北部でそれを使っている唯一《ゆいいつ》の車輛はバスだった。レナルズは、それがまるで歩いてどこかへ行ってしまうかもしれないと恐れているかのように缶を見張っていた。

「やつらはターミナルからこのバスをくすねたにちがいない。だからいっしょに予備の燃料も山ほどくすねたんです」

「これでバート号を満タンにできるな。だがさっさと取りかかるんだ」

レナルズが缶を戦車に運んでいるあいだに、バーンズはバスをさらに探しまわり、ベッドカバーごしに指で押したとき、その下にボトルの感触があった。すくなくともバート号だけが飲みものをたっぷり手に入れたわけではなさそうだ。ベッドカバーをはいだ彼は、ミネラルウオーターのボトル一ダースを発見した。あきらかにムッシュー・ルブランはワインを薄めるのが好きなのだ。そして最後の二本のミネラルウオーターの下で、彼は大当たりを見つけた——〈ファイブスター・ビスキー〉コニャックのハーフボトルを。

彼が自分のお宝を戦車に持ち帰ると、四人はまだ焼けつく太陽の下で大の字に寝そべり、ペンが砲塔から彼らを見張っていた。レナルズはひとりでハミングしながら、戦車におおわらわで、エンジンカバーを開け、キャップをはずして、ディーゼル燃料を給油するのに使っている大きなブリキの漏斗をさしこんでいた。貴重な液体を注ぎながら、まるで五品のディナーコースをひとりで楽しんでいるかのように、その作業から大きな楽しみを得ていた。彼らが給油作業をほとんど終えようとしていたとき、ルブランがそれ以上がまんできなくなった。用心深く頭を上げ、顔から脂汗《あぶらあせ》をしたたらせながら、彼は肩ごしに呼びかけた。その口調は不機嫌だった。

「おねがいします……」

「なんだ、ルブラン?」

「どうかバスのために二、三缶残しておいてください」

「手遅れだ――もう全部、戦車に注いでしまったよ」

ルブランは凶暴な目つきでにらみつけ、バーンズはずんぐりした男の目に浮かぶ激しい憎悪《ぞうお》にたじろいだ。男は口を開き、分厚い唇のあいだに不格好な金歯がのぞいた。バーンズは頭を下げていろと命じると、工具箱から頑丈なレンチを取り、バスのエンジンを壊しに戻った。彼はエンジンを手際よく破壊し、完全に動かないようにした。ルブランがこのバスをふたたび同胞から略奪するために使うことはないだろうし、いまや略奪者たちが彼らより先にボーケールから車で出発して、ドイツ軍戦車にバート号の存在を警告する危険はなくなった。戦車に戻ったとき、ルブランはまた顔を地面につけていて、ペンが彼に向かって悪態をついていた。

「こいつは神経質なタイプなんですよ」とペンは説明した。「軍曹がたてる音が神経にさわったんですな」

「そうならそうといってくれればよかったのに――そうしたらレンチに布切れを巻いたのにな」バーンズの声はけわしくなった。「ルブラン、立つんだ。ほかの者たちも立ってよろしい」

ルブランはフランス語でなにかすばやくいって、ゆっくりと立ち上がり、仲間たちとともにバーンズと向き合った。その顔には最大限の敵意が浮かんでいる。こいつは危険な相手だ、とバーンズは思った。だが、ルガーがなければたいしたことはできない。彼は出し抜けにいった。

「おまえたち全員、もう行っていいぞ――あっちへ、東へだ。もしおまえたちのだれかをまた見かけたら撃つ」

「ドイツ軍は東からやって来るのに……」とルブランがいいだした。

「そのとおり。やつらがわれわれ以上におまえたちを気に入るかどうかは怪しいと思うがね。さっさと行け」

彼らは戦車に乗りこんで、四人の男たちのあとから道路を進み、西へ向かう幹線道路に入ってから停止した。日に照らされた瓦礫のなかでそそくさと食事をとり、ミネラルウオーターで喉《のど》の渇きをいやすあいだに、バーンズは地図で自分たちの位置を指し示し、コルシカ人から聞いたことを説明した。そのニュースにペンはあやうく食欲を失いかけた。

「ドイツ軍がアブヴィルに！」伍長は愕然《がくぜん》とした表情を浮かべた。「それを信じているんですか？」

「ドイツ軍戦車がそこらじゅうをうろついているので、なにを信じたらいいのか自信がない。やつがまちがっていることを願うだけだ」

「だったら、おれたちはまずカンブレーを目ざすんですね？」

「正しい方角にあるからな。もしそんなものがあったとしたらだが」

彼らは問題について話し合った――敵戦線の後方をうろつく一輛の戦車、ここがボーケールだと百パーセント確信できないので、自分の位置もわからず、ドイツ軍もその存在に気づいていない――それからバーンズはそろそろ移動する時間だといったが、間際《まぎわ》になってまた地面に飛び降りた。「どうしたんです？」ペンが砲塔から身を乗りだしてたずねた。

「バスに戻る――後部の工具箱をのぞいてみるのを忘れた。なにか役に立つものが入っているかもしれん」

彼はペンを砲塔に立たせたまま、道路をいそいで戻っていき、短機関銃を小脇にかかえて曲がり角をまわり、戦車の視界から消えた。バスにたどりつくと、レナルズが放りだした略奪品の山に目を走らせて、なぜちがって見えるんだろうと思った。バーンズはその考えを想像の産物だと片づけて、バスに乗りこみ、後部へ進んだ。窓は全部閉まっていて、驚くほど暑く、風とおしが悪くて、ワインの匂《にお》いがした。彼の足が空のボトルを蹴《け》り、ボトルは座席の下にころがっていった。バーンズは身をこわばらせた。ボトルは彼がバスを出たときそこになかった。彼は工具箱のなかで大きなレンチを見つけると、ポケットにしまいながら、まだあのボトルがどうして現われたのか謎解《なぞと》きしようとした。バスをあとにしようとしたとき、彼の視線が地面に散らばる略奪品の山にふたたび向けられ、警告信号が彼の頭のなかを走り抜けた。猟銃がなくなっている。

不吉な予感にとらわれながら、彼は曲がり角のほうへ走った。なぜ古い猟銃を持っていく？　ルブランはきっと彼らが食事をとっているあいだに瓦礫をまわって引き返してきて、ワインのボトルを見つけ、それを飲んでから、銃を持って逃げたにちがいない。曲がり角への途中まで来たとき、一発の銃声がした。パンというするどい音、それから恐ろしい静けさ。彼は曲がり角にたどりつき、最初見たところでは、なにひとつおかしいところはないように思えた。戦車は彼が残した場所にあり、ペンはまだ砲塔に立っている。しかし、彼が駆け寄ると、レナルズがハッチからいそいで出てきて、ペンの近くの車体に立った。ペンはもはや背筋をのばして立ってはいなかった。バーンズはふたりのところにたどりついたとき、操縦手がペンをささえているのを見た。その右手は血にまみれている。ペンはかすれ声でいった。その顔面は蒼白《そうはく》だ。

「あの悪党が肩を撃ちやがった……ルブランだ……気をつけて――やつはあの建物の向こうにいる……」

「おちつけ……」

レナルズは早口でいった。「だいじょうぶです、おれが面倒を見られますから」

バーンズは瓦礫を横切り、最初にルブランとその一党を目にしたちびた家のほうへ走った。低く身をかがめて走り、目を四方に走らせながら、短機関銃を腹の前で前方にかまえている。頭は目まぐるしく回転し、殺意に燃えていた。家が近づき、彼は両方の角と、彼の接近方向と向き合う窓に目を光らせた。ルブランが彼を不意打ちできるのは、その三カ所だけだった。彼は走りながらあの猟銃を見落とした自分に悪態をついたが、だれもあんな古ぼけた銃を調べようなどとは夢にも思わないだろう。どこかの馬鹿《ばか》があのいまいましい銃を自宅で装塡《そうてん》したままにしていたにちがいないし、ルブランがあれをくすねたのは銀メッキの銃床のせいだ。彼は家にたどりつき、外壁をこっそりまわって、半分こわれた戸口から室内をのぞきこみ、一階全部をひと目で見て取った。内壁が崩れて、まだ無傷の天井を抜けて上へのびる石の階段しか残っていなかったからだ。彼は衝動的に室内に足を踏み入れ、足の下で揺れる階段を用心深く登っていった。彼は平らな屋上に出た。そこはなくなった上階の床で、家の裏手の瓦礫が散らばった廃墟《はいきょ》を全方向見わたせた。大きな爆弾孔がならぶ地域だ。ひとつの大きな穴の内側で、なにかが日差しのなかで光った。

ルブランは即座にバーンズに見つかったことを知り、いまあわてて立ち上がりはじめた。爆弾孔の底からほこりを蹴立て、精いっぱいの声でヒステリックに叫びながら、猟銃を持ち上げ、それを無害に振ってみせる。銃床の銀が日なたで何度も光った。猟銃には弾が入っていないといっているのだろうか、慈悲をもとめているのだろうか？

バーンズにはわからなかったし、気にも留めなかった。哀れみも、なんの現実の感情もなく、彼は短機関銃の銃口を下げると、脚を踏んばって発砲し、ほこりを舞い上げながら、爆弾孔の底を銃弾の斉射で薙《な》ぎはらった。ルブランは立ち上がっていたが、突然、体を引きつらせ、それからあお向けに倒れて、動かなくなった。爆撃された地域は恐ろしいほど静かになった。

バーンズは顔をしかめた。彼の戦車の乗員はいまやふたりになっていた。

5　五月二十四日、金曜日

ペンは重体だった。バーンズは顔を見ただけでそれがわかった。いつもはピンク色で生き生きとしている顔は、いまや泥のような灰色で、目には生気がなかった。戦車内の自分の座席に背筋をのばして座り、折りたたんだ毛布を背中にあてがっている。レナルズは右肩の傷をちょうどきれいにし終わったところだった。バーンズと同様の傷だが、ペンの場合、銃弾は上からではなく後ろから入っていた。レナルズはいまから包帯をあてがおうとしていたが、バーンズが傷を調べるあいだ待った。操縦手は真新しい血をたえずぬぐわねばならなかったので、バーンズは時間をむだにしなかった。

「診断はどうです?」ペンは弱々しくいった。

「わたしはもっとひどいやつを、ずっとひどいやつを見たことがあるが、彼らは生きのびたよ」

「残念ながら、いまのところおれはあまり使いものになりませんね……」

「じきになるさ。包帯を巻いてくれ」

レナルズが包帯をあてがうと、ペンは毛布にもたれて背中をこわばらせ、バーンズが開けてやったコニャックのボトルを取った。

「いまはひと口ふた口だけだぞ——がっつくんじゃない」

「配給制で飲めっていうんですか?」

「じきにもっと強い一杯をやれるさ。バート号が移動中、その座席に座ってられると思うか?」

「もちろんできますよ——このいまいましい穴倉から逃げだすためならなんでもね。この場所はぞっとする。軍曹はルブランを殺《や》ったんですか? 音が聞こえて……」ペンはレナルズが包帯を縛ると口をつぐんでたじろいだ。

「ああ、やつは死んだよ。腹に弾倉半個分の弾を食らってな」

「やつに気づくべきでした……おれの手抜かりだ……」

「いや、そうじゃない。おまえが、やつは武器を持っているかもしれないとか、さらにいえば、そもそもやつが戻ってくるかもしれないとさえ考える理由はなかったんだ」

「工具箱にはなにか?」

「大きなモンキーレンチがあったよ——エトルーでなくしたやつのかわりになるだろう。われわれはこの麗《うるわ》しき場所からおまえをつれだして……」

「陸軍に入って世界を見よう、か。ありがとう、レナルズ、よくなった。なにをいってたんだっけな？　ああ、そうだ。この男らしい軍隊で出会う人間たちだ。こいつが全部終わったら、おれは回想録を出版しますよ。軍曹はおれが日記をつけているのを知らなかったでしょう？」

「ああ」バーンズは嘘《うそ》をついた。

「完全な規則違反です。軍曹はおれを告発しなきゃならないでしょうな。三日間のCB——バート《カンファインド・トゥー・バート》号に監禁だ（本来のBはバラックス＝兵舎の頭文字）。どっちみちおれはバート君に閉じこめられているみたいなもんですがね」

ペンは弱々しく笑い、それから唐突にやめた。その顔は突発的な苦痛で痙攣《けいれん》している。バーンズは彼にまたコニャックのボトルを渡し、数口飲むようにいって、彼をじっと見守った。重要なことは、ペンがボーケールから離れるまで意識をたもちつづけることだ。アルコールが血流に浸透すると、すくなくとも顔に血色がいくらかもどりつつあった。レナルズは血まみれの消毒綿をいくつもかき集めて、砲塔から降りた。バーンズはその消毒綿の様子が気に入らなかった——ペンは血をたくさん失ったにちがいなかったし、消毒綿のなかには、血まみれの応急包帯がふたつあった。つまりレナルズが出血を止めるのに二度失敗したということだ。

「これから出発するぞ、ペン。荒れた地面は避けるようにするつもりだが、ブライトンの遊歩道を行くようなわけにはいかないだろう」

「さっさとやりましょう。カンブレーを目ざすんですね?」

「ああ、だいたいその方角だ」

「ルブランが警告していたドイツ野郎の戦車のことを忘れちゃいけませんぜ――あの豚野郎がそいつについては真実を話していたってこともありうる。砲を操作できなくてすみません」ペンはくりかえしあやまった。

「そいつは心配するな。おまえが回復するまで、おれが自分の砲手をつとめる」

「きっと軍曹も少し座りたいでしょうね」

「この上は空気がもっと新鮮なんだよ。さあ出かけるぞ」

ああ、少し座りたいよ、とバーンズは思いながら、砲塔から前進の命令をあたえた。

午後五時で、太陽がじりじりと照りつけるなか、戦車は西を目指した。キャタピラが粉砕された瓦礫《がれき》から真新しいほこりの雲を舞い上げる。ほこりは彼の視界をさえぎり、彼は前方をはっきり見ようとしてたえず手を振っていた。ペンへの負担をやわらげるために、彼はレナルズに低速で進むよう命じていたが、その指示をうながしたのは、伍長《ごちょう》の心地よさに配慮したせいばかりでもなかった。彼はそのときが来たらペンにできるだけ丈夫でいてもらいたかった——銃弾を取りだすときが来たら。

彼らが医者を見つけられるかどうかはだれにもわからなかったし、バーンズはペンの肩で化膿《かのう》を引き起こしている鉛の異物を放っておく気はなかった。彼は、古い猟銃から発射された飛翔体《ひしょうたい》が、同じ場所にめり込んだ三〇三口径弾より危険か危険でないかわかるといいのだがと思った。彼にはまったく見当がつかなかったが、ひとつだけ小さな幸運があった——弾丸は表面近くの、骨の横に埋まっているらしかった。銃弾をうまく摘出するのはおよそ簡単なことではないだろうが、すくなくとも彼は以前に一度、インドの遠隔地で敵対的な部族民から銃撃を受けたとき、同様の手術を行なわねばならなかったことがあった。彼はそのとき自分がどうやってやってのけたのか思いだせるといいのだがと思った。ひとつ基本的なことが必要なのはたしかで、それはペンを腹ばいにさせることだった。そうした手術には、ほこりや瓦礫よりもっと適した地面がある。彼は小手をかざして、開けた土地と新鮮な緑をなんとしても最初に見つけようと前方に目をこらした。

彼らはなんの前ぶれもなしに町の端にたどりついた。ひどい爆撃を受けた家々がならぶ通りを走り抜けていたと思ったら、つぎの瞬間、曲がり角をまわると、フランスが目の前に広がっていた。見わたすかぎりの広大な緑野の風景、地平線近くで揺れる陽炎《かげろう》。バーンズは、聞こえるほど大きく安堵《あんど》の息を漏らした。

それから三十分後、ルブランがいっていたドイツ軍戦車の痕跡《こんせき》はいまだなかったが、彼らはバーンズの目的にうってつけと思われる場所に近づいていた。小さな上り坂を越えるとすぐに、道路の近くに大きな空っぽの農舎が立っていた。空っぽだとわかったのは、観音開きの大きな扉が大きく開いたままだったからだ。近くには母屋《おもや》の形跡はなく、道路の前後を一キロ半以上見わたすことができた。どこにもなにひとつ見えない。農舎は、彼が作業中に万一、敵機が飛来した場合に、バート号に完璧《かんぺき》な隠れ蓑《みの》を提供してくれるし、爆撃は彼がペンの手当てをしているあいだ、もっとも引きつけたくない活動だった。彼はレナルズに道路から出るよう命じ、彼らは農舎内へとつづく短い道を進んでいった。エンジンが停止すると、バーンズは戦車内に降りていって、ペンが車内で揺られていたにもかかわらず前よりよくなったように見えるのに気づいた。

「ペン」と彼はいった。「コニャックをもう一口自分におごったほうがいいぞ。わたしはその銃弾を取りだすつもりだからな」

農舎の床には動物の痕跡が残っていて、そのせいで感染の危険性はひどく高くなるだろう。そこでバーンズは気が進まないが外でやらねばならないと決心した。すくなくともそっちのほうが明かりの具合もいい。彼らはきれいな草の上に毛布を広げて、毛布の上に雨具兼用の防水シート《グラウンドシート》を敷いた。それからペンはグラウンドシートの上に腹ばいになり、そのあいだにレナルズは湯を沸かした。彼はいまや上半身裸になっていた。バーンズは上衣《うわぎ》を脱いで、シャツの袖《そで》をまくり上げた。湯の用意ができると、道路ぞいに両方向を最後に見わたして、空を見まわし、取りかかった。

「レナルズがおまえの肩に乗る」と彼は説明した。「おまえが完全に動かないように万全を期す必要があるんだ」

「地面に指を突き立ててもいいですよ」

「いやでもそうすることになるさ、伍長。そして、レナルズがおまえの肘《ひじ》を押さえつける」

「レナルズらしいな。あの体重でおれをたぶんパンケーキみたいにぺしゃんこにするでしょうね」

「それから、そんなにあせって母なる大地にキスするんじゃない、ペン。さあ、こいつを飲め」

バーンズはマグカップにコニャックをたっぷり注《つ》ぐと、ペンにごくごくと飲ませた。彼を酩酊《めいてい》させられさえすれば、それは大助かりだったろうが、彼は以前の経験から、ペンのアルコール吸収能力が驚異的であることを知っていた。

「あとでまた同じだけ飲ませてやるから」バーンズはペンにいった。

「やるだけの価値はあるといってもいいでしょうね――こんなに配給をもらえるんだから」

「用意はいいか?」

「さっさと片づけてください」

レナルズはペンの両肩に全体重をかけ、横に体をひねって、大きな手がペンの肘を押しつけられるようにした。応急包帯が一気に引きはがされ、バーンズは消毒脱脂綿を使って滲出液《しんしゅつえき》のどろどろをぬぐいさった。それから熱湯につけたナイフに手をのばす。彼はレナルズの鞘《さや》付きナイフを使うつもりだった。操縦手がいつも剃刀《かみそり》のように鋭利に研いでいるナイフを。その切っ先は針のようだ。バーンズは深呼吸をして、これをすぐに片づけてしまいたいと思った。

そのために彼は長い五分間を要した。この時間がバーンズあるいはペンのどちらにとってより長かったかは、だれにもわからないだろう。ペンだけがえんえんとつづく焼けつくような苦しい地獄の痛みを経験していたからだ。痛みは灼熱《しゃくねつ》の火かき棒のように超敏感な傷口を突き刺し、えぐって、それから回転しながらより深くへと突き進んできた。ついには彼は自分があらゆる苦痛の極致に達したにちがいないと思ったが、結局は、灼熱の外科用メスで肉をねじり、掘りだす、あらたな拷問《ごうもん》の波を感じただけだった。肉体は、彼の体を突き刺し引き裂いているこの悪魔のような探針はもちろんのこと、かすかに触れただけでも百万倍も敏感になっていた。ついには彼の脳は救いを、死を、この信じられない苦しみの連続以外ならどんなものでももとめて、懇願し、叫びをあげた……。

バーンズは銃弾と骨のあいだでナイフをしっかりと手前に引き、骨をこするナイフはペンに究極の苦痛をもたらした。彼は、なまくらな肉切り包丁で肩全体が切断されようとしていると、本気で感じていた。彼は数分間そうしていたように激しくうめくと、指先を地面に深くつき立て、鋼鉄の万力のように歯を食いしばった。彼はなんらかの超人的なやりかたで、なんとかまだ舌を口の奥に引っこめていた。奇妙に肉体から遊離した脳の片隅で、自分が舌をかみ切る重大な危機に瀕《ひん》していることを知っていたからだ。そして、その瞬間、バーンズは思いだし、あやうく手をすべらせかけた。忘れていた。自分はペンの口にハンカチを突っこんでおくべきだったのだ。ペンは舌を半分にかみ切るだろう。バーンズはもう止められなかった。ナイフを骨と銃弾のあいだにより深く押し入れたが、この手抜かりがペンの正気と意識をたもっていたのかもしれないとは気づいていなかった――舌を守って、それをしっかりと奥にしまっておかねばならないという知識が。そして、朦朧《もうろう》とした状態のペンは、バーンズが苦境に立たされているのをまったく知らなかった。銃弾が動こうとしないのだ。バーンズは周囲を切り開き、骨から自由にして、下をこじったが、銃弾は頑として動こうとしなかった。そのとき彼は飛行機がやって来る音を聞いた。

目を上げると、メッサーシュミットの編隊が見えた。三百メートルほど上空を編隊飛行している。そのコースは道路とほぼ並行していた。バーンズは躊躇《ちゅうちょ》なく頭を下げて、仕事をつづけ、エンジンの近づく音に気を散らされるのを拒否した。ペンはいまや指先をグラウンドシートに深々と突き立て、頭を左右に振りながら、断末魔の苦しみにあえぐ動物のように静かにうめいている。レナルズは肘に全体重をあずけていて、飛行機が近づく音を聞いても一度も顔を上げなかった。バーンズが平気なら、彼も平気だった。飛行機隊はいまや彼らのほぼ頭上に来て、それから眼下のドラマに気づかずに高速で飛び去った。バーンズは深く息をついて、小声で〝すまんな、おまえ〟というと、ずっと深くほじくって、細心の注意をこめてナイフをひねり、それから持ち上げた。銃弾がナイフからはじけ飛び、グラウンドシートに落ちた。やったぞ！

傷口を消毒し、スポンジで拭《ふ》いて、包帯を巻きながら、彼はペンに、すべて終わった、もうだいじょうぶだと告げようとしたが、ペンは疲れはてていて理解できなかった。バーンズは包帯をすばやく、しかし慎重に巻きながら、とほうもない安堵感の高まりをおぼえたが、それから疲労の波が押し寄せてきた。彼はレナルズにうなずいて立ち上がらせると、ペンの左腕をつかんだ。

「終わったよ、ペン。銃弾は摘出されて、わたしは新しい包帯を巻いた。もうだいじょうぶだ、ペン」

ペンは首をめぐらせた。目は放心状態で、顔は濡《ぬ》れてひきつり、バーンズのほうを見たが、その目に彼の姿は映っていなかった。

「もうだいじょうぶだ、ペン。おまえのコニャックを飲んでいいぞ」

ペンはなにかいおうと口を開け、気を失った。

「こんちくしょうめ」とバーンズはいった。「なぜ五分前にそれができなかったんだ？」

夕暮れが迫り、戦車が着実に前進しているとき、彼らははじめて農場を見た。人里離れた辺鄙《へんぴ》な場所だ。住民は友好的だろうか、とバーンズは思い、そうであることを祈った。戦車の乗員たちは体力の限界に近づいていたからだ。

ペンが移動できるほど元気になったとバーンズが感じたときには、時刻は夜の八時になっていた。だれかが銃弾を肩から摘出してから二時間後に戦車内で移動できるだけ元気になったといえるかぎりにおいてだが。ペンが休んでいるあいだに、バーンズとレナルズは炎天下で休みなく働いて、戦車の整備にあたった。作業が終わると、ペンを戦車内に下ろしておちつかせる悪夢のような仕事に取りかかった。彼らが数枚の毛布といっしょにペンを押しこむと、彼は抗議した。

「こんな大騒ぎをする必要はないんです。いっておきますが、おれはあの銃弾がなくなってもうずっと気分がよくなっているんですからね」

「黙って少し休むようにしろ」バーンズは彼にいった。「おまえは飲んだコニャックでもうぐでんぐでんになっているはずなんだ」

「軍曹、ロンドンにいたときには、よくあばずれ女たちがおれを酔っぱらわせるのに手を焼いていましたよ」

「当然、逆だと思っていたがな」

「だったら、軍曹はあきらかにおれほどもてなかったんですな」

この短い軽口のやりとりだけでもペンはくたびれたようで、黙りこむと、バーンズは火砲の撃発機構を点検し、それからまた砲塔に上がっていった。前進を命じると、むりやり背筋をのばして立ち、戦車は農舎を出て、小道を進み、道路に出ると西へ向かった――カンブレーと、その先のアラスへの道路を。

それから一時間後、バーンズはまだ砲塔に立ち、戦車は依然として前へ突き進んでいた。レナルズが警戒をおこたらないように念を入れるため、バーンズは車内通話装置で頻繁に彼に話しかけていた。いまや操縦手さえも過労の兆候を見せつつあり、バーンズは日暮れ前に敵と遭遇しないよう神に祈っていた。現時点で、部隊は猫とも戦いたい気分ではなかった。彼らは丘のてっぺんに近づきつつあり、バーンズにはまだ向こう側が見えなかった。彼はつま先立ちになって、前途に横たわるものが見える瞬間を待った。彼らがてっぺんを越えたとき、バーンズは農場を目にした。

それは五百メートルほど前方の道路わきに立っていた。双眼鏡の焦点を合わせると、母屋と数軒の離れ家、路肩近くの干し草の山、畑で働くひとりの男が見えた。近づいていくと、ひとりの女がその男から離れて母屋へと戻っていくのが見え、いっぽう近くではもうひとりの男がオレンジ色のトラクターで畑を横切っていた。母屋の煙突から煙の渦が立ち昇り、夕方の空に垂直に上昇していくなかで、太陽は地平線に近づき、真っ赤な円盤はまたもすばらしい明日を約束していた。彼らは友好的だろうか？　戦車とその乗員が人目につかずに一夜をすごせる場所を、彼らが教えてくれることはありうるだろうか？　そしてほかのなによりも、彼らは少し食糧を売ってくれるだろうか？　バーンズは疑わしいと思った。彼らはドイツ軍の部分的な占領下にあり、おそらくすでに足元に気をつけるようになっているだろう。「ドイツ軍の占領」その言葉は彼の頭を駆けめぐり、彼はルブランがいっていたことを思いだした。「ドイツ軍はアブヴィルにいる……」ルブランはきっと嘘をついていたにちがいない。もしそれが本当なら、この戦争は負けたということを意味する可能性もある。たぶんこの農民はすくなくともアブヴィルについて彼に話せるだろう。彼らが農場に近づいていくと、遠く男は畑を離れて、道ばたに立って待っていた。バーンズが彼を見守っていると、遠くでおなじみの音が聞こえた。遠くの轟《とどろ》きにすぎなかったが、彼にはすぐに重砲の射撃の音だとわかった。アラスの大砲か？　彼らは戦闘地域に近づきつつあった。それが五月二十四日、金曜日の晩だった。

その四日前の五月二十日、月曜日の午後七時、ドイツ軍戦車隊はアブヴィルに入った。日暮れ前に、シュトルヒ将軍は町の北部郊外の学校校舎内に新しい司令部を設置していた。

　彼はつねづね、新しい野戦司令部をつぎの前進がはじまる地点のできるだけ近くに置くよう口を酸《す》っぱくしていっていて、戦車隊の突進の新たな方向は北の予定だった。イギリス海峡に面した港町に向かって北へ。しかし、仮の新居を視察し終えたとき、シュトルヒはほとんど憤激を抑えがたい状態にあった。その憤激を例によって彼はマイアーにぶつけた。

「連中はきっと頭がどうかしているにちがいない」彼は雷を落とした。「完全に常軌を逸している。正気を失っているんだ、マイアー！」

「総司令部がですか、将軍？」

　マイアーは机の上で書類を整理し、掌《てのひら》できちんとそろえてきれいな山にした。彼はシュトルヒがちょうど椅子《いす》から立ち上がり、唐突な動作で椅子を後ろにひっくり返したので、自分も立ち上がったが、シュトルヒの長広舌の犠牲になっていたにもかかわらず、マイアーは至極上機嫌だった。

「この命令書を起草した連中だよ、マイアー」シュトルヒは無線通信文を乱暴に振った。「全装甲師団はさらなる指示を待つあいだ、現在地で一時的に停止すべし。なぜ勝利をおさめつつあるというときに停まるんだ？　つねに最後まで進みつづけるんだ、マイアー、戦車に一リットルでも燃料が残っているかぎりつねに進みつづけろ。それが戦争に勝つ方法だ」

「グデーリアン将軍には理由がおありなのでしょう」

彼らのいつもの役割はほぼ逆転していた。なぜならいまや猫なで声で話しているのはマイアーだったからだ。彼は同情的な口調をつづけるよう気をつけたが、心の底では勝ち誇った気分だった。やっと総司令部もこの未知のものへの無謀な突進の愚かさを理解しようとしている。しかしここでマイアーは調子に乗りすぎた。シュトルヒは声の調子に敏感な耳を持っていて、いま考えこむように自分の参謀長をじっと見た。その態度は急におだやかになっていた。

「グデーリアン将軍が戦車のことを心配しているというのかね?」

これは巧妙な策略で、マイアーはすぐさま自分の形勢が不利になりつつあることを感じ取った。軍団長のグデーリアン将軍は、シュトルヒに勝るとも劣らない偉大な熱血漢であることはだれもが知っていたし、グデーリアンがいまこのときも、自分が師団長たちに伝達することを余儀なくされた命令書について激怒し、息巻いていることに、マイアーはいささかの疑いもいだいていなかった。したがって、もしシュトルヒがマイアーをその職から解任しようと決心したら、グデーリアンはその判断に完全に賛成するだろう――いったんマイアーが、グデーリアンは戦車部隊を停止させることを望んだといっていたということになれば。

「もちろんわたしは陸軍総司令部*のことをいっていたんですよ」彼はあわてていった。

*マイアーは実際には軍集団司令官のフォン・ルントシュテット将軍のことをいっていた。将軍はこの停止命令をじきじきに送っていた。ふたつの学派――ノンストップの進撃を支持する一派と慎重さを説く一派――の対立は、戦役の全期間を通じて熾烈《しれつ》につづけられた。

しかし、いまやシュトルヒは通信文を読み返していて、制帽の下の冷笑的な表情はマイアーをおちつかない気分にさせた。まさか彼がこの命令書を自分の都合のいいようにねじ曲げたりするはずはないだろうな？　シュトルヒは通信文を机に放ると、マイアーにもう一度読むようもとめ、それから話しつづけた。

「連中はたぶん、われわれがまだスダンで橋を渡ったときと同じぐらい潑剌《はつらつ》としていることを知らないのだろう。むりもないさ、そうだろう、マイアー？　陸軍総司令部が遠く離れていることを思えばな。少しばかり安心させる言葉を聞かせてやれば役に立つのではないかな。この通信文を送ってくれ。ブーローニュへの道は開かれている。師団はいつでも前進できる」

「いつでも前進できるですって?」マイアーは仰天してシュトルヒを見つめた。「われわれの車輛《しゃりょう》の五〇パーセントは整備を切実に必要としていますし、将兵は十日間以上、ほんの少ししか眠っていません」

「われわれの戦車の半分が故障しているというのか?」

マイアーは唾《つば》を飲みこんだ。シュトルヒは自分がそういうつもりでいったのではないことを完璧によく知っている。「そうではありませんが、じきに故障するかもしれません……」

「戦車は緊急の整備を必要としていると?」いまやシュトルヒのほうが猫なで声になり、ほとんど喉《のど》を鳴らさんばかりだった。「きみがいっているのはそういうことだ、そうだな、マイアー?」

「はい、将軍」

「同感だ。もちろんきみのいうとおりだ。よって、夜を徹して戦車に取り組むことが最優先事項になる」

「夜勤の手配はしております」

「整備員全員だ、マイアー。全員、立っていられたら、夜を徹して休まずに作業をせねばならん。患者名簿に載っていて歩ける整備員はだれでも、すぐさま働かせねばならん」

「しかし、将兵自身は……」

「きみにはみずから作業を監督することを期待しているよ。夜を徹してな」彼は意地悪くつけくわえた。

マイアーは無表情で片眼鏡をはめた。シュトルヒは昨夜、彼がほとんど起きていたことをよく知っていたし、マイアーは一日八時間の睡眠を必要とする男だった。将軍はわたしを罰するつもりだ、とマイアーは思った。わたしが戦車を停止させる命令に厚かましくもうれしそうな顔をしたから罰しようというのだ。彼はシュトルヒがまだ自分に用が済んでいないのがわかったので待った。将軍はまた命令書を取り上げた。

「われわれはこの通信文の裏にあるものを誤解しているようだな、マイアー。ここには『さらなる指示を待つあいだ』とある。わたしが思うに、この指示とはわれわれが前進を再開するということだと予想できる。だから準備をするのがきわめて重要になるんだ、マイアー。同意しないか？」

「同意します、将軍」

「われわれはいまイギリス海外派遣軍《BEF》の頸静脈《けいどうみゃく》に近づいている――イギリス海峡に面した港町だ。いったんわれわれが北進を開始したら、二日でブーローニュとカレー、ダンケルクを占領するだろう、もしかするとたった一日で。そうなればイギリス軍はおしまいだ」

「二日ですか?」マイアーは愕然《がくぜん》とした。

「最大でな。さあ、きみはいそがないといけないぞ」シュトルヒはドアのところへ歩いていき、それから部屋を出る前にふりかえった。「それから、あの通信文を忘れるな、マイアー。ブーローニュへの道は開かれている。師団はいつでも前進できる」

　農場主の名前はマンデルだった。彼はためらわずに彼らを母屋に招き入れてくれたが、まず遠くの納屋《なや》に戦車を隠すようもとめた。納屋はカンブレーへの道路から五百メートルほどのところに立っていた。バート号を停める前に、バーンズとレナルズはペンに手を貸して戦車から母屋へと歩かせ、そこでキッチンの肘掛椅子に彼を下ろした。バーンズはほとんど疲れきっていて、ほかの人間のことを心配していられなかったが、マンデルには、もしドイツ軍がやって来て、彼らがイギリス兵を助けたことを知ったら、彼にとってひじょうに危険な可能性があると警告した。

「それは心配しないで」とマンデルは彼に請け合った。「あの遠くの納屋に戦車を隠したら、ドイツ軍はぜったいに見つけませんから。あなたたちには、甥《おい》のエティエンヌが見張りにつきます。道路はどちらの方向へも遠くまで見えますから、なにかあったら、あなたたちがここからじゅうぶん離れた排水溝に隠れる時間があるでしょう」

これはまたしても思いがけない幸運だった――マンデルがじょうずな英語を話すとは。バーンズはどこで言葉をおぼえたのかたずねた。

「もちろん、あなたたちの国ですよ！　わたしは数年間、玉ねぎ売りとして働きました。わたしはブレスト出身でしてね、あそこで組合にやとわれました。よく自転車を船に乗せてサザンプトンに渡り、貯蔵所から玉ねぎを集めて、それからハンプシャー州とサリー州一帯を自転車で走りまわったもんです。そうすればすぐに英語をおぼえますよ」

「戦車を停めたほうがいいな」

「エティエンヌが案内します。小道を進んで……それはエティエンヌにまかせましょう」

バーンズに見えたかぎりでは、電話の形跡はなく、したがってマンデルがドイツ軍に電話をかけて彼らがここにいることを通報するのは不可能だろう。そんなことが起きる可能性があると思ったわけではない。彼はマンデルを見たときこの男は信頼できると確信していたからだ。農場主は五十代の、背が低く、がっしりとした体格の男で、目鼻立ちのしっかりした赤ら顔に、豊かな髪の毛に似合った白髪交じりの大きな口ひげを生やしていた。彼の妻のマリアンヌでさえも、この危険な来訪者たちの到着に警戒する様子を見せなかった。夫と同年代の女性で、髪を後ろでお団子にまとめ、利口で意志の強そうな顔立ちをしていた。彼女は彼らのために食事を用意するといって、バーンズが抗議する前に出ていった。ふたりはあなどりがたいカップルだった。

ペンをマンデル一家にあずけて、バーンズはエティエンヌのあとから、レナルズが戦車に戻っていった場所へ行った。小道は石が多く、草の下でほとんど見えなかったため、エティエンヌは遠くの納屋まで彼らを誘導しなければならなかった。ほとんどひと言も英語を話せなかったが、頻繁に砲塔の側面を拳《こぶし》で叩《たた》いて、「グッド、グッド！」といった。おそらく徴兵適齢より少し下、もう少しで十七歳の誕生日だろうとバーンズは判断した。ゼフトが主張していた年齢だ。しかし、エティエンヌはドイツの第五列要員とはまったくちがっていた。この若者は瘦《や》せて筋肉質で、雀斑《そばかす》が散った顔は生き生きとして油断なく、いたずらっぽい目をしていた。彼は女ったらしになるだろうなとバーンズは思いながら、彼らはぽつんと立つ建物に到着した。エティエンヌは車体から飛び降りて、大きな扉を開けた。

レナルズが戦車をなかに入れているあいだに、バーンズは辺鄙な場所に立つ建物の周囲をまわってみた。緑野が地平線までつづき、近づく手段は彼らが進んできた小道だけだ。彼は苦しい選択を迫られていた。彼の部隊がいまや実働兵力二名に低下していたからだ――自分とレナルズの。バート号をここに残すことは、操縦手を残して見張らせるか、それとも戦車をまったく見張らないかのどちらかを意味する。彼はしぶしぶ彼の小隊長をぞっとさせたであろう決断を下した――彼はバート君をひと晩、ひとりっきりにすることにしたのだ。暗いあいだはなんらかの見張りをつけなければならない――自分たちだけでなくマンデル一家のためにも――し、現在のくたびれ切った状態では、ひと晩じゅう起きて目を光らせているのは不可能だとわかっていた。自分とレナルズで見張り番を分担しなければならないだろう。したがって、ふたりとも順番に道路を見張ることになる。危険がおとずれるとしたら、それは道路からだからだ。深まる夕暮れのなかをエティエンヌといっしょに戻っていきながら、彼はマンデル一家といっしょにいて彼らを危険にさらすことにまだ乗り気ではなかったが、現実には彼らは休息なしにはもう一キロも動けなかった。ある一点だけは、彼は固く心に決めていた。自分たちは母屋では寝ない。

日がすっかり沈むと、彼らはマリアンヌが支度してくれた温かい手料理をかこんだ。ローストチキンにポテト、そして彼らが知らないなにかの青野菜。彼らは母屋の奥の広いキッチンに置かれた清潔な木のテーブルでいっしょに食事をした。石造りの壁には磨き上げられた銅の平鍋《ひらなべ》が下がっている。一家もいっしょに食事をとった。バーンズは腹がぺこぺこで、レナルズといっしょに精力的に食事に取り組んだが、ペンはいったんナイフとフォークを持ったものの置いてしまった。マリアンヌがなにかいい、テーブルの上座に座っていたマンデルは悲しげにほほ笑んだ。

「あなたの友だちは食べられない――傷のせいでしょう」

「本当にすまないが……」とペンが話しだした。

マリアンヌはフランス語でまくしたて、彼のワインのグラスを取ると、せめてワインを飲みなさいとしきりに身ぶりでつたえた。それから彼の皿を下げ、彼女が戻ってきたとき、ペンはワインを飲んでいた。彼女は満足げにひとりでうなずくと、マンデルになにかいい、彼はうなずき返した。

「こいつなら一ガロンでもいけますよ」とペンはいった。

マンデルはフランス語で妻に話しかけ、彼女の返事に笑い声を上げた。

「一ガロン飲めるんなら彼はだいじょうぶだと女房はいっていますよ。それからバーンズ軍曹、食べているあいだ聞き耳を立てるのをおやめなさい――エティエンヌが外で道路を見張っていて、なにか来たら警告してくれますから」

「ただあたりはすっかり暗くなっている。彼にやつらが見えるかな？」

「もちろんですとも！　あのドイツ兵どもは夜のあいだライトを煌々《こうこう》とつけてフランスをわがもの顔で走っています。いまいましいドイツ野郎《ル・サル・ボッシュ》どもめ！」彼はナイフで喉をかき切るしぐさをして、マリアンヌは顔をしかめた。それを見てマンデルはまた笑い声を上げると、バーンズに請け合った。「ご心配なく。女房は善良な人間です。わたしがあなたがたを助けたいから、女房にはそれでじゅうぶんなんです――女房もあなたがたを助けたい。まちがいなく、わたしたちはほかのものを見ることになるよりも、あなたがたの戦車を見るほうがずっと幸せです」

「ほかのものとは？」

「そう、うちの玄関の前をつぎからつぎへと通りすぎていくドイツ軍のとほうもない縦隊です――巨大な戦車、大砲、装甲車。まるまる一個師団だったと思います」

「それはいつのことだ？」

「六日前――先週の土曜日です。そのあとほかにも来ましたが、おもに補給縦列でした。最初のが大きかった。もちろん、ドイツ軍がアブヴィルにいるのは知っていますね？」

「噂《うわさ》は聞いている」とバーンズはゆっくりいった。

「あいにく本当なんです。今夜遅くにアブヴィルから来客があるかもしれません――もうひとりの甥っこのジャックです。ダンケルクの近くのルモンの生まれで、そこで父親と同居しているんですが、いまはアブヴィルで既婚者の姉と暮らしています。ジャックならあなたがたにとって興味深いニュースを知っているかもしれない」

「どうやってここに来るんだ――あなたがたはドイツ軍の戦線の後方にいるんだぞ」

「知っていますが、これは先の戦争とはちがうんです。ドイツ軍はアブヴィルにいるが、戦車と大砲しか持っていない――だから、もしガソリンがあれば、そしてジャックのように向こう見ずなら、やつらの道路封鎖を避けているかぎり、ほとんど好きほうだいに車で走りまわれるんです。甥っこはすでに一度、旅をやってのけていますし、今夜また会いに来るかもしれないといっていました。あいつにとってはゲームになっているんですよ、でもどうやってガソリンを手に入れているかはわたしに聞かないでくださいよ――わたしにも話してくれないんですから。きっとドイツ軍の貯蔵所から盗んでいるんだと思います」

「銃殺されるぞ」

「そんなに驚いた顔をしないでください――あなたが思っているほどむずかしくないのかもしれませんよ。ドイツ軍はガソリンや弾薬の貯蔵所のような重要地点さえ警備する兵士に事欠いているようです。地べたを歩きまわる連中――ぴったりの言葉じゃないですか――地べたを歩きまわる連中《フット・スロッガーズ》はまだ戦車に追いついていないんです。わたしもかつて地べたを歩きまわる連中でした（フット・スロッガーズは歩兵の俗称）」

マンデルは暖炉のほうへうなずいた。マントルピースの上には額縁がかかっている。額縁のなかには、マンデルの軍功章《クロワ・ドゥ・ゲール》が下がっていた。綬《じゅ》は色あせているが、勲章はぴかぴかだ。バーンズは眉《まゆ》をひそめながらいった。

「にわかには信じがたいな、マンデル――やつらが弾薬貯蔵所を警備していないなんて」

「そこまではいっていませんよ――ちゃんと警備するのにじゅうぶんな兵士がいないといっただけで。ジャックが来たらご自分で聞いてみるといい、あいつはイギリス人の家庭で暮らしていたとき英語を話せるようになっていますから。あいつの父親はあの青年をいつか大物の国際弁護士にしようと考えているんですよ」

「ドイツ軍がここを通過するときなにが起きる、マンデル？」

「やつらはわれわれを道路ぎわに立たせて、自分たちがどんなに強力かわかるようにします」

「なんともありがたいことだな。いちばん近い連合軍部隊はいまどこだ？　心当たりはあるかな？」

「アラスだと思います。アラスに行くつもりですか？」

「もしかしたらな」

「それは自殺行為ですよ」マンデルはナイフを振った。「ドイツ軍はここととアラスのあいだにいて、当然ながら前線に近づけば近づくほどその数は多くなる。カンブレーの向こうを西進して、それから北に向きを変え、イギリス海峡に面した港町を目ざしたほうがずっといい。その進路なら、ドイツ野郎《ボッシュ》に出くわす前にうまく連合軍に出会うかもしれない」

　彼らは会話と食事をつづけたが、依然としてバーンズの頭の半分は母屋の外の不自然な音を懸命に聞きとろうとしていた。戦車とともに屋外ですごした日々のあととあって、彼は室内で気が張りつめていて、バート号が無防備な状態であの納屋に置かれているという考えを頭から追いやることができなかった。チキンの最後のひと切れを取ろうとしたとき、彼はペンがフォークを見ているのに気づいた。マリアンヌは無言でキッチン奥のオーブンのところへ行くと、皿を持って戻ってきて、それをペンの前に置いた。マンデルはにやりとした。

「女房はこうなると思って彼の食事を温めておいたんですよ。ほかの人が食べているのを見て食欲が戻ってきたんだな」

彼はペンに向かってグラスを上げた。「たんと召し上がれ《ボナペティ》！」

ペンが自分のチキンをがつがつと食べているあいだに、ほかの者たちは二番目のコースに取りかかった。ほとんど無尽蔵のチーズに。またしてもマンデルは翌朝、バーンズがどの方向へ向かうべきかという問題に立ち戻り、バーンズは彼が話すあいだ明言を避けて耳をかたむけていた。その三十分後、彼らが全員、濃くて苦みの強いコーヒーを飲んでいるとき、エティエンヌが部屋に入ってきて、早口でしゃべった。その口調はかすかに切迫していた。マンデルが立ち上がった。

「一台の車が高速で西から道路をやって来ます。ジャックかもしれませんが、隠れたほうがいいと思います」

マンデルは先に立って母屋から出ると、懐中電灯を持って畑を横切り、彼らが道路近くの大きな干し草の山のところにやって来ると立ち止まった。

「呼ぶまでこの陰で待っていてください。ジャックにしてはちょっと早すぎるが、わかりません――あいつはものすごいスピードで車を走らせますから。もしあいつだったら、出てきて叫びます」

「われわれがここにいることを知らせていいのか?」バーンズはたずねた。

「このまえここに来たとき、あいつはボーケールに近いフォントノア村に住むうちの弟と夜を明かした。もっともあまり眠りませんでしたがね――友だち連中と夜中の半分起きていた。連中は道路のオートバイ乗りがちょうど引っかかる高さに電話線を張り渡した。ドイツ軍はいつもそうした偵察隊を先に送りだすから、連中は獲物を手に入れた。十七歳と半年で、あいつは初めてドイツ兵を殺したんですよ、あの若造が」

「かなり危険なんじゃないか? 報復を受けるかもしれない」

「この戦争も前回のように四年つづいて、われわれは多くの報復を受けるでしょうし、ジャックはじきに軍隊に入って、もっと多くのドイツ兵を殺すでしょう。しかし、フランスを救うのは、あいつのような人間です。さあ、行かないと。それからマリアンヌの前ではいっさいこの話はしないでくださいね――女房は知らないし、多少の英語は理解しているときもありますから!」

マンデルがいそいで立ち去ると、車のエンジン音が聞こえてきた。無鉄砲な高速で突っ走る車のエンジンの音が。そしていまヘッドライトが近づいてきた。ペンの声が暗闇《くらやみ》でささやいた。

「あの人たちはだいじょうぶそうだな」

「ああ、おまえはルブランとその一味のことを忘れたいんだな。われわれが戦っているのはマンデル一家のような人々のためだ。しっかり隠れているんだぞ――あれがきっとジャックだといいんだが」

ジャックはエティエンヌよりもっと大人で、体格もよりがっちりしていて、猿顔だった。漆黒の髪を生やした猿の。その目は知的ですばやく動き、バーンズは彼がみんなと固い握手をすると一瞬で彼が好きになった。

「伯父さんがあなたのことを話してくれましたよ、バーンズ軍曹。ドイツ軍は戦車隊といっしょにアブヴィルにいます。ぼくはいまちょうどその町から来たところです」

「ドイツ軍をすり抜けてどうやってここに来られたんだ？」バーンズは静かにたずねた。

「わき道を知りつくして、目をしっかりと開け、途中で友人たちに状況がどうかたずねることでです」

目をしっかりと開けてか。その目は大きく、バーンズがエティエンヌに感じ取ったのと同じいたずらっ子の目つきをしていたが、もっと大胆で、もっと挑戦的だった。

いまその目は自分を嘘つきだといってみろとおどけて挑んでいるようだった。

「じゃあ、ほとんどわき道を通ってきたのか？」

「いいえ、軍曹」この若者の表情にからかっている様子はあるだろうか？　バーンズはあると思い、青年は先をつづけた。「距離の大部分はドイツ軍戦車隊が使ったのと同じ幹線道路を通ってきましたが、道路封鎖を避けるためにわき道に入りました」

「道路封鎖は多いのか？」

「三カ所です――すべてアブヴィル郊外です。でも、カンブレーは通らないほうがいい。やつらは市役所になにかの司令部を設置していて、日没には外出禁止令が出されます。でも、だれも気に留めてはいませんがね。命令がたしかに実行されるようにするための兵士がほんの少ししかいませんから」彼はにやりとした。「たとえそうでも、あなたの戦車はカンブレーでは歓迎されないでしょうね」

なんてことだ！　とバーンズは心のなかでつぶやいた。マンデルにはバート号のことをジャックに話してもらいたくなかった。きっと彼はあまりにも多くの人間を信用しているにちがいない。バーンズはためらった。みんなの前でマンデルの甥を反対尋問するのは正しいことではないように思えた。マリアンヌは食器を洗って片づけていレナルズは彼女を手伝っているいっぽうで、ペンは肘掛椅子でぐったりしている。

マンデルはパイプに火をつけ終えて、笑い声を上げた。

「つづけなさい、バーンズ軍曹、甥っ子に質問して。彼もそれを期待している！」

「では、カンブレーと三カ所の道路封鎖をのぞけば、アブヴィルへの道路は開かれている？」

「今晩、ぼくにとってはそうでした。道路封鎖とカンブレーを避けるためにわき道を使いましたが、それをのぞけばまっすぐここに来ました。簡単でしたよ」

「アブヴィルにはたくさんドイツ兵がいるのか？」

「町はやつらの戦車と大砲であふれかえっています」彼は顔をしかめた。黒い眉毛が寄って、コメディアンのようにひょいと動いた。「これは完全に正確とはいえないな。戦車と大砲のほとんどは二日前には北側にあって、ぼくはそれ以降、その地域に行っていないですから。外出禁止令もあります」

「外出禁止令はいつはじまる？」

「日没の三十分前で、夜明けの三十分後までつづきます。やつらは外出禁止令中に屋外で見つけたらだれでも撃つといっていますが、まだそれは起きていません。ぼくはあなたがたをアブヴィルのほうへつれていけますよ」彼は期待をこめてつけくわえた。

「それから北に向きを変えてブーローニュへ行けばいい。連合軍はブーローニュにいます」

「ぜひそう願いたいね。ドイツ軍機はどうだ――昼のあいだたくさん飛びまわっているか？」

「ええ、そのとおりですが、とても高いところを飛んでいます。あなたがたがたくさんならやつらは見つけるかもしれないと思いますが、たった一輛の戦車なら用心すれば見つからないかもしれない。ときおり補給縦列が通りかかる以外は何キロもドイツ兵をひとりも見ることはありません。それにやつらはこの地域にあなたがたがいるとは思っていない」彼はするどくそう指摘した。

「ありがとう、ジャック。きみにたずねたい質問をもっと思いつくかもしれない――きみはここにひと晩泊まるつもりだろうね？」

「いいえ」とマンデルがすばやく口をはさんだ。「甥っこはフォントノアの弟のところに泊まることになっています。ですが、時間はたっぷりありますから好きなだけ質問してください」

もっと質問できるかどうかは問題ではなかったが、バーンズはいまやジャックが農場で一夜を過ごさないことを知った。彼の頭は不吉な予感でいっぱいになり、食事とワインの鎮静作用を一瞬で吹き飛ばした。そして、彼がすくなくとも数時間リラックスして、過去二日間の出来事の恐るべき重圧から回復できればと願っていたちょうどそのとき、彼の疲れた脳に状況を検討して計算することを強要した。あの青年はたぶん忠実だろう。マンデルは自信たっぷりのようだし、あのフランス人は馬鹿《ばか》ではない。しかし、たんに忠誠心の問題だろうか？　もし彼が今夜また友人たちとあの大胆な冒険に出かけて、捕まり、おまけにもしかして親衛隊に尋問を受けたとしたら？　それについて彼にできることはなにもなかったので、彼は愛想よくほほ笑んだ。

「だいじょうぶだよ。さしあたり、わたしが思いつく質問は全部したから」

マンデルは彼らに寝室をふたつ提供すると申しでたが、バーンズは、万一、ドイツ軍が不意にやって来た場合にそなえて、外の干し草の山近くで寝るといって固辞し、自分が辞退したことでマンデルはひそかにほっとしたのではないかと思った。彼らが母屋を出ていく前に、農場主はニュース速報を聞くべきだといい、バーンズは彼がまるで現時点でもっとも信頼できる情報源だと思っているかのように無意識にロンドンに周波数を合わせるのを興味深く見た。彼らが黙って耳をかたむけるなか、スチュアートとヒバードのおちついて感情をまじえない声が話しはじめた。

「ブーローニュの戦闘は……」

彼らが戦車を停めたあとで戦車から持ってきていた寝具を開いたのは十一時すぎで、彼らはそれを干し草の山の陰に広げた。毛布を敷いていると、月が昇ってきて、バーンズはその淡い光を歓迎した。道路の監視が楽になるからだ。彼はドイツ軍が警告のヘッドライトで自分たちの登場を高らかに宣言するとはまったく信じていなかった。

彼はペンにきっぱりと指示をあたえた。

「おまえは床について、そこから動くんじゃないぞ――いまのままだと、おまえはじゅうぶんな睡眠をほとんどとらないだろうからな」

「いつ任務につくんです？」

「おまえはいいんだ――わたしがレナルズと分担する」

「それで、起床ラッパは何時に鳴り響くのか聞いてもいいですか？」

「夜明けだ――四時きっかりに」

「五時間先だ。ということは、ふたりとも二時間半ずつ寝るというわけだ。そいつはじゅうぶんとはいえませんよ。残念ながら、軍曹はきっとちょっとした不服従に直面することになるでしょうね――おれは自分の分担《ワック》を務めるつもりです」

「そして、黙らなければ、頭に拳骨《ワック》を一発食らうことになるんだ。いいから横になって、そのままじっとしていろ――これは命令だぞ、ペン。もし必要なら起こすから」

ペンはバーンズが数分と待たずにぐっすりと眠りこみ、傷に体重がかからないように左側を下にして熟睡した。バーンズはレナルズに命令をあたえた。

「おまえも横になるんだ。わたしは二時間半お務めをして、それから一時半におまえを起こす。わたしが寝たら、四時に起こしてくれ——明日は朝かなり早くに出発する必要があるからな。おまえが見張りに立っているあいだは、道路の両方向に目を光らせているだけでいい。さあ寝るんだ」

その数分後、バーンズはジャックが緑の四人乗りルノーでボーケールに向かって走り去るのを多少不安な気持ちで見守った。あれが蟻《あり》の一穴だという感じをいまだに捨てきれなかったのだ。肉体的には立ちつづけるだけでひと苦労で、おだやかにうずく傷から気をそらすために、月に照らされた道路を行ったり来たりしながら、たぶん包帯を取りかえたほうがよかったといま気づいていたが、彼の脳のほうは目まぐるしく回転をつづけていた。彼らはジャックがやって来た場所からそう遠くないブーローニュ＝カレー地区を目ざして北上する必要がある。そのためには、西進してから北上するきわめて困難な右まわりの旋回が必要になるだろうし、バーンズは自分たちにそれをやってのけられるだろうかあやしいと思ったが、すくなくとも途中でなにか本当に価値のある目標に出くわすかもしれない。ドイツ軍にハンマーの一撃をお見舞いできるなにか巨大な目標を探すことは、いまやバーンズの頭のなかで、連合軍の戦線に帰りつく方法を見つけだすことよりも大きな位置をしめつつあった。状況は恐ろしく深刻になりつつあり、ニュース速報はそのことを証明している。暑苦しい夜で、そのことは彼が警戒をおこたらずにいるのに役立たなかった。彼は朝が来たらほっとするだろうし、そうしたら彼らはすぐに動きだせる。バーンズは行ったり来たりしながら、これが自分たちの手に入る最後の平和な安息所だと痛切に感じていた。明日からは、ずっと休む間もないだろう。

午前零時少しすぎに、母屋の明かりが消え、彼は窓が開いてそれから閉じる音を聞いた。たぶんマンデルが彼の行ったり来たりする足音を聞いていたのだろう。遠くでは、まだあの大砲の低い轟きが聞こえたが、レナルズを起こす時間が来る直前に、砲声は止まり、それがまるで惨事の前兆であるかのようにバーンズをひどく動揺させた。彼はレナルズを起こすと、いつもよりずっと大きく思える星の下で寝床についた。それから一時間後、彼は不安で気が高ぶってまだ起きていたが、やがて知らず知らず眠りに落ちた。彼が恐れていた緊急事態は夜明け直後にやって来た。

6　五月二十五日、土曜日

戦車は納屋《なや》から夜明け前の不気味な薄明かりのなかに出た。薄灰色の暗がりをいっそう薄気味悪くさせるヘッドライトの光線にしたがって、石だらけの小道をゆっくりと進んでいくあいだ、戦車はすさまじい大騒ぎを引き起こしているように思えた。畑には渦巻く靄《もや》が地上に立ちこめ、水蒸気のカーテンが光線を曇らせた。

彼らは四時に冥界《めいかい》の亡霊のように起きていた。目をしょぼしょぼさせ、舌はまわらず、喉《のど》は渇いて、石だらけの小道にそって寝具を運んでいくのもままならなかったが、彼らは世界を独占していた。暗く底冷えのする世界を。彼らはお茶の支度をして、お茶を飲み、そしてバーンズがどうしてもというので、髭《ひげ》を剃《そ》った。お茶と髭剃りのあと、彼らは、残っているコンビーフと、レナルズが非常用にこっそり取っておいたひと包みのビスケットをいくらか食べられる程度まで回復を見せはじめた。この朝が申し分ないことはみんな同意していた。彼らが納屋から出て小道を進んでいくとき、地平線は寒々とした光に浮かび上がるかすかな線だった。バーンズはすでに、ペンがひと晩の休息で得た恩恵は彼が望んでいた程度とはほど遠いことに気づいていて、伍長《ごちょう》の不機嫌な態度はそれを裏づけた。

「マンデル一家はどうするんです？」彼はたずねた。「感謝の言葉もかけずに、走り去って彼らとおさらばするんですか？」

「もちろん、ちがうさ。バート号を道ばたに停めて、それからわたしがひとっ走り会いに行くよ」

彼らが小道を進んでいくと、母屋《おもや》の上の窓に明かりがともるのが見えた。きっとマンデルが彼らの来るのを聞いていたにちがいない。朝かなり早い時刻に出発する計画を昨夜、彼にいっておかなかったのは恩知らずに思えたが、彼らが母屋を出るまで、ジャックがそこにいたのだ。腕をこすって体から寒気をはらうと、バーンズは道路の両側を見たが、なにも見えなかった。彼らがなにごともなくマンデル家を後にしたときには、大いにほっとすることだろう。十分もすれば、彼らはアブヴィルへと向かっている。彼がそのルートを選んだのは、車どおりがないと聞いている唯一《ゆいいつ》のルートだったからだ。彼らが母屋のすぐ近くまで来たとき、彼は身をこわばらせ、悪態をついて、命令をあたえた。

「停まれ！　ライトを消せ！」

ボーケールの方角から、小さなヘッドライトが遠くで光った。ひと組だけだ。彼らは見られずにあの車輛《しゃりょう》をやりすごさねばならない。バーンズはさらに命令を出して、戦車は畑を横切り、ついに干し草の山のぼんやりとした巨体に完全に隠れると、彼は停止を命じた。干し草の山の陰で砲塔に立つと、そのてっぺんはすくなくとも彼の頭より一・八メートル上にあるのがわかった。砲塔のへりから大きく身を乗りだすと、指が突きだした干し草の尖端《せんたん》に触れた。彼は飛び降りて、前と後ろを確認した。どちらの側も、すくなくとも一・二メートルの山が戦車を道路から隠している。あとはこの早起き鳥を走り去らせてからマンデルに会いにいくだけでいい。農場主からいくらか食糧を買うことさえできるかもしれない。

後方のキャタピラの陰に片膝《かたひざ》をついて彼は待った。早朝の露がズボンに染《し》みこむのを感じながら、右手で回転式拳銃《けんじゅう》を握りしめる。ヘッドライトがしだいに大きくなるのを見守りながら、頭はいまや極度に警戒するようになっていた。不安感が彼の神経を刺激しはじめる。これは厄介なことになりかねないが、すくなくとも車は一台しかいない。しっかりするんだ、バーンズ――一台の車には短機関銃を持ったドイツ兵四人が乗っている可能性がある。車体に登ると、彼はペンに短機関銃を手渡すようにいって、それからキャタピラの陰の位置に戻った。車はいまやすぐ近くまで来ていて、たぶん時速百キロ近い猛スピードで走っていた。彼のなかで電気火花のように緊張が高まった。彼らを早く起こしていて本当によかった。ブレーキをきしらせて車は道路をはずれ、ヘッドライトが戦車の後部をさっとかすめて、それから車は停まった。

やつらは戦車を見ただろうか？　ヘッドライトは揺れることなく九〇度のターンをつづけていたが、意志の強い運転手ならそれをやってのけたかもしれない。車のドアのばたんという音。足音。ひとつの人影が正面のドアのところへ行き、入れろと要求するドイツ軍の教練係下士官のようにドアを叩《たた》いた。バーンズが銃を持ちあげると、正面のドアが開いて、前庭に光のプールを投げかけ、それからまた閉まった。もしかしてジャックだろうか？　停まっている車はルノーのように見えたが、この不気味な光のなかではっきりわからなかった。暗くなった車内にほかに人間はいないとは断言できなかった。これは調べてみたほうがよさそうだ。

バーンズは走った。車から見えない家の側面にたどりつくまで突っ走り、カーテンの向こうに明かりが見える窓まで壁にそってゆっくりと近づいた。布地の向こうは見えなかったが、かすかに声が聞こえた。そのひとつは興奮している。もっぱら話しているのはその声だ。彼は用心深く家の正面ドアのほうへゆっくりと進み、家の角まで来たとき、正面ドアが開く音を聞いた。足跡が前庭に出てきた。バーンズは凍りついた。

「バーンズ軍曹、だいじょうぶジャックですよ。いくつかニュースを持ってきたんです、驚くべきニュースをね。バーンズ！」

「ここだよ、マンデル」

彼は前庭に足を踏み入れ、短機関銃を下ろしたが、マンデルは銃を見たときそれに気づいていたにちがいない。彼は驚いて銃を見たが、なにもいわなかったからだ。彼のかたわらにはジャックが立っていた。顎鬚《あごひげ》がのびたままで、襟を開いている。いっぽうエティエンヌは室内の照明で照らされた戸口で待っていた。マンデルはシャツを半分しかズボンに入れていない姿でいそいで進みでると、早口でしゃべった。

「大問題が起きたんです。ジャックはフォントノアの寝室から畑ごしにボーケールのほうを見ることができます――いや正確には、ボーケールからここへの道路を――そして今朝早く、甥《おい》っ子はなにかを聞いたんです。それからたくさんのライトが見えたので、甥っ子は畑を横切って、そのライトに近い生垣に隠れました。大規模なドイツ軍の縦隊がボーケールに到着して、それを南に迂回《うかい》し、いいですか、そして町のこちら側で野営しているんですよ……」

「野営している？」

「いや、言葉がまちがっていました。縦隊は短時間停止しているようです。また動きだしたら、きっとこっちに来るでしょう——ここを通りすぎて」

「どうして縦隊が短時間停止しているだけだというんだ？」

ジャックが前に進みでた。その態度は夜とはまるでちがって、別人のようだった。彼は切迫した口調で話した。

「説明していいですか？　これは装甲師団の一部なんです——通常の大型戦車と大砲です。縦隊はこっちに来るはずだし、いまにも移動するかもしれない。やつらはこのルートを西方への幹線道路として使っているんです——でも、あなたがたはつねにやつらに先行できますか？」

「しなければならないだろうな。すぐに出かけたほうがよさそうだ。マンデル、少し食糧を買わせてくれないか、それともあなたたち自身も心細いのかな？」

「エティエンヌ」マンデルはふりかえって、甥っ子から包みを受け取ると、バーンズに手渡した。「これを受け取ってください——昨夜、床につく前に女房が詰めたものです。いや、ちょっとでも支払いの話などされたら侮辱と取りますよ。さあ、お行きなさい！」

バーンズは彼に感謝して包みを小脇《こわき》にかかえると、戦車に駆け戻った。マンデル家の三人は彼についてきて、彼が砲塔に乗りこみ、ヘッドセットをつけて、レナルズにエンジン始動を命じるあいだ待っていた。バーンズは待つあいだ見おろして、マンデルの顎に白髪まじりの無精鬚を見つけた。明るさを増す光のなかでふりかえったが、ボーケールからの道路に車どおりの兆候は見あたらなかった。エンジンが咳《せ》きこんで、ぷすんぷすんという音を立て、それから止まった。バーンズはなにもいわずに待った。レナルズはもう一度ためした。エンジンは無愛想な反応をくりかえした。マンデルは腰に手を当てて待った。全員が待つなかで、レナルズはエンジンを始動しようと必死に格闘した。それから五分後、夜明けの光がしだいに畑に広がっていき、いまや東には黄金の輝きがあった。じきにあたりは昼間のように明るくなるだろう。レナルズは何度もやってみたが、エンジンは一度も始動するそぶりをみせなかった。マンデルは不安な様子もなく辛抱強く待っていたが、ふたりの青年はいまや道路ぞいに東のほうをじっと見つめていた。

「だめか?」バーンズは砲塔からレナルズに呼びかけた。

ハッチのなかで操縦手の頭が向きを変えて見あげた。「始動装置だと思います」

「できるだけやってみろ——あの戦車縦隊はじきにここに来るかもしれん」

「やっぱり始動装置の配線を見てみないことには」

「どれぐらいかかると思う?」

　バーンズは即座にそうたずねたことを後悔した。そもそもそれがレナルズにわかるはずもない。それはバーンズがうっかり見せてしまった唯一の不安の兆候だった。

「二分ということも、二時間ということもあります。小道を進んでくるとき、いやに咳きこんでいるのは気づいてました」

「点検をはじめる前に、もう一度やってみろ」バーンズは砲塔に身を乗りだして、ジャックに話しかけた。「そもそもきみが縦隊はじきに動きだすと思ったのはなぜだ?」

「戦車の男たちは戦車から離れていなかった——やつらは飯を食っていて、塔に残って食べていました」

　バーンズはマンデルを見おろした。「どうやらただの小休止で、そのあとこちらへ向かってくるつもりのようだな」

「わたしもそう思います」

「あと何回か始動できないかやってみる」

　レナルズはいまや休みなくためしていて、彼がバート号を生き返らせようと奮闘しているあいだに夜明けがおとずれた。またしてもだれもしゃべらなかった。バーンズはいまやはっきりと見えている遠くの丘の頂上をふりかえった。ドイツ軍戦車隊がそこを越えて姿を現わすであろう頂上を。ジャックとエティエンヌはじっと動かずに立ちつくし、寒くないように両手をポケットに入れている。神経が張りつめ、新たな寒さが、恐怖のぞっとする寒気が、待っている男たちに染みこんでいく、この苦痛に満ちた待ち時間のあいだ、マンデルだけが動いていた。干し草の山をぐるりとまわったマンデルは視界から消え、それから反対側の戦車前方にふたたび姿を現わした。考えこむような顔をして、広い額に皺《しわ》をよせ、戦車をしげしげと見つめると、それから早口でエティエンヌに話しかけた。青年は畑を横切って、母屋のすぐ裏手にある納屋に駆けていった。

「軍曹、だめです」とレナルズは断言した。「エンジンを見てみる必要があります。少しかかるかもしれません」

「とにかくなるだけ早くあらゆる手をつくせ」

バーンズが話しおえたちょうどそのとき、エンジン音が聞こえた。ふりかえると、エティエンヌが大きなオレンジ色の農業機械を彼らのほうへ走らせながら納屋から出てくるのが見えた。機械の前にはパワーグラブ（油圧式の爪）のついた大きなショベルがななめに持ち上げられ、揺れながら近づいてくる。マンデルは前に来て、砲塔の真下に立った。

「戦車は動かない。そうじゃないですか?」

「とにかく、いまはまだな」

「そして、ドイツ軍戦車の縦隊はじきに動きだし、ここを通過する?」

「そいつはかなり明白らしい」バーンズはいらいらしながら答えた。

「では唯一の解決策は戦車を隠すことだ。そうじゃないですか?」

「あのパワーグラブ付き農機では動かせないよ。この戦車は重さが二十六・五トンあって、あのしろものでは一センチだって動かせないだろう。お宅はずいぶんといい設備を持っているじゃないか」バーンズはつけくわえた。

「排水溝をきれいにするのに、裕福なご近所さんから借りているんですよ。さて、この農機であなたの戦車を動かせないことは認めますよ、バーンズ軍曹。ですから、論理的に進める必要がある——戦車をいまの場所に残して、それでも隠す必要がある。それが唯一可能な解決策です」

「いっている意味が分からないが」

「われわれはそいつをなにかほかのものに変えなければならんでしょう——干し草の山に」

「いったいどうやってそれを可能にするつもりだ？」

「この干し草の山は四角い干し草の梱包《ベール》を積み重ねてできています――このやりかただと、必要なとき少量の干し草だけ運びだすのが楽になるんです。ベールはあなたのいうパワーグラブで持ち上げられた。われわれは干し草の山をばらばらにして、それから戦車のまわりに積み上げなおすだけでいい。もちろん戦車は内側の空洞におさまります。だが、すぐに取りかかる必要がある――みんなで手伝って」

「たとえうまくいくとしても、時間がないかもしれない」

「あなたが思っているよりずっとすばやいですよ。エティエンヌ！」

マンデルがフランス語で滔々《とうとう》とまくしたてるあいだに、バーンズはレナルズにペンを手伝って戦車から下ろすよう命じた。ふたりがかりで彼を草の上に座らせると、すでにエティエンヌはマンデルの指示にしたがってグラブを操作していた。手はじめに、道路にいちばん近い山の角に取りかかり、農機を前進させて、大きな金属の爪《つめ》を差しこみ、干し草のベールを持って出てくると、それを地面に落とした。彼がすぐさまその過程をくりかえしはじめると、マンデルは自分の考えをくわしく説明した。

「戦車の横の干し草の壁は、いまの場所でそのまま利用できるから残しておく。戦車をかこむには干し草がたくさん必要でしょうが、内側は空洞なので使い残しはたくさん出るでしょう。その干し草は戦車の上に屋根を作るのに使うつもりです」

彼が話しているあいだにも、エティエンヌはさらにベールを移動して、手当たりしだいに落とし、道路にいちばん近い側にそって猛然と干し草の山に取り組んだ。バーンズはふたたび東のほうを見た。昼の光のなかでは、人けのない幹線道路は不吉な様相を呈していて、彼はその光景をまざまざと思い浮かべることができた。さっきまではこんなふうに静かで、車どおりもない平和な光景だったのが、つぎの瞬間、最初の戦車が頂上を越えて彼らのほうへ向かってきて、ドイツ軍戦車の大群全体がそのあとにつづく。そして、もしやつらがここで戦車を見つけたら、マンデル一家は全員、射殺されるだろう。彼は心を決めた。

「やってみよう。ペン、おまえの仕事はあの丘の頂上を見張ることだ。なにか動きに気づいたらすぐにバシャンの雄牛のように大声を上げるんだぞ（『聖書』詩篇、第二十二章十二節）。レナルズ、そのエンジンをいじくりまわすのはやめるんだ、やることがある」

バーンズとマンデルは話し合って作業手順を取り決めた。エティエンヌは山を一方の側に崩していき、レナルズとジャックは干し草のベールを持ち上げて移動し、戦車の後部と平行に壁を築きはじめる。それと同時に、バーンズとマンデルはもうひとつのチームを結成し、自分たちのベールを運んで、戦車の前方を横切って壁を築く。ここでもマンデルは先見の明を見せていた。

「もしドイツ軍戦車が早く来すぎても」と彼は説明した。「われわれはすくなくとも壁を二面完成させているかもしれない。もし本当に運が良ければ、やつらは壁のない裏側を見ないかもしれません」

「われわれがそれほどの運を必要としなくてすむよう祈ろう」

それから三十分後、バーンズにとってはなにもかもがあまりにも長くかかるように思えた。ドイツ軍はそのさなかにやって来て、彼らを見つけるだろう。彼は全員にもっと速く動くようせっついた。まだ肌寒かったが、彼らは全員、上着を地面に置いて、無我夢中で働いた。大きなベールを持ち上げると、ふたりのあいだで重荷のバランスを取りながら、よろよろと壁のところへ行って、新しい〝煉瓦《れんが》〟を積み重ね、それからべつの重荷を取りにまっすぐ引き返した。マリアンヌがコーヒーの盆を持ってやって来たとき、横の二面の壁はまだ半分しかできていなかった。彼女は盆を地面に置くと、彼らが働くのをちょっと見守り、それからなにもいわずに室内に戻った。マンデルはベールごしにバーンズに笑いかけた。

「あなたは女房を誤解していますよ――あいつは男が働いているときには女はじゃましちゃいけないと知っているんです。畑でワインを持ってきてくれるときも同じです」

「だが、きっと心配だろうな」

「みんな心配ですよ。だから新しい干し草の山作りを終わらせましょう。そうすれば心配するのをやめられる」

彼はその点ではまちがっている、とバーンズは思った。もし自分たちが間に合うように仕事を終えたとしたら、そのとき大きな心配がはじまるだろう——ドイツ軍は戦車を見つけるだろうか？　彼はペンが柵《さく》にもたれて立ちながら不吉な丘の頂上のほうを見つめている場所へ目を走らせた。やつらはこのさなかにわれわれを見つけるだろう、バーンズはそう確信していた。

「マンデル、われわれが戦車を間に合うように隠そうが隠すまいが、きみはドイツ軍が行ってしまうまで退去すべきだと思う——家族をつれて畑に逃げこむんだ」

「もちろん隠れられますよ——それにもしやつらが早く来すぎたら、そうするつもりです。ですが、もし完成したら、われわれは留まらなければなりません。この時刻に家がもぬけの殻だと不自然に見えるでしょうからね」

「いや、そうでもないだろう。フランスじゅうで人々が逃げているから」

「そうですね、わが友、ですが彼らはいっしょにものを持ちだしています。わが家に入った人間ならだれでも、われわれがなにも持ちだしてないのに気づくでしょうし、われわれが隠れているとわかるでしょう。やつらは家を焼きはらうかもしれない。それに、ジャックの車を忘れないでください――あれでだれかがあたりにいるのがわかるでしょう」

「われわれがバート号を隠した納屋に隠すんだ」

彼らは戦車前方の壁のてっぺんに新しいベールを積んでいた。壁はいまやレナルズとジャックが積んでいる後方の壁とほぼ同じ高さで、いまのところどちらの壁も車体を半分しか隠していなかった。すべてはあまりにも時間が長くかかりすぎた。

「車の件は名案ですな」とマンデルはいった。「もしやつらがジャックの書類を見せるようにいったら、甥っこがルモンから来ていることがわかってしまうし、なぜここにいるのかと不思議に思うかもしれない――だから、隠れるときはあいつもいっしょにいさせてください。わたしはすぐあいつに車を動かさせます」

その一時間後、彼らは、干し草の壁の向こうに戦車がどんどん沈んでいく光景に勇気づけられて、すばらしい成果を上げつつあった。作業はエティエンヌのおかげでかなりスピードアップしていた。彼はいまや干し草の山の四分の三を崩しおえ、ばらばらのベールを壁ぎわまで運ぶのにパワーグラブを使っていた。おかげでほかの者たちは〝煉瓦〟を所定の位置に持っていくだけでよかった。じきに両端の壁は完成し、さらに三十分で裏側の壁は高さ一・五メートルを超えていた。裏側でさえも、砲塔だけがいまだに突きだしていて、干し草の海に潜水する見えない潜水艦の艦橋のようだった。彼らはいまや全員、血眼で作業して、裏側の壁や戦車の車体に立ち、一瞬も手を休めずにベールを定位置に押しこんでいた。ベール数個のせいでしくじるかもしれないという口には出せない思いが彼らの努力に推進力をあたえ、いまやマンデルとレナルズは上半身裸で作業をしていた。暖かな日差しのなかで、彼らの体には汗が流れていた。またすばらしい一日になりそうだ——ドイツ軍にとっては。

彼らが作業をはじめて以来、幹線道路にはまるで車どおりがなく、農家の荷馬車すら見かけなかった。それがバーンズには腑《ふ》に落ちなかったので、そのことをマンデルに指摘すると、彼は苦笑いをした。

「当面、こちらにはだれも来ませんよ。みんなドイツ軍戦車が幹線道路を使っていることを知っているからです。するとどうなるか？　ご近所さんたちはわき道を何キロも遠まわりしているんです。この道路を手軽に使えるというのに、ドイツ軍戦車に出くわす危険を冒したくないんです」

「ドイツ軍戦車がなにかに出くわしたらどうなる？」

「車輌に出くわしたり追いついたりしたら、溝に落っことします。なにものもドイツ軍戦車の進撃を止めてはならないんです。だからみんなここに近づかないんですよ。ほら、バーンズ軍曹、もうじき完成ですよ」

四面の壁が完成すると、彼らは最後の仕事に取りかかった——新しい構築物の屋根《やね》葺《ふ》きである。マンデルがいうところの、ケーキにアイシングをかける作業だ。この段階から、バーンズとレナルズは壁のてっぺんに立ち、いっぽうエティエンヌはパワーグラブでベールを手渡しした。それは思っていたよりもむずかしい段階だとわかった。まず砲塔周囲の部分を埋めて、ベールを車体とキャタピラに落とし、それらを砲の周囲にきちんとおさめなければならなかったからだ。砲身は悩みの種だった。長い砲身のまわりにベールを押しこまねばならなかったためで、そのせいで作業のペースは遅くなったが、彼らはやり抜いて、そして突然、仕事をやり遂げていた。難点は、彼らの成果が、奇妙な格好をしたでこぼこの屋根で終わったことだった。またしてもマンデルが解決策を思いつき、エティエンヌにパワーグラブをある方法で使うよう指示した。後ろに下がって道路に立ったバーンズが見守っていると、農機は前進して、グラブをいちばん高い仰角まで持ち上げた。それが停止すると、エティエンヌはショベルを全力でくりかえし押し下げて、干し草の屋根を平たく叩いた。彼が仕事を終えると、バーンズでさえ、道路からは干し草の山は完璧《かんぺき》に普通に見えると認めざるを得なかったし、新しい構築物のなかにバート号がいるとはほとんど信じられなかった。それから彼の視線は干し草の正面の地面に落ち、彼の口元がこわばった。地面には干し草の名残りと倒された枯草が散らばり、山がもとあった場所をはっきりとしめすきれいな長方形を描いていた。

「マンデル——ドイツ軍はこれを見つけるぞ。これは決定的な証拠だ」

「全部準備してあります。ご心配なく。いまにわかりますよ!」

レナルズとエティエンヌがいま母屋からゆっくりと戻ってきた。ふたりがかりで大きな防水シートを運んでいる。ふたりはつぎにそれをマンデルの指示で、印のついた場所に広げた。防水シートが敷かれると、農場主はシートの下から干し草を抜いて、上に適当に放り投げはじめた。

「さあ、これでなんでもなくなった。完璧なカムフラージュです! このカバーは干し草の山からすべり落ちたとも、干し草を日干しするためにはがしたとも取れる。これでもう家に入って、やつらを待つことができます」

「わたしはまだみんないっしょに畑に隠れるべきだと思うが」

「いや、われわれはここに残ってやつらを迎えるつもりです。これもまたカムフラージュだ！　みんなして道ばたにならんでやつらの業績を認めるかぎり、やつらは至極ご満悦なんです。あなたも入ってワインでも飲みますか？」

「いや、わたしはここで待って、ペンと交代する。なぜエティエンヌはあの余ったベールをお宅の前庭に捨てているんだね？」

「陽動作戦を仕掛けるためです。やつらがやって来たとき刺激的ななにかが起きていたら、ほかのことから注意が逸《そ》れるでしょうから――あの干し草の山のこととかね。こいつはわたしにまかせて、もしドイツ野郎《ボッシュ》がやって来たとき火の気配を見ても心配しないでください。マリアンヌがワインのグラスをお持ちしますんで、こっちは家のなかで乾杯するつもりです。あの戦車にね！」

　バーンズは道路の中央に出ると、人けのない丘の頂上を見張りながらひとりで待った。あれだけ大騒ぎして、ドイツ軍戦車隊が来なかったとしたらどうする？　しかし、やつらはボーケールのこちら側で停止していて、バーンズは、一、二本の田舎道をのぞけば、この道路から分岐する幹線道路はないことをおぼえていた。自分たちはいったいこの事態を無事切り抜けられるだろうか？　彼は干し草の山をもう一度見て、その見かけの普通さに驚いた。ただし、やつらが銃剣を突き刺しはじめないかぎりは。もっとも、あの壁ごしにバート号にとどかせるには、かなり長い銃剣が必要だろうが。

それに、これは教科書には載っていないカムフラージュの手段だ、とバーンズは思った。

彼は頻繁に道路ぞいにカンブレーの方向をふりかえり、それからすばらしい朝の青空を見あげた。雲ひとつ見えなかったが、もっと重要なことに、一機の飛行機も見えなかった。またもや戦争がつづいているとは信じがたかった。その数分後の午前七時十五分、彼は母屋に向かって全速力で走っているとき、ワインのグラスを持ってきたマリアンヌに出くわした。自分がけっして飲むことはないとわかっているグラスを。彼はたったいま最初のドイツ軍戦車が丘の頂上を越えてくるのを見たばかりだった。

彼らは、母屋からある程度離れているが、まだバーンズに母屋が見える地点で、排水溝に寝そべっていた。排水溝は乾いていて、使われておらず、背の高い草が生い茂っていた。彼らがかすかでも見つかる可能性があるとしたら、ドイツ兵は彼らの上に立つ必要があるだろうし、排水溝はどこからも遠く離れていた。道路からも、いまルノーを隠してある納屋からも遠く。ペンとジャックとレナルズは彼の背後で排水溝にそって広がり、短機関銃は彼の胸の前に置かれていた。バーンズはわざとジャックをふたりのあいだに置いていた。自分たちが二、三時間横になっていなければならないことはまちがいなかったし、青年の忍耐力についてはなにも知らなかったからだ。レナルズをわきへ呼んだとき、彼の指示は具体的だった。

「もし彼がパニック状態になって、ほかに手段がなかったら——おまえの回転式拳銃のグリップで頭をぶん殴るんだ」

雑草の茂みごしに、バーンズは母屋と道路の一部を見ることができた。その光景は信じられないほど平和で、人っこひとりいない牧歌的な景色だった。彼の視線が干し草の山に落ちた。田園地帯のどこでも見かけそうな、素朴な備品のひとつだ。十二時間で二度目になるが、バート君は独りぼっちだった。バーンズは身をこわばらせた。家の向こうの道路から、オートバイのエンジンのかん高い音が聞こえてきた。きっと偵察班が先頭の戦車を追い越して、前へ突き進んでいるにちがいない。一台のサイドカー付きオートバイが視界に入り、向きを変えて、母屋の前庭に姿を消した。ペンは話すとき声を低くしていたが、その必要はなかった。

「やつらが来たんですか？」

「サイドカー付きオートバイ一台だけだ。前庭に入っていった」

「マンデルがやつらをあしらえることを祈りましょう」

「ちゃんとあしらえるさ、やつらがあの干し草の山を調べださないかぎりはな」

「なにか煙っているな――見てください、屋根のすぐ向こう」ペンは排水溝のへりに顎を載せた。「やつらがもう家に火をつけるはずはない」

「わかったぞ！　あの悪賢い親父《おやじ》さんはエティエンヌが前庭に捨てた余りのベールに火を放ったんだ。それがやつらをいそがしくさせるマンデルの陽動作戦なんだ」

はじめてバーンズは、マンデルが第一次世界大戦中、どのくらいの階級に達したのだろうかと思った。

「ふたりのドイツ野郎の姿は？」ペンがたずねた。

「いや、きっとまだ母屋のなかだろう……頭を下げていろ！　ほかのみんなにもいうんだ」

母屋の向こうの道路から、最初のドイツ軍大型戦車が姿を現わした。戦車長が砲塔に背筋をのばして立っている。戦車は幹線道路をまるですべっているようで、回転するキャタピラの低いガラガラという音が畑ごしに聞き取れた。バーンズの推定では戦車のスピードは時速二十五キロで、砲身は約十度の仰角がかかっていた。もう一輛の戦車が視界に入り、それからまた一輛、また一輛とつづいた。彼らはまちがいなくそいでどこかへ行こうとしていて、バーンズは彼らがもっと間隔をあけていないことに驚いた。縦隊の指揮官は無謀なのか、でなければ航空攻撃を受ける危険を冒していないことを知るじゅうぶんな理由があるのだ。彼は敵の戦車隊をけわしい顔で見守り、それからまたマンデルのことを思いだした。

母屋はいったいどうなっているのだろう？　マンデル一家の姿はまだなく、オートバイ偵察はまだ敷地内にいる。じょじょに火事の煙はおさまって、やがてひと条《すじ》の煙が屋根の上に立ち昇るだけになった。短機関銃の横にはバーンズの双眼鏡が置かれていたが、彼は非常時を除けばあまり使いたくなかった——太陽がいともたやすくレンズに反射する可能性があり、もし砲塔の戦車長のひとりがそれを見つけたら、ただではすまないだろう。彼は長い待機を決めこんだ。もし母屋で万事順調にいけば、恐れなければならないような危険はそれほどない。大部分は忍耐の問題だ。敵がいなくなるのを待つという。この心安らぐ思いが彼の頭をよぎったちょうどそのとき、彼は飛行機の音を聞いた。

すぐにバーンズは、フォンテーヌ南方の土地を横切るドイツ軍戦車隊のために地上を探っていた飛行機のことを思いだした。彼はあの場所のことをつねにフォンテーヌとして思いだすことになる。その意味することを理解すると、彼の身体《からだ》に緊張が走り、神経は張りつめた。自己満足におちいっていた自分を蹴飛《けと》ばしてやりたい気分だった。比較的安全だった要素が、いまや最大限の危険のそれに変わっていた。飛行機は超低空を飛んでいるのがわかり、そのエンジン音が小さくなって、それから大きくなる様子から、彼はそれが円を描いていると推測した。これは彼が予見しておくべきだった危険であり、彼の頭から完全に抜け落ちていたものだった。彼は横向きになると、肩ごしに早口でいった。

「観測機だ、たぶん超低空で飛んでいる。いまからずっと、だれも髭ひとつ動かすな。伝達しろ」

「動かす髭があるのはおれだけですよ」とペンがいった。

地上からの観測では、彼らは完全に隠されていたが、空中観測はまったく話がちがった。彼ら四人は密集して横たわり、飛行機はほんの数十メートル上空にいるように聞こえた。彼らはそれでも動かずにいるかぎり発見はまぬがれるはずだが、この依然として空っぽの田園地帯では、まずいときに少し動いただけで容易に彼らの居場所をつきとめられる。バーンズは体を排水溝に押しつけて、ゆっくりと頭を一方にまわし、狭い長方形の真っ青な空を見られるようにした。飛行機はいまやすぐそばで、音からするとほぼ真上にいて、つぎの瞬間、さっと視界に飛びこんできた。ほんの六十メートル上空で、あまりに低空だったので彼にはパイロットの飛行帽の輪郭が見えるほどだった。飛行帽は下にかたむけられていた。すると飛行機は見えなくなった。バーンズは唇を湿し、それからまた身をこわばらせた。飛行機は旋回してまたやって来ようとしている。もちろんこんなに早く見つかったはずはないだろう？　だれかが動いたりしていないかぎりは。ジャックのことが彼の頭にひらめき、彼はうめき声をこらえた。もし彼が動いていたら、レナルズはほとんどあの青年に警告をあたえる間もなく、もう手遅れになっていただろう。そう、飛行機はまちがいなく引き返して、もっと近づいてくる。いったいなにがパイロットの関心を引いたのだろう？　パイロットが戻ってくる理由が脳裏にひらめくと、突然、彼は震え上がった。パイロットは干し草の山を調べに戻ってくるのだ。

　バーンズはぞっとするほどはっきりと、自分たちの致命的なミスを理解した。彼は、あきらかに危険な地点だと思われた道路から、自分で干し草の山の外見をチェックした。しかし、空を忘れていたのだ！　彼はカムフラージュ作戦の最終段階を頭のなかによみがえらせた。山の屋根はでこぼこだったので、エティエンヌがパワーグラブ付きショベルを使って、てっぺんを平らにならした。干し草のベールのいくつかが空洞に沈みこんで、もしかして戦車と干し草の壁のあいだの空間に落ちていたとしたら？　そうしたことは容易に起きえただろうし、それはバート号がいまや空から見えるということを意味する。ペンの指が彼の肩をとんとんと叩いた。

「どうかしたんですか？　軍曹の手が短機関銃を握るのが見えましたよ」

「いや」とバーンズはきっぱりいった。「だが、少しも動くなよ。あの飛行機が戻ってきている」

　彼にはまだそれが見えなくても、いまやかなりはっきりと聞こえていた。飛行機はまた円を描いていたが、今度の円はもっと小さく、その中心は母屋ということもじゅうぶんありえた――あるいは干し草の山か。彼は雑草を乱さないように用心しながら、ごくゆっくりと少しずつ頭を排水溝の上の高さまで上げた。マンデル一家は三人とも外に出て道路わきに立ち、一輛の自走砲がその前を通りすぎていった。オートバイ偵察の姿はなかった。彼が排水溝に頭をうずめているあいだに走り去ったにちがいない。彼はマンデル一家を観察して、彼らの立っている様子からなにかを見分けようとした。そのとき、雑草のあいだから飛行機が視界に飛びこんできて、道路を横切ってまっすぐ彼のほうに飛んできた。彼は少しも動かずに、伏せたくなる衝動をこらえた。飛行機が頭上を飛び越えると、マンデル一家は見あげてから、律義《りちぎ》に視線を道路に戻し、大型戦車がまた一輛、通りすぎていった。戦車長の頭が彼らのほうを向いた。なにかいったのだろうか？　観測機はさらに低く飛来して、彼らの頭上を飛び越えた。なにがパイロットの関心をとらえたのだろう？

バーンズはパイロットの立場に自分を置いてみようとした。パイロットはどうするだろう？　干し草の大きな箱のなかにはじめて戦車を見たら、自分の目を疑うだろう。そこでもっとよく見るためにもう一度引き返してくる。それがたったいまパイロットが終えた行動である可能性が高い。それからまた旋回して、最後にもう一度見るために飛来し、そのあと縦隊の指揮官に無線で連絡する。すくなくとも自分ならそういうふうに処理するだろうな、とバーンズは自分にきびしくいい聞かせた。飛行機は行ってしまったのだろうか？　彼はエンジン音をもとめて耳をすました。傷は今朝、ひどくうずいていて、その決まった場所に横たわっていると、右膝がこわばるのを感じた。水中の岩にぶつけた膝が。いや、あのいまいましい飛行機はまだ去っていない――いまや三度目の観測に引き返して来ようとしている。干し草の山の真上を飛び越えて、主翼を左右に振りながら、まっすぐ彼のほうへ飛んでくる。なぜ翼を振る？　合図なのか？　彼は体がこわばり、不快で、汗だくだった。彼らは罠《わな》にはまったように身動きが取れず、彼らにできるのは、あの飛行機の警告するような飛びかたになにかほかの意味があることを願いつつ、その罠のなかで待つことだけだった。飛行機は彼らの真上を飛びすぎて、おなじみのコースにしたがって引き返した。バーンズはまだ数を数えながら、西へと通りすぎていく車輛のはてしない縦隊を見守っていた。

バート号が見つかっていないことを彼が理解したのは、そのわずか十分後、彼がふたたび現われることのない飛行機をまだ待っていたときだった。彼は一時間以上その考えを完全に受け入れることをこばみ、いまにも干し草の山が包囲されるだろうと予期していたが、依然として縦隊は通りすぎつづけ、依然としてマンデル一家はその前進に辛抱強く立ち会っていた。ドイツ軍はいったい何輌の戦車を持っているのだろう？ バーンズはエトルーを出て以降に目にしたものをざっと見積もり、それからそれを倍にして、ドイツ軍総司令部はフランス北部に完全装備の装甲師団を三個ないし四個展開しているにちがいないという結論にたっした*。イギリス海外派遣軍《BEF》の定数兵力は一個戦車旅団と一個戦車連隊だった。ペンが背中をとんと叩いて、彼に話したいとつたえた。

＊バーンズは過少に見積もっていた。フォン・ルントシュテット将軍のA軍集団は七個装甲師団を展開していた――装甲車輛二千輛以上である。

「軍曹は知りたいかもしれないと思いましてね。おれは全身、蟻《あり》にたかられていて、脚が攣《つ》っています。心配することはなにもありませんがね、軍曹が知りたがるのはわかってたんで」

「随時報告してくれてうれしいよ、ペン」

「これからは定期的に報告書を出しますんで」

蟻はバーンズにもたかっていて、軍服のなかに入りこんでいた。彼は飛行機が頭上に飛来しているとき、はじめて彼らの小さな体のむずむずを感じていた。彼らがじっと動かずに横たわっていたまさにそのときに。排水溝に寝そべっていると、蟻を追いはらうすべはなく、いまやむずむずする感じは下半身を侵食し、腹部と鼠径部《そけいぶ》に広がって、しまいには彼はこれがずっと長くつづいたら頭がどうかしてしまうだろうと思った。ペンがまた肩を叩いた。

「ここんところなにも聞いていませんが……あれはなんです?」

「縦隊の最後尾が行ってしまったんだろう。軍用乗用車が一台、ちょうど止まって……」

「たぶん将軍ですよ——連中はいつも縦隊の後方を走るんだ!」

「将校がたったいまマンデル一家といっしょに家に入っていった。もうそう長くはからないはずだ——運転手が車に残っているからな」

幸運にも、バーンズはあまりにも遠すぎて、マンデル一家が自宅に戻る前の会話が聞こえなかった。もし聞こえていたら、彼の心は不安に責めさいなまれていたかもしれない。

マンデルは軍用乗用車がスピードを落として、それから停まったとき、表向き警戒したそぶりを見せなかった。その表情は眠たげで、両手をわきにだらりとたらしていたが、万事うまく行くと思ったちょうどそのときに運命が自分に悪い手を配ったと感じていた。運転手の横に座っていた少佐は、非の打ちどころのない服装をしていた。制服はプレスしたばかりで、制帽は頭にきちんと載っていた。彼は最初に口を開いたとき、道路にそって戦車縦隊の後尾をじっと見つめ、石から削りだしたといってもいいような横顔を彼らに向けた。そのフランス語はひどく喉にかかっていた。

「おまえたちはきっといま、自分たちが目《ま》の当たりにしたもののおかげで、ドイツ軍の無敵さを確信していると思うが?」

「そう思わずにはとうていいられません」マンデルは静かに答えた。

「けっこう、けっこう」少佐は立ち上がると、車を降り、ドアを閉めて、長身からマンデルを見おろした。「食べるものはまだたくさんあるかな?」

「いまのところは足りていますが、今後となると……」マンデルは両手を大きく広げて、力なく落とした。

「それから飲むものは？」

「いまのところ、どうにか足りています」

「けっこう、けっこう。わたしに上がっていけとはいわないのかね？　わたしはおまえたちが信頼できる市民だと書いた証明書をあたえることだってできるんだよ。それはつぎの縦隊がやって来たとき役に立つかもしれない。なにしろフランスの民間人がドイツ軍部隊に発砲する例もあって、指揮官のなかには少しばかり判断がせっかちな者もいるからね」

マンデルは無言でふりかえると、依然として無表情のまま、先に立って前庭に入っていった。正面のドアのところへつくと、一歩下がって妻とエティエンヌを先に入らせ、それからドイツ軍将校を待った。少佐は前庭のなかほどで立ち止まり、金のシガレットケースから煙草《たばこ》を一本抜いていた。それに火をつけながら、燃えた干し草の残りのほうを見る。

「ごく最近、ここで火事があったようだな」

「そちらの縦隊がやって来る直前に起きました――そちらの部下のふたりがじつに親切にも消火を手伝ってくれました」

「そう聞いても驚かないね——イギリスの嘘《うそ》つきのプロパガンダ屋がいっていることとちがって、ドイツの兵士はつねに騎士道精神にあふれている。これでおまえは将来、本当のことを友人たちに話せるな」

　マンデルは返事を返さず、将校は少しのあいだ煙草をふかしながら立って周囲を見まわしていた。干し草の山を見つめると、煙草で指し示す。

「ああいうものに火がつかなくてよかったな——そうなっていたらきっとおまえにとって大惨事だったろう」

「気をつけてあの近くでは煙草を吸わないようにしています」マンデルはなにか答えたほうが賢明だと感じていった。

「まあよかろう、きみの細君を待たせてはいかん。ところで細君は家のなかで煙草を吸われるのがきらいだろうね」

　少佐は燻る煙草を数本の藁《わら》のあいだに放り、藁はほとんどすぐに燃えだした。火が広がる危険はないことをたしかめると、マンデルはドイツ人のあとについて歩き、将校がキッチンに立ってマントルピースの上の額装された勲章を見ているのに気づいた。

「軍功章《クロワ・ドゥ・ゲール》か！　では、わたしは老兵の前にいるというわけか。きみはこれを先の大戦の戦闘でもらったのだと思うが？」

「たぶんあなたがその上衣《うわぎ》の鉄十字章を獲得されたのと同じときでしょう」マンデルは礼儀正しく答えた。

　将校は彼をすばやく見て、鉄十字章を指でいじった。マリアンヌは胸の前で腕組みをしながらテーブルのそばに立ち、窓から畑を見わたしていた。マンデルは妻が上にいってくれたらいいのにと思ったが、彼女がその場の空気が熱くならないことを願って残っているのはわかっていた。彼女のかたわらでは、エティエンヌが暖炉を見つめていた。少佐は唐突に口を開いた。その声は耳障《みみざわ》りだった。

「飲むものがたっぷりあるといったな。わたしの部下たちは親切にも消火を手伝ったのだから、しかるべき見返りをあたえられるべきだと思う。そうは思わないかね？きっとコニャック二、三本なら満足できるだろう」

　では、そういうことか、とマンデルは思った。こいつは略奪品が目当てなのだ。そして、やつらはこういう男を将校にする。コニャックに目がないとしたら、たぶんこの男の気分は変わりやすいだろう。こいつは注意深く観察する必要がある。

「コニャックはありませんが、少佐、もしよろしければワインを一、二本いかがでしょう？　あなたの部下は赤と白、どちらがいいと思われますか？」

「コニャックがいいだろうな」彼の声はいまや鞭《むち》のひと打ちのようだった。背筋をぴんとのばして立ち、鼻をふくらませて、目をぎらぎらと光らせている。「おまえが残り少なくなってきているというから、連中には三本だけあたえよう。それがわずかばかりの見返りだ。火事が燃え広がっていたら、この家は焼け落ちていたかもしれんのだからな。それに、いいかね、わたしの部下たちはここに戦争をしに来ているんだ——暴利をむさぼるフランスの農民がその資本をたくわえるのを助けるためではない！」

「すみません——家探ししていただいてもかまいません。ワインはあってもコニャックはないんです。一本もです」

ドイツ人は彼をけわしい顔で見つめた。「最初の縦隊がここを通り抜けたとき隠したんだな。それはほぼまちがいない」

彼は腰につけた革製ホルスターの蓋《ふた》のボタンをさりげなくはずし、拳銃《けんじゅう》を抜くと、片手で横向きにかまえ、銃口がマリアンヌのほうを向いた。マンデルはすばやく彼女の前に移動し、その後ろで彼の妻は片手を喉元にさっと上げた。彼はエティエンヌの目が暖炉の頑丈な火かき棒に向けられているのを見て、ほとんどだれも気づかないぐらいかすかに顔をしかめ、首を小さく左右に振った。いまにも大惨事になるかもしれないと知って、マンデルはすぐに先手を打った。

「少佐、あの隅の食器戸棚にワインがぎっしり詰まっています――お見せしましょうか？　そうすればお好きなものを選んでいただけますよ」

ゆっくりとマンデルは食器戸棚のほうへと移動し、拳銃はマリアンヌから逸れて、壁を向いた。マンデルはそれ以上迷うことなく両方の扉を開けて、テーブルの上にボトルを出しはじめた。ドイツ人は十二本ならぶまで待ってから、拳銃をしまった。

「おまえが強情にいい張るなら、それでよしとしなければならないだろうな。おまえとその若いの――テーブルのボトルを全部わたしの車に運ぶんだ」

ふたりは両脇にボトルを三本ずつかかえて急ぎ足で前庭を横切り、将校はゆっくりとあとを追った。運転手はきつい口調でふたりになにかいうと、ボトルを後部座席にしまうよう指示した。ふたりが腕を空《から》にすると、運転手は身を乗りだして、ボトルにオーバーコートを掛け、それを隠した。少佐はいまや前庭を離れて、道路をぶらぶらと歩いていき、干し草の山の近くに立った。それを興味深そうに見ながら、新しい煙草を取りだすと、ゆったりとしたしぐさで火をつけた。マンデルはエティエンヌを母《おも》屋《や》にやると、自分たちの試練がまだ終わっていないのはたしかだと思いながら、緊張して待った。ボーケールの方角から、オートバイ偵察がやって来て、スピードを落とし、将校がそのまま行けと合図すると走り去った。運転手はすでにエンジンをかけていたが、少佐は出発をいそいでいないようだ。それどころか、干し草の山に心を惹《ひ》かれたようで、煙草をぷかぷかとふかしながら、そのまわりを歩きはじめた。

なにも見えていない、とマンデルは自分にいい聞かせた。なにひとつ見えていない。彼がなにかを疑うはずはありえないのだから、なぜあれにあんなに興味津々《しんしん》なのだろう？　彼は渾身《こんしん》の努力でむりやりまったく無関心な態度をよそおうと、まるで天気の状態を調べているかのように空を見上げながら、腹の前で腕組みすらした。少佐はいまや干し草の山を一周していて、空いたほうの手で小さく合図をした。車が前に進んで、将校の近くに停まった。少佐はいま背中を道路に向けて立ち、干し草の山を向いていた。またしても彼はマンデルを見ずにいった。

「じつに残念だが、おまえが強情に隠していたコニャックはもっとも高くつく問題となるだろう」

少佐は右手を上げ、細心の注意で狙《ねら》いをつけると、燃える煙草を宙高く放り投げた。そのため煙草は落ちたとき、干し草の山のてっぺんに落ちて見えなくなった。それから少佐は片手をホルスターの蓋近くに置いて立ち、マンデルの顔をじっと見ながら待った。フランス人は仰天したが、予想どおりの反応しか見せなかった。肩を落とし、意気消沈して山を見つめ、それからごくゆっくりと背を向けて、母屋に歩いて戻っていった。わざといそがないようにして、火災現場から離れることでドイツ人が関心を失って行ってしまうよう願った。

少佐は山のてっぺんを見ながら立っていた。山のてっぺんはぱちぱちとはじけるような音を立てたかと思うと、突然、燃え上がり、屋根全体が炎の王冠となった。満足した彼は、ふたたび座席に乗りこむと、車は高速で走り去った。

意志の力を通常の限界をはるかに超えて働かせることによってのみ、バーンズは排水溝のなかに身を押しつけつづけることができた。ドイツ軍将校が干し草の山を調べているのは見えたし、いまは危険を冒して双眼鏡を使っていたので彼が煙草を吸っているのも見ていた。しかし、まるでなにかのテレパシーによる知識がふたりのあいだでやりとりされているかのように、彼はマンデルがゆっくりと母屋に歩いて戻っていったとき、その行動を理解していた。これだけ遠くから見ると、燃える干し草の山は、よりいっそう不安をかきたてる光景だった。濃い灰色の煙が道路上で大きな雲となってうねり、バーンズが横たわっている地点からは、赤い炎の舌が干し草の屋根を舐《な》めながら端から端へと広がっていくのが見えた。彼はマンデルが歩き去ると、ペンが身じろぎするのを感じた。

「さっさと動きだしたほうがいいですよ——あいつを消し止められないかやってみないと。取りかかるついでにあのふたりを撃ち殺せばいい」

「頭を低くしているんだ」とバーンズは答えた。「動くのはあの軍用乗用車が行ってしまってからだ」

「軍曹には短機関銃があるでしょう」ペンが抗議した。「それにおれたちは回転式拳銃を持っている」

「そして、やつらには車があるんだ、馬鹿《ばか》め。われわれが来るのを見たとたん、走り去って、それから縦隊の半分をつれて戻ってくるだろうさ」

バーンズが考えていたのは自分の部隊のことだけではなかった。それ以上に重要だったのは、彼にはどんな代償をはらっても、マンデル一家をさらなる危険にさらすつもりはなかったことだ。そしてその代償はひじょうに高くつく可能性があった。

「まさかバート号を燃やす気じゃないでしょうね？」ペンはふたたび抗議した。

「さあ車が出たぞ。わたしが命令するまでだれも立つなよ」

まだ雑草にしっかりと隠れたまま、ほんの数十センチだけ慎重に体を持ち上げて、バーンズは車がみるみる遠ざかっていくのを見守った。車がつぎの丘の頂上に差しかかって姿を消すと、彼は走りだした。これまでに走ったことがないほどの速さで走って、小柄なのにほかの者たちをまったく寄せつけなかった。干し草の山は炎の屋根におおわれ、炎は山のてっぺんから数十センチの高さまで煙を噴き上げていた。彼は大火事に近づいたとき、パワーグラブが畑を横切って来る音を聞いた。その前進のあまりの速さに、上がったアームが激しく揺れている。彼らは全員、同時に到着した——パワーグラブに乗ったエティエンヌ、バーンズ、大きなホースの束を必死に引きずり持ち上げているマンデル。

「レナルズにパワーグラブをまかせるんだ」とバーンズは叫んだ。「わたしはそのホースをもらう。こいつはわれわれにまかせてくれ——戦車はディーゼル燃料を満載しているし、いつ爆発するかもしれない。家のなかに戻るんだ」

「だめです！」マンデルが叫び返した。「エティエンヌはパワーグラブの使いかたを知っている。このホースを手伝ってください。あれを救うには全員の力が必要です。わたしがいっているのは戦車のことです——干し草はもうだめだ」

マリアンヌが農業用フォークを数本持って走ってきて、マンデルは彼女にそれを置いて、まっすぐ家に戻るようにいった。ひどい混乱状態になりつつあったが、そこでバーンズが指示を出した。農業用フォークはレナルズとジャック。エティエンヌはそのままパワーグラブをあやつる。バーンズはホースをほどきはじめ、いっぽうマンデルはもう一方の端を小さなポンプ小屋からの吐き出しパイプに接続した。バーンズは作業しながら、マンデルに指示を叫んで、それをエティエンヌに伝達してもらった。

「エティエンヌに、燃えているベールをてっぺんからすくい上げさせるんだ――それを山からじゅうぶん離れた場所に落とせば、フォークを持った人間が道路まで運んでいける。だが、パワーグラブは燃える干し草を取りのぞくために使わねばならん。わたしは下側の壁にホースで水をかける――てっぺんはもう救えないだろう」

　彼らはわき目も振らずに働いた。バーンズは下側の壁に強力な水流を向けながら、炎の広がりに目を光らせようとした。いつ燃料タンクが爆発するかとびくびくしながら、てっぺんから空洞の内側への炎の吹き戻しはあるだろうかと思った。山全体が突然炎につつまれるまで見えないかもしれない大惨事が。しかも、その火焔《かえん》地獄のなかには高性能爆薬がある――七十発の二ポンド砲弾と十箱の機関銃弾が。彼はいま前方の壁に近づき、しっかりとした弧を描いて水流を浴びせていて、いっぽう近くではパワーグラブが燃える干し草のかたまりを彼の頭上ですくい上げ、遠くへ放っている。焼け焦《こ》げたベールは地面に落ちると、生きもののようにはじけて、腹立たしげに火の粉を散らせた。熱気はほとんど耐えがたいほどで、バーンズは片手で顔をおいながらもう一方の手で跳ねるホースを持っていた。鼻をつく煙が肺を満たし、目を見えなくするため、なにが起きているのかほとんどわからない。彼の後ろでは、フォークを持った者たちが燃えるベールを突き刺しては道路へ運んでいき、そこに捨てると、それからつぎのベールを運ぶために駆け戻ってきた。ベールは重くてあつかいにくいため、ふたりでひとつのベールを突き刺し、それからふたりがかりで持ち上げる必要があった。さらにバーンズは知らなかったが、彼の伍長《ごちょう》もフォークを取って、マンデルとペアを組んでいた。彼は右腕を上げられないとわかったので、フォークを低くかまえていた。

いまや戦車の砲塔が見えていた。またしても潜水艦の艦橋のように奇妙に突きだしているが、今度は燃える油の海に閉じこめられた潜水艦だった。そこに立ってその光景を目にしたバーンズの心は痛み、彼は少しのあいだ煙から後ずさって、状況を見きわめた。状況はまったく絶望的に見えた。上側の壁の大部分と屋根は取りのぞいていたが、干し草の山はまだ煙が湧《わ》きかえり、その内側からは、恐るべき炎がさらに下へと燃え広がっていくぱちぱちという音が聞こえた。バーンズはペンがマンデルを手伝ってベールをもうひとつ運んでいくのを見て、やめさせるために口を開いたが、なにもいわずにまた口を閉じ、水流を戦車の車体に向けた。あのなかの温度はきっとすさまじいにちがいないし、彼はバート号が燃料や砲弾、弾薬を満載していることを一秒たりとも忘れられなかった――ほんの数時間前には彼はその状況を自画自賛していたが、いまやそれが戦車とそれを救おうとしている者たちの幾人かに死をもたらすかもしれないのだ。彼らは熱狂的なピッチで作業していたので、自分たちが焼けつく熱でけがをしていることにほとんど気づいていなかったが、バーンズはすでにレナルズの右前腕がおぞましい火ぶくれだらけであるのに気づいていた。バーンズ自身も、外壁にまたホースで水をかけはじめたとき、もっとも恐ろしいけがを間一髪でまぬがれた。水流を低いほうへ向けようとしているとき、エティエンヌが頭上から叫ぶのが聞こえた。本能的に彼は横に跳んだ。パワーグラブのショベルのなかであぶなっかしくバランスをとっていた燃える干し草のかたまりが、さっきまで彼が立っていた場所を蒸し焼きにした。彼は水流を向けて、干し草を水浸しにしたが、火を消し止めるのには数分間かかり、あとになってふりかえると、なぜそれが中心となる壁の下のほうに火をつけなかったのか理解できなかった。

それから少しして、バーンズはまた山からじゅうぶん下がると、自分たちがどの程度のところまで進んでいるのか見ようとして、あやうくレナルズにぶつかるところだった。レナルズは燃える干し草のかたまりを道路のほうへ運んでいたが、それが突然ばらばらになって、操縦手の顔に崩れ落ちかけた。かろうじて飛びのくだけの時間はあったが、灼熱《しゃくねつ》の火の粉がすでにひどく火ぶくれのできた腕にシャワーのように降りかかった。汗だくの額を手でぬぐうと、レナルズは山へと引き返し、自分のフォークによりかかっていたジャックが彼に合流した。

「あともう少しというところまで来ましたよ」とマンデルがいった。

「本当か?」

バーンズはびっくりした。煙の雲から出てみると、干し草の山は彼がほのかに期待をいだいていたよりもずっと静かに見えた。バート号はいまや前部が車体半分までむき出しになり、砲塔は煙の帳《とばり》の向こうにときおり見えるだけだったが、炎の邪悪な赤さは消えていた。彼は立ち止まって目をハンカチでぬぐうと、それから前に駆けだし、放水をはじめた。炎の線が前方の壁のてっぺんに現われ、驚くべき速さで燃え広がっていく。こいつを消し止めることなどぜったいにできないだろう。戦車の近くでは、熱気はまだ信じがたいほどだ。熱気はあまりにも激しく集中していたので、金属板からの見えない白熱光となって彼に押し寄せてくるようだった。それは一瞬にして起きるので、たぶん彼らが警告を受けることはないだろう――まず燃料だ。外向きに破裂する一発のドカンという音、それから弾薬が引火しはじめると一連のするどい爆発音。しかし、彼らは戦車のこんなに近くにいるので、その第二の音を聞くことはたぶんんないだろう。でっかい爆弾の上に乗っているようなものだからな、と彼は思った。煙ごしに人影が動いているのが見えたが、だれかはわからなかった。それから少しして、彼は自分たちがついに火焔地獄を完全に制圧したと思った。あとは煙も消えるまで水びたしにするだけでいいはずだ。その瞬間、彼はひどく興奮したレナルズの叫び声を聞いた。

「燃えるベールがたったいまバート号の横に落ちた——燃料タンクの近くで燃え上がっている」

バーンズは煙のなかを前に走ろうとしたが、後ろに引き戻された。ホースがパワーグラブの車輪にからまっていたのだ。彼はそれをほどくので貴重な数秒間を失い、それから表側の壁に飛び乗った。燃え上がるベールは向こう側に落ちていたが、だれかがさきにそこに来ていた。レナルズだ。彼はフォークを最大限振りかぶると、それから銃剣のように振り降ろして、車体と裏側の干し草の壁のあいだにはさまった大きなベールにフォークを深々と突き刺した。フォークをねじってベールから抜けないようにすると、持ち上げはじめる。彼の左腕の血管が恐るべき力仕事で浮き上がるのが後ろから見えた。ふたりの人間でこの無傷のベールをあつかっていたのに、いまレナルズはそれをひとりで持ち上げようとしていた。自分より低い位置から上に持ち上げようと。信じられないことに、ベールは浮きはじめ、突き刺さったフォークのまわりで炎が踊るなかを、じりじりと上がってきた。レナルズは車体の上で脚を左右に大きく開いて、広い背中を丸めながら、持ち上げつづけた。ベールは突然、急激に持ち上がったが、レナルズはそれを予期していて、砲塔に背中をあずけてバランスを立てなおした。彼はきっとバーンズがホースを持って待っているのを見たにちがいない。ふりかえってこう叫んだからだ。「どいて！」

操縦手がなにをしようとしているのか見当もつかなかったので、バーンズは地面にふたたび飛び降りた。レナルズはベールをゆっくりと一八〇度弧を描いてまわしはじめ、炎がフォークにそって自分のほうへ広がってくると、腕をのばして大重量をささえた。壁から降りるとき、あやうくバランスを失いかけたが、炎が燃え上がってベール全体をつつみこむなかで、ふたたびバランスを回復した。それからまだ燃えるかたまりを腕いっぱいのばして持ったまま、しずしずと草地を横切って、道路まで歩いていった。あと少しで道路にたどりつくというとき、ベールは小さな火焔地獄となって燃え上がり、炎が逆流してレナルズをつつみこんだ。バーンズは彼がフォークごとベールを前に放り投げるのを見た。それが道路に落ちて炸裂《さくれつ》すると、レナルズはふりかえって干し草の山のほうを向いた。両腕はいまやひどく焼かれ、髪は焦げて、顔は煉《れん》瓦《が》のような赤い色をしている。それから十分後、バーンズは干し草の上でホースを動かしていた。干し草はかすかに煙り、火は消えていたが、彼はまだ残っている壁と車体にホースで水をかけた。ほかの者たちは家に戻らせて、いまはマンデルだけがフォークを手に、それを使う当てもなく、干し草の名残りのまわりをうろついている。壁の上に身を乗りだしたバーンズは車体に触れ、すばやく手を引っこめた。

「もう安全だと思いますか？」とマンデルがたずねた。「燃料ということですが」

「もし爆発するんなら、もうとっくに爆発していたはずだ。エティエンヌに彼のパワーグラブを使って、戦車の前の干し草をどけさせてもらえないかな？　すっかり冷えたら、もう一度エンジンをためしてみたいが、まだしばらくはむりだろう。われわれの後ろ姿を見たら、きみは大いによろこぶことだろうな、マンデル」

「これはわたしたちの戦時貢献なんです。わかりませんよ――あなたの戦車が敵に決定的な一撃をお見舞いするかもしれませんからね」

決定的な一撃だと？　さしあたり、バーンズにはそんなことはあまりありえなさそうに思えたし、あとで彼らについて母屋に入り、自分の乗員の損害を評価したときには、よりいっそうありえなく感じられた。キッチンはまさに野戦病院の様相を呈していた。ジャックはいま外で道路を見張っていて、エティエンヌは軽いやけどだけですんでいたが、ペンとレナルズはけがをもろに食らっていた。レナルズは最悪の状態にあるようだ。椅子《いす》に座って、腕をテーブルの上にのばし、両腕とも手首から肩のすぐ下までマリアンヌに包帯でぐるぐる巻きにされていた。バーンズが入ってくると、操縦手はかすかにふらつきながら立ち上がった。マンデルが彼に手を貸してシャツを着せはじめるいっぽう、マリアンヌのほうは肘掛《ひじかけ》椅子にぐったりと沈みこんだペンの手当てをした。彼女が左の前腕全体をつつむ包帯をちょうど巻き終えて、結び目を作ると、ペンはびくりとした。しかし、バーンズを見たとき、彼はにやりと笑ってみせた。

「これで軍曹の乗員は本当に歴戦の兵士みたいに見えますね」

「気分はどうだ、ペン？」

「海辺で二週間といったところですかね。アブヴィルを目ざすのは得策だと思いますか？」

「おまえはどうだ、レナルズ？」

バーンズはとりわけ心配そうに自分の操縦手のほうを見た。レナルズがいなければ、部隊の状態はまちがいなく戦闘に適さないからだ。バーンズは戦車を操縦できたが、同時に操縦席から全周をくわしく観測しつづけ、必要ならば火砲を操作することはできなかった。彼はレナルズがマンデルの持っているシャツにふたたびおさまる過程を客観的に見守り、レナルズが肘を曲げられ、手も完全に使えるらしいのに気づいた。さしあたり、バーンズをいちばん心配させたのは、彼の顔だった。いつもならレナルズは肉体的健康を絵にかいたような顔をしている。その顔色は人生の大半を野外ですごしてきた人間のように赤らんでいる。しかし、いま操縦手の顔は蒼白《そうはく》で、血の気が完全に引いていた。

かなり応《こた》えているんだな、とバーンズは思った。彼はショック状態にある。あとは彼がそこからどう抜けだすかにかかっている。レナルズはまだ質問に答えておらず、無言のままでシャツのボタンを手さぐりしていた。それから戦闘服の上衣に手をのばしたが、マンデルがそれをテーブルから持ち上げて、腕を通しやすいように広げて持った。レナルズは慎重にそのなかにすべりこんで、袖口《そでぐち》のボタンを留め、つぎに前のボタンを留めた。上衣を着おえると、椅子にどっかりと座って、ワインのグラスを取り、中身を一気にごくごくと飲み干した。グラスを置いてバーンズを見上げる。その声はうなり声だった。

「三十分くれたら、海岸まで操縦していきますよ」

彼は不滅なんだ、とバーンズは心のなかでつぶやいた。昨日はほぼ一日、ほとんど休みなく操縦していた。昨夜は二時間半しか眠っていないし、その前夜はもっと少なかった。両腕にひどい火傷《やけど》を負っているのに、いまでも彼の声は元気いっぱいだ。自分にはまだ操縦手がいるとバーンズは判断して、ペンのところへ行った。顔はやはり蒼白だったが、こちらはひどく疲れはてていて、レナルズが背筋をぴんとのばしてテーブルについているのに、ペンはまるで二度と動くことはないかのように力なく座りこんでいる。彼は笑顔でバーンズを見あげた。

「見た目ほどひどくはありませんよ。ありがたいことにね」

「もちろん、そうだな。腕が見えなかったが――どんな様子だ？」

「ちょっとひどいことになってます――でも、レナルズを見てくださいよ！　軍曹も手の甲をちょっと診てもらったほうがいいのは知ってますよね？」

　彼がそういったちょうどそのとき、マリアンヌがバーンズの手当てを引き受けて、彼を流しにつれていき、彼の手を水の蛇口の下に持っていった。突然冷たい水を浴びて彼は跳び上がり、生皮が剝《む》けて垂れさがっているのを目にした。彼女が軟膏《なんこう》を塗って、それから包帯を巻くあいだ、彼はキッチンを見まわした。すくなくともマンデル一家はひどい火傷をまぬがれていた。マンデル自身は右腕にいくつか火ぶくれを作り、眉毛《まゆげ》を半分なくしていたが、エティエンヌは髪の生えぎわが焦げた以外は無傷だった。たぶんパワーグラブの座席で炎と戦っていたからだろう。バーンズが彼らに感謝しようとすると、マンデルは聞き入れようとせずに、あれは自分たちの戦時貢献だし、いずれにせよイギリスは自分たちのためだけでなくフランスのためにも戦っているのだからとくりかえした。それ以上いうこともなさそうだったので、バーンズはエンジンと格闘するために外に戻った。

車体はまだかなり熱かったが、対処できるとわかったので、三十分かけて故障個所を調べ、戦車が無事だったことに体の芯《しん》からほっとしながら、もう一度機械仕事を楽しんだ。仕事は体から緊張をしだいにほぐしていった。彼が操縦席にもぐりこむと、エンジンがはじめて始動した。彼らは出発した。

7　五月二十五日、土曜日

西へ進んで、それから北へ――それが彼らのたどるルートになる。戦車は午前なかばの日差しのなかを最高速度で丘の稜線《りょうせん》の頂上へと登っていった。砲塔のへりは触ると熱かったが、この熱は炎の激しさではなく太陽のたえまない熱さから来ていた。バーンズが最後にふりかえると、母屋《おもや》の外に立つマンデル一家の小さな人影が見え、それからバート号が丘の反対側を下っていくと見えなくなった。前方のカンブレーへとつづく道路は人けがなく、動くものといえば、道路わきから数キロ離れた畑で農作業をする人々の姿だけだった。

肩はうずき、膝《ひざ》は痛み、手はまるでマリアンヌの包帯の下で火がくすぶっているかのようにひりひりしたが、バーンズは静かな爽快感《そうかいかん》をおぼえていた。彼らはふたたび移動していて、いまや彼は自分がどこへ向かっているのか正確に知っていた。方向を変えるという彼の運命的な決断は――北西のアラスではなく西を目ざし、それから北のカレーへ向かう*——二日間近くバーンズの頭のなかでつづいていた思考の過程にもとづいていた。そして彼はわずかふたつの情報源にたよらざるをえなかった——大ざっぱなニュース速報と自分の目で見た証拠に。彼が見たものは、ほかのなによりも、これが戦車のすばらしい機動力にもとづく戦争の画期的進歩であることを彼に確信させていた。

*連合軍は五月二十三日、木曜日の午後十時にアラスから撤退していた。英第一陸軍戦車旅団はその短い反撃中にエルヴィン・ロンメル将軍ひきいる第七装甲師団を食い止め、ドイツ軍総司令部にパニックを引き起こした。

ドイツ軍はその装甲師団をノンストップでフランス国内に進撃させることで、それまでの固定された戦線という考えかたをすべて粉砕し、征服したものを確保する努力をいっさい行なうことなく前進して、奇襲と恐怖の要素にほぼ全面的にたよって敵を混乱させていた。みちびきだされる結論は明白に思えた——もしそれまでの戦車戦についての考えをほとんどすべて捨て去ったならば。もしドイツ軍戦車隊がこれほどの長い距離を、それを占領する歩兵部隊を待たずに移動できるなら、一輛《りょう》のイギリス軍戦車が、もし発見をまぬがれれば、その後ろから近づくことは可能なはずだ。それに、集積所の問題もあった。バーンズはエンジンと格闘しているときジャックとかわした会話を思いだした。

「アブヴィルからここまでずっと車を走らせて来られるんなら、ジャック、きみにはきっとガソリンが山ほどあるにちがいないな」

「ドイツ軍が山ほどガソリンを持っているんですよ」

「どういうことだね?」

「伯父さんにはいわないでくださいよ——こういうことを心配していますから」

「わたしが聞くのは、われわれがここで孤立しているからだ」バーンズは少しのあいだ作業の手を止めた。「いいかい、ジャック、わたしは状況をできるだけ正確に知っておかねばならない。きみは田園地帯をそこらじゅう走りまわっていて、わたしに教えられる唯一《ゆいいつ》の人物なんだ」

「そいつはアブヴィル近くのドイツ軍燃料集積所から奪いました。ぼくは衛兵から離れた場所で鉄条網をくぐって、ほしいものを奪うだけでいいんです。やつらはドイツ軍の所有地と称する場所で見つかった人間はひとり残らず射殺するとおどしています——でもそれはやつらがガソリンを警備できないから、人々をこわがらせるためなんです」

「弾薬集積所についてもなにかいっていたな」

「それも同じですよ。友だちとある場所に入りこみましたが、砲弾や弾薬箱がそこらじゅうにありました」

「それはにわかには信じがたいな、ジャック」

ジャックは顔を紅潮させ、それからにやりと笑った。「それはなにが起きているか知らないからですよ。ドイツ軍の戦車と大砲は補給縦列をしたがえて戦線を突破しましたが、歩兵はまだそれに追いついていない――だから自分たちの集積所をちゃんと警備できないんです」

「だんだんわかってきたよ」バーンズは彼をおだてた。

「カンブレーの外出禁止令のようなものです。夜間に街頭で見つかった人間はだれでも射殺するといっていますが、それは人々をこわがらせるためだ。暗くなってから町を端から端まで歩いても、市役所近くをのぞけばひとりのドイツ兵も見かけないという話です。思うに」とジャックは抜け目なくいった。「外出禁止令のおもな理由は、目下、カンブレーにいるドイツ兵がどんなに少ないかを人々に知られないようにするためでしょう」

「そして、きみはアブヴィルへの道路はずっと障害がないというんだね？」

「カンブレーと、アブヴィル郊外の三カ所の道路封鎖をのぞけば。それにその位置を記入できますよ」ジャックは車体の上に広げた地図を指さして申しでた。

「そうしてくれないか？」

バーンズはジャックが道路封鎖の印をつけるあいだエンジンの点検をつづけ、それから新しい質問をした。

「ソンムへ向かう南の道路はどうだ？」

「あそこの状況はわかりません——あっちには行ったことがないんで」

「では、カンブレーを迂回《うかい》するときは、どのルートを使っている？」

「こっちの南側です。それも記入してあげましょう」ジャックは記入を終えると、無表情で顔を上げた。「カンブレーの先で北に向きを変えたら、ブーローニュにたどりつけるかもしれません。サン・ポルとフリュージュに近づく道は知っていますが、幹線道路ではありません——その道はグラヴリーヌの近くで、ぼくの住んでいるルモンに行きつきます。ルモンからアブヴィルに車を走らせるときによくそのルートを使っていますよ。念のため、それも印をつけておきますよ」

「そうだな」バーンズはエンジンをのぞきこんでいた。

「もしかしてこっちじゃなくあっちを走ればよかったかな」ジャックはルートの印をつけながらつづけた。

「ドイツ軍戦車に出くわしていたかもしれないぞ」

「もしかしたらね。どうでしょう？　やつらはこの海岸道路を北上しているようですが、ぼくのルートはずっと内陸側です。聞いたことからして、ぼくは海岸ぞいのドイツ軍戦車隊と国境近くの連合軍の前線とのあいだには間隙《かんげき》があると信じています」

「本当かね？」バーンズは無表情をつづけながら、自分はこの頭の切れる若者を欺《あざむ》けているだろうかと思った。彼らがどのルートを取るつもりなのかたずねるのを、ジャックが慎重に控えていることは、彼の脳裏から離れなかった。

「このあと午前中にぼくはアブヴィルに戻ります。姉に伯父さんはだいじょうぶと教えてやりたいんです。そのあとルモンまで飛ばすかもしれません。ガソリンは山ほどありますからね！」

この青年の困ったところは、戦争に興奮しすぎてじっとしていられないことだ、とバーンズは考えていた。だからドイツ野郎のガソリンをくすねて、それからなにが起きているのかを見るために田園地帯をそこらじゅう飛びまわっているのだ。もし用心しなければ、そのうちなにかに出くわすだろう。

しかし、バーンズが最終的な決断につながる情報の最後の断片をかき集めたのは、この会話からだった。そして、戦車がマンデル家から遠ざかって丘を下っていくとき、彼はあのフランス人青年には自分がどのルートを取るつもりかさっぱりわかっていないと確信していた——青年が万一、ドイツ軍に捕まってしゃべらされた場合の用心に、彼はとくにそのことを気をつけていた。空を見まわしたが、空っぽだった。彼らが依然として連合軍の戦線の大きな間隙を通り抜けているというさらなる証拠だ。もしあたりに連合軍部隊がいたら、ドイツ空軍がそれを爆撃していただろうからだ。その一時間後、彼らはカンブレーに向かう幹線道路を離れてわき道に入り、町への南の接近路をほぼ迂回していた。バーンズは一時停止を命じると、降りていってペンの様子をうかがった。

「どんな具合だ？」バーンズは彼にたずねた。

「悪くはありません、もっとも頭がちょっとぼんやりした感じですがね。ときどきものが二重に見えます」

ペンは背中に押しこんだ毛布でささえられていて、背筋をのばして座ろうとしていたが、バーンズはさきほど戦闘区画を見おろしたとき、彼が力なくもたれかかり、まるでもはや頭を上げることができないかのように首《こうべ》を垂れているのを見ていた。われわれはいったい彼をどうするつもりなのだろう、とバーンズは心のなかでつぶやいたが、陽気に話しかけた。

「もう少しこれに耐えられるかい？　戦車の動きでひどい目にあっているにちがいないのはわかっているが」

「それよりも、この下は新鮮な空気がないのがつらいですね。まるで溶鉱炉のなかに座っているようだ」

その形容は的を射ていた。ターンテーブルにほんの数分間立っていただけでも、バーンズが不愉快な汗をかくのにじゅうぶんで、彼はペンがまだ気を失っていないことに驚いた。

「だいじょうぶですよ」とペンはいった。

「しばらく砲塔から頭を出してみたいか？」

「そこまで登れるかどうかあやしいもんです」

バーンズは無表情のままだったが、背筋が凍るような恐怖にとらわれた。彼は動きつづけなければならなかった。戦車を西へ、それから北へと進めつづけなければならなかったが、同時にペンのために医者を見つける必要があった。まるで運命がわざと、マンデル農場をあとにするまで、ペンを負傷しているが重体ではない状態に留めていたように思えた。そしていまペンの容体は重篤《じゅうとく》になりつつある、バーンズはそのことをほとんど疑っていなかった。ペンの肌は奇妙に生気がなく、その目は落ちくぼんで見えた。

「つぎに行く場所で、医者を見つけられないかやってみよう」と彼はいった。

「必要ありませんよ。おれは座っている以外なにもしていないし、たぶん夜にはもっと気分がよくなってますって。問題はこの熱気だけです」ペンは陽気にしゃべろうとした。「カレーがつぎの停車場ですか?」

「あそこにたどりつくのには、まだ長い道のりがあるぞ、ペン」

「どれぐらい遠いんです?」

「約百五十キロだ」

「バート号が全速力で走って七時間の距離か」

「じゃまをするものはなにひとつないと思っているな、ペン。じゃまものは山ほどあることは請け合いだ」

重傷者と話すには奇妙なやりかたに思えたが、すでにバーンズは、安息の地を見つけられたらペンを置いていかなければならないときが来ることを予期していた。自分たちがこれから飛びこもうとしているものを理解すれば、彼を置いていくその瞬間が少しでも耐えやすくなるかもしれない。バーンズはそう願った。彼はその安息の地がすぐに見つかることも願った。彼の体調を思えば、ペンの頭は驚くほど冴《さ》えていた。

「百五十キロといいましたね。それだけのディーゼル燃料があるんですか？」

「ああ、ルブランからせしめた分でな。それはつまり、われわれがずっと路上から離れなかったとしたらだが、たぶんそうはならないだろうな。路外を走行するとどうなるかは知っているな——燃料消費量が倍増する」

「いいですか」とペンは陽気に話しはじめた。「おれたちはたどりつけると思いますよ。おれはここで考える時間が少しばかりあったんで、もし目を光らせて見張っていれば、じゃまするものはそれほどないかもしれないと気づきました」彼は言葉を切り、バーンズはペンが、そういえばいまだれかが周囲を監視しているのだろうかと思っていることに気づいた。

「だいじょうぶだよ、ペン。わたしがここに降りているあいだ、レナルズに操縦席から出て車体に立っているよう命じてある。それで、なにを考えているんだ？」

「いいですか、ドイツ野郎どもは戦車と豆鉄砲をしたがえて猛スピードで突き進んでいますが、おなじみの地べたを歩きまわる連中はまだここらにはそれほど顔を出していない。だからおれたちはかなりついていたら、歩兵の大群に出くわす前に、そのドイツ軍戦車隊に後ろからそっと近づけるんじゃないかと思います。そうしたら、あとはおれたちしだいだ」

「そのとおりに行くかもしれないな、ペン」

「そして、そのころにはおれは元気になっている。おれたちがカレーにたどりつく前に、軍曹はおれがまた二ポンド砲のやつをかかえているところを見ることになりますよ。そいつに賭《か》けてもだいじょうぶだ」

「わたしはまちがいのないことに賭けたりしないよ、ペン」

バーンズは憂鬱《ゆううつ》な気分でふたたび砲塔に上がり、レナルズに大声でペンは元気でやっていると告げると、それから前進命令をあたえた。その三十分後、彼は道路ぞいにふりかえって、顔をしかめ、双眼鏡をつかんだ。レンズの対の円は、運転手しか乗っていない一台の四人乗りルノーを手前に引き寄せた。ジャックがアブヴィルへ向かう途中で彼らのほうへ突き進んできていた。

レンズの対の円は、日差しのなかで輝く白い崖《がけ》のおもちゃのような線を手前に引き寄せた。イギリス沿岸、ドーヴァーの白い崖だ。シュトルヒ将軍は双眼鏡を下ろして、顔をしかめた。

「やったぞ、マイアー、敵の本丸――敵の主力だ。第十四装甲師団が最初にイギリスの海岸に上陸することになるよう願おうじゃないか」

「まずこちらで敵を叩《たた》く必要がありますが」とマイアーは指摘した。

「それはつぎの四十八時間で片がつくだろう。われわれはいまカレーの西方の海岸に立ち、前進部隊はグラヴリーヌの海岸線に達していて、カレーは包囲下にある。いまやダンケルクを占領するだけで、全イギリス軍は包囲される」

マイアーは片眼鏡をはめ、自分が汗の膜ごしに見ていることに気づいた。この勝利のときに、彼は疲労を感じ、はるか昔、スダンでムーズ川を渡ったあの日以来、シュトルヒが重ねてきた目くるめく勝利の数々に圧倒されていた。はるか昔だと? いまは五月二十五日、土曜日の午後で、彼らは五月十四日にスダンで鉄舟橋を渡っていた。マイアーは気が遠くなった。結局のところ、たぶんこれは若者たちの戦争なのだろう。シュトルヒのような人間たちのためのもの。将軍は海を見つめながら立ち、早口でしゃべった。

「このフランス・ファシストの申し立てをすぐさま調べてもらいたい――ルモンから来たあの情報提供者だ。この男はダンケルク直通の道路がもうひとつあるといっている――水門が開かれているせいで、敵が知らないかもしれない道路が」

「フランス軍はその点ではじつにすばやかったですね——氾濫《はんらん》のせいで、わが軍の戦車がダンケルクへ進むのがかなり困難になるでしょう……」

シュトルヒはもどかしげに口をはさんだ。「だからこそ、この第二の道路が決定的になるかもしれないんだ。わたしはきみにこの男をじきじきに尋問してもらいたい」

「どんな地図にもそうした道路は見つかりませんが……」

「だが、それが肝心なところなんだ、マイアー。われらがファシストの友人は、なんらかの理由で道路がフランスのほとんどの地図に載っていないと説明している。だから、もしイギリス軍が向こう側でその地区を守っていたら、道路が水面下にあるのでその存在を知らないかもしれない。たとえその地区にフランス軍部隊がいても、たぶんフランスのほかの部分から来ているだろう。この道路は最終的な勝利の鍵《かぎ》となりうる——わが軍の戦車がダンケルクへ進撃する道路だ」

「それをあてにすべきだとは思いませんが」

ふたりは頭上で多数のエンジンがブーンとうなる音を聞いて言葉を切った。首をもたげて空を見上げると、小さな灰色の点の大群が東から近づいてきた。飛行機が怒った蜂《はち》の群れのように進んでくると、ブーンといううなりはどんどん大きくなった。シュトルヒは満足してうなずいた。

「ゲーリング元帥《げんすい》はまたしても時間を守って、空を独り占めにしているようだ。ミスター・チャーチルは今朝、食器戸棚を開けたとき、きっと棚が空っぽであることに気づいたにちがいない」

「われわれはもはや空からの脅威をまぬがれられると考えるべきではありません」とマイアーはするどくいった。「なんといっても、われわれはここからイギリスをこの目で見ることができるのですから」

シュトルヒはこの警鐘に口元を引きしめた。「このファシストときみとの会話を細大漏らさず報告してもらいたい。あの男はこの道路がほんの五、六センチ程度の水でおおわれているといっている——道路の存在を隠すのにはじゅうぶんだが、わが軍の戦車が通れなくなるほどではない深さだ。男は地元の人間だから、自分がなにをいっているのかわかっているだろう」

「そろそろ行ったほうがいいですね」

しかし、マイアーはすぐには立ち去らなかった。彼のするどい耳は空に新しい音を聞いていたからだ。ゲーリングの巨大な空中艦隊とはちがうエンジン音を。双眼鏡をさっと上げて、西のほうへ焦点を合わせると、そのかたわらでシュトルヒも立って双眼鏡を上に向けた。イギリス海峡のはるか上空で、英国空軍戦闘機の数個飛行隊が、ドイツ空軍の爆撃機よりずっと高い高度を一定の進路でゆるぎなく飛びつづけ、来襲する爆撃機の中心部上空へと彼らをみちびく見えない地点を目指していた。もっとも地上からでは、ふたつの飛行機隊は衝突進路を進んでいるように見えたが。それから一分もたたないうちに、英国空軍編隊は急降下して攻撃に移った。復讐《ふくしゅう》する雀蜂《すずめばち》のように、眼下の密集した飛行機に襲いかかると、爆撃機の編隊を縫うように飛ぶ。爆撃機の編隊はいまや乱れはじめ、パイロットたちは目標を忘れて必死に回避運動を取りだした。二分もたたないうちに、巨大なドイツの空中大艦隊は四方八方に飛んでいて、その攻撃編隊は完全に散り散りばらばらになっていた。一機の爆撃機が地面に向かって錐《きり》もみして、一キロ半先の畑に激突すると、二機目がそれにつづいたが、この爆撃機は海岸のシュトルヒとマイアーが立っている場所の近くを目ざしていた。ふたりはいっせいに近くの戦車の車体の陰に伏せ、そのわずか数秒後、爆撃機は三百メートル先の地面に激突して、その爆弾が衝突の数秒後に爆発した。衝撃波の振動が彼らの隠れた戦車を揺らし、土砂がシュトルヒの首と肩に降りそそいだ。マイアーは静かにいった。

「ミスター・チャーチルはきっと食器戸棚の底でなにか見つけたにちがいありませんな」

「操縦手、停まれ！　パラシュートが降りてくるぞ」バーンズが警告した。

空中戦は彼らの頭上でくりひろげられていて、数分間、視界から消えた——空は雲ひとつなかったが、飛行機はひじょうに高いところを飛んでいたうえ、午後早くのまぶしい太陽を背にしていたので、見えなかったのだ。音からすると、数機が旋回したり降下したりして、日差しのなかで死闘をくりひろげているようだ。エンジン音は近づいてきて、機関銃のダダッという音がかすかに聞こえたが、彼らは太陽を背に飛びまわりつづけていたので、飛行機がすさまじいパワーダイブに入る不吉な音を聞くまで、彼らの位置をつきとめるのは不可能だった。それからバーンズは西の遠くに小さな黒い影が地上に向かって錐もみをするのを見つけたが、あまりにも遠すぎて、それがものすごいスピードで地面に近づいているのはわかっても、その国籍を見分けることができなかった。影は見えなくなり、バーンズは遠くで咳《せき》をするような音を聞いた。燃料タンクが爆発したのだ。ひと条《すじ》の黒煙が地平線から立ち昇った。頭上の空は暖かな静けさに満ちていた。彼は前進を命じると、一本のパラシュートの小さな逆円錐形《ぎゃくえんすいけい》がただよい降りてくるのを見て、ほとんどすぐにその命令を撤回した。そして待った。

バーンズは待ちながらペンのことを考えた。正午以降、彼らは見捨てられた村を三カ所通過していた。彼は戦車を停めて、人けのない通りを歩きまわったとき、どの村でも表札に〈医師《メドゥサン》〉という期待を持たせる言葉をかかげた家を見つけたが、ドアの向こうにはだれもいなかった。三つ目の村では、彼らは少し休んでマンデル家の食糧包みから簡単な食事をとったが、ペンは無意識状態におちいっていたようだったので食事を分け合わなかった。バーンズは不安になって脈をとってみたが、脈拍は安定していた。額を触ってみると、熱く湿っている。いまやバーンズの頭のなかのすべては、新しい優先事項に支配された――医者を見つけることに。彼らがつぎの村まであと六キロ半というところで、頭上で展開される空中戦がバーンズの関心を引き、彼は生理的欲求にこたえるために戦車を停めた。レナルズはハッチの上で首をひねって、円錐形のコースを追った。円錐形はどんどん大きくなりながら、人けのない野原を横切ってまっすぐ彼らのほうへただよってくる。彼はバーンズに声をかけた。

「こっちのですか、それともやつらの?」

「わからん」

それはいい質問だった。それどころか、きわめて重要な質問だ。現時点で彼らにとってもっとも手に負えないものは、ドイツ空軍パイロットの捕虜だった。しかし、もしドイツ空軍パイロットが彼らを見ていて、彼らがパイロットを逃がしたら、三十分もたないうちに、カンブレーのドイツ軍司令部は自分たちの戦線の後方をうろつく一輛のイギリス軍戦車の存在を知るかもしれない。バーンズはパラシュートの男が高度を落としながらただよってくるのを見守りながら、心のなかで悪態をついた。彼はすでに破壊された歩兵トラックのかたわらでドイツ兵をひとり、苦しみから解放するために射殺していたが、自分たちの身を守るために冷酷に射殺するという考えはまったく別ものだった。もしかするとあいつはわたしに発砲するかもしれないぞ、とバーンズは自分にいい聞かせた。もしそうしたら、弾倉半個分をお見舞いしてやる。もちろん、パイロットが自分たちを見ていないという可能性だってある。パラシュートはどんどん低く——そして近くに——ただよってきた。ぶら下がった小さな人影は吊索《ちょうさく》を引っぱって自分で自分をみちびいていたが、あまりにも不規則に上下しているので、バーンズは彼に双眼鏡の焦点を合わせつづけられなかった。レナルズがハッチから声をかけた。

「ドイツ野郎だったらどうします？」

「そのときは、問題をかかえこむことになるな」

「おれならあのくそ野郎を撃ちますね。たぶん難民の列のひとつを機銃掃射して戻ってきたところでしょうから」

　バーンズは驚いた。レナルズが聞かれずに意見をいったのはこれがはじめてだったからだ。火傷《やけど》をした腕がきっと彼をひどく悩ませているにちがいない。バーンズは下に手をのばして短機関銃を取ると、それを小脇《こわき》にかかえた。いまやパラシュートの男が自分たちを見ないかもしれないという見こみはなくなった——地面近くをただよいながら、戦車にどんどん近づいてくるからだ。その高さと距離では、自分たちを見すごしようがない。彼は砲塔から降りると、正確な着陸地点が見えるように車体に立った。パラシュートの男はいまや、ほぼ頭上にあった円錐形が田舎道にそって彼らから遠ざかるように、吊索を夢中で引っぱっている。バーンズは車体から飛び降りた。

「やつを戦車で追いかけられますよ」とレナルズが申しでた。

「いや、自分であいつを調べてみる——砲塔からもう一梃《ちょう》、短機関銃を取って、ここで待て」

「気をつけてくださいよ、軍曹。ゼフトのことを忘れずに」

　さしあたりそれが悩ましいところだ、とバーンズは心のなかでつぶやいた。われわれはずっとぴりぴりした状態にある。マンデル農場は悪夢のような世界のなかでは短い平和のオアシスだったが、それをのぞけばフォンテーヌに到着して以来ずっと、自分たちはドイツ戦車隊という形の敵や、ルブランという形の裏切りに出会ってきた。

ゼフトの場合には、敵と裏切りが合わさってひとつの脅威になっていた。では、自分は今度はなにに出くわすのだろう？　あの男が自分にたったひとつでも口実をあたえさせたら、小さなひとつの口実でも、わたしは引き金を引くだろう。

　パイロットが路肩近くの野原に着地したとき、バーンズはほこりっぽい道を走っていた。パラシュートが波打ちながら、その持ち主を草の上で引きずっていく。布製の円錐形がゆっくりとつぶれた。バーンズはいっそう速く走った。パイロットがからまった吊索をほどく前にそこにたどりつきたかったが、彼が近づくと、男はパラシュートをかなぐり捨てて、膝立ちになり、短機関銃を前につきだして駆け寄るバーンズと向き合った。パイロットは武器を持っているものだろうか？　バーンズはそうは思わなかったが、危ない橋を渡るつもりはなかった。膝をついた人影は銃を見て、膝立ちのまま、両腕を大きく広げ、自分が武器を持っていないことをしめした。どうせすぐわかるさ、とバーンズは冷ややかに思い、つぎの瞬間、男が口を開いた。

「それで、イギリス人《ライミー》がフランスのこのあたりでなにをやっているんだい？　知りたいもんだね。パイロットを撃つんじゃない——できるだけのことはやったんだからな！」

「英国空軍のパイロットか？」

　バーンズはするどい口調で問いただした。短機関銃をまだパイロットの胸に向け、その目は男の飛行服を隅から隅までくまなく見まわしている。革製の飛行帽に押し上げた飛行眼鏡の下からは、いかつい顔がバーンズを見上げていた。二十五歳から二十五歳までのどの年齢でも通りそうな男の顔だ。その肌は褐色に日焼けし、その肌合いは彼が着ている飛行服の皮革を思わせた。がっしりとした造りの大きな鼻が、唇を引き結んだ幅広の口の上につきだし、顎《あご》の輪郭は強固な性格の人物であることをしめしていた。こいつは手ごわいやつだ、とバーンズは思った。じつに手ごわい。しかし、手ごわそうな全体の印象は、青い目に浮かぶユーモラスな表情でやわらげられていた。そのユーモアは彼の答えとともに表に出てきた。

「もしわたしが英国空軍じゃなかったら、ドイツ空軍はかなり疑わしい人物を雇っていることになるな」

　彼の言葉には強いアメリカ訛《なま》りがあり、それだけでも当惑させるのにくわえて、パイロット自身はあたふたしているよりも、おもしろがっているように見えた。銃口を向けられた人間の反応としては異例だ。しかし、バーンズは、ペンがゼフトを本物のベルギー人だと思っていたことが忘れられなかったし、ドイツ空軍が裏切者のアメリカ人を何人か雇っていることだってじゅうぶんありえた。

「立つんだ」バーンズはきつい口調でいった。

「着地したとき両脚を折ったと思うんだ、軍曹」

やれやれ、足手まといがもうひとりバート号に乗車するわけか。ペンの面倒を見なければならないだけでは足りないかのように、彼はいまもうひとりの患者をかかえこもうとしている。戦車は急速に野戦病院と化しつつあった。唯一の問題は、彼らを医療後送する場所がどこにもないことだ。バーンズが数歩下がると、パイロットは慎重に立ち上がった。闖入者《ちんにゅうしゃ》はにやりと笑った。

「訂正する、軍曹。両脚を折った気がするだけだ。あの手のやつで着地したことはあるかね？　地面はじつにおだやかに近づいてくるように見えるが、最後の瞬間、飛び上がって蒸気ハンマーのようにぶつかるんだ」

「英国空軍がアメリカ人を募集しているとは知らなかったな」バーンズは冷ややかにいった。

「カナダ人だ、たのむよ！」彼はぞっとしたふりをして手袋をした片手を上げた。「もっともきみが地理上のあやまりを犯したのはむりもないがね、軍曹。わたしの母はカナダ人で、父はアメリカ人で、わたしはカナダで生まれたんだ。アルバータ州ウエインライトって聞いたことはあるかね？　いや、聞いたことはないだろうな。針の頭ぐらいのサイズだが、カナダ国有鉄道《CNR》の急行が地元住民のためにアイスクリームの樽《たる》を下ろすのにそこで停車するんだよ」彼はバーンズの背後を身ぶりでしめした。「あの後ろのはきみのブリキ缶かい？」

「ブリキ缶はマチルダ戦車だ。なにか自分の身元を証明する手段はあるか？」

「もちろんさ。もしわたしが上衣《うわぎ》のボタンをはずして、ごくゆっくりとなかに手を入れても、引き金を引かないと約束するね？」

バーンズは答えずに、パイロットの手が上衣の内側を探るのを用心深く見守ったが、ふたたび手が出てきたとき持っていたのは英国空軍の身分証明書だけだった。パイロットはそれを指にはさんでちょっと持っていた。

「さて、もしわたしがこれをきみに手渡そうとしたら、きみに襲いかかろうとしていると思われる危険がある。そのいっぽうで、もしこれを地面に落としてきみに拾わせたら、わたしはことによるときみの目にブーツを食らわせる可能性がある。さあ、どちらにしようか？」

「地面に落とすんだ——それから六歩下がれ」

　パイロットがまだ後ずさっているあいだに、バーンズはすばやくかがんで身分証明書をつかんだ。左手だけを使って身分証明書を開き、自分がこの確認をやっているのは用心のためなのか、それともコルバーンの態度に意固地になっているだけなのかと思った。なぜならそれが身分証明書の名前だったからだ。ジェイムズ・Q・コルバーン空軍中尉《ちゅうい》。

「Qはクインの頭文字だ」コルバーンは説明の助け舟を出した。「母方の家系からつけられたのさ。クイン家はブリティッシュ・コロンビアの古い家系でね――古いといっても、カナダではということだが――ただし……」

「わかったよ、コルバーン」バーンズは身分証明書を飛ばし、パイロットは左手で受け止めた。「あの太陽の近くでなにがあったんだ?」

「じゃあ、わたしの身元に満足したんだね、軍曹?」

「そうだな」

「じゃあ、きみの俸給手帳を見せるというのはどうかね?――それともわたしはきみを額面だけで受け止めることになっているのかね?」

バーンズは一メートル八十センチのパイロットを見上げた。彼は重病の装塡手《そうてんしゅ》兼無線手をかかえ、医療の助けを探して大いそぎでつぎの村へと突き進んでいて、自分がてっきり吊索をふりほどこうと悪戦苦闘するドイツ空軍のパイロットを見つけるものだと思っていた。まちがいなくフリーランスのカナダ人の皮肉につきあう気分ではなかった。

「わたしはバーンズ軍曹だし、きみに俸給手帳を見せると思っているとしたら、きみのそのちっぽけな頭はどうかしている。わたしの後ろに立っているあのしろものはなんだと思う――ドイツ野郎の戦車か？　それに、きみだってイギリス陸軍の制服を見たことはあるはずだ」

「わかったよ！　わかった！」コルバーンはなだめるように手を振った。「それに、きみたちがたぶん二週間つらい思いをしてきたことをわたしがちゃんと理解していないとは思わないでくれよ。それにひきかえ、わたしのほうは、午後のあいだこっちにいるだけなんだからな。すくなくとも、そうだとわたしは思っていたのさ」と彼はつけくわえた。「だが、わたしが英国空軍の飛行装備を身に着けていて、きみが炎につつまれて落ちるのを見たものは真空掃除機じゃないことを指摘してもいいかな？　あれはマンストン基地から飛び立ったときには完璧《かんぺき》なハリケーン戦闘機だった」

「あっというまに落ちたので、墜落するまでほとんど見えなかった。メッサーシュミットにやられたんだろう？」

「それも三機だ――もっともそれは言い訳じゃないがね。やつらは海岸からここまで追いかけてきた。わたしの側の判断ミスだ。たとえやつらをやっつけられたとしても、わたしには基地にたどりつくだけの燃料がなかったからね。素直にいおう――やつらはわたしより一枚上手だった。それから、軍曹、わたしが〈蛍の光〉を歌わないと、きみはその短機関銃《カービン》をしまってくれないのかね?」

バーンズは短機関銃《マシンピストル》を下げてうなずいた。「すまない。だが、われわれはベルギー人だといっていたドイツの第五列要員にちょっと手こずらされてね、だからわたしはなにごとも当然とは思わないようにしているんだ。きみ自身もそのひとりである可能性があったのさ、コルバーン」

「空から降ってきて?」カナダ人は皮肉っぽくたずねたが、それから表情を変えた。「すまない――すべて確かめるべきだというのはきみのいうとおりだ。じゃあ、そういう人物が本当に存在するんだね? 噂《うわさ》はたくさん聞いているが――あまりに多いので、フランスはやつらでいっぱいだと思うほどさ」

「フランスのこの部分でいっぱいなものは、ドイツ軍戦車だけだ」バーンズは先をつづける前にコルバーンをじっと見つめた。コルバーンは本当に見かけどおり手ごわいのだろうか? 「きみは巨大な無人地帯のどまんなかに降りてきたのさ。この無人地帯はすくなくとも幅が三十キロはありそうだが、われわれが見かけた部隊は装甲師団の一部だけだ。われわれは完全に独りぼっちだ――マチルダ戦車がたった一輛」

バーンズはいまや少し緊張を解いていて、心を決めるまで、貴重なもう数分間、待つ腹だった。彼はこれっぽっちの感情も持たず、きわめて客観的にコルバーンを観察し、彼を容赦なく品定めした。そして、バーンズには人を品定めするのに少々経験があった。この場合、彼はひとつの基準だけを適用するつもりだった――コルバーンは役に立つ人物か、それとも重荷になる人物か？　もし彼が後者になるなら、彼らと同行することはない。コルバーンはバーンズをじっと見つめた。

「きみの部隊の残りは全滅したということか？」

「われわれは最初に部隊から切り離され、それ以降ずっとその状態だということだ。もしわれわれといっしょに来るのなら、われわれには一門の二ポンド砲と一梃の中機関銃、数梃の短機関銃、そして三梃の回転式拳銃《けんじゅう》があることを知っておいたほうがいい。それがわれわれの武装状態で、いまのところわれわれはドイツ戦車の三個縦隊に見つかるのを間一髪でまぬがれている」

「少々一方的な口ぶりだな。少し援軍がほしいんだと思っていたが」

「ほしいさ。だが戦車は飛べないし、きみはパイロットだ」

「そいつは一理あるかもしれないな。選択肢はなんだ？」

「選択肢は、コルバーン、きみが自力で故郷に帰ることだ」バーンズは言葉を切った。「もっと手っ取り早く、もっと安易な道を選んで、ドイツ軍のいるカンブレーまであの道を歩いていかないかぎりはな。そうすれば、戦争の残りをすてきで静かな捕虜収容所ですごせるぞ」

彼はカナダ人の反応を待ったが、揺るぎない表情は依然としてなにひとつ変わらなかった。声ですら、いい返すときもおだやかだった。

「もしそういわれてわたしがきみの口をぶん殴ったら、軍曹、戦車にいるお仲間がわたしを撃ち殺すんだろうな？」

「きっとそうするだろう。わたしにかっかしないでくれ、コルバーン。わたしは確信しなければならないだけなんだ」

「なにを確信するんだ？　きみはもうわたしが三十分前にマンストン基地を離陸したことを理解したと思ったが」

「きみがじゃまにならないことを確信する必要があるんだ。きみはカナダ人だというが、英国空軍にいる」

「志願したんだ。あれは暑い日のことで、暑さってのはひとに馬鹿《ばか》なことをさせかねないものでね……」

「娑婆《しゃば》ではなにをしていたんだね、コルバーン？」

「医学博士の資格を取って、それから……」

「医者なのか？」バーンズは声から熱意を隠そうとしなかった。

「いや、そうじゃない。医者を開業したことはないんだ。どうも好きになれないと思ったんで、化学者《ケミスト》になった」

「薬剤師《ケミスト》だって？」バーンズはコルバーンがカウンターの向こうでアスピリンを差しだす姿をなかなか思い浮かべられなかった。

「工業化学者だよ。わたしは高性能火薬に興味を深めて、数年後に自分の会社を持った。われわれはカナダ全国で採石爆破作業に資材を供給していた。これで、わたしが志願するなんてまったくどうかしていたことがわかるだろう」

「会社を持っていたのに、それをなげうったのか？」バーンズはコルバーンの日焼けした顔立ちをよりいっそうしげしげと見つめて、いったいなにがひとりの男にすべてを投げださせ、ほかのだれかの戦争を戦うために五千キロの旅をさせたのだろうと思った。彼の決意はいまや急速にかたまりつつあった。

「いや、それほど大事《おおごと》ではなかった。わたしは弟に引きついで、わたしが戻るまでは彼が事業を動かしているんだ」コルバーンはかすかにほほ笑んだ。「エドのやつは、イギリスを放っておいて、自力で戦争をさせてはならない理由を理解できないんだ。彼はその点では正しいのかもしれないな。ところで、軍曹、わたしが医学博士の資格を取ったといったとき、なぜ五百メートルも飛び上がったんだね？」

「うちの伍長《ごちょう》が重傷で、わたしは何時間も医者に出くわすことを祈っていたんだ。彼をちょっと診てくれないだろうか？」

「よろこんで——だが、忘れないでくれよ、わたしは西半球でもっとも非開業医の名にふさわしい人物だよ。彼はどこだね？」

バーンズはあとに残ってつぶれたパラシュートをかき集め、コルバーンのほうはレナルズが戦車の車体の上で待っている場所へと歩いて戻っていった。布と吊索をたばねて、羽布団《はねぶとん》のような包みにまとめるのには数分かかり、彼はそれを排水路のなかに隠した。あとでやって来るかもしれないドイツ軍の偵察隊に、この地域にイギリス軍の飛行士がいることを警告しても意味はない。戦車に戻ったとき、レナルズは車体内で見えなかったが、コルバーンの頭が砲塔から突きだした。彼はバーンズを見おろした。その声は静かだった。

「下にいる男はきみの親友かね？」

「彼はわたしの伍長だ」バーンズはきっぱりと答えた。

「すまない、いいかたが悪かった。残念ながら、よくない知らせだ」

「彼は助からないかもしれないのか？」

「助からなかったよ——彼は死んだ」


日差しで干からびたフランスの土に墓を掘るのにはゆうに一時間以上かかった。彼らはエトルーでトンネルから抜けだすのに使ったのと同じスコップで作業していて、コルバーンが手伝うといいはると交替制にした。バーンズは休憩時間にコルバーンを注意深く見守った。純粋な体力にかんしては、カナダ人はレナルズにひけを取らなかったが、彼がコルバーンについていちばん気に入ったのは、まったく新しい状況をすばやく受け入れた点だった。あの哀れな男はいまごろマンストン基地に着陸して、そのあと最寄りの酒場にくりだすつもりでいただろう。そのかわりに、戦闘地域のどまんなかに置き去りにされ、生前をまるで知らなかった男の遺体を埋葬するのを手伝っている。彼が最後のスコップ一杯分の土をすくうのを見守るあいだ、バーンズは頭がぼうっとしていた。ペンは彼と三年間いっしょにすごし、そのかんにふたりは、生まれてこのかたずっと知り合いだったといってもいいほど円滑に機能する、仕事上の関係を築き上げた。ペンはなにかを本気で信じたりせず、自分の軍曹の職業への献身ぶりを少々おもしろがっていたが、つねにたよれる男だった。そして、あの終わりのない夜、ドイツ軍戦車隊が通りすぎていくあいだ、彼が橋で歩哨《ほしょう》に立っていたとき、彼らはまちがいなく彼にたよっていた。ペンはいま自分の安息の地を見つけていた。もっともバーンズが彼のために計画していた安息の地ではなかったが。

死者を悼《いた》む彼らの仕事でいちばん楽だと思っていたものは、実際にはいちばんむずかしいとわかった――遺体を下ろす作業だ。墓穴の準備はととのい、コルバーンはわきにのいて、バーンズとレナルズに遺体を下ろすのをまかせた。彼らは遺体を毛布でくるみ、さらにまわりにグラウンドシートを巻きつけて保護していた。重荷をゆっくりと下ろせるように、彼らはグラウンドシートに二本のロープをかけた――一本は胸まわりに、もう一本は足まわりに。すべては順調にいったが、遺体は墓穴の途中まで下りたところで、穴が狭くなっている地点で肩が引っかかって動かなくなった。彼らはいったん引きあげ、もう一度下ろしたが、またしても遺体は引っかかった。バーンズはコルバーンを見た。

「このロープをかわりに持ってくれないか?」

彼はカナダ人が位置につくまで待ってから、ひざまずいて、グラウンドシートに掌《てのひら》を載せた。手で押すとペンの左腕に巻かれた包帯の厚みが感じ取れた。コルバーンは、たぶん肩の負傷にくわえて大火傷のショックが、最終的に彼が生きのびられないことを決定づけたのだろうといっていた。幾重にもつつまれた遺体はまだ下りていこうとしなかった。バーンズはもっと強く押しながら、ペンがここには埋葬されたくなくて自分に抵抗している気がした。あいつはこういっていたのではなかったか？「おれたちがカレーにたどりつく前に、軍曹はおれがまた二ポンド砲のやつをかかえているところを見ることになりますよ」まあ、彼らはカレーから遠く離れていて、いまや彼らがたどりつけるかどうかペンが知ることはないだろう。彼はいっそう強く押した。新たな墓掘り作業に取りかかる時間はないことはわかっていた。ここでは彼らは恐ろしくまる見えだったからだ。遺体は突然抵抗をあきらめ、なんの前ぶれもなく、沈みこんだので、バーンズはあやうくバランスを失ってつんのめるところだった。立ち上がったとき、彼の顔と手は汗だくで、ただこの場所から立ち去りたかった。

「彼になにか言葉をかけるべきじゃないですか？」とレナルズがつぶやいた。

「いや」とバーンズはそっけなくいった。「なにもいらない。知らなかったのか——彼は不可知論者だったんだ」

彼らは墓穴を埋めると粗末な墓標を立てた。その目的のために見つけられた唯一《ゆいいつ》の器具だったので、スコップを使った。スコップは地面に深々と突き刺され、バーンズ

は柄の木部にナイフを使って簡単な文言を刻みつけた。〈1897245 1　M・ペン伍長。一九四〇年五月二十五日、戦死〉

出発する前に、バーンズはコルバーンに肩の傷を診てくれないかとたのんだ。墓穴に身を乗りだしているあいだ、遺体が突然安息場所にすべり落ちた瞬間に、彼は肩をぐいと引いて、なにかが裂けるのを感じた。彼はまた傷口を開いてしまったのだ。彼はカナダ人が包帯を取るあいだ暖かい車体に座り、そしてコルバーンの声は非難を雄弁に物語った。

「この包帯は最近かえていないのがわかるね」

「感染しているということか?」バーンズは静かにたずねた。

「いや、きみはその点では運がよかった。わたしは包帯の外側の状態をいっているんだ。たしかにきみは傷口をまた開いてしまったが、見たところきれいだし、それが重要なことなんだ。さあ、動くんじゃないぞ。こいつは痛いかもしれない」

コルバーンは開いたばかりの傷口を徹底的にきれいにすると、新しい包帯を巻いて、それからバーンズに手を貸してシャツと上衣を着させた。肩はたえまなくうずきはじめ、しつこい痛みはあまりにも多くのエネルギーを奪い取った。服を着おえると、バーンズはペンの俸給手帳と日記をしまったポケットから鉛筆を取りだして、車体の上に地図を広げ、伍長が埋葬された地点におおまかな印をつけた。いつかペンの両親がこの場所を巡礼したいと思うかもしれないが、そのころにはスコップになにが起きていてもおかしくない。実際には、時間のむだだと、バーンズは心のなかでつぶやいた。自分に願えるのは、このいまいましい戦争全体が時間のむだではないことだけだ。彼はコルバーンと戦場の状況を話し合いはじめたが、じきにカナダ人がすでに彼の知っていること以上はほとんど教えられないことがわかった。

「わたしにわかるのは」とバーンズはつづけた。「イギリス海外派遣軍《BEF》がこの線のだいたい北にいて、ベルギー軍がその左に布陣している。われわれはこの巨大な無人地帯のどまんなかに立っていて……」

「間隙《ギャップ》だな」とコルバーンはいった。

「彼らは実際にそう呼んでいるというのか？」

「ああ、われわれの状況説明図ではそう記されていた。いうとおり、きみたちはそのどまんなかにいるが、それがどの程度広いかについては多くの議論がある。わたしの飛行隊はドイツの戦闘機と殴り合うために飛んできたが、そのついでに、ドイツ軍戦車を発見ししだい蜂の巣にするよう命じられていた。上のほうでは、じきにそこを増援部隊が通過するかもしれないと考えている」

「彼らのいったとおりだ――やつらは今朝早く通過していった」

「またしても遅かったか」コルバーンはかすかにほほ笑んだ。「そのドイツ軍戦車の話に戻るが、わたしは味方を蜂の巣にする危険について質問したが、きみは彼らが返した答えを気に入らないだろうな。もし大量の大型戦車が道路にそって一列に並んでいるのを見つけたら、それはドイツ軍にちがいないというんだ――イギリス軍はひと握りの戦車しか持っていないし、フランスの重騎兵は自分たちの戦車を戦線全域に少数ずつばらまいている」

「きみはわたしよりそれほど多くのことは知らないようだな、コルバーン」

「軍曹、きみは戦地でそのどまんなかにいて、わたしの意見では、あまりにも近すぎて全体像が見えていないんだ」

「それをきみから聞きだそうとしているんだよ、コルバーン」バーンズはいらだたしげにいった。「きみは離陸前に詳細な状況説明を受けているし、戦場の上空を飛んでいる――全体像をつかんでいる者がいるとしたら、それはきみのはずだ」

「ああ、それでよくわかったが、質問からして、きみはある種の明快なパターンをわたしが描くのを期待しているのだと思う。ドイツ軍はここにいて、きみたちの友軍はあそこ、フランス軍はどこかほかの場所にいることをしめす、こぎれいな地図のようなものをね。まあ、それはわたしにはできないし、これもわたしの意見にしかすぎないが、この戦争がただの思い出になって、歴史家たちがきちんとした分析とやらに取りかかったとき、彼らは依然としてどの部隊がどの日にどの場所にいたのか正確にいえないだろう。これはいわせてもらえば、かつてない規模の戦闘の混乱状態なんだ」

「なにをいいたいんだ？」

「価値のある情報はなにもないということさ——あの連中、将軍連はそれをでっち上げながらやっているだけだ。これはロープを結ぶようなものだといった半島戦争のウェリントン将軍とまったく同じさ——結び目をひとつ作り、それからもうひとつ作って、うまくいってくれるよう祈るんだ。だが、もう連中のだれかが作戦室できちんとした計画とやらにしたがって動いているだなんて、そんな嘘っぱちはやめてくれよ」

「ドイツ軍もかね？」バーンズは静かにたずねた。

「あのくそ野郎どももだ——もはやね。どうやって知ったのかと聞かれたら、わたしは有名なコルバーン家の直感だと答えるね——それと、わたしが戦史を副専攻にしていることだ。しかし、ひとつわたしが金を賭《か》けてもいいことがあるんだよ、バーンズ——わたしは目下、ドイツ軍の将軍連が自分たちの成功に陶酔していて、それをどうすればいいのかわかっていないということに賭けるつもりだ。将軍というのはつねに押し屋と引き屋に分かれるものだ——突き進め、やつらを海に追い落とせという連中と、自分たちがむりをしすぎていて、首をちょん切られる前にいそいで壕《ごう》を掘ったほうがいいと叫びたてる連中にね」

「わたしにはあまり役に立たないな」とバーンズは指摘した。

「なら、たぶんこれは役に立つだろう。わたしはきょう飛んできたとき、カレー上空を南東に飛行したが、海岸道路と東の主戦闘地域のあいだにまちがいなくべつの間隙があった。これこそまさにわれわれの行くべき方向かもしれないぞ」

「その方向にわれわれは向かっているんだ」

「じゃあ、わたしはカレーまでただ乗りできるわけだな。ただし条件がひとつある——もう全体像をわたしに聞かないこと。そんなものはないんだからな。これはとんでもなくこんがらがった混乱状態で、それを言葉で表現することなどできやしない——百年かかってもな。ただしシェイクスピアの助けを借りないかぎりはだ。シェイクスピアにはたしかに百パーセント完璧な大混乱を表わす言葉があった。全体像は、バーンズ軍曹、しっちゃか《ハガー》めっちゃか《マガー》だよ」

「簡単にいえば、われわれはいまやいつでもドイツ野郎に出くわす可能性があるということだな」

8 五月二十五日、土曜日

シュトゥーカ爆撃機は、三十メートル上空で煙の尾をひきながら、まるで採石場の出入り口を狙《ねら》っているかのように、まっすぐ彼らに向かってきた。バーンズは微動だにせずに立ちつくし、接近する飛行物体に視線を据えながら、最低でもあと数百メートル、いまの高度を維持してくれるよう祈った。爆撃機は金切り声を上げながら接近し、その機首が下がる。まるで採石場の出入り口を通り抜けて、バート号が駐車している奥の壁にぶつかって爆発するために誘導されている自爆機のようだ。彼のかたわらではコルバーンが凍りついて、無意識のうちにシュトゥーカの飛行軌道を見積もっている。つぎの瞬間、爆撃機は依然として高度を失いながら、彼らの頭上を飛び越え、その十秒後、一キロ半先でフランスに墜落して、その爆弾が爆発する音が聞こえてきた。

「この場所は高性能爆薬を思いださせるな」とコルバーンはいった。

戦車は山腹に切り開かれた白亜の採石場のなかに駐車し、その巨大な窪《くぼ》みは影につつまれていた。晩の六時半すぎで、彼らは狭い入り口に立ち、いっぽうレナルズは彼らのはるか頭上にいて、採石場の縁で見張りをつとめていた。操縦手は下に叫んで、飛行機が遠く離れた場所で墜落したことをつたえると、それから全周の監視を再開した。

「目下のところ、わたしは高性能爆薬がまったく好きになれないね」バーンズはマグカップのなかの紅茶をまわしながら冷ややかに答えた。

「それはきみがそれを受ける側にいるからさ――わたしが話しているのは採石発破作業のことだ。爆薬を正確に仕掛けて、発破器《プランジャー》のところに戻り、ハンドルを押し下げて、岩のまさに正しい部分が崩れ落ちるのを見るのには、なにかとても満足させるところがあるんだ」

「きみは資材を供給するだけだと思ったが」

「ああ、彼らはいつもわたしにアドバイスをもとめるので、結局彼らにかわって仕事をすることになったのさ。わたしには爆破の才能があるんだよ、バーンズ。そのうえさらに重要なのは、わたしが自分の仕事を楽しんでいたということだ」

彼らは戦車をあとにして、採石場の入り口になっている狭い峡谷を通り抜けた。入り口で立ち止まると、フランスの野原の向こうを見わたした。自分たちはじつによくやった、とバーンズは思っていた。彼は自分たちがいまやカレーから五十キロ以内に来ていると見ていた。午後遅くと夕方のあいだずっと、バート号は最高速度で路上を移動し、彼らは二回だけ停まって祈った。一回はドイツ軍機の編隊が東の空を横切ったとき、もう一回はほこりの雲がドイツ軍補給縦隊の接近を彼らに警告したとき。彼らは三十分以上、近くの森に隠れて待ち、最後の護衛の戦車が逆方向に姿を消してかららやっと出てきた。それからバート号はノンストップで北を目指して前進した。つねに北のカレーに向かって。

彼らは食事を終え、そして今回もコンビーフはメニューに登場しなかった。マンデルが用意してくれた包みをふたたび開けてみると、数本のフランスパンと、陶器のバター壺《つぼ》、コールドチキンが一羽まるまる、そしてワイン四本が入っていた。彼らはよく食べたが、バーンズは食事のはじめに、ペンがこの食糧をひと口も食べることはなかったことを思いだして、心から楽しめなかった。彼らは戦車乗員としてはたぶんフォンテーヌを出て以降のどんなときよりも状態がよかった。ただし、いまや戦闘要員は二名だけになってしまった――コルバーンが彼を役に立つようにするための基本的な訓練をじゅうぶん吸収できないかぎりは。採石場の向こう、日に照らされた平原の

三、四キロ先で、バーンズは細く長くたなびくほこりが自分たちの立っている場所にたいしてななめの角度で移動しているのを見た。あの縦隊は海岸を目指しているようだ。彼は双眼鏡の焦点を合わせた。

「ドイツ軍の戦車隊かい？」コルバーンがたずねた。

「たぶんな。遠すぎてよく見えないし、あのほこりが視界を曇らせている。こっちには来ていない。それはありがたいことだ。さあ、コルバーン、さっそくきみが戦車についてどの程度学べるか見てみようじゃないか」

バーンズはコルバーンにせめて同軸機関銃の使いかたを見せられたらと思っていたが、カナダ人はターンテーブルに下りたとたんに砲塔を旋回させる方法を知りたがった。五分もたたないうちに、彼は本物の機械いじりの適性と、旋回装置を理解する能力をしめして、バーンズを驚かせていた。その驚きは、カナダ人の底なしの粘り強さを経験するにつれ、どんどん大きくなった。コルバーンは自分がターンテーブルを旋回させられるとわかると、バーンズに砲塔に上がって車内通話装置で指示してくれるようたのんだ。この飲みこみの早い生徒を教えこむのに夢中になったバーンズは、教練係下士官の無慈悲な態度で容赦なく彼の誤りを正した。

「右だ、コルバーン！　旋回、右といったろう！　おまえはいまわれわれのケツを敵にさらす栄誉にあずかったんだぞ。ああ、よくなった。左だ！　旋回、左！」

バーンズは自分がのっぴきならない状況に直面したことに気づいた。コルバーンはミスなしに旋回装置を指示どおり操作できるまであきらめようとしなかった。彼はひたすらやりつづけ、まるでそれを正しく行なうことに自分の人生がかかっているとでもいうように疲れを知らなかった。そして、まさにそうなることもありうるしな、とバーンズは心のなかでつぶやいた。彼はこれまでの経験をつうじて、これほど学びの早い生徒を訓練したことがなかった。もっともコルバーンが理解しているのは基礎にすぎなかったが。彼が戦闘区画にまた下りていくと、コルバーンは二ポンド砲についてなにか教えるよう要求したが、ここではバーンズは彼に砲がどう作動するかをしめそうとしても時間のむだだろうと感じた。彼はそのかわりにコルバーンは同軸機関銃に取り組むべきだと提案した。

「そいつは五分で片づくな」コルバーンはきびきびといった。

バーンズは目を見開いた。ではこのカナダ人は自慢屋なのか。それはつまり、非常時にはまったく役に立たないということだ。コルバーンは彼の表情に考えの片鱗《へんりん》を読み取って、にやりと笑った。

「きみは忘れていたかもしれないがね、バーンズ、われわれはハリケーンにある武器を搭載しているんだよ。それは同じように機関銃と呼ばれている」

「すまなかった」バーンズは唇を真一文字に閉じた。肩の傷のうずきがまたはじまっていて、彼の頭をぼんやりさせていた。「そいつは見のがしていた。きみのいうとおり、五分で同軸機関銃は片づくはずだ」

その二時間後、バーンズは訓練実習の止《や》めを命じた。三十分で暗くなるし、彼はさらに北のもっと開けているがそれでもある程度隠れられる場所に移動したかった。夜のあいだ採石場内に閉じこめられるというのは、橋の下での経験を思いだしたとき、バーンズには魅力的に思えなかった。コルバーンはもう、砲手の観測用潜望鏡の使用をふくむ、戦車との戦いかたの基本的知識を理解していた。何カ月間もの基礎訓練を二時間に詰めこむのはいくらコルバーンでもできない相談だったが、バーンズはカナダ人がどれほど多くを習得したかに驚いた。レナルズに採石場のてっぺんから下りてくるよう声をかけると、彼は出発の準備をした。

「楽しかったよ」とコルバーンは熱意をこめていった。「わたしはもう二時間前のようなスペアタイヤとはいえないぞ」

「きみは役に立つさ——非常時にはね」バーンズが皮肉っぽくほほ笑んだ。

「すくなくともわたしは旋回装置と機関銃をあつかえるから、走っているドイツ兵を射程内で見つけたらわたしを探してみてくれ。だが二ポンド砲にたよるつもりなら」コルバーンはにやりとした。「幸運を祈るよ」

バーンズはたぶんカナダ人の上達ぶりにそれほど驚くことはなかったのだと気づいた。なにしろ飛行機をあやつるには機械操作の能力が山ほど必要だし、どんな戦闘機パイロットにも欠かせない資質は頭の回転の速さだからだ。彼はレナルズがハッチのなかに身を沈める途中で止まって口を開いたとき、よりいっそう驚いた。

「訓練課程が長すぎることがこれではっきりと証明されたでしょう、軍曹――完全に村の馬鹿者《ばかもの》向けだ。昔ながらのたわごとの山ですよ」彼は自分の区画内に姿を消した。

もしかするとレナルズがいつもあんなに寡黙《かもく》だったのは、ペンがいつだってひどくおしゃべりだったせいかもしれないということが、はじめてバーンズの脳裏をよぎった。部隊内の関係は急速に変わりつつあり、彼はレナルズがあきらかにコルバーンを気に入っているのを知って喜んだ。

その三分後、戦車は採石場をあとにして、道路に出ると、北へ向かった。砲塔に上がったバーンズの表情はけわしかった。彼は自分たちが危機に近づいていて、ひいき目に見てもあと二十四時間以内に全員死んでいるか捕虜になっているだろうと強く意識していた。もちろん、第三の選択肢はある――自分たちはドイツ軍に大打撃をお見舞いする機会を得られるかもしれない。本当に重要な目標を見つけられさえすれば。わたしの下には七十発の二ポンド砲弾がある、と彼は思った。それだけあればなにかをぶちこわせるだろう。

彼はまだほかの者たちにいっていない、ある考えを依然としてもてあそんでいた――ドイツ軍戦車のようにヘッドライトを光らせて、夜どおし進みつづけるという考えを。ドイツ軍はなにかが自分たちの背後から近づいてくるとは予想していないだろう。彼は連中の目が前方の戦場に釘《くぎ》づけになっていて、ヘッドライトを煌々《こうこう》とつけて夜どおし移動している車輛《しゃりょう》は遠目にはじつに無害に見えると確信していた。とにかく、自分たちが敵を二ポンド砲の射程内にとらえるまでは。

彼らはもっと人の多い地域に入りつつあり、いまや道路から少し離れた畑で人々が働いているのが見えた。北のほうでは、オレンジ色のトラクターが何台か風景をゆっくりと横切っている。右手には小さな丘があったが、平坦《へいたん》な風景はオランダを思わせた。彼らはいまやパ・ド・カレー県の中心部、ベテューヌとエタプルのほぼ中間にいた。戦闘地域の南側面を大きな半円を描いてエトルーからここまで来られたなんて信じられないな、とバーンズは思った――しかし、ドイツ国境からブーローニュの門まで電光石火で突進したドイツ軍戦車隊の先鋒《せんぽう》部隊のほうがより信じがたかった。夜を徹して進みつづけよう、と彼は決心した。なんとしても進みつづける。畑の人々は作業をやめて戦車を見守り、風のない日の案山子《かかし》のように動かずに立ちつくしていた。そのとき彼は左手になにかの動きを見つけて双眼鏡を上げ、彼の心臓は跳ね上がった。

あの邪悪なほこりの雲がまたひとつ、薄れゆく光のなかでかろうじて見えたが、その雲の下に、彼は小さな四角い輪郭が田野を横切って自分のほうにやって来るのを見て取った。ドイツ軍の戦車隊だ。

彼は即座に命令を発し、戦車は右のほうへ道路をはずれて、目に入る唯一《ゆいいつ》の防御地勢である低い丘のほうへ野原を進んでいった。そこにたどりつくと、バート号をあやつって、車体を隠《ハル・ダウン》した姿勢でやって来る敵と向き合った。戦車の大部分は丘の陰に隠れ、砲塔だけが上につきだしている。四百メートル先では、オレンジ色のトラクターに乗ったひとりの農夫が方向を変えて、侵入者をよく見るために畑を横切ってきた。失《う》せろ、とバーンズは心のなかで農夫にいった。さもないと、ドイツ野郎の砲弾を食らうぞ。

「二ポンド砲。旋回、右。右だ！　そのまま！」

砲塔は彼を旋回させ、定針した。完璧《かんぺき》だ。デイヴィスだってこれ以上うまくはできなかっただろうし、デイヴィスは腕っこきだった。

「射距離六〇〇。六〇〇」

バーンズは双眼鏡を目に押し当て、ほこりの雲の進行を見守った。いまやそれは自分たちの射線を横切っているように見える。夕暮れのおぼつかない光のなかで自分たちが結局見つかっていないことはありうるだろうか？　五分もたたないうちに、バーンズは、ドイツ軍戦車隊にはまったくべつの目標がどこか遠く北のほうにあることを知った。ほっとしていいのか、がっかりしていいのか、彼にはわからなかった。あたりがほとんど暗くなるなかで、この知らせを車内通話装置でつたえると、つづいて前進命令をあたえた。

時間を節約して、いまや彼のすぐ後ろにいるトラクターに乗った農夫を避けるために、バーンズは丘にたどりついたときとはべつのコースで道路のほうへ戦車を誘導し、道路を離れた地点の少し北で道路に戻ることになる、ななめの角度で移動した。戦車は四分の一旋回を完了すると、草の上をがたがたと前進し、キャタピラからはがれた白亜のかすかな痕跡《こんせき》を残した。それは夕暮れのあてにならない光のせいだったのかもしれないし、あるいは夜に向かってどんどんひどくなっていく傷のうずきのせいだったのかもしれない。いつもの鵜《う》の目鷹《たか》の目の観察力をほんのつかの間、彼から奪ったのは、そのふたつの要素の組み合わせだったのかもしれない。しかし、原因がなんであれ、バーンズは自分たちが横切っている地面の質感の変化を見落とした。ついさっきまで緑の草と干からびた土の上を通過していたのに、いまや草はまばらになって、ぽつんぽつんとかたまって生え、生えている場所でもその色は奇妙で、ほとんど不吉なけばけばしい緑色をしているのがわからなかった。

彼がはじめて危険の兆候に気づいたのは、戦車が前進をやめた瞬間だった。その大きなキャタピラは回転をつづけていたのに、いたずらに動いていて、戦車全体がゆっくりと傾斜しはじめた。傾斜の動きは後ろ方向で、ごくわずかだったので、最初、バーンズは目まいの発作に見舞われているのだろうかと思ったが、傾斜はつづき、彼がすばやく横を見ると、恐ろしい真実が判明した。

彼らは沈んでいた。泥沼がキャタピラにまとわりつき、人を溺《おぼ》れさせるその魔手のなかに二十六トン以上ある戦車を引きずりこむと、いっそう急激に沈んでいった。

9　五月二十五日、土曜日

とっさに思ったのは、バックを命じて、戦車を自分たちが後にした固い地面まで後退させることだった。バーンズは口を開いたが、なにもいわずにまた閉じた。この状況を解明するんだ、バーンズ、それもすぐに。前部は安定しているようだから、しっかりした地面に載っているのかもしれない。後部だけが沈んでいた。バックしたら、固い地面にたどりつけないかもしれない。懐中電灯のスイッチを入れると、光線を戦車の後ろに向けた。どうやら何週間も日差しを浴びて固く干からびた土の分厚い表面を踏み砕いて、その下のひどく粘ついた泥土をむき出しにしたようだ。泥は懐中電灯の光線を受けて光っている。では前進するか？　砲塔から降りると、左キャタピラの上を前に歩いていき、腰を下ろすと、片脚を恐る恐る下げた。じゅうぶんな固さがある。しかし、レナルズに点灯を指示したヘッドライトの光線で、同じ種類の干からびた土を見て取ることができた。小さなひびが入った地面を。あれは固い地面だろうか、それとも自分たちはしっかりとした島に乗っかっていて、前方にはさらに泥沼があるのだろうか？　すくなくとも戦車は、まるで危なっかしい平衡状態を見つけたかのように、いまは後ろにかたむくのをやめていた。コルバーンが砲塔から出てきて、車体に降りた。

「なにやってるんだ、軍曹？」

「われわれは湿地にぶつかったんだ。いまやうしろのほうはバターのようにやわらかいし、こっち側はあまり確信が持てない。わたしをつかむ用意をしてくれ――固さをためしてみる」

　バーンズは右脚に全体重をかけ、地面は持ちこたえたが、どことなくスポンジの上を歩いているような感じだった。もう一方の脚をゆっくりと下ろして立ち上がると、左脚の下でなにかが砕ける感じがして、地面が陥没した。彼は沈みはじめ、突然、汚い泥に膝《ひざ》まで埋まった。手が後ろから彼をつかみ、体ごと後ろへ引っぱると、持ち上げて、またキャタピラの上にまたがって座らせた。バーンズは慎重に向きを変えると、車体に這《は》い戻った。

「ありがとう、コルバーン。きみはまさに命の恩人だ。進むも地獄、戻るも地獄だな。方位磁石のそばにあるあの箱からロープを取ってきてくれ。われわれが岸からどれほど離れているか知る必要がある」

バーンズはコルバーンがまた砲塔から出てくるのを待って、それから脇《わき》の下でロープの輪っかを作ると、ロープの端をカナダ人に手渡した。トラクターはいまや到着していて、ヘッドライトでまともに戦車を照らしながら、泥沼の岸にたたずんでいる。バーンズは光線で目がくらみながらも、後部のキャタピラにそって進んでいき、コルバーンのほうは車体にとどまっていた。農夫は泥沼ごしにフランス語でひっきりなしに叫んでいたが、バーンズの限られた言語知識では、ひとことも理解できなかった。もっとゆっくり話してくれればいいのだが。バーンズはゆっくりと英語で、自分は岸に向かって横切っているんだと叫び返し、相手はお返しに返事をまくしたてた。ふりかえってコルバーンが位置についていることを確認したバーンズは、渋い顔をした。

「きみが機関銃を操作するのにくわえて、フランス語を話せないのは残念だな」

「ドイツ語なら知っているよ。もしかして彼にそっちがわかるかもしれないと思うかね？」

「たのむから、それをためさないでくれよ。たぶん彼が友好的な唯一《ゆいいつ》の理由はわれわれがイギリス軍だからだ」

「彼にどうしてそれがわかる？」

「制服のせいさ——われわれがベルギーに駆けつけると決めたとき、そいつをきっとたっぷり見ていたにちがいない。さあ、行くぞ。わたしが本当に危険な状態にならないかぎり、引き戻すんじゃないぞ。岸までどれぐらいあるか知る必要があるんだからな」

「それはトラクターを見ればわかるだろう」

「彼は必要より数メートル下がったところにいるんだろう。きっとこの泥沼のせいだ」

　バーンズは右足をキャタピラからかなり遠くまで横にのばし、固い地面に触れた。だが、どれぐらい持つか？　全体重をかけると、地面は持ちこたえた。もう片方の脚も下ろしたが、スポンジのような感触はなかった。彼はいまや戦車から離れていた。ぐずぐずするな。右脚で大胆に一歩進む。足はまた固い地面を踏みしめた。草の茂みだ。本当に彼らは安全な場所にこんなに近いのだろうか？　もう一方の足を上げて、地面に下ろしたとき、足は驚くべき速さでどんどん沈んでいった。固い表面を踏み抜いて、液状の泥に埋まり、じめじめした胸の悪くなるような臭《にお》いを立ち上らせた。右足を茂みから上げて、できるだけ前まで突きだすと、足は固い土を踏みしめた。彼の両脚は体の前と後ろに大きく開いている。後ろ側の足を引っこ抜こうとしたが、自分が深刻な危機におちいっていることに気づいた。脚は膝まで沈みこんでいて、泥沼は、彼を巣に引きずりこもうと決意した海の怪物かなにかのように、脚にまとわりついてくる。こみあげてくる突然の恐怖感と戦いながら、ありったけの力をこめてもう一度引っぱると、脚がしぶしぶ上がってくる感じがした。引っぱると、泥があふれだし、吸いついてくる。それから、ぐいと引くと脚はすっぽり抜けて、彼はうつぶせにばったりと倒れ、体の下の地面が固くしっかりしているのを感じ取った。力強い腕が後ろから彼を抱きかかえ、手を貸して立たせた。トラクターの光線の明かりをたよりに、バーンズは農夫の顔をのぞきこんだ。四十代の男の痩《や》せて長い顔だ。まだフランス語でしゃべりつづけている。

「ありがとう」とバーンズはいった。「もっとゆっくり話してくれないか?」

脇の下からロープをほどくと、バーンズはフランス人の背後のトラクターがたたずんでいる場所に目をやり、それからそこへ歩いていった。側面には、頭がリング状になった鉄杭《てっくい》が五、六本縛りつけられている。鉄杭は長さがすくなくとも一・八メートルはあり、農夫はあきらかに柵《さく》を立てているところだった。バーンズは身ぶり手ぶりで自分が鉄杭を必要としていることをしめし、農夫は同意のしるしに元気よくうなずいた。彼はナイフでロープを切って、鉄杭を三本、岸に運ぶと、呼びかけた。

「レナルズを車体に上らせるんだ。彼には鋼鉄の牽引《けんいん》ワイヤーを二本取って、それをバート号の後部に装着してもらう。こっちにはハンマーも必要だ。この男は鉄杭を何本か持っている――それに牽引ワイヤーをつなげれば、われわれがなにかを思いつくあいだ、バート号がこれ以上沈むのを止められるかもしれない」

「了解」

彼が待っているあいだに、農夫はたいへんな努力をして、片言の英語でなにかを彼に告げようとしはじめた。メッセージをなんとしてもつたえようと、ひと言ずつならべながら。

「ストップ……ストップ……そこ！」彼は戦車を指さした。「わたしは大きな大きな木を持ってくる」彼は激しく身ぶりをして、手ですくうようなしぐさをして、また戦車を指さした。「大きな木。すぐ戻る。あなたは待つ」

いったいほかになにができるというんだ、とバーンズは思った。コルバーンはすばやく反応していて、トラクターが走り去る直前に、農機のライトのプールのなかにハンマーを放った。バーンズは手はじめに、暗闇《くらやみ》のなかで鉄杭をハンマーで打ちこまねばならなかったが、杭をいったんしっかりと叩《たた》きこんでしまうと、左手で懐中電灯を持ち、右手でハンマーをふるった。レナルズは車体の後部に牽引ワイヤー二本を装着し、それからしばらくして、バーンズは鉄杭を深く打ちこんで、これでバート号をすくなくともしばらくのあいださささえられるはずだと思った。すくなくとも、農夫が戻ってくるまで。戻ってきたとしたらだが。

泥沼は夜にはぞっとするような場所で、いまは真っ暗だったが、彼にはそれ自体のライトを背景に戦車のシルエットが浮かび上がるのが見えた。レナルズとコルバーンの影が車体の上で待機し、彼らのはるか頭上のどこかでは、飛行機の一隊が高高度を夜間飛行していた。まだとても暑く、むっとしている。蚊がいまやうるさくたかってきて、彼の首筋を刺した。彼は鉄杭が五、六十センチ地面に刺さってやっと満足すると、それから懐中電灯を向けて、泥沼の端をしめした。

「牽引ワイヤーを投げてよこす前に聞くが、バート号はまだ沈んでいるか?」

「そうは思わない」コルバーンの声だ。「戦車はさしあたり島の上でバランスを取っているが、まだ後ろにひどくかたむいているようだ」

「わたしに理解できたかぎりでは、あの農夫は太い木を積んで戻ってくるつもりらしい。わかったのはそれだけだが、彼にはこの間隙《かんげき》に橋を渡すなんらかの考えがあるらしい。さあ、わたしはかなり後ろに下がっているから、レナルズ、一本目のワイヤーを投げてくれ」

輪っかはバーンズが点灯した懐中電灯を地面に置いていた、鉄杭の周囲十センチ以内に落ちた。彼は地面近くでワイヤーを杭にしっかりと巻きつけ、それからその端を鉄のリングにとおした。二本目のワイヤーが飛んでくると、同じ過程をくりかえす。いまや彼らにできるのは、農夫が戻ってきて、なにか利用できるものを持ってくることを願いながら待つことだけだ。ときおり戦車上の男たちに声をかけたが、泥沼ごしに会話をつづけるのはまだるっこしく思えたので、じきに彼らは黙りこみ、時間は苦痛なほどゆっくりとすぎていった。ヘッドライトをつけっぱなしにすると道路から自分たちに注意を引くことになるのがバーンズには気がかりだったが、農夫がまちがいなく自分たちを見つけられるように、危険を冒してつけておくことにした。まる一時間待ったとき、彼らの背後の野原ごしに光が現われ、それからトラクターが草地を横切って進んでくると、岸の近くで停まった。バーンズは農夫がなにを持ってきたのかたしかめるために駆けだしたが、男が車輛《しゃりょう》の後ろを指さすまで少しのあいだなにも見えなかった。農夫はトラクターの後部に長大な木材の梁《はり》を鎖でつないで、野原の向こうから引っぱってきたのだ。農夫が鎖をはずすあいだに、バーンズは歩測でその長さを計った。長さ約三メートル。岸と戦車の前部との距離は三・五メートルとバーンズは見たが、それはおおざっぱな推測にすぎなかった。いずれにせよ、実際にためしてみなければならないだろう――戦闘車輛としてのバート号は、夜明けが来たときあの島で身動きが取れない状態なら、沼の底にいるのも同然なのだ。バーンズは岸に立って、コルバーンとレナルズに計画を入念に説明したが、それは楽な部分だった。今度は同じことを農夫にも説明する必要があり、それは入念な身ぶり手ぶりでしかできなかった。レナルズが岸に二巻きのロープを放ると事情はもっとわかりやすくなり、それから彼らは取りかかった。

第一段階は、バーンズと農夫との慎重な協力が欠かせなかった。木製の梁は恐ろしく重く、極端にあつかいづらかったからだ。彼らはいちばん長い梁の端に一本のロープをしっかりと巻きつけ、それからロープの端が彼らの頭の上まで持ち上がるように、倒立させせはじめた。太い梁がどんどん持ち上がっていくあいだ、バーンズはロープの結んでいない端をしっかりと握っていた。梁はゆっくりと垂直まで持ち上がっていったが、本当に油断ならない部分が来るのは、梁が垂直を超えて倒れていく動きをコントロールしようとするときだった。梁の向こう側の端が右キャタピラの真下に落ちて、乾いた土地まで橋をかけられるように、梁をコントロールしながら下ろしていくときだ――もし梁がそこまでとどけばだが。梁は頂点に達して、倒れはじめた。彼らはふたりでロープをしっかりとつかんで、なんとか梁が大きな音を立てて落下するのをふせぐのに成功した。農夫は賢明にもバーンズが梁をコントロールしながら倒していくのにまかせた。梁はどんどん下がっていき、右キャタピラの前端をこすって、横たわった。梁は沈みだすだろうか、それとも彼らはそれを島の端っこに乗っけるのに成功したのだろうか？　トラクターのライトがまた戦車にまともに光線を浴びせ、バーンズのわかるかぎりでは、梁は安定していた。

「すばらしい手際《てぎわ》だ」とコルバーンが叫んだ。「問題はないように見えるね」

「よし。じゃあ、つぎのやつだ」

二本目の梁は無事、左キャタピラと一直線の位置に持っていくことができたが、長さがたりなかった。ほんの三十センチだ、とコルバーンは彼に報告したが、梁は島の手前に倒れて、ゆっくりと沈んでいった。ゆっくりと？　バーンズは首をひねった——ということは、梁はかなりしっかりした地面の一画に横たわっているということではないか？　あんなにすさまじく重い梁がゆっくりと沈んでいるということは、この地点では泥沼はきっとめずらしく固いにちがいない——バーンズは先ほど自分の脚が簡単に泥に沈むのを感じていたが。彼らはどうしても危険を冒さねばならないし、彼らにはすくなくとも戦車の現在の位置から岸まで橋をかけるように置かれた二本の梁がある。バーンズは手をのばしておずおずと肩に触れた。彼はまたあの傷口を開かせていた。二本目の梁を下ろしているとき、ゆっくりと裂ける感覚に気づいていて、いまや包帯の周囲がべとべとしているのが感じ取れた。彼は、最後のたぶん運命を決するだろう局面で農夫の助けを借りようとして、今回は身ぶり手ぶりで自分が望んでいることをすばやく説明することができた。彼らは農夫がトラクターをバックさせた後で鉄杭から牽引ワイヤーをはずし、それからトラクターの後部にそれを装着しなおした。バーンズは農夫に戦車と自分の動きを合わせなければならないことを説明しようとした——両方とも同じ瞬間に動かねばならないし、バーンズは自分が「マントナン」と叫んだとき農夫がその合図を理解するよう神に祈った。いまだ。農夫は二十回以上その言葉をくりかえしつづけたので、バーンズはたぶん理解したと感じた。さあ、戦車に戻るんだ。

彼は用心深く右側の材木を選び、その上を歩くときには、懐中電灯の光線で行く手を照らした。光線は梁の縁を越えて広がり、土の表面が割れた部分では、油断ならない泥土の輝きが彼を待ち受けているのが見えた。戦車にたどりつくと、材木の位置を確認した。右側のは問題なく、それどころか完璧《かんぺき》だったが、左側のはまったくだめだった。材木と島との間隙の幅はむしろ五十センチ近くに見えた。彼はそれをレナルズに丁寧に説明した。

「おまえには来たときとまったく同じコースでバックしてもらう――そうすれば、キャタピラは梁の上を移動するだろう。これは一筋縄ではいかないだろうし、なにが起こりうるかを知っておいたほうがいい。梁はバート号の重さでひびが入る可能性があるし、たぶんどこかの段階でそうなるだろう。どちらか一本が発進したあとでこの島からすべり落ちる可能性もある。あるいは、キャタピラのほうが梁からすべり落ちる可能性もある――よりどりみどりだ」

「どれもあまりぞっとしませんね、軍曹？　といって、ここにとどまるわけにもいかない」

「まさにそのとおりだ――一か八かやってみるしかない。おまえはわたしの命令に忠実にしたがってもらう。わたしはあの農家の男と打ち合わせをして、われわれが行くときには『マントナン』と叫ぶといってある。そして、わたしはおまえが動きだしたらすぐにそうするつもりだ。彼はわれわれを引っぱり出すために必死にトラクターを運転する――ありったけのパワーをしぼりだせばなんとかうまくいくかもしれない。だからいまエンジンをふかしているんだ」

「おれに行けというときは、通常の命令を出すんですか？」

「いや、今回は、『いまだ』という。おまえには先にエンジンをふかしておいてもらいたい。実際に発進するときに、猛スピードでバックできるようにな。あの梁が折れる前にすばやく後退できたら、キャタピラの後部が岸にたどりつく可能性がある。そうなれば、われわれはかろうじて脱出できるかもしれない——トラクターが引っぱって手を貸してくれればな。だが、わたしはこれがうまくいくと保証できないんだ」

「たしかにできないだろうな」とコルバーンはいった。「この重量が梁の上に乗ったら、梁は石のように沈むだろう」

「たぶんきみのいうとおりだ——しかし、そのときまでに勢いのおかげで岸までたどりつけるかもしれない。ほかの方法はないんだ、コルバーン。あの農夫が現われて、われわれは本当に運がよかった」

「そいつはきみのいうとおりだ——あの男はもしドイツ軍の偵察隊が現われたら自分にどんな危険があるのかわかっているのかな？　闇にまぎれてずらかれるなんていうんじゃないぞ。そんなことはできないからな——戦車の重量全部がケツに縛り付けられていてはむりな相談だ」

「きっとそれはわかっているさ」とバーンズは静かに答えた。「もし将軍連がこの戦争を、この人たちの一部が機に乗じて戦うように戦っていたら、われわれはいまごろライン川を越えていただろうな」彼は言葉を切った。「コルバーン、きみには車体の後部にいてもらいたい。そして、なにかまずいことが起きたら跳ぶんだ。われわれはすくなくともちょっとはバックするだろうから、きみの脚があれば、岸にたどりつけるはずだ」

「きみはどうする？」

「わたしもレナルズがハッチから抜けだしたらすぐに飛び降りる」

「まあどうなるか見てみようじゃないか？」コルバーンは提案した。「それから、いってておくがね、わたしのことを賓客あつかいするのはやめてもらっていいよ。この旅にお客さんはいないんだ」

レナルズは砲塔の前に移動して、操縦席に乗りこもうとしたが、バーンズが彼を止めた。

「ひとついっておきたいことがある、レナルズ。おまえもきっとなるほどと認めるだろう――もちろん、おまえの操縦の腕前を疑うわけじゃない」バーンズは皮肉っぽくにやりとした。「いよいよ動きだすというときには、ちゃんとギヤをバックに入れるんだぞ！」

「精いっぱいやります、軍曹」レナルズは無表情で答えた。そしてハッチのなかにもぐりこむと、エンジンをふかしはじめた。

いよいよというときになって、バーンズは車体内にいそいで下りていくと、懐中電灯をもうひとつ取って、砲塔から出るとコルバーンに手渡し、それで右側の梁を照らすよう命じた。自分の懐中電灯はもう一本の梁を照らすのに使う。すくなくともいまや自分たちがどこへ進んでいくのか見ることができたし、もし自分たちが大惨事の瀬戸際にいるのだとしたら、彼にはできるだけ多くの警告を受けることがきわめて重要だった。さあ、いよいよだ。彼はもう少し待って、レナルズにエンジンを暖める時間をさらにあたえた——究極の大惨事は、あの梁を半分バックしたところでエンストすることだろう。そして、バーンズは戦車後方の奇妙な風景を凝視しながら、自分たちのこころみは失敗する運命にあると感じていた。懐中電灯は、彼らが渡ろうとしている即興の橋をはっきりと照らしだし、その上には二本のワイヤーがぴんと張りつめて暗闇のなかに消え、トラクターの後部へとつづいている。戦車のエンジンの野太い空ぶかしの短い合間に、トラクターの発動機が息巻く音が聞こえた。梁が深く沈みこみ、泥がキャタピラを飲みこんで身動きできなくする前に、自分たちをちゃんと抜けださせるだけの馬力があるだろうか——なぜなら、バーンズはあることを完璧に確信していたからだ。あの梁は戦車の重さで急激に沈むだろうし、たぶんバート号が岸にたどりつくよりずっと前にまっぷたつに折れるだろう。戦車の後部でエンジンカバーの上に立っているコルバーンは、すばやく跳びさえすればたどりつけるはずだ。しかし、最初の突進で岸に到達できなければ、バーンズは自分がたどりつけるとは思わなかった――あとに残ってレナルズを助けなければならないだろうし、操縦手は車体前部に立つより以前に、まずハッチからよじ登らねばならない。二十六トンの戦車はレナルズが出てくるよりずっと前に石のように沈む可能性が大いにあるし、その場合、ふたりとも、不運なペンが死んだのとまったく同様に、敵の手にかかることなく死ぬだろう。さらにいえば、デイヴィスが死んだのと同様に。バーンズは戦車が沈んだときなにが起きるかを想像してぞっとした。泥とやわらかい土が貪欲《どんよく》にキャタピラの上まで上がってきて、車体をつつみこみ、彼の胸から首の上まで来て、頭が沈み、泥沼が彼を飲みこんで、外の世界を永遠に閉ざしてしまう。彼の手がマイクをつかみ、バーンズは口を開いた。

「いまだ！」

そのあとすぐに彼は、声をかぎりに「マントナン！」と三回どなり、戦車は後ろ向きに動きだした。牽引ワイヤーが垂れさがって、ゆるんだ。農夫は彼の声を聞いていないのだ！　バーンズがまた口を開けると、ワイヤーが跳ねあがって張りつめ、トラクターが前進するとビーンと鳴った。キャタピラはいまや梁に載っていて、彼は沈んでいく感じに気づいた。梁は二本とも島からすべり落ちていて、レナルズの側の端は沈みつつあった。彼はエンジンをノンストップでふかしていて、キャタピラが泥をかきまわし、大きな泥のしぶきを跳ね上げ、懐中電灯の光線のなかにまき散らすなかで、橋はどんどん深く沈んでいく。彼らはたどりつけないだろう。橋の前端はまだ岸にしっかりと乗っかっていたので、後端はどんどん沈んでいき、いまや戦車は急角度で登っていた。バーンズはふりかえって、液化した褐色の泥土が後ろ側のキャタピラの端にひたひたと押し寄せ、泡立ちながら上を乗りこえるのを見た。じきに車体がおおわれるだろう。手遅れになりそうだ。固い地面にたどりつくにはもう手遅れで、戦車は動きの遅いエレベーターのように下がっていく。コルバーンはまだ車体に立ち、いまや砲塔にもたれかかっているが、依然として右側の梁に懐中電灯を向けている。バーンズはマイクを手でおおって、跳べと彼に叫び、手をどけると、レナルズに上がって来いと命じるために息を吸いこんだ。ふりかえると、泥沼が車体のてっぺんに達しているのが見えた――レナルズはきっと生きた心地がしないにちがいない。

戦車の前端部内では、レナルズがドイツ軍の爆撃を受けていたとき以上におびえていた。彼はハッチのなかにもぐりこんだ瞬間からおびえていた。座席は座ったとき頭がハッチのへりから完全に出るように上げてあり、なにが起きているのか正確に見て取ることができた。自分がひどい死にかたをすると最終的に決定づけたのは角度の変化だった。バーンズが動けと命じる前には、戦車は前端が後端より高くなるように傾斜していて、みんながエンジンをふかすのを待っているあいだ、それがレナルズにはいくらかのなぐさめだった。もし戦車が後部から沈みだしたら、脱出して島に飛び降りる時間があるかもしれない。すくなくともそれはひとつの可能性だ。イヤホンのなかでバーンズの命令が聞こえた。〝いまだ！〟戦車は後ろ向きに動きだし、前端が島を離れると前後水平になって、梁の上を進んでいった。その数秒後、角度が変わりはじめ、いまや前端が沈んでいて、後部が高くなり、レナルズは自分がもうおしまいだと知った。床は危険なスピードで下がっているようで、キャタピラがいっそう深くかき混ぜると泥がヘッドライトの向こうへ飛んでいくのが見え、彼の操縦区画は沈みつづけた。角度が下向きになったせいで、泥がキャタピラを越えて上がってくるのが見え、あと数秒で車体の線を越えて自分の顎《あご》のほうへ忍び寄ってくるだろうとわかった。それから突然、ハッチ口に流れこみ、彼の区画をあふれさせ、泥沼が彼を飲みこむのだ。しかし、バーンズはまだ脱出の命令を出していなかったので、彼はとどまった。

草の茂みが懐中電灯の光線をさっとよぎったとき、コルバーンはまだ跳んでいなかったし、バーンズはレナルズに上がって来いと命じるために口を開いたところだった。

その一秒後、戦車の後部が下がって、かすかな衝撃があり、キャタピラがなにか固いものにぶつかった。コルバーンはバーンズが聞き取れないなにかの言葉を叫んでいたが、なにが起きたのかはわかった。キャタピラは急角度の梁を登って、天に向かって進みつづけ、ついに重心が梁の端を越えて、キャタピラががくんと下がったのだ。彼らは固い地面にたどりついていた。キャタピラは岸のゆるやかな斜面を登りつづけ、バーンズはマイクにすばやく話しかけた。

「このままつづけるんだ！　われわれはやったぞ！」

その瞬間、エンジンが咳《せ》きこんで、ぷすんぷすんといって停止したが、彼らは陸にいた。牽引ワイヤーはまだぴんと張り、トラクターはその途方もない荷物をひっぱっていたので、バーンズは地面に飛び降りて、農夫に止めるようにいうために前へ走っていった。エンジンが止まると、彼はフランス人の背中をばんばん叩き、男には彼がいっていることを半分も理解できないのに感謝しつづけた。彼はコルバーンが切迫した声で呼びかけるのが聞こえたので唐突に言葉を切った。ふりかえって泥沼のほうを向いたとき、彼の身体《からだ》は完全に固まって、凍りついた。

大きな車輌はきっと彼らが戦車を救うのに夢中になっていたあいだに道路をやって

来たにちがいない。自分たちとトラクターのエンジンのせいで、そのエンジン音が聞こえなかったのだろう。そして、ただひとり道路のほうを向いていたレナルズは、きっといま起きていることにかかりっきりで、道路に注意していなかったにちがいない。さらに悪いことに、新たにやって来た連中は、トラクターのライトはいうまでもなくバート号のヘッドライトがまだついていたので、彼らの位置を容易に知ることができた。月がいまは出ていて、おかげでバーンズは大きな車輛とその積荷のシルエットを即座に見分けることができた——戦車を積んだ戦車運搬車だ。識別の手順を完全なものにするかのように、ひとりの兵士が運搬車のヘッドライトの前を通りすぎた。短機関銃としか思えないなにかを携行し、プディング型のヘルメットをかぶった兵隊が。ドイツ軍がやって来たのだ。

バーンズが呆然《ぼうぜん》自失の状態から立ちなおるにはごく短い時間しか要しなかったし、その状態は、殺意に満ちた冷たい怒りのほとばしりに取って代わられた。自分たちはここまではるばるやって来た。デイヴィスとペンを失い、数分前は戦車と自分たちの命までもあやうく失うところだったのに、いまこの連中が首を突っこんできて、すべてを奪い去ろうとしている。バーンズは戦車に駆け戻ると、車体に飛び乗って、砲塔内の棚から短機関銃をつかみ、戦車の後方に飛び降りた。彼はレナルズとコルバーンに簡潔に話しかけた。

「ここで待て――バート号の後ろだ。ライトを消すなよ――やつらに警戒される」

それから野原を駆け戻っていき、戦車が最初に道路を離れたときに通ったコースをできるだけ忠実にたどった。泥沼に入りこむ危険を避けるため、必要と思うよりもう少し遠まわりをして、運搬車が停車している場所からゆうに百メートルは後方で道路に出られるように、大きな円を描いて戻った。走りながら、彼の頭は冷静に計算していた。ドイツ兵は何人いるだろう? 修理工場に一輌の大型戦車を運ぶ一台の戦車運搬車。多くて四名だと彼は推測した。彼は突然身を伏せた。彼が見たひとり目の兵士は、草の路肩のすぐ先で野原に立っていて、いまもうひとりがヘッドライトの前を歩きながら、バーンズの方向を見ている。自分が見つかったとは思わなかった。体を低くかがめているし、月の光はまだそれほど強くなく、その明かりは野原から立ち上るかすかな白い靄《もや》でにじんでいた。ふたり目の兵士は同僚と合流し、ふたりとも野原を見まわしている。まだそれほど心配しているはずはない。でなければあのヘッドライトの前を歩いたりはしないだろうからだ。それにこの地域で敵部隊の存在を疑う理由もあるはずはない。そもそも疑っていたら、運搬車を停めたりはしないだろう。三人目の兵士が現われて、ヘッドライトの真ん前に立った。その短機関銃がはっきりと見える。彼はほかのふたりに合流するため前に歩いていった。

バーンズはいまや道路のすぐ近くにいて、立ち上がったとき、道路はわずか十数メートル先だった。靄の帳《とばり》が彼とドイツ兵のあいだにただよい、彼は前に走って、道路を横切ると、数メートル走りつづけてその先の野原に入った。ふりかえると、運搬車の巨体が兵士たちの待つ場所から彼を隠してくれた。やつらはなぜ調べるか立ち去るかしないのだろう？　彼は道路ごしにふりかえって、その距離からだと泥沼のへりの光景は現実とはかけ離れて見えることに気づいたとき、その答えを得た。戦車のライトは下向きにかたむいており、彼は泥沼の端のゆるやかな傾斜を思いだした。バート号のヘッドライトの奇妙な角度が、自動車事故があっただけのような不思議な印象をあたえていた。戦車の砲塔は見えないし、トラクターのライトは遠すぎて戦車のシルエットを浮かび上がらせていない。ドイツ兵たちは野原のすぐ向こうにもう一本道路があると想像しているのだろう。そして、やつらが道路わきに立ってぐずぐずしている様子から、バート号のエンジンがちょうどいいときに止まったのはまちがいないと思った。さもなければ、やつらはきっとキャタピラのきしみを聞き分けていたにちがいない。こいつはおあつらえ向きの場面だ。彼がそれをタイミングよく利用できればだが。バーンズは運搬車に向かって野原を横切っていった。彼のブーツは草の上で音を立てなかった。

車輛の後部に近づいたとき、だれかがドイツ語で叫ぶのが聞こえた。端からのぞいてみると、ふたりの兵士はまだ運搬車の前部のすぐ先の路肩に立っているが、三人目は懐中電灯で前方を照らしながら野原を横切っているのが見えた。靄はいまやバート号のライトをにじませ、沼から立ち上る有毒ガスのように泥沼にかかっている。運転台に四人目がいるだろうか？　道路わきのドイツ兵ふたりは魅力的な標的だったが、バーンズは待った。やつらが散開しないように、全員を一度に倒せないかやってみる必要がある。

野原を横切る兵士は立ち止まっていた。短機関銃をわきにかかえ、もういっぽうの手で懐中電灯を振っている。靄の帳はいまや低くただよい、じきにやつはそのなかに足を踏み入れなければならなくなるだろう。兵士はドイツ語で野原ごしに叫び、待って、それからまたいくつかの文章を叫んだ。叫ぶのをやめると、恐ろしく静かになった。運搬車のエンジンは切ってあり、靄はかすかな音も押し殺す革手袋のように野原をつつんでいる感じだった。バーンズは待っていた。ドイツ兵たちも待っていた。野原の兵士は捜索をあきらめて、仲間たちのところに戻ろうとしているのはまちがいない。つまり、三人全員がつかの間いっしょになるかもしれないということだ。バーンズはそう願った。というのも、運搬車後部の上げたスロープの近くに立ちながら、まったく新しいアイディアが頭の片隅で生まれつつあったからだ。ドイツ軍護衛を全員一掃することがぜったい必要になるアイディアが。そのとき、道路わきに立つ兵士のひとりが呼びかける声がした。懐中電灯を持った兵士が返事をして、野原のもっと奥へと進みはじめ、いまや十数メートルほど先の靄の壁に向かって懐中電灯を振った。

それはなんの前ぶれもなく起きた。ドイツ兵は金網の柵の名残りのところへ歩いていくと、二本の杭が酔っぱらったような角度でかたむき、ワイヤーがそのあいだにだらりと垂れさがっている地点で立ち止まり、ワイヤーをまたぐと、また前に歩きだした。それから前にばったりと倒れ、懐中電灯をなくして叫んだ。懐中電灯は干からびた泥の上を横にすべっていく。彼の叫び声が大きくなって、恐怖の悲鳴に変わった。なんてことだ、とバーンズは心のなかでつぶやいた。やつは泥沼に落ちたんだ。道路わきの兵士のひとりが、懐中電灯を点灯して駆けだし、もうひとりは運搬車を守るために残った。この機を逃さず、バーンズは大きな車輛の側面に音もなくよじ登ると、こっそりと前に進んで、ドイツ軍戦車の後方の新しい位置についた。兵士はいまや野原を横切って走り、懐中電灯を前で振っていて、泥沼の兵士は大声で悲鳴を上げていた。純粋な恐怖の叫び声だ。走る兵士は唐突に立ち止まると、懐中電灯の光線が恐ろしい光景に焦点を合わせた。ひとり目のドイツ兵はすでに腰まで沈んでいて、泥沼は彼をどんどん下へ引きずりこんでいる。兵士は必死に腕を振りながら、沈んでいく動きにあらがって泥を腕で押しのけつづけていて、依然として正気を失ったように悲鳴を上げている。道路ぎわの三人目のドイツ兵は運搬車に駆けよって、バーンズがうずくまっている場所からほんの数十センチ先で戦車の下を手さぐりし、ひと巻きのロープを引っぱり出すと、野原を横切って走りだした。泥沼の兵士はいまや胸まで沈んで、両腕を頭上高く振っている。彼がもがいている場所からほんの数十センチのところでは、彼が落とした懐中電灯が点灯したまま、割れていない泥の表面にころがっていた。ロープを持った兵士はいまや近くまで来ていて、走りながらひと巻きのロープをいつでも投げられるように持っている。懐中電灯を持つドイツ兵が立っている地点に彼がたどりついたとき、もがく兵士はさらに深く沈みこみ、いまや頭と、上にのばした腕しか見えなかった。その声は苦しげなうめきだった。ロープが投げられ、数十センチ手前で落ちた。泥沼の頭が沈んで見えなくなり、声は絞め殺されたようなごぼごぼという音になって消え、真上に上げられた腕は表面下に沈んで見えなくなった。バーンズは額から汗をぬぐって、指をふたたび用心鉄《ようじんがね》のなかにすべりこませ、戦車の陰に立ち上がって待った。

ふたりのドイツ兵はゆっくりと戻ってきた。短機関銃を肩にかつぎ、小声で話している。十数メートルほど先まで来たとき、バーンズは短機関銃を持ち上げた。そして、ふたりとも射程に入れるために銃口を左右に少し振りながら、長い一連射を浴びせた。彼らはバーンズが撃つのをやめたとき、まだ地面にくずおれているところだった。弾はまだ弾倉半個分残っていた。その瞬間、戦車運搬車のエンジンが息を吹きかえした。四人目がいたのだ——運転台をけっして離れるなと指示された運転手が。バーンズが草の路肩に飛び降りると、彼の側のドアはまだ開いていた。彼は前に走って、ドアの開口部にたどりつく直前、急に立ち止まった。見えないように下がったまま、短機関銃の銃口を隅から突っこんで、上を狙《ねら》って短い連射を放つ。車輛の後部に駆け戻り、端をまわって、反対側へ走るあいだ、エンジンはまだアイドリングしていたが、運搬車は走りだしていなかった。運転台の閉まったドアにたどりついたとき、バーンズはまだ用心していた。ハンドルをつかんで、ドアを引き開け、短機関銃を水平にかまえて飛びのいたが、用心の必要はなかった。ドアが開くと、運転手の体が横に倒れ、やわらかなドスンという音を立てて道路に落ちた。ドイツ兵は右半身を銃弾で蜂《はち》の巣にされて死んでいた。バーンズはエンジンを切って、ほかのふたりの兵士を見に行った。彼らも死んでいた。バーンズ軍曹は一台のドイツ軍戦車運搬車を独り占めにしていた。

10　五月二十五日、土曜日

彼らは雷電のように爆音を上げて夜のなかを突き進んでいた。一対のヘッドライトは煌々《こうこう》と輝き、長い光線が闇《やみ》のなかに遠くのびて、巨大な運搬車はレナルズがスピードを上げるなかでおだやかに左右に揺れている。運転台の反対側では、バーンズが、依然としてどこまでも障害物のない道路を照らしだしている光線の先を見つめ、いっぽうふたりのあいだでは、コルバーンがふりかえって、運転台後部の小さな窓をのぞいていた。

「心配するな」とバーンズは彼に請け合った。「バート号はまだあそこにある——このペースで動いていても、あの重量さえあれば、ずっとあそこに載っかっているさ」

彼の思考は、彼らが一目散に北へ突進をはじめる前に泥沼の縁で起きた出来事へと戻っていき、なんにせよ自分たちはいまやすくなくとも一輛《りょう》のドイツ軍大型戦車を片づけた張本人なのだと考えて冷ややかな笑みを浮かべた。たとえ使った手段が控えめにいっても型破りだったとしても。バーンズは戦車を調べて、それが機関銃と無線機をのぞけば完全に使える状態であることに気づいた。バーンズの考えでは、数時間で銃の撃発機構を修理できたはずだが、かわりにドイツ軍は戦車を運搬車に載せていた。この行為だけで、ドイツ軍が装備を気前よく使っていることがはっきりとわかった。

彼が調査をちょうど終えたとき、心温まる音が聞こえた――バート号のエンジンが完《かん》壁《ぺき》に調整を終えた音が。レナルズとコルバーンが戦車のなかにやって来るころには、彼はどうするかはっきり決めていた。

バーンズは全速力でカレーを目ざすつもりだった。ダンケルクのひとつ手前の港町だ。このふたつの町はたぶん戦役全体の鍵《かぎ》を握っている。もし自分たちがドイツ軍の背後から近づき、やつらの後方に可能なかぎりの損害をあたえられれば、決定的な瞬間に大打撃をお見舞いできるかもしれない。とりわけ彼は自分たちが真に重要な目的を見つけられるよう祈った。バート号は全速力を出せば時速二十四キロの最大速度を有しているが、ドイツ軍の運搬車は極限まで走らせればその時速を四倍にできる。しかし、その準備に、彼らはドイツ国防軍の大型戦車を一輌処分する必要があった。その作業には三十分もかからなかった。

まず彼らはどこで泥沼がはじまっているかを慎重に偵察した。金網の柵《さく》は境界線であることがわかり、ドイツ兵が通り抜けて死へと歩いていった間隙《かんげき》から少し離れたところで、彼らは警告が書かれた色あせた掲示板を発見した。つぎの段階は、よりいっそう慎重に運搬車を沼の縁に近い位置までバックさせることだった。バーンズが車輛を運転するいっぽうで、コルバーンが懐中電灯で誘導した。第三段階は、車輛後部のスロープを下げることで、バーンズが戦車の操縦区画に乗りこみ、操縦装置をいじくって、荷台の上で戦車を数十センチ前後に動かしてから、最後の旅路へとバックさせると、このうえなく満足のいく瞬間がそれにつづいた。彼はハッチから抜けだして飛び降りると、戦車はスロープをガラガラと下っていった。

　戦車は月明かりのなかで不規則に揺れながら野原を横切って進んでいった。闇のなかを動くロボットのように水平状態で十数メートル後進すると、それから突然、安定を失い、前部が下にかたむいて、キャタピラが湿った泥の雨を跳ね上げた。短い距離、その角度をつづけて、休みなく進み、大きな泥土のしぶきを浴びせかけてきたので、彼らは横に跳んで避けた。その数秒後、エンジン音が変わり、咳《せ》きこんでぷすんぷすんというと、大きなキャタピラが深々と沈んで、車体と砲塔しか見えなくなった。車体が沈んだ。エンジン音が完全に消えるあいだに砲塔が沈んで、バーンズは砲塔がものの数秒で消え、泥と水の騒然とした渦だけを残すのを驚嘆しながら見ていた。彼らはついていた——彼らはバート号を沼のもっと固い側に乗り入れていたのだ。

「あの農夫はどうした？」彼はコルバーンにたずねた。

「きみの短機関銃の銃声を聞いてすぐ、野原を横切ってずらかったよ。死んだドイツ兵とかかわりあいになるのが好きじゃなかったんじゃないかな」

「それでも彼にはあの梁《はり》を取ってくる根性があった」

「務めははたしたと思ったんだろう——責められないさ。たぶん妻と家族がいるんだろう」

「責めたりはしないが、マンデルのワイン一本でお礼をしたかったたな」

バート号を運搬車に載せて、彼らがつねに携行している防水シートでそのシルエットを隠すのには、さらに十分を要した。バーンズの指示で、レナルズは、緊急時に最小限の時間で走りだせるように、バート号をバックさせてスロープを登らせ、その後部が運転台の後部におさまるまで荷台を進ませた。それから彼らはドイツ兵の死体を道路わきからずっと離れた泥沼の反対側の野原に運んでいき、入手できた短機関銃の予備弾倉を全部かき集めて運搬車に乗りこんだ。

驚きだな、とバーンズはいまや急行列車のように北へ突き進む運搬車の運転台に座りながら思った。人は三十分間で驚くほどのことができるものだ。いまや問題はカレー近くのドイツ軍の戦線後方で自分たちになにができるかだ。彼は腕時計を、ペンの腕時計を見た。午後十一時三十分。このペースだと、午前零時少しすぎにカレー地区にたどりつくだろう。それはずっとじゃまされずに走れたらの話で、もちろんそうはいかないだろう。彼らの味方は奇襲の要素だった。奇襲プラス大胆さだ。バーンズは、ライトを煌々とつけて夜の闇のなかを走っていたあのドイツ軍戦車の縦隊を鮮明に覚えていた。そう、彼らはライトを煌々とつけていたし、彼らが運転しているのはドイツ軍の車輌だ。最後に、戦闘地域近くのほぼ完全な混乱状態の要素もあるだろう。

「それでもまだわたしはこれが役に立つかもしれないと思うね」とコルバーンは意見を述べた。彼は座席の下から積み重ねられたドイツ軍のヘルメット三つを取りだした。

「どんな状況で?」とバーンズは詰問《きつもん》した。「こんなのをかぶっていたら、スパイとして射殺されかねないぞ」

「ちょっと思っただけさ」コルバーンはまたそれをしまうと、短機関銃を取りだした。「このかわい子ちゃんはすばらしいね。きみが泥沼でドイツ兵をやっつけているあいだに、レナルズから使いかたを学んだんだ——万一の場合の用心にね。ほら」

彼は弾倉を抜いて、銃を小脇《こわき》にかかえ、実演してみせた。それから弾倉を戻し、座席の下に短機関銃をすべりこませた。カナダ人の元気さときたら、とバーンズは思った。この男はけっして止まろうとしない。あきらかに役に立つ男だ。

「なぜきみが平時の職業として爆薬をあつかいたがるのかいまだに理解できないな」

彼はコルバーンにいった。

「いい仕事をする満足感かな」彼は言葉を切った。「いいさ、白状しよう――わたしはみごとな爆破が好きなくそ野郎なんだ」

「きみはいい場所に来たな」バーンズは右を指さした。

バーンズの側の窓の向こうでは、夜は遠くの閃光《せんこう》で照らしだされていた。激しい雷雨のようにほとんど休む間もなくくりかえされる閃光で。彼らはコルバーンのいう〝間隙《ギャップ》〟を抜けて北へ突っ走っていて、主戦闘地域の南側面は彼らの右側にあった。もっともまだ砲声は聞こえなかったが。レナルズは一分間でこれが三度目になるが、バックミラーに目をやった。

「そうじゃないかと思いましたよ、軍曹。お客さんです。後ろからトラックが一台近づいてきています。ペンが砲弾で撃ち抜いたようなやつだと思います」

「どれぐらい後方だ?」

「ぴったりくっついて来ています。向こうは一分以内に追い越していくと思います。ものすごい速さで近づいてくる」

「いまのスピードをつづけろ」

バーンズは膝《ひざ》の上に置いた短機関銃のグリップを握りしめ、コルバーンはドイツ軍のヘルメットをまた仰々しく取りだした。

「バーンズ軍曹、そのトラックに何人乗っている可能性があると思う?」

「すくなくとも二十」バーンズは簡潔にいった。

「そして、われわれはここでカスター将軍の最期《さいご》の戦いを演じるのではなく、カレーにたどりつきたいよな?」

「まあ、そういうことになるな」

「だったらこれをご提供していいかな?――格安でね。わたしは戦時には、兵士の顔など見ないものだと気づいたんだ――見るのは兵士の制服で、ドイツ兵の制服でいちばん特徴的なものはこの優雅なヘルメットというわけだ」

彼らはそれ以上なにもいわずにヘルメットをかぶり、バーンズはヘルメット姿のレナルズ以上にドイツ兵らしい人間は見たことがないと思った。たぶんそれは好都合だった。彼がいちばんトラックに近いからだ。後ろでいまクラクションが鳴るのが聞こえ、運搬車にこれから追い越されることを警告した。運転台はいまや背筋がぞくっとするような沈黙につつまれ、緊張が急激に高まった。バーンズはペンが描写した幌《ほろ》なしのトラックと、無数の顔が通りすぎながら自分を見つめていた様子を思いだした。

もしこの連中がなにかを疑っていたとしたら、やつらはなにくわぬ顔をしてわれわれを通りこすだけでいい。そして気がついたら、銃弾の雨がこのフロントガラスを撃ち抜いているだろう。われわれ三人全員を始末するには一連射でじゅうぶんなはずだ。

バーンズは座席で低く身をかがめ、彼には大きすぎるヘルメットの縁からのぞきながら、一動作でかまえて撃てるように短機関銃の握りを変えた。唯一《ゆいいつ》のなぐさめは、レナルズが肉体的にその動きができるかぎり、取り乱したりせずに運転をつづけるだろうということだった。ああ、やつらが来た。

バーンズはいまやトラックのヘッドライトを見ることができた。トラックは途中まで運搬車の側面にそって走り、それからそのスピードを維持しているようだった。防水シートがはがれたのだろうか？　シートの下がドイツ軍戦車ではないのがやつらに見えたのか？　彼は小さな窓をのぞきこんだ。戦車の巨体が視界をふさいでいたが、防水シートがまだしっかりと後部のしかるべき場所にあるのは見えた。問題は重要なのが側面だということだ。ヘッドライトはいまや前に進みだし、彼は目の隅で、向こうの車の運転台が追いついて、それから前へ進んでいくのを見た。もうすぐだ。トラックの幌でおおわれた側面が通りすぎて、トラックは彼らの前に出た。ヘルメットをかぶったドイツ兵の群れがヘッドライトのまばゆい光を見つめ返している。その顔はプディング型ヘルメットの下で白く見えた。バーンズは見つめ返したが、ヘッドライトのせいで彼らには自分が見えないことはわかっていた。彼らはぼんやりとして退屈そうで疲れて見えた。トラックがスピードを上げて遠ざかっていくと、バーンズは、戦争が終わったときあの兵士のうち何人が生きているだろうかと思った。彼らはヘルメットをぬいで、コルバーンに手渡した。

「まあ、うまく行ったな」とコルバーンはいった。「だが、わたしはこの体験をさほど気に入ったとはいえないな。きみたちはエトルーを出てから、この種のことをずいぶん経験してきたのかね?」

「一日に多くて六回だな」バーンズはユーモアたっぷりに答えた。

「ああ、そうか、ならよかった。もしかして頻繁に起きているのかと思ったよ」

運転台のなかの温度が下がるのが感じ取れた。まだ生きているという安堵感《あんどかん》と、まだ無事であることの純粋な喜び。コルバーンは自分が抑えきれないほどのおしゃべりの衝動に駆られているのに気づき、それをやりすぎないようにこらえるのに難儀した。この連中は本当に驚くべき忍耐力を持っている。こういう長期戦は彼の得意とするところではなかった。わたしは空のほうがずっと好きだ。あの上では闘いは短いが激しく、すぐに片がつく。それから十分後、レナルズがまた後方にヘッドライトがあると報告すると、運転台内に緊張が戻ってきた。

「またトラックか?」とバーンズはたずねた。

「いや、こいつは乗用車だと思います。おまけにいそいでいる。おれは自分が制限速度をオーバーしてこのバスを走らせていると思っていましたが、ドライバーのなかには、頭がイカれていると証明する必要がある連中もいる。この後ろの乗用車はダートトラックのバイク乗りみたいにどこからともなく近づいてきました」

「やりすごすんだ」

「ヘルメットをかぶるか?」とコルバーンがたずねた。

「今回は必要ない。だれかは知らないが、車から運転台ははっきり見えないだろう」

「こっちを見たらレナルズは見えるだろう」とコルバーンは反論した。

「おれはドイツ野郎のヘルメットなんか、かぶりたくない」レナルズはにべもなくいった。

ヘッドライトの光がレナルズの窓の向こうに見えていて、車は高速で近づきはじめた。レナルズは下に目をやり、すばやく前方を見て、それからふたたび下に目をやった。乗用車は前に進んで、それから運搬車のボンネットの横にとどまった。ドライバーは腕を突きだし、彼らを合図で止まらせようと激しく腕を振っている。バーンズは眉《まゆ》をひそめて短機関銃を上げた。レナルズの目はその動きをとらえた。

「いけません、軍曹」

「どうしたんだ？」

「あれはジャックのようでした。おれたちに止まってもらいたいんだと思います」

「ジャックだって！　そんなはずはない。彼は今朝、アブヴィルへ向かう途中で、われわれを追い越していったんだぞ」

「あれは緑のルノーだし、まちがいなくジャックだと思います。じつをいうと」レナルズはバーンズに反論するのがうれしくないかのように、重い口調で結論づけた。

「おれは彼を二回見ました。まちがいなくジャックです」

「わかったよ。スピードを落として、停まるんだ。だが、エンジンは回しておけ。ジャックはひとりだったか？」

「見えたかぎりでは、そうです」

バーンズの頭にもっとも悲観的な疑念がどっと流れこんできて、彼は車が停まったらすぐに飛び降りられるようにドア・ハンドルに手をかけた。もしこれが本当にジャックだったら、どんなに想像力を飛躍させても彼がこのパ・ド・カレーにいることは説明できなかった。しかし、彼はマンデル家からもアブヴィルからもこんなに離れた場所でなにをしているのだろう？　それでもレナルズがひどいまちがいを犯したとはとうてい思えなかったので、彼は運搬車が停まるとすぐに飛び降りた。地面に降り立ったとき、ルノーは十数メートル行った先で停まりつつあった。エンジンが止まって、男が降りてきた。強力な光線から目をさえぎりながら、彼らのほうへ駆け戻ってきた。ジャックだった。

「あなたに会いたくてこの道路を三時間、行ったり来たりしていたんですよ、バーンズ軍曹。でも、まさか本当に会えるとは思っていなかった——もっとも、あなたはぼくが地図に印をつけたあのルートを通ると思っていましたけどね」

「わたしもきみに会うとは思っていなかった」バーンズは冷ややかに答えた。

「あの運転台にレナルズが見えたときはびっくりしました——あれはドイツ軍の運搬車ですよね？」

ジャックの顔は真っ白に見えたが、ヘッドライトの光のせいかもしれなかった。その声は耳ざわりで張りつめていた。

「ああ、運搬車だ。ここでなにをしているんだ、ジャック？　アブヴィルへ向かうといっていたじゃないか」

「ひどいことが起きたんです。ドイツ軍がぼくの姉さんを撃ち殺しました」

彼の声は震えていただろうか？　バーンズはそう思ったが、つかの間の苦痛の表情は、敵意と憎しみの表情に取って代わられた。

「どうしてそうなったんだ？」バーンズは静かにたずねた。

「ドイツ軍は事故だといおうとしています——やつらの通訳がそういいました——でも、やつらは姉さんを殺したんです。姉さんはアブヴィルの広場に立っていて、ドイツ軍の戦車が何輌かやって来ました。だれかが窓から身を乗りだして、戦車の展望塔にいたひとりを撃ったんです。やつらは広場じゅうに機関銃を発砲して、姉さんは死にました。ドイツ野郎《ボッシュ》どもめ！」ジャックはその言葉を吐き捨てた。

「そう聞いてじつにお気の毒に思うよ、ジャック」バーンズは静かにいった。「だが、こんなところでなにをしているんだ？」

「事件のあと、ぼくは家に帰って父さんに話さなきゃいけないと決めたんです。ぼくはルモンに住んでいます——グラヴリーヌの近くです。それは話しましたよね」ジャックは非難するように言葉を結んだ。「それからドイツ兵を何人か殺してやります」

「わたしがきみだとしても、そう考えるよ。ドイツ兵を殺すには訓練と技術が必要だ」

「暗い通りで背中にナイフを突き立てるのには必要ない」

ジャックは興奮せずに話していた。口を固く結んでいる。彼はいっているとおりのことをするつもりだ、とバーンズは思った。そして、冷静かつ冷淡にそうするだろう。これは一団をひきいて道路にワイヤーを張り渡した青年だ。ドイツ軍のオートバイ兵を殺したワイヤーを。

「そのいっぽうで」ジャックは唐突にいった。「あなたたちに同行することもできます」

「ありがとう、だがおことわりだ」

ジャックは、運転台から身を乗りだして会話を聞いていたコルバーンを見あげた。

彼は眉をひそめてバーンズのほうを向いた。

「あれはだれです？」

「兵士だ——途中で拾った男さ」

「それからミスター・ペンはどこです？」

「あいつは死んだよ」

「とても残念です。ぼくはミスター・ペンが好きでした。あのひとはとても陽気《ジョリー》でした、そういうんでしたね？」

「陽気《ジョリー》でいい」

「でも、ぼくを同行させてくれないんですね？」

「すまないな。だめだ。きみはルモンのご家族のところへ帰るんだ」

「これはカレーだけでなくグラヴリーヌにも通じる道路です。その場所のひとつに行くつもりでしょう——もしかするとカレーに？」

「もしかするとな」

「すくなくとも少しのあいだ先を走って、危険を警告することもできますよ」

「それはだめだ、ジャック。そんなことをすれば、きみはわれわれとドイツ軍とのあいだで十字砲火を食らうことになる」

「平気ですよ。いや、それでも軍曹の気は変わらないでしょうね」ジャックは言葉を切った。「あなたがたはいま、幹線道路を進んでいる。いちばん危険な道路だ。もしカレーに行くつもりなら、ぼくはこの道路から分かれるべつの道路を知っていますし、そっちのほうがずっと安全なのはまちがいないです。だれかがこっちへ来るとドイツ軍が思っている可能性は低い。もしぼくがあなたがたをつれてその道路を進めば、カレーにつく前にあなたがたを置いて、ルモンへ引き返せます。じつのところ」とジャックはいたずらっぽくつけくわえた。「もしぼくがあなたがたの先を走るといい張ったら、ぼくを止めることは実際できないでしょう?」

結局、バーンズはしぶしぶ同意した。いずれにせよ、夜が明ける前にこの若者はなにか愚かなことをやるだろうし、数カ月以内に召集されたら彼は従わざるをえないだろう。よほど運がよければ、彼を連合軍の戦線の後方へつれていけるかもしれない。そこなら姉の死を乗りこえるあいだ、彼はもっと安全だろう。彼の頑固さを考慮すれば、唯一の選択肢は車のキーを投げ捨てて、彼を立ち往生したまま置き去りにすることだったが、バーンズにはそれをする覚悟はなかった。彼はジャックに入念な指示をあたえた——つねに彼らのすくなくとも百メートル先を走り、もし彼らが困難な状況に出くわしたら、ジャックはすぐに車を捨てて逃げること。バーンズは運転台にまたよじ登ると、彼がルノーに歩いて戻っていくのを見守った。

「わたしはまだ気に入らないが」とバーンズはコルバーンにいった。「もし前方のあの距離をたもっていれば、先導しているようには見えないだろう」

「戦争はつづいていて、彼はわたしにはかなり大人っぽく見えるがね。もしきみがあのまま彼を立ち去らせていたら、彼は背中をナイフで突き刺す芸当に手を染めていただろうし、遅かれ早かれ、やつらが彼を殺していただろうな」

「行こう、レナルズ」とバーンズはいった。

運搬車が夜の闇のなかを進んでいくと、緊張感が運転台に戻ってきて、もう二度と去っていかなかった。会話はもうあまりなく、バーンズは短機関銃を万力のように力強く握りしめながら、ジャックのテールライトを目で追った。ジャックが自分たちをわき道に案内したらすぐに、あの若者は立ち去ってルモンへ帰宅しなければならないと彼はすでに心に決めていた。コルバーンにテールライトをしっかりと見張っているよう命じると、パ・ド・カレー地区を表にして折った地図を取りだし、ルモンを見つけた。カレー東北東の街グラヴリーヌにほど近い、大きな村ほどの小さな点だ。いずれの場所も水際《みずぎわ》に面している。流量をコントロールする水門がもうけられた運河網だ。地図をたたむと窓を下げ、東のほうを見た。そこでは閃光がいまや月明かりと張り合って空を照らしていたが、もはや、戦闘地域にかなり近づきつつあることを教えるのは閃光だけではなかった。なぜならいまや、遠くのほうに大口径砲の砲声を聞くことができたからだ。バーンズは額からまた汗をぬぐい、ズボンで手を乾かした。高まる緊張感は運転台のなかでほとんど物理的存在となり、彼らが全員、感じ取れるものだった。それはたんに大きくなる砲声のせいだろうか、それとも、一秒すぎるたびに、一メートル進むたびに、自分たちがドイツ軍との避けがたい遭遇へと近づいていると悟っているせいもあるのだろうか？　さらに五分間が、いろいろな思いがこもった沈黙の五分間がすぎたとき、危機が驚くほど唐突におとずれた。

彼らはジャックについて急なコーナーを曲がっているところで、突然、レナルズがブレーキを踏みこんだ。大きな運搬車は押しとどめようとする圧力にさからってまだ前へ進もうとしている。ルノーはおそらく七十メートルほど先で停まっていて、停まった車の五十メートルほど先で、ライトが道路を横切って一列に並んでいる。ライトのひとつ、赤いランプは左右に動いていた。

「道路封鎖だ」バーンズは簡潔にいった。

コルバーンは彼の横で身じろぎした。「もっとジャックに近づいたほうがいいんじゃないか？」

「いや、ここに留まる。レナルズ、ヘッドライトを消せ。だが、サイドライトはつけておくんだ——じきにお客さんが来るかもしれない。それからエンジンを切るんだ——なにが起きているか聞きたいからな——だが、命じたらすぐにまた始動する用意をしておけ」

バーンズは窓から身を乗りだし、頭をめぐらせて、聞き耳を立てた。大口径砲は親切にも連続射撃を中止していて、彼には声が聞こえた。おそらくドイツ語をしゃべる歯切れのよい声が。それからジャックが路上で車を方向転換させはじめた。その運転操作をはじめたちょうどそのとき、短機関銃の連射が夜を引き裂いた。車は方向転換の途中で止まり、バックして溝に落ちたが、前輪はまだ路上に残っていた。バーンズが窓から頭を突きだすと、ふたたび連射の音が聞こえた。連射が途切れたとき、彼はかすかな音を聞きとって、道路の先を見たが、運搬車とルノーのあいだでなにかを見るのはむずかしかった。ルノーのライトはいまや道路を横切って照らしている。コルバーンはバーンズの腕をつかんだ。

「たのむから……」

「静かに！　彼はもうすぐここに来るはずだ」

走る足音がすぐ近くでして、バーンズが道路に飛び降りたとき、ジャックが姿を現わした。その息は苦しげで、表情はきびしかった。彼は早口でしゃべった。

「ぼくはだいじょうぶです。やつらはこっちが近づいていこうとしないので撃ってきたんです。わかったかぎりでは、やつらは三人か四人しかいませんが、道路に棒を渡しているので……」

「野砲は見えなかったか？　防楯《ぼうじゅん》と太い砲身を持つ大砲は？」

「いいえ。ただ、道路わきに、脚のついたタイプのライフルの向こうでうずくまっている男がひとりいました」

「対戦車ライフルだ。そいつはどちら側にいた?」

「向かって左側です。ライフルの向こうにはサイドカー付きオートバイ一台が見えました……」

「だれか乗っていたか?」

「いえ。ですが、障害物の向こうにはさらに三人いました――撃ってきたのはそのひとりです。ぼくはこちら側でなんとか車から降りました」

「ここに上がるんだ、いそげ」バーンズは防水シートの一角をはずして、ジャックが運搬車の荷台によじ登るあいだささえていた。「運転台の後ろで戦車に乗って、エンジンカバーに伏せているんだ――もし銃弾が飛んできても砲塔が守ってくれるはずだ」

「あれを突破するんですか?」とジャックがたずねた。

「ああ、だから頭を低くしているんだぞ」

バーンズは防水シートを留めなおすと、ふたたび運転台によじ登って、発進を命じた。彼は自分の短機関銃の銃口をフロントガラスよりかなり下の高さでかまえ、コルバーンは座席の下から自分の短機関銃を引っぱりだした。運搬車はふたたびヘッドライトを輝かせて前進をはじめ、いっぽう運転台内では三人が前方を一心に見つめた。

「避けられないかぎり撃つんじゃないぞ」とバーンズは警告した。「こっちは停まったから、やつらはそれがなにか変だと思っているだろうが、味方の車輛であるのはわかるだろう。こっちはなにがあっても停まらないし、やつらは棒を上げるかもしれない。レナルズ、少しスピードを上げて、進みつづけるんだ――あの障害物にたどりついたとき、すくなくとも時速六十五キロはほしい。できればもっとだ」

運搬車はレナルズが足を踏みこむと急激にスピードを上げはじめた。車は六十五キロを優に上まわる速度に達し、彼らは乗り捨てられたルノーをあっというまに通りこして、彼らに向かって突進してくる道路封鎖のライトへと進んだ。バーンズはいまや大きく前に身を乗りだして、障害物に達する前にできるだけ多くのものを見ようと目をこらした。ヘッドライトのなかで障害物ははっきりと見えた――道路から数十センチの高さに設置された細い棒が。さらにほかのなにかも。左手で、ひとりの兵士が対戦車ライフルの向こうに横たわり、その向こうにはサイドカー付きオートバイのシルエットが浮かび上がっている。ひとりの兵士がすでにオートバイにまたがっていた。棒は頑として下がったままだ。バーンズは叫んだ。

「レナルズ、できたらあのライフルとオートバイを轢《ひ》くんだ――路肩を離れてまた道路上に戻れたらだが。おまえにまかせる……」

レナルズは答えなかった。広い肩はハンドルの上で前かがみになり、頭を微動だにせずに、フロントガラスごしに見つめている。やつらはまだ発砲していなかった。これがドイツ軍の車輛であることが彼らを混乱させていた。バーンズは衝突にそなえて窓の縁をつかみ、左腕をコルバーンの胸の前に広げて、彼を押しとどめた。レナルズは賢明にもハンドル操作をぎりぎり最後の瞬間まで取っておいて、道路の中央をまっすぐに走り、障害物の中心部を目指して速度を上げた。あと二十メートル。十五メートル。十メートル。彼はハンドルを切った。対戦車ライフルが、兵士が、オートバイにまたがった男が、彼らに向かって押し寄せ、それから二十六トンの戦車を載せた巨大な運搬車が障害物を粉砕しながら通り抜けた。タイヤがなにかを踏みつぶし、サイドカー付きオートバイが横にはじき飛ばされて、兵士が宙に投げだされたかと思うと、彼らは障害物を突破して、レナルズが運搬車をすばやく道路の中央に戻した。一発の銃弾も発射されなかった。対戦車ライフルに集中していたバーンズは、棒が飛び去るのさえも見ていなかった。彼が身を乗りだしてふりかえったとき、ライトはすべて消え、ルノーのヘッドライトの光線は遠ざかって見えなくなりつつあった。彼は簡単なひとつの命令を発した。

「スピードを上げろ」

11 五月二十六日、日曜日

シュトルヒ将軍は、仮の司令部であるルモンの農家の母屋《おもや》にずかずかと入っていった。その声は彼より先に狭い廊下をつたわっていった。

「マイアー！　どこにいる？」彼は自分の執務室にしている部屋の入り口にたどりつくと、すばやくドアを閉め、帽子を取った。「ああ、ここにいたのか！　なにが問題だったんだ？」彼は早口でしゃべりながら、地域の詳細な地図が広げられたテーブルに大股《おおまた》で歩いていった。「たったいま、きみがわたしの命令を取り消す指示を出したと聞いたが」

「ほんの一時的なものです、将軍」マイアー大佐はテーブルの向こうから立ち上がり、不安げな表情で片眼鏡を目にはめた。今夜もまたひどい夜になりそうだ。

「しかし、われわれがいっしょに命令を検討したのはほんの一時間前だ――払暁《ふつぎょう》〇四〇〇時に攻撃するという命令をな。ダンケルクへのあの道路は、フランス側がグラヴリーヌで水門を開けたにもかかわらず、七センチ半しか水中に没していない――では、あのあと、なにがあったんだね？」

　マイアーはテーブルから通信文を取り上げ、将軍が読めるように差しだしたが、シュトルヒはそれを無視して手袋を脱いだ。その声はせわしなかった。

「きみは読んだんだろう、話してくれ」

「これは将軍がお出かけになったあとで入電した総司令部からの通信文です。わたしが自分の命令を出したのはこのせいです――あとで将軍の承認をいただいて確認するつもりでした」

「机上の空論家たちは今度はなにをたくらんでいるのかね？」

「通信文は完全ではありません――送信に不明瞭《ふめいりょう》なところがあります。われわれはまだ無線に問題をかかえていますが、意味は明白だと確信しています」

「あまり時間がないんだ」将軍は彼に思いださせた。話しながら地図を調べている。

「通信文はわれわれが水際《みずぎわ》で停止し、現在いる場所に留まるよう命じています。フォン・ボック将軍がベルギーからイギリス海外派遣軍[B][E][F]を攻撃します。フォン・ルントシュテット将軍は戦車の状況を心配しているのだと思います。だからわれわれを停止させようとしているのです」

「見せてくれるかね?」シュトルヒは通信文を取ると、数回読み返し、それから皮肉っぽく顔を上げた。「これは正確にはそういっていない——おまけにまちがいなく不明瞭なところがある」

マイアーは大きく息を吸いこんだ。「数日前、将軍がお留守のあいだ、わたしが野戦電話でルントシュテット将軍と話したときに、彼は自分の見解を説明しました——彼はソンム南方のフランス軍との来《きた》るべき戦闘のために装甲部隊を温存したいのです」

「ああ、おぼえているよ」シュトルヒはほとんど聞いていないようだった。「たったいまケラーから、この冠水した道路は敵に防御されていないと聞いたばかりだ——わが軍の偵察隊が暗くなる前に道路を途中まで前進したが、まったく抵抗に遭わなかった。わたしは夜にそなえて、偵察隊をルモンに引きあげさせている」

「たしかに、表面上は期待できそうに思えますな」マイアーはしぶしぶ同意した。

「実際には、道路は水面下にあるんだがね」シュトルヒは自信たっぷりな笑みを浮かべ、マイアーは、将軍がひと晩たっぷりと寝たあとで起きたばかりのような様子なのを見て、いっそう深い疲労感をおぼえた。「つまりダンケルクへの道は本当に開かれているんだよ、マイアー。わが軍の戦車が慎重に前進することを考慮しても、前進部隊は払暁後二時間でダンケルク内に到達するだろう。そして、いったんダンケルクを手に入れたら、全イギリス海外派遣軍《BEF》はわれわれの手中に落ちる——二十五万以上の将兵が」

「しかし、総司令部の通信文は……」マイアーは切りだした。

「それは対処できると思う。通信文はひどく不明瞭なところがあり、われわれが受け取った直近の命令はきわめて明確だった——海岸を進撃し、港町を占領せよ。われわれがやるのはそれだ——われわれは最後の港町を占領する。ダンケルクを」

「わたしは、通信文の内容を確認するために、無線通信手に連絡を取れないかやってみるよう命じています」

「そして、われわれはべつの混乱した返信を受け取り、問題はさらにややこしくなるというわけだ。確認の要請は中止するんだ」

　彼はマイアーが電話を取って、命令をあたえ、しぶしぶ受話器を戻すあいだ待った。

「きみはじつのところなにを心配しているんだね、マイアー？」

「弾薬が集積所に大量に置かれていることが気がかりなんです。水際の内側のこの狭い地域で……」

「作戦にはじゅうぶんな量だろう？」

「じつのところじゅうぶんすぎるほどです……」

「どれだけあっても困らないさ」シュトルヒは制帽を深々とかぶった。「では、われわれはこの最新の通信文の受信がひどく不明瞭で、意味をなさないと記録に残す。これできみはわたしの攻撃命令の確認用の写しを前進司令部に送ることができる。ダンケルク入城から軍用乗用車一台を割くことはできるだろう。一時間以内に車を送りだすんだ」

大佐はごくりと唾《つば》を飲みこんだ。いまやシュトルヒはあとから非難されないように完璧《かんぺき》に手を打った。軍用乗用車が前進司令部につくころには、戦車隊はなかば水没した道路を移動しているだろう。

「われわれの後方は、将軍」マイアーは食い下がった。「後方はまったく守られていません、なにもかもが北と東を向いています」

「そのとおり！　イギリス軍はわれわれの前方にいるんだ、マイアー、後方ではない。われわれは計画どおり払暁に前進する」

マイアーの机に置かれた時計の針は午前零時十分を指していた。

夜の闇《やみ》のなかを突っ走る運搬車は、道路の端から反対端へ、それからまた元へとたえず蛇行しながら、レナルズはドイツ軍のトラックに追い抜かれないように必死に奮闘した。またしても危機はほとんどなんの前ぶれもなく発生していた。バーンズは腕時計を見た。午前零時十五分。

レナルズはヘッドライトが後方から急速に近づいてきていて、またトラックいっぱいのドイツ兵が乗っていると思うと警告していた。バーンズは自分たちが前回の欺瞞《ぎまん》工作をくりかえせる公算はかなり小さいと第六感でわかった。そのときクラクションが鳴るのが聞こえた。クラクションはそれからずっと鳴りつづけ、しばらくのあいだトラックは彼らのあとを追いかけるので満足していた。

「どうやらわれわれと話したいようだな」とコルバーンはいった。

「きっとそうだろうさ」バーンズはにこりともせずに答えた。

「やつらがどうしてこっちに気がつけたのかわからないな」

「われわれがぶっつぶした道路封鎖さ。きっとだれかが警報を鳴らし、連中にわれわれのあとを追わせたんだろう」

レナルズはバックミラーに目をやった。「こっちを追い越そうとしています」

「そうさせるな」

そこでレナルズは巨大な車輛《しゃりょう》を路上で左右に蛇行させはじめ、トラックが寄ってこようとするたびにその行く手をふさいだ。コルバーンは相手が撃ってこないことに驚いたが、バーンズは七十ミリの装甲板を持つ戦車が運転台の後ろにたたずんでいて、ドイツ軍はきっと防水シートの形から戦車が載っていることに気づいているにちがいないと指摘した。連中は短機関銃の射撃では、戦車を前後貫通して運転台に達することはおろか、装甲板に傷すらろくにつけられないことも知っているはずだ。だからこそ連中は夢中で追い越そうとしているのだろうとバーンズは推測した——前から運転台に銃弾の連射を浴びせられるように。こんなのがそう長くつづくはずもないと彼は確信した。あのトラックをどうにかしなければならない。バーンズは自分の計画をみんなに簡潔に説明すると、それからドアを開け、それを運搬車の側面にぴったりとつくまで押し開けた。背後のクラクションは依然として泣き叫ぶ女の妖精《ようせい》のように鳴っている。バーンズは後ろ向きに外に出て、ドアの上側の枠にしがみつき、右足を金属製の昇降ステップに載せた。負い革で肩にかけた短機関銃はバランスをたもつ助けにはならず、彼らが進んでいるスピードでは、風速が彼の身体《からだ》を小さなハリケーンのように震わせ、不安定にしがみつく手から彼を引きはがそうとした。彼はそこにわずかのあいだ留まって、自分がトラックからまる見えだろうかと思ったが、防水シートでつつまれた戦車が目隠しとなっていた。彼はごく慎重に左足を空間にのばして、運転台後方の荷台を探った。足がなにも感じられずにいると、運搬車が横に急に動いて、彼はあやうく落ちそうになった。一度に対処しなければならないことがあまりにも多すぎた——つかんだ手をはなさないようにしながら、運搬車の激しい蛇行を予測して、荷台を足でさぐる——そしてそのあいだずっと突風が彼の体に獰猛《どうもう》に襲いかかってきた。これは彼が予想していたよりずっとひどかった。しがみついているだけで手いっぱいだ。それから彼の肩の傷が意地悪くうずきだし、突然、目まいがして、頭がくらくらしはじめた。それが彼に決心させた。歯を食いしばると、最大限の力を振りしぼって、左脚を高く上げ、それを荷台があるはずの場所に下ろした。彼の足が固く平らな木材を踏みしめた。左手を放して、それが運転台の後部にしっかりと結ばれていることを祈りながら、防水シートのロープをつかもうとする。彼はロープを引っぱって、それがしっかりと持ちこたえると、右手を放し、いまや全体重をロープにあずけた。その瞬間、運搬車はまた蛇行し、その勢いの激しさで彼は外向きに投げだされた。

彼の身体は一八〇度の完璧な弧を描き、左足が彼の下でくるりとまわって、手がロープをずるずるとすべったかと思うと、彼の身体は恐ろしい衝撃とともに背中から戦車に叩《たた》きつけられた。彼はいまや外側を向いていて、左手だけでまだロープにしがみつき、右足は荷台の足がかりを必死に探していた。彼は数秒間、どうすることもできずにそこにぶら下がり、苦痛でもうろうとしていた。弧を描いて回転し、防水シートのかかった車体に後ろ向きに激突したとき、衝撃を受け止めた最初の衝突地点は、彼の傷ついた肩だったからだ。目まいの波が彼の脳を震えながら通り抜け、むかむかする感じがこみあげてきた。それにくわえて、あらゆる大砲が轟《とどろ》き、クラクションは金切り声を上げ、そして運搬車は左右に無茶苦茶に蛇行している。彼はへとへとで、しがみつく以外のなにかをするだけの気力を奮い起こせなかった。むかむかをこらえて、唇をかんだ場所で血の塩辛さを味わうと、そのときジャックが自分をつかむのを感じた。左右の上腕部にそれぞれ腕をまわしている。この救いの手が彼を安定させているあいだに、彼は両手でロープをつかむと、運転台と戦車の後部のあいだに身を投げだした。それからエンジンカバーの上の防水シートに前のめりに倒れこみ、死んだように横たわって、大きく息を吸いこみ、傷が彼に向かって金切り声を上げるあいだ、必死に自制しようとした。彼はジャックが砲塔の横で自分といっしょに横になっているのはおぼろげに意識していた。そしてそのあいだじゅうずっと、運搬車は彼の下で右から左へと油断なく揺れ、彼は自分が気を失いかけているという感覚を追いはらおうとした。

すばやく回復し、苦しい息遣いを正常に戻して、激しい苦痛の波のもとでふんばるのは、恐るべき奮闘だったが、ふたつのことが彼の回復をうながした――吹きつける新鮮な空気と、差し迫った危険をたえず彼に警告するクラクションのやまない金切り声だ。ジャックに伏せているようにいうと、バーンズは膝立《ひざだ》ちになって、自分の位置を隠すために、防水シートをかき集めて山を作った。それから予備弾倉を二本ポケットから取りだし、それを山の陰に置くと、短機関銃を肩のそばに横たえて、自分も伏せた。そして拳《こぶし》を作って、運転台の後部を三回叩き、取り決めた合図を送った。

運搬車は蛇行をやめ、道路の右側に寄ると、まだ高速で走りながら、トラックが自由に通り抜けられるようにした。こいつはきっちりやらないとだめだ、とバーンズは自分にいい聞かせた。トラックの幌《ほろ》がかかった部分が真横に来るまさにその瞬間まで頭を低くしているんだ――車内の兵士たちをおおっている部分が。運転手をすぐに撃つ必要はないし――そいつも倒したいが――、連中もハンドルを切って突っこんでくるのを恐れて向こうの運転台からレナルズを撃ったりはしないだろう。バーンズは頭を下げつづけ、レナルズが自分の車線にしっかりと入ると、トラックが近寄ってくる音を聞いた。トラックは轟音《ごうおん》とともに近づいてくる。彼は運搬車が上り坂に差しかかると、かすかに持ちあがるのを感じた。いまだ！　バーンズは防水シートの山を銃身で均《なら》して、がっかりした――トラックは予想していたよりずっと先にいっていて、運転台はすでにレナルズを通り越し、幌のかかった側面はバーンズの目の前にあった。彼は引き金を引いて、銃を木製の側面のすぐ上、キャンバスの壁の低いところに入念に向けながら、ゆっくりと弧を描いて銃口を横に振った。弾切れだ！　新しい弾倉を叩きこんでいると、ジャックが声をかけた。ドイツ兵がひとり、短機関銃の狙《ねら》いをつけて、トラックの後端からのぞいている。バーンズは発砲し、兵士が道路に落ちると、また銃口を向けなおした。その指は引き金をしっかりと引いて、銃弾の奔流はひとつづきの帯状にキャンバスを引き裂いた。その瞬間、レナルズがくわわった。

道路は橋に向かって土手を上っていて、操縦手は事前の取り決めどおりクラクションを長く二回鳴らす合図を送った。バーンズはジャックにしっかりとつかまれと叫び、自分も衝撃にそなえると、運搬車はスピードを上げて、道路をじりじりと横にずれていき、トラックの先に出ると、コースを変えて真横からトラックにぶつかろうとした。彼らがてっぺんに近づいたとき、ドイツ軍の運転手が怖《お》じ気《け》づいて、巨体からあと十センチもないところでハンドルを反対側に切った。頭を上げたバーンズは、トラックが横にスピンして、視界から消えるのを見た。彼らが橋を越えると、くぐもったドンという音と、爆発音が聞こえ、それから後方の闇のなかで炎が燃え上がった。ガソリンタンクが爆発したのだ。つぎに聞こえたのは、ブレーキの恐ろしい金切り声だった。

運搬車のブレーキの。

運転台からの光景はぞっとするようなものだった。レナルズはバーンズの銃のダダッという音を聞いて、トラックを破壊したあの最後のハンドル操作に注意の半分を集中し、そのあと高速で橋を渡っていた。道路はいまや下り坂になっていて、彼は自分が直面しているものを瞬時に見た。ヘッドライトが真正面の石壁で光り輝いている。坂の下にある右折路で。つぎの瞬間、ヘッドライトが激しく左右に振れ、レナルズは予想外の危険を必死に切り抜けようとして、ブレーキを踏み、ハンドルを切って、すさまじい衝突で石壁を一気に突き抜けた。車輛の圧倒的な重量は石壁をバターのようにつらぬいた。運搬車全体が身ぶるいして、小さな木をなぎ倒し、スリップしながら庭を横切って、それから止まった。

バーンズは少しのあいだじっと横たわり、まだ短機関銃を握ったまま、気を落ちつけた。彼はブレーキの金切り声で警告を受けていたし、自分と運転台後部のあいだに置かれた予備のキャンバスのクッションで救われていた。さらに彼自身の体も、ジャックが彼のほうに投げだされたとき、青年を救っていた。ふたりは、手足が取れるのではないかと思っている人間のように、おずおずと立ち上がった。コルバーンは運転台の開いたドアの下でふたりを待っていた。短機関銃を小脇《こわき》にかかえ、額の切り傷と左手の甲の深い傷から血がにじんでいる。彼はふたりともかすり傷程度だなといった。

「レナルズはだいじょうぶか?」とバーンズはたずねた。

「レナルズはだいじょうぶです」とレナルズが運転台からいった。「なぜかはわかりませんが、だいじょうぶです。たぶんひとえにこの怪物のなかにいたおかげでしょう――おれたちは紙を突き破るみたいにあの石壁を突き抜けました。すみません、軍曹」と彼はつけくわえた。「ですが、あのトラックに集中していて、橋を渡ったときには、もう手遅れでした。ちなみに、こいつは」彼はハンドルを叩いた。「お払い箱です。なのでこれからおれたちはバート号に逆戻りです」

「おまえはまったくよくやってくれたよ。あのトラックでは、だれひとり生き残れなかっただろう――おまえが向こうに馬鹿《ばか》なまねをさせる前に、わたしはあれを蜂《はち》の巣にしていたし、そのあとガソリンが爆発した――だが、戻ってちょっと確認するつもりだ。おまえがあのタイミングでブレーキを踏んでくれてよかった――あれを紙のように突き抜けることはなかっただろうからな」

バーンズは家を指さした。運搬車が止まっている場所からほんの一メートル半ほど先に、三階建ての古い豪邸が立っていた。窓はすべて割れ、壁を這《は》う蔦《つた》が正面ドアをほとんどおおい隠し、運搬車が停まっている庭は雑草が膝の高さまでのびている。ここには長いこと、だれも住んでいなかった。たぶんそれは好都合だった。正面ドアを開けたら、庭に戦車運搬車が停まっていたというのは、当惑する経験とならないともかぎらない。レナルズは数回エンジンをためしてみたが、うんともすんともいわないので、バーンズが橋に戻るあいだに、コルバーンとジャックは操縦手を手伝って、バート号から防水シートをはずした。

バーンズは用心深く橋に近づいた。てっぺんにたどりつくと、壁の陰にうずくまり、破壊されたトラックがまだ燃えている場所を、へりごしにのぞきこんだ。人の気配はなかったが、死のあらゆる痕跡《こんせき》があった。トラックはタイヤを宙に向けて落下していて、炎の明かりで、草の上に散らばったうずくまる人影が見えたが、動いているのは炎だけだった。後部の兵士たちはほとんどがバーンズの短機関銃の情け容赦ない射撃を生きのびられなかっただろうし、生き残った者もトラックが急な土手をころがり落ちたとき命を落としただろう。彼はガソリンタンクが爆発したときだれかが生きていたかどうかあやしいものだと思った。ふりかえって戻ろうとしたとき、彼は凍りついた。彼の張りつめた神経は、新たな危機が目前に迫っている事実に対処しようとした。

ヘッドライトが反対方向から道路を近づいてきた。距離はまだ少しあったが、バーンズは急速に近づいているという印象を受けた。斜面を駆け下りると、バート号のエンジンが始動するうれしい音が聞こえたが、彼らはまだスロープを下げて、バート号を下ろす必要があったし、近づいてくる車が到着する前にそうする時間はないとわかっていた。コルバーンはきっと彼の顔になにかを見たにちがいない。即座に質問をぶつけてきたからだ。

「また問題か？」

「よくわからない。なにかが北から道路を近づいてくる――単独でだ」

「待ち伏せを仕掛けたほうがいいな。わたしが道路の向こう側を受け持つから……」

「いや、わたしといっしょにいろ――さもないと、おたがいに撃ち合うことになるかもしれない。ジャック、レナルズにエンジンを切ってじっとしていろといえ。きみは家の端の壁に隠れて、そこにいろ。来い、コルバーン……」

車輛はいまやかなり近づいていて、乗用車のような音を立てていたが、まだ道路のカーブで隠れていて、依然として猛スピードで走っていた。ふたりは短い距離を走って庭に入り、石壁の無傷な部分が肩の高さまである地点で立ち止まった。石壁のてっぺんごしにカーブの先をのぞいたバーンズは、ヘッドライトがかなり近づいているのを見た。頭を引っこめて、ヘッドライトがカーブに差しかかると車がスピードを落としはじめる音を聞いた。まあ、連中がカーブを曲がって行く手に石壁の半分が散らばっているのを見つけたら、そう遠くまでは行かないだろう。バーンズはふりかえって、橋の向こうの火災の光が荷台にイギリス軍戦車を載せた運搬車のシルエットを鮮明に浮かび上がらせているのを見て、あまりいい気がしなかった。

「どうやら停まろうとしているようだな」とコルバーンがささやいた。

「まちがいなくそうする以外ないだろうな」

「民間人かもしれない」

「戦闘地域で車を走らせるのはジャックのようなイカれた人間だけだ」

バーンズは慎重にタイミングを計り、頭を低くしていると、車はカーブをゆっくりと曲がり、それから停まった。エンジンはまだアイドリングしている。頭を上げると、ギヤが嚙《か》み合う音がして、車はバックでカーブを曲がりはじめた。バーンズはすばやく見て取った――黒いメルセデスの軍用乗用車、幌は下げ、ドイツ兵が運転している。その横では制帽をかぶった将校がなにかを胸にかかえている。車はいまやほぼカーブを曲がり切って急速にバックしている。バーンズは短機関銃を上げて、肩に押しあてると、銃身を石壁のてっぺんに載せた。ヘッドライトの約五十センチ上を狙って、引き金を引く。長い一連射。ガラスが割れる短い音がして、車は混乱状態におちいった。まだバックしているが、左右に蛇行している。バーンズは銃を横に振りながらもう一度発砲した。車は激しく横にふくらんで、後部が石壁に激突して停まった。ヘッドライトは反対側の石壁を照らしている。エンジンは止まっていた。

運転手はハンドルの上にのしかかり、頭と肩は血まみれだった。助手席側のドアは開いていて、将校が車道にあお向けに横たわっていた。帽子はなく、両腕を広げて、星を見上げている。右手から数十センチのところに、半分開いた書類鞄《しょるいかばん》が落ちていた。非常事態が起きたとき胸にしっかりとかかえていた鞄だ。バーンズは将校を調べ、片方の肩を持ち上げた。胸は銃弾が横に走ってずたずたになっている。将校は少佐だった。死んだ少佐だ。書類鞄を拾い上げたバーンズは、コルバーンが後部座席を調べているあいだに、一通の文書を抜きだした。ヘッドライトの前に書類をかざした彼はうめいた。

「これはきみの領分だ。ドイツ語を話せるといったが、コルバーン、読むほうもできるか？　こいつは興味深い内容ということもありえそうだ」

「見せてくれ」

コルバーンは文章にざっと目を通し、それから顔を上げた。その顔は真剣そのものだ。「たしかに興味深いな。これは戦闘命令で、この複写はどこかの前進司令部にあてられている。もう一度確認して、わたしが内容を正しく理解していることをたしかめさせてくれ」

「この軍用乗用車はわれわれにあることを教えてくれるな」バーンズは考えこむようにいった。「連中がこの方角からだれか来ると予想しているはずはありえない。でなければ、護衛をつけずに移動したりはしないだろう。われわれはまだくそ野郎どもの不意を打てるかもしれない」

「きみはこの文書*に驚くよ、バーンズ。ドイツ軍の第十四装甲師団が払暁にダンケルクを攻撃する。連中は水面のすぐ下に港町への秘密の道路を発見している——推測できるかぎりでは、戦線のその部分にそって全域が冠水しているにちがいない。どうやらこの道路は周囲の田園地帯から盛り上がっているので、冠水面のほんの五、六センチ下にあるんだ」


*軍曹だけが文書にめぐまれたわけではない。その二十四時間前に、イギリス海外派遣軍《BEF》第十軍団の司令官、サー・アラン・ブルック中将は、ドイツ軍の軍用乗用車から分捕《ぶんど》った戦闘命令を入手した。その命令書はフォン・ボック将軍のB軍集団による差し迫った攻勢を警告するものだった——彼が危機の迫る地域へさらに部隊を移動させるのにぎりぎり間に合うように。

「攻撃の発起線は書いてあるか?」

「ああ、皮肉なことに、それはジャックの地元の町だ——攻撃は〇四〇〇時にルモンから開始される」

バーンズは土壇場《どたんば》になって自分が価値のある目標を見つけたことを知った。彼は腕時計を見た。午前零時二十五分。

「カレーのことは忘れよう」と彼はいった。「ジャックがわれわれを地元につれていってくれるだろう」

「文書には攻撃をひきいる将軍の名前が書いてある」

「ほんとうか?」バーンズはふたりして運搬車にいそぐなかで、それほど興味をいだかなかった。

「ああ。ハインリッヒ・シュトルヒとかいう将軍だ」

12　五月二十六日、日曜日

シュトルヒは軍用乗用車から飛び降りると、腕時計を見て、出迎えた将校の敬礼に短く答礼し、ルモン郊外の生垣に縁取られた小道を歩いていった。午前零時四十五分。払暁《ふつぎょう》まで四時間を切った。小道の端で装甲車のライトが彼の道案内をするいっぽうで、左手の生垣の先では、北のほうで月明かりが冠水した地域を照らしている。海といってもおかしくないような広大な湖だ。装甲車のところまで来ると、立ち止まって、ついてきた将校のほうを向いた。

「さあ、ここだ、ケラー――最後の前進の発起線だ。ここからだとそうたいしたものには見えないな?」

装甲車のライトは小道の高さより低い冠水した畑ごしに北を照らしている。水はダンケルクのほうへ見わたすかぎり広がっていたが、湖面の上に突きだして、高さ一・八メートルの棒が二列、氾濫《はんらん》に浸《つ》かった細い電信柱のように走っている。

「ケラー、標識柱はどこまでつづいている?」

「十キロです、将軍。現時点で、それ以上通り道を表示するのは賢明ではないと思いました」

「まさにそのとおりだ、ケラー、そのとおり」

シュトルヒは言葉を切ると、脚の側面を手袋でゆっくりと叩《たた》いた。彼はこのうえなく上機嫌だった。こういう気分にとらわれたとき、彼は部下たちに彼らの将軍閣下がある種の陽気な態度も取れることをしめしたがった。

「では、ケラー、きみはあの柱のあいだにダンケルクへの道が横たわっているというんだね――われわれはキリストのように水の上を歩く超自然的な力を持つ必要はないと?」

ケラーはシュトルヒがよく知っているように信心深い男だったので、目をぱちくりさせて、困ったように身じろぎした。いまシュトルヒの頭のなかにはなにがあるというのだろう?　ケラーは顔を無表情にしたまま、すばらしく簡潔に答えた。

「はい、将軍」

ケラーはどきどきしながら待った。シュトルヒがこういうふうに話すとき、彼はその状況にどう対処すればいいのかよくわからなかった。それが、それとはまたべつの、激しい叱責《しっせき》の前ぶれとなりうる雰囲気と、紙一重だったからだ。彼がそれ以上なにもいわずに待っていると、将軍は装甲車の前に歩いていき、立ち止まって生垣の隙間《すきま》から少しのあいだのぞいていた。それからなんの前ぶれもなく、柱のあいだを前に歩いていった。ブーツが水を跳ね上げたが、水位線から十五センチ以上沈むことはなかった。彼は歩きつづけて、ほとんど視界から消え、それから、初めて海辺に来た日の小さな子供のように、わざと水を盛大に跳ね散らかしながら、また戻ってきた。装甲車のところまで来ると、立ち止まって、反対側を見るために夜間用双眼鏡を持ち上げ、南のほうへ視線の焦点を合わせた。そこでは、大型戦車の列が、より高いところにある道路の延長上に整列している。戦車の向こうには、戦車の主要な野営所となっている小さな飛行場が見え、一群の小さな黒い輪郭の向こうには、主要な弾薬集積所である格納庫がそびえていた。マイアーはまたしても、なにもかもが狭すぎる地域に押しこまれているとこぼしていたが、洪水がそれを余儀なくさせていた。その瞬間、ケラーは不幸にもまちがったことを口にした。

「主弾薬集積所は野営所とひじょうに近いと聞いております、将軍」

「それを移動したいのかね、ケラー？」シュトルヒはたずねた。

「いいえ、将軍。わたしはただ……つまり……マイアー大佐が……」

「マイアーは最近ここに来たのか?」

「ほんの数分間です——水位を確認するために……」

「じつのところ、ケラー、わたしがブーツしか濡《ぬ》らさなくて、きみはじつに運がよかったよ。もし水が腿《もも》まで来ていたら、われわれはきみの後釜《あとがま》を探さねばならなかっただろう。〇四〇〇時までにな、ケラー!」


バーンズは目をこすって、腕時計を見た。午前零時四十五分。戦車はわき道を突き進んでいた。ライトを煌々《こうこう》とともし、キャタピラは最大速度で回転している。砲塔内の彼のかたわらでは、ジャックがルモンの南の郊外に近づきつつあることを警告した。フランス人の若者は自分がどこにいるのか正確に知っていて、いまや自分が子供時分から知っている道路が自分たちの下を流れていくなかで、奇妙な興奮をおぼえていた。ジャックは村に入るのにまわり道を選んでいて、バーンズはバート号を短時間停められる場所を見つけるよう彼にたのんでいた。ジャックは自分が打ってつけの場所を知っていると思った。

戦車のなかでは、コルバーンがデイヴィスのかつての座席で二ポンド砲の後ろに座っていた。装弾した短機関銃を膝《ひざ》の上に置き、すでに狭い金属の空間や車体のおだやかな揺れ、キャタピラのたえまないうなりに慣れつつあった。千五百メートル上空の新鮮な空気が恋しかったが、すくなくともここでは体の下に固い地面があった。奇妙なことに、いまや彼らは戦闘地域のすぐ近くに来ていたのに、火砲の雷鳴はまるで来るべきときの最後の努力にエネルギーを――そして弾薬を――取っておいているかのように消えていた。そして、夜明けがいまや近づいていた。しかし、彼は自分に明確な仕事がなにもないせいでいらいらしていて、その点でレナルズをうらやましく思っていた。戦車の前部の操縦手は、ハッチから頭を突きだし、寡黙《かもく》に前を見つめていた。その手は操向レバーをぎごちなく握っている。彼の腕はまるで火がついたようで、かすかな動きでも痛みが増したからだ。自分たちはもう少しで目的地に到着するとバーンズはいっていたし、レナルズはなんとしても片をつけてしまいたかった。彼らは連合軍の戦線のすぐそばに来ていたし、ドーヴァーは海峡のすぐ向こうだったので、彼はいつしかイギリスと故郷のことを考えていた。少々の幸運があれば、彼らはじきにそこへ行けるだろう。彼は少し休暇をもらって、ペッカムに戻れるだろう。〈葦毛《あしげ》馬《うま》〉亭でビターを一パイント。彼は喉《のど》の渇きをおぼえたが、そのときバーンズの声が車内通話装置で新たな指示をつたえてきたので、そのことは忘れてしまった。

「左に曲がって」ジャックがちょうどバーンズにいったところだった。「あの白い建物のすぐ先で」

バーンズは命令をあたえた。「それから、きみがいうその農場だが、ジャック、そのぽつんと建つ納屋《なや》……」

彼は戦車が曲がって狭い小道に入ると、言葉を切った。ヘッドライトの端に奇妙になじみのある輪郭が見え、小道がカーブすると、光線が大きなシルエットに真っ向から降りそそいだ。バーンズは身をこわばらせ、ジャックが開いた門口の向こうの農舎を指さすと、彼は停止を命じた。彼をぎょっとさせた動かない車輛《しゃりょう》は急角度にかたむいていて、片方のキャタピラを溝に落として畑のすぐ内側に横たわっていた。それはバート号の双子の兄弟だった——マチルダ戦車だ。地面に飛び降りた彼は、コルバーンの足音をすぐ後ろに聞きながら、そのほうへ歩いていった。懐中電灯を戦車に向けると、それが遺棄されているのがわかった。砲塔が半分吹き飛ばされ、右のキャタピラは切れて、車体の後部は黒焦《くろこ》げだった。

「味方の一輛のようだな」とコルバーンは静かに示唆《しさ》した。

「たしかに味方の一輛だ。ここですさまじい殴り合いがあったんだな。見ろ」

戦車の向こうの畑では、制服姿の人間が腹ばいに、あお向けに、横向きに草の上に散らばって横たわっていた。制服はときにドイツ軍のものだったが、多くはイギリス軍で、全員死んでいた。バーンズは小銃を何梃《ちょう》か拾い上げたが、弾は入っていなかった。戦車は一輌だけ、マチルダが一輌で、その孤独さがイギリス海外派遣軍《BEF》に機甲部隊がひどく不足していることを強調しているようだった。

「ドイツ軍戦車隊が突破したんだ」彼はコルバーンに感想を漏らしたが、相手は答えなかった。

ふたりはさらに小道を進んで、門口近くで弾の入っていない小銃をさらに見つけた。イギリス軍の三〇三口径で、その死んだ持ち主たちは近くに横たわっていた。バーンズは懐中電灯の光線をたよりに、納屋にかこまれた中庭に用心深く足を踏み入れ、ふたりして建物を調べてみると、その場所に人けがないことがわかった——人の姿はなかったが、中庭の周辺にそってイギリス軍の十五ハンドレッドウェイト《CWT》・トラックが数台、停まっていて、見たところなにかの小規模な輸送拠点だったようだ（CWTは英軍トラック独特の積載単位で、一CWTは約五十キロ）。建物のなかには、さらに多くのトラックと、部隊が最近まで駐屯していたさらなる証拠があった——洗っていないブリキの湯沸かしポットの山と、滓《かす》の浮いた水でいっぱいの飯盒《はんごう》、ガスマスクがいくつか、そして弾倉がついていないルイス軽機関銃が一梃。

「あのなかであのトラックをもう一度、見てみたいんだが」とコルバーンはいって、後部に王国工兵隊《RE》の着色標識がついたトラックを懐中電灯で照らした。

「すぐに戻る。わたしはバート号を駐車したいんだ」

バーンズはカナダ人をあとに残して、建物に隣接する一帯を探索したが、空っぽの畑しか見つからなかった。畑はおぼろげな暖かい光のなかで奇妙なほど静まり返り、空気は土が昨日の熱を発散するせいで重く蒸し暑かった。耳元では見えない虫の羽音がしている。畑の向こうには、まるでボール紙を切り抜いたように見える屋根の輪郭線――ルモンの家々の屋根だ――と、その向こうには、空を物憂《ものう》げに探る唯一《ゆいいつ》の探照灯が見えた。カナダ人を残した場所に戻ってみると、彼は工兵隊の着色標識がついたトラックのなかにいた。積み重ねられた木箱を懐中電灯で照らしている。

「わたしはここから徒歩でルモンを偵察したいんだ」とバーンズは彼にいった。「ジャックが案内してくれるといっているので、きみとレナルズを戦車に残すことになる。ここは思っていたよりバート号を停めるのにいい場所だ――ドイツ軍はすでに殴り合いがあった場所を突っつきまわしに来るとはまず思えないし、このがらくたは連中には用なしだ。どうせ、ひと握りの半端《はんぱ》ものにすぎないんだからな」

「こいつらはひと握りだけじゃないぞ、バーンズ。もちろん、これがなにかわかるね――雷管だ。オタワの半分を吹き飛ばせるだけの材料がここにはある――綿火薬と発破器、その他もろもろをふくめてな。このトラックは爆破部隊の所属だったんだ」

「だったら、たのむから、やっていることに気をつけてくれよ……すまん、忘れていた。雷管はきみの十八番《おはこ》だったな」

バーンズは壁に押しつけられた古い木箱に腰を下ろすと、理路整然と考えようとした。肩の傷は、運転台から荷台へたどりつこうとしたとき戦車運搬車にぶつけて以来ずっと彼をひどく悩ませていた。いまや鉄のハンマーのように叩きつけ、彼は自分にあと一歩でも歩くだけのエネルギーがあるかどうか疑問に思った。それでも、ルモンの村内の状況がどうなっているかをつきとめようとするなら、かなりたくさん歩かねばならないだろうし、ジャックはのんきにも、自分の父親に連絡してみるのがいちばんだといっていた。問題は、彼の父親が自家用機の飛行場を見おろす小さな丘のてっぺんにある、村の主要部分に家を構えていることだった。それはつまりいまいる場所から長い距離を歩くということだ。ジャックにはそれが気にならないようだったが、敵が占領する通りを進まねばならないと考えたとき、バーンズには気がかりだった。彼は体に鞭打《むちう》って、レナルズに指示をあたえようと出ていきかけたところで、びっくりして戸口で立ち止まった。コルバーンが小さく口笛を吹いていた。調子っぱずれのメロディーを。コルバーンは水を得た魚のようにさらに箱を探索している。

「バーンズ、ここに電線がある——いくらかの燐《りん》もある。このいまいましいトラックはひとつの巨大な爆弾となりうるんだ……」

「まあ、われわれに爆弾が必要になることはないだろうな」バーンズは答えた。声にいらだちが混じっている。

「くそ野郎どもがこいつを無防備にしているなんて理解できないな」

「ジャックによれば、連中は自分たちの弾薬を警備するだけの人間もいないんだ」

「わたしならこれを本当になんとかできるんだ、バーンズ。英国空軍に参加して以来、こんな宝庫に触れたことはない。わたしがきみの一党ではなくこの部隊と出くわしていたら、本気で食っていけただろうな。それから、ほら、これを見てくれ……」

バーンズはコルバーンの熱意にあまり関心がなかったし、カナダ人のエネルギーのほとばしりは、自分自身の絶望的な疲労度を強調するように思え、かつてないほどいらいらさせられた。彼はすばやくいった。

「これからジャックと出かける。レナルズはとなりでバート号といっしょに残るから、きみにも話し相手ができるだろう」

「わたしはよろこんでここにいるよ。ジャックの親父《おやじ》さんのところへ行くのかね？」

「そこまで行けるかどうかあやしいものだな」

「親父さんは実情を知っているかもしれないぞ。それから気をつけて——終点に来て、厄介な事故なんか願い下げだぞ」
「そのとおりだ。だから、コルバーン、たのむからその雷管のひとつを落とさないでくれよ」

バーンズは腕時計を見た。ペンの腕時計を。午前二時二十五分。払暁まであと九十分。偵察は完了し、彼らはあと少しで家に帰りつくところだった。もし以前はまるで知らなかった三棟の納屋を〝家〟と呼べるとしたらだが。そのうちの一棟には高性能爆薬が詰まっていた。彼は静かな通りをふりかえって、ジャックがずっと後ろのほうにいるのを見た——ジャックは依然として悩みの種だった。ルモンの村が放棄されていたからだ。住民は全員、避難していたか、あるいは戦雲がこちらに押し寄せてきたときドイツ軍によって追いだされていた。青年は片手を振って、前方を指さしたが、いらない用心だった。バーンズはすでに、村に入るとき避けていたドイツ軍の歩哨《ほしょう》の居場所を突き止めようとしていたからだ。歩哨は小さな一階建ての家の外で見張りに立ち、引いた鎧戸《よろいど》の端から明かりが漏れていた。ルモンの郊外では、どの家も一階建てで、ここは樹木で縁取られた人けのない通りでただ一軒、人のいる気配がする家だった。あの引いた鎧戸の向こうにだれが隠れているのか？　そして、あのいまいましい歩哨はいまどこにいるのか？　空っぽのサイドカー付きオートバイはまだ家の前に停まっていた。

バーンズはまた慎重に数歩進むと立ち止まった。まだ鎧戸の周囲に明かりは見えたが、歩哨の姿はなかった。バーンズはそれが気になって、また後ろをふりかえり、青年がまだそこにいるのをたしかめた。ジャックは両手を広げて困惑した仕草をして、バーンズは彼も歩哨がいないことに気づいているのを知った。以前と同じように裏手の道をまわり道するしかなかったが、慎重にやる必要があった。彼は警告の手を上げてジャックにじゅうぶん下がっているよう指示すると、それからじりじりと前に進み、家のあいだをつづく小道に入っていった。

彼の神経はぴんと張りつめ、頭はふたつの衝動のあいだで揺れ動いていた——最後の行程で慎重になる必要性と、迅速に移動する必要性との。なぜなら彼が最高の目標を見つけたまさにそのときに、彼らは時間切れになりつつあったからだ。小道は肩の高さの石塀で縁取られていて、彼は小道が坂の下で曲がるとき、塀のほうはそのまま家々の裏手にそってつづいていることを知っていた。頭を低くし、回転式拳銃《けんじゅう》を手にして、塀にもうけられた閉まった門をじりじりと通りすぎる。左側に深い溝があることをおぼえていたので、足の置き場に気をつけることに集中した。もしかしたら最後の瞬間に、彼はなにかを聞いたかもしれない。首をめぐらしかけすらしたかもしれないが、彼はあとになって細部をまったく思いだせなかった。小銃の銃床が容赦ない力で彼の頭を殴り、彼は即座に意識を失った……。

目をさましたとき、バーンズは自分が吐きそうだとわかったが、それを胃のむかむかする底に押しこんだ。傷がひどく痛んだが、いまや打ちつけるハンマーは頭のなかで活動していた。頭が空っぽのような感じがするせいで、打撃が反響して、一発ごとに打撃を二度受けているようだ。しっかりするんだ、おまえ。鉛で出来ているように感じられる目蓋《まぶた》を、渾身《こんしん》の努力でこじ開ける。目がくらむような光が襲いかかってきたので、すぐに目を閉じた。声が喉の奥をふるわせて話しかけた。英語で。

「回復してくれてじつにうれしいよ、バーンズ軍曹」

バーンズは目をかすかに押し開けて、細く開いた目蓋ごしにのぞきこんだ。ランプの向こうから、制服につつまれた腕が現われ、光の円錐《えんすい》を押し下げて、机を照らすようにした。腕はドイツ軍将校の制服を着た三十歳ぐらいの細面の男のものだった。バーンズは暗くされた部屋を見まわしたが、ジャックの姿はどこにも見あたらなかった。フランス人青年はきっと待ち伏せに遭っているあいだに村に逃げこんだにちがいない。

「口をきく用意ができたら教えてくれ」ドイツ人は提案した。

バーンズは心のなかで悪態をついた。彼は背もたれの高い木製の椅子《いす》に座らされ、両手首は肘掛《ひじかけ》に針金で縛りつけられている。体をこっそり動かそうとしたとき、幅広いベルトが腰を縛りつけているのを感じた。脚だけがまだ自由だった。連中は彼を完全に虜《とりこ》にしていた。もうひとりの制服姿の将校が椅子の背後から現われた。机の向こうの同僚と同様、制帽をかぶっている。彼は光の円錐の下で松葉を机に広げ、さまざまな長さの松葉を丁寧にならべた。このささやかな展示を完了するあいだ、バーンズを見たところ無視しているようだ。バーンズは歯を食いしばり、この拷問《ごうもん》の前奏曲は自分の気力を削《そ》ぐはったりだろうかと思った。机の向こうの将校が口を開いた。

「わたしはベルク少佐だ。おまえはもちろんバーンズ軍曹だな」彼は机からイギリス陸軍の俸給手帳を取ると、それを振った。「そして、もしわたしがなぜ英語をこんなに流暢《りゅうちょう》に話せるのか不思議に思っているとしたら、それは戦前、ロンドンで大使館付き武官をしていたからだ」声の調子が変わり、彼は冷たい態度でまくしたてた。「バーンズ、おまえの部隊はどこにいて、イギリス軍はどこからわが軍の後方を攻撃しようとしている?」

バーンズはしゃべった。名前と階級と認識番号を。それから口を閉じた。つぎの瞬間、机に身を乗りだしていた将校が手の固くした側でバーンズの唇を手荒く薙《な》ぎはらって、彼は思わず口を開いた。なにかが口のなかで折れるのを感じて、舌で探り、血の味を感じて、折れた歯を吐きだす。半分閉じた目蓋ごしに、ベルクがまるで仲間の将校を戒めるように首を振るのが見えた。

「紹介しておくべきだったな」ベルクは言葉を継いだ。「こちらはダールハイム大尉《たいい》だ。通常、われわれのやりかただと、まず礼儀正しく質問をして、そののちに圧力をかけるのだが、時間がないのでね。いっておくが、ダールハイム大尉は人々がわたしの質問にちゃんと答えないと気分を悪くするんだよ」

バーンズはもう一度しゃべった。名前と階級と認識番号、さらにジュネーブ協定ではこれが自分の明かす義務のある情報のすべてだとつけくわえて。ダールハイムはいまや松葉をもてあそんでいて、彼の体が一時的にベルクから自分を隠しているあいだに、バーンズは手首をワイヤーにさからって力いっぱい持ち上げた。手を自由にするのは完全に不可能だった。

「だが、おまえはスパイだ」と、見えないベルクはつづけた。「われわれが見つけたとき彼が着ていた衣服を見せてやれ」

ダールハイムは椅子から衣類の束を取り上げて、衣服を見せた。その恐ろしい一瞬、バーンズはジャックのものだろうかと思ったが、それがブルーデニムの上着とズボンであるのがわかった。フランスの労働者が畑で一般的に着ている衣料だ。ジャックは背広の上下を着ていた。きっと逃げたにちがいない。

「わたしは生まれてこのかたそんなものは着たことがないし、それはおまえも知っているだろう」

「ダールハイム大尉は、おまえがまだ気を失っているあいだにこの衣服をおまえから脱がせたことを確認できる。われわれはおまえが自分の軍服を隠すためにそれを着ていたということができる。しかも、おまえには身分を証明する手段がない。俸給手帳もない」彼は俸給手帳を引き出しに落として、引き出しを閉めた。「したがって、おまえはスパイで、われわれはどうとでも好きなようにあつかえるんだ」

ベルクははったりをかましているのだろうか？　バーンズにはいまや彼の白い顔が見え、机上の唯一の明かりに慣れてきたので、このドイツ人が最初思ったより年配だと思った。彼は怒りのせいで胸がむかむかした。自分は最後の行程に来ていて、かつて実行したなかでもっとも困難な偵察を完了し、あと五分も歩けばバート号の隠れ家にたどりつけるというときに、ほんの一瞬油断したせいで捕らえられていた。そして、自分が脱出する可能性がどんなに少ないかを理解すると、彼はある考えが自分の心を苦しめていることに気づいた。自分がルモンに来たのは、ドイツ軍の軍用乗用車から奪った作戦計画によれば、ここが疑いなくイギリス海外派遣軍《BEF》に最大の危険をもたらす場所だからだ。そして、いま自分は、ダンケルク攻撃の先鋒《せんぽう》である第十四装甲師団に壊滅的な打撃をお見舞いする方法を見つけたと確信したというのに、捕虜になってしまった。ベルクはなにをいおうとしているのだろう？

「われわれにはあまり時間がないんだ、バーンズ軍曹」

「ここに時間がたっぷりあるやつはいないさ」

「さまざまな理由から、おまえがわたしの質問にすぐに答えることが火急の問題なのだ。おまえの部隊はどこだ？　イギリス軍の戦闘計画はどうなっている？」ベルクは言葉を切った。「ダールハイム！　バーンズはまたしても答えんつもりだ」

　ダールハイムは背筋をのばして、くるりと向きを変えた。松葉はきちんとならべられ、そのするどい尖端《せんたん》は光の円錐の下でバーンズのほうに向けられている。制帽の下でダールハイムの顔は丸く、その目は半分眠っているようで、バーンズははじめて、彼が奇妙なルーン文字の記号がついた黒と銀の襟章をつけているのを目にした。ダールハイム大尉は親衛隊《SS》のメンバーだった。

　いまではバーンズは自分の目が光の円錐の向こうの薄暗がりに慣れてきているのに

気づいていて、座っているベルクの背後に窓を見て取ることができた。窓にはカーテンが引かれているが、片側に隙間があり、机のライトの向こうの深い影のおかげで、月に照らされた夜の切れ端が見えた。ダールハイムは体のわきに手をのばしていて、バーンズは彼が腰に付けた革製のホルスターから拳銃を抜くと予想したが、かわりに彼はポケットから長い紐《ひも》を取りだし、両手に巻きつけた。彼はこのささやかな運動に時間をかけて、バーンズを注意深く観察し、それから無言で椅子を通り越して、その後ろに消えた。バーンズはこれからやって来るものを予想して、身をこわばらせた。

レナルズは小さな家の外に立つ歩哨を見て取ることができた。近くに停まっているサイドカー付きオートバイも見えた。それは彼が村に入ってから初めて目にした人の気配だった。彼は道路から離れて、石塀のあいだの小道を数歩静かに進んだ。いまや歩哨が見張りに立つ場所から家二軒分離れて、しっかりと身を隠している。そこでどうすればいいか決めかねて一分間、立ちつくした。彼がこのふたつの行動を取ったのはたぶん彼の軍歴ではじめてで、そのいずれもが彼には心配だった――彼は命令にそむき、上官に諮《はか》ることなく独断専行していた。彼は自分が引き返すべきではないかとずっと思っていた。

バーンズは彼に戦車といっしょにいろとはっきりと命じていたし、いまやバート号は歩いてゆうに五分の距離にあった。バーンズになにかあったという圧倒的な感覚だけが彼に行動を起こさせていて、かわりに行くというコルバーンの申し出もきっぱり撥《は》ねつけていた。パイロットの居場所は空の上だ――地上はそう得意ではない、とレナルズは独り決めした。いまや彼がもっとも恐れるのは、帰ってくるバーンズとジャックと行き違いになっていて、すでに軍曹がいったいレナルズはどこだとコルバーンにたずねていることだった。戻ったほうがいいと彼は決断したが、道路づたいにではなかった――それはあまりにも危険すぎた。この家々の裏手にべつの帰り道があるはずだ。そうだ、すぐに戻るとしよう。バーンズは自分で自分の面倒を見られる。

レナルズは塀の端にたどりつき、慎重に頭を上げた。二軒先の窓の明かりが夜の闇《やみ》にこぼれている。きっとドイツ軍のなにかの司令部にちがいない。近寄らないほうがいい場所だ。彼は裏庭の塀の向こうを走る小道をつたって引きあげはじめ、それから肩ごしに目をやった。明かりが彼を当惑させた。たぶん調べたほうがいい。バーンズはあそこにだれがいるのか知りたがるかもしれない。親父がよくいっていたように、裏の毒を食らわば皿までだ。頭をしっかりと下げたまま、彼は門の数を数えながら、塀にそってじりじりと進んだ。ここが正しい家にちがいない。門扉はしっかりと閉まっておらず、静かに押すと、音もなく内側に開いた。明かりのついた窓のおぼろげな輪郭が、庭に立つ果樹の枝で断ち切られている。レナルズは慎重に聞き耳を立て、端の壁の向こうをのぞきこみ、道路へと戻るべつの小道を見わたした。もし自分が庭にいるあいだに歩哨がそこを歩いてくると決めたら、自分はみごとに閉じこめられるだろう。毒を食らわば……。

庭の小道をじりじりと進んで、窓の近くで家の裏側にたどりつくと、カーテンに隙間があるのが見えた。なかの人間は十中八九、彼がのぞきこんだとき、窓をまっすぐ見つめているだろうが、彼はなにが起きているか見なければならないと感じた。そこで片手を壁に押し当て、ゆっくりと前に出て、すばやくちらりと見て、後ずさった。彼はダールハイムがバーンズの椅子の後ろへ歩いていった瞬間になかをのぞきこんでいた。軍曹が手も足も出ないのが見えた。こんな状態のバーンズを見るのははじめてで、少しのあいだレナルズは呆然《ぼうぜん》としたが、その気分はすぐさま怒りへと変わった。

レナルズは庭を戻って、門を出ると、家のあいだの小道を進んでいった。その手は鞘《さや》からナイフを抜いていた。剃刀《かみそり》の刃のように入念に研ぎあげたナイフを。その切っ先は針のように尖《とが》っている。よく元魚屋がナイフを手入れする状態だ。小道の端まで来ると彼は塀の陰で待ち、歩哨の足音に耳をかたむけた。ドイツ兵はきっと立っているのに飽きたらしく、いまや規則正しい歩哨の巡視で行きつ戻りつしていた――十歩遠ざかり、また十歩戻ってくる。レナルズは耳をかたむけながら、ある夜遅くハル郊外の人里離れた野営地でついた歩哨勤務のことを思いだした。暗闇のなかでひとりきりの彼は、向きを変えるために立ち止まり、一八〇度まわるあいだも依然として足踏みをつづける瞬間がとくに嫌いだった。そして、それこそいま彼が待っている瞬間だった。

歩哨はまたこちらへやって来た。八歩、九歩、十歩……。塀の安全な場所を離れたレナルズは、恐るべき決意で行動し、ほんの一・八メートル先にドイツ兵の背中を見た。片手が肩の高さより上に上がり、同じ動きで静かに三歩前にじりじりと進むと、制服を着た背中にナイフを荒々しく突き立てた。ナイフが布を切り裂いて、いっそう深く突き刺さり、骨をかすめると少し横に動いて、それからよりいっそう深く埋まるのが感じられた。背中が彼から離れていき、歩哨はすさまじい悲鳴を上げた。レナルズは通りの半分がその声を聞いたにちがいないと思いながら、かがんで着剣した小銃をつかむと、ぐったりした腕から負い革を引っぱってはずした。

彼の反応はいまや昔の基礎訓練の名残りだった――小銃を拾い上げ、片手で銃床をつかみ、もう一方の手を銃身にそってのばして、銃剣の近くでつかむ。正面のドアに向かって全力で走ると、ドアが目の前で開いて、制服姿の人影が現われた。ダールハイムはルガー自動拳銃を手にしていたが、引き金を引く前にレナルズが近づき、そのがむしゃらな突進がダールハイムの腹に銃剣を深々と突き刺した。彼はうめき声を上げて、のけぞり、レナルズの荒々しい突撃の勢いそのままに床に倒れこんだ。操縦手は無意識に、大の字になった体を片足で踏みつけ、それを梃子《てこ》にして、すばやく一気に力いっぱい引っぱり、銃剣を引き抜いた。彼の目はその先の部屋を探っていた。

歩哨のすさまじい叫び声を聞いたとき、ダールハイムはちょうどバーンズの首を締めあげているところだった。ベルクの即座の指示で、彼はルガーを抜いて、正面ドアに駆けつけ、それを開けるあいだに、ベルクが机の横をまわってきた。すでに自分の銃を抜いている。バーンズがダールハイムの恐ろしいうめき声を聞いたとき、ベルクは彼を通りすぎようとしていた。彼は左脚をさっとのばしてドイツ軍将校を脚のあいだにはさんで転ばせた。ベルクが床に横たわると、バーンズは全体重を横に投げだして、自分と椅子でベルクの上にのしかかった。倒れたせいで椅子の左の肘掛が折れ、彼の手首はまだ針金が巻きついていたがすぐさま自由になった。彼は椅子にまだ縛りつけられたままベルクを半分下敷きにしていて、左拳《ひだりこぶし》を上げると、彼の顔を激しく殴りつけた。すると椅子がすべって、バーンズをさらに横のほうに持っていき、いまや彼は背中の椅子に縛りつけられたまま床に横たわっていた。ベルクがまばたきをして、拳に歯を折られた口から血をぺっと吐くと、それからまだ持っていた拳銃を持ち上げて、バーンズの顔を至近距離で狙《ねら》うのが見えた。重い椅子で床に釘《くぎ》づけにされ、わずかに遠すぎてベルクに手がとどかないバーンズは、その恐怖の瞬間でも、自分の上の動きに気づいた。するとレナルズが握った小銃の銃床が激しい衝撃とともにベルクの頭に振り降ろされた。手が音を立てて床に落ち、その手がゆるむとルガーがすべり落ちた。

「よくやった、レナルズ」バーンズは使い古された一節をあえぎながら自然と口にして、同じぐらい自然とダールハイムのことを考えた。「あのもうひとりのくそ野郎を確認しろ」

「やつはおしまいですよ。手を自由にするあいだ、じっとしていてくださいよ」

「小銃の銃床で椅子の肘掛の下の支柱を叩き折れば、手首をすり抜けさせられる。さあ、やるんだ、時間がひどく足りないんだ」

レナルズが慎重に小銃の銃床の狙いをつけ、肘掛の下の木製の支柱を折って、バーンズが手首を端から抜けるようにするあいだ、ふたりの背後でダールハイムがたえずうめく声が聞こえた。それからバーンズは針金のブレスレットから手を抜き、そのあいだにレナルズは彼を椅子に縛りつけている革のベルトをはずした。バーンズはダールハイムに背中を向けていたが、親衛隊将校の苦痛に満ちたうめき声と床を打つ靴音をまだ聞くことができた。彼は自由になった瞬間、ふりむいて、即座に警告の叫び声を上げた。ダールハイムは横向きにころがされ、左手で腹をつかんでいた。手は血でおおわれ、顔は苦痛でほとんど誰だかわからないほどゆがんでいたが、その右手は拳銃を見つけていた。バーンズが叫んだ瞬間、銃が火を噴いた。

ダールハイムはあてずっぽうに引き金を引いた、とバーンズは確信した。銃身があっちこっちに震えていたからだ。さらに二発が天井にめりこみ、それから銃は床に無害に落ちた。拳銃が壁のほうにすべっていくなかで、首をめぐらせたバーンズは、顔を上げて、レナルズがひっくり返るのを見た。驚きに目を疑う表情を大きな顔に浮かべながら倒れ、ものすごい音を立てて床にぶつかった。バーンズはふらふらの状態で立ち上がると、あやうく膝からくずれ落ちそうになりながらも、小銃を拾い上げ、よろめき歩いて、いまや床にころがっているダールハイムの背後の位置についた。銃をなんとか数十センチ上げると、また振り降ろす。彼の弱った状態でも、一撃の力は大きくて、小銃は彼の手から離れ、いまや動かなくなったドイツ人の横に落ちた。

小銃を壁のほうに蹴飛《けと》ばして、弾がまだ五発残っている拳銃を拾い上げると、自分の空のホルスターに押しこみ、いったいやつらは自分の拳銃をどうしたのだろうと思った。

「レナルズ!」

バーンズはひどく苦労しながら操縦手をひっくり返し、それからレナルズは身じろぎをして口ぎたなくののしりはじめた。左の太腿には血がたくさんついていたが、ざっと調べたところ、バーンズは銃弾が肉体に留まらずに貫通していることを発見した。彼はいつも持っている応急用包帯を巻いて、操縦手をなんとかベルクの椅子に座らせた。この作業は残っていた彼の力をほとんどすべて奪い去った。彼は心のなかで悪態をついていた。なんというひどい不運だろう。デイヴィスは落石の事故で命を落とした。ペンは恨みをいだいた略奪者に撃たれた。そしていま、レナルズが、銃の狙いをつけることはおろか、そいつをかまえることさえろくにできない、震える手で負傷した。それから彼の視線は腕時計に落ちた。椅子が横に倒れたとき、文字盤が落ちた拍子に割れて、針は午前二時四十分で止まっていた。

バーンズは机の横に少しのあいだ立って、レナルズのやつれた顔を見おろした。彼の思いは、負傷した操縦手と、八十分以内に自分がジャックといっしょに飛行場の上の丘から見たドイツ軍戦車隊が動きだし、フランス人青年が指さした水面下の道路をじりじりと進んでいくという事実のあいだで引き裂かれ、混乱していた。彼は気を取りなおし、手足を動かなくする疲労に屈しまいとした。考えろ、バーンズ、やることがあるんだ。

彼は自分の俸給手帳を取り返すためにベルクの引き出しを開け、自分の回転式拳銃がなかに入っているのを見つけて、それをドイツ製の銃と取りかえた。

レナルズは急に口数が多くなり、自分の軍曹に、自分はたぶん歩くことも操縦することもできないのでここに置いていってくれといった。しかし、バーンズはうなずいただけで、正面ドアのところに行くと、静まり返った通りを慎重に見わたした。貴重な数分間をむだにして歩哨の死体を家のなかに引きずりこんだが、彼は偵察隊がやって来た場合、もし可能なら警告が発せられるのを避けたいと思っていた。死体をダールハイムの死体の横にころがすと、深呼吸をして、操縦手を背負う複雑な手順に取りかかった。彼は重さでふたつ折りになり、レナルズの足が床で引きずられる音を聞きながら、家からよろめき出ると、レナルズがエンジン音で気づかれると反対するなかで、このお荷物をサイドカーに押しこんだ。バーンズは答えずに家のなかに戻り、机のライトを消して、また出てくると、ドアを閉めた。

オートバイのエンジン始動は、彼がいままで聞いたなかでもっとも騒々しい雑音に思えたが、彼は心に決めていた――レナルズを置いておけるもっと安全な場所を見つけなければならない。通りはまだ人けがなく、彼はルモンから走り去って元の納屋にたどりつき、エンジンをすばやく切ると、コルバーンに声をかけて警告した。コルバーンは短機関銃をかまえて壁の陰から出てきた。彼らはレナルズを建物の一棟のなかで藁《わら》に座らせて、できるだけ心地よくした――バーンズは今回、バート号の最後になるかもしれない旅に、負傷した乗員をつれていかないと決めていた。そして、この旅では、自分の乗員はいまやふたりに減ってしまったな、と彼は苦々しく思った――自分自身とコルバーンのふたりに。

午前三時二十分、彼らは出発の準備をととのえたが、それは彼らが懸命に働いたからにすぎなかった。バーンズは、いまや砲塔内で持ち場についたコルバーンを見あげた――この旅では戦車長の彼自身がバート号を操縦しなければならない。

「本当にうまく行くと思うか、コルバーン？」

「弾薬集積所に砲弾を撃ちこむというきみのアイディアよりもうまく行く可能性が高いさ。その方法だと、きみが大爆発を起こせる保証はまったくない。だが、このしろものが爆発したら、集積所全体が空高く舞い上がることはまちがいない――もしかりにわれわれがじゅうぶんに近づけて、もしかりにそこにたどりつく前にわれわれが吹き飛ばなかったらの話だが。もしそうなったら、連中がわれわれの埋葬に頭を悩ますことはないだろうな。ちょっとここを見おろしてくれよ――この戦車はひとつのでっかい爆弾だ」

砲塔基部のターンテーブルの床には、綿火薬を圧搾《あっさく》したブロックがぎっしりと詰まっていて、この危険きわまりない土台に、コルバーンは多数の瞬発信管、ガソリン数缶、大量の燐、そして肩掛け鞄《かばん》のなかで見つけた手榴弾《てりゅうだん》数発を追加していた。残りの手榴弾はまだ、砲塔のてっぺんから彼が容易に手をのばせるところに下がっている肩掛け鞄に入っていた。もっと手近には、発破器と大きな電線のリールがあった。コルバーンは発破器を指さした。

「そして、バーンズ、もしかりにこのしろものが爆発する前に戦車から離れるチャンスがあればの話だ……」

「そいつに賭《か》けるのはよすんだな、コルバーン」

「もちろんさ、わたしはなににも賭けるつもりはないよ。だが、もしかりにきみがひとりになった場合には、発破器だけでなく電線のリールを持っていくのを忘れるなよ。電線は銃眼からくりだされているから、ハッチをしっかりと閉められる――ハッチをしっかりと閉めるのが大事だ。ハッチはあらゆるものを閉じこめて、爆発の威力をかなり増大させるからだ……」

「もう出ないとならないんだ、コルバーン」

「たのむよ、きみに話すのは二度目だとわかっているが、これがきみの命を救うかもしれないんだ。発破器のハンドルを押す前に、きみはこのスイッチをまわす必要がある。この装置はスイッチをまわすまでは子猫のように無害なんだ。考えてみると、バーンズ、この方程式には少しばかり〝もしかりに〟が多すぎる気がするな」

「爆発を盛り上げる七十発の二ポンド砲弾と機関銃の弾薬箱もあるさ」

「わかってるよ。このしろものが爆発したとき、自分が近くにいられるよう切に願っているよ――これはこれまでのわたしのキャリアで最高の爆破になるだろうからな。わたしが〝近くに〟というときは、そのくりだされた電線のまさに端っこのことをいっているんだがね」と彼はつけくわえた。

「動きだしたほうがいいな、コルバーン。われわれはきみのささやかなおもちゃをいじくりまわしてすでに手遅れになっているようないやな予感がするんだ。きみには観測を一手に引き受けて、車内通話装置でわたしに話しかけてもらいたい。なんとかやれると思うか？」

「バート号をなんとか操縦するよりずっといいね。了解だ。こいつは爆撃機の搭乗員がいう、進入の最終行程だな」

「それはいい得て妙だな。なにせわれわれがシュトルヒ将軍にとどけようとしているのは動く爆弾だからな」

その三分後、戦車は全速力で村を通り抜けていた。ヘッドライトを光らせ、人けのない通りを復讐《ふくしゅう》する亡霊のように驀進《ばくしん》する。それが彼らの唯一のチャンスだ、バーンズはそう確信していた――マンデルがフランスを横切るドイツ軍戦車隊の進撃を形容したのと同じように、わがもの顔で突き進むことが。そして、それが彼らの唯一の強味だった――完璧《かんぺき》な奇襲の要素が。その要素を彼らが飛行場にたどりつく瞬間まで容赦なく思い知らせなければならない。そもそも本当にたどりつけたとしたらだが。戦車がライトを煌々とつけて未明に出現したことで、すくなくとも貴重な数秒間、疑念とためらいの反応を引き起こすにちがいない。そして、そのあいだに、バート号は彼らが遭遇するかもしれないいかなる偵察隊も通りすぎているはずだ。すべては彼らがどれほど早く重要目標にぶちあたるかの問題だった。

戦車はレナルズがバーンズを救った家を通りすぎつつあると彼は確信したが、彼の視野は限られていて、車内通話装置ごしのコルバーンの道案内に大いにたよっていた。

操縦席はいちばん低い位置に下げられ、頭上のフードは閉じられて、彼を外界から遮断していたので、彼の唯一の視野は正面の覘視孔《てんしこう》ごしだった。厚さ十センチの防弾ガラスがその覘視孔を保護する一方で、厚さ七十ミリの装甲板が彼を砲撃から守っている——いちばん厚い装甲板が車体前部をおおっている——ので、理論的には彼はかなり安全だった。戦車が炎上して、彼がフードを後ろに押し下げたとき、二ポンド砲の砲身が真正面を向いていて、最大の俯角《ふかく》がかけられているのを発見しないかぎりは。その場合、砲身は、戦車が燃えるあいだ、彼をまったく脱出できないようにする鉄の棒となる。皮肉屋の操縦手たちは、操縦手が拳銃を支給されるのはそれが理由だといっていた——生きたまま焼かれるより安楽な逃げ道をあたえるためだ。いったいなぜそんなことを考えているんだ？　とバーンズは思った。たぶん自分はいまやっと不運なレナルズが経験してきたことに本気で感謝しているのだろう。

彼は本当にいざというときにコルバーンがミルズ手榴弾の使いかたをちゃんと知っていればいいのだがと思った。カナダ人はイギリス軍の上級軍曹が射爆場でその使いかたを実演してくれたといっていたし、バーンズはコルバーンがその仕組みに大いに関心をいだいているのが想像できた。しかし……。

「バーンズ」コルバーンの声が片方向通話装置ごしにはっきりと聞こえてきた。「われわれは広場に近づきつつあり、きみが描いてくれた略図によれば、われわれは直進するが、ひとつ問題があるかもしれない――明かりが見えるんだ。走りつづけろ、引きつづき連絡する」

砲塔では、コルバーンが心配そうに前方を見つめていた。二階建ての家にかこまれた開放的な広場では、木々のあいだから明かりが差していて、その光線は静止していた。兵士らしきものも、危険の兆候も見あたらない。その明かりが木々のあいだから漏れてくるだけだ。バーンズは、自分がジャックといっしょに村を偵察したときにつきとめられたかぎりでは、民間人は退去させられているといっていた。ドイツ軍が前進基地として使用しているので、それは理にかなっていた。

彼らはジャックの父親の家まで侵入したが、彼は家にいなかった。したがって、どんな人の気配も敵側の可能性が高かった。見たところ人けのない広場が近づいてきて、コルバーンは左右に動きながら木々の向こうを見ようとした。あそこになにかがある。それから彼は見た。

「バーンズ。この広場の端にサイドカー付きオートバイが二台。ライトをつけているが、近くにだれもいないようだ……」

バーンズはエンジンからさらにもう少しスピードを絞りだし、いまや狭い広場を横切ってその先の通りまでのびているヘッドライトの光線を見わたした。彼は左右に積み上げられた雷管の箱のあいだに押しこまれて座っていて、これほど大量の爆発物が近くにあるというのは心地のよいものではなかったが、彼は爆弾の威力を増すためにこれらの余分な箱を搭載することを強く主張していた。いま彼は自分がやりすぎただろうかと思った。イギリスの雷管はきわめて不安定だと、コルバーンはいっていた。ドイツはTNT《トロチル》を使っていて、これははるかに気難しくない。そして、コルバーンは事情通だ。彼らはいまや広場を半分横切っていて、彼は無意識にコルバーンの声の最初の響きに聞き耳を立てていた。もし彼がいま口を開けば、それは厄介事を意味するからだ。前方の暗い通りが彼のほうに近づいてきて、それから彼らは広場をあとにし、光線がまっすぐな通りをつらぬいた。コルバーンの声は張りつめていた。

「連中はわれわれがちょうど広場をあとにしたとき出てきた――ふたりのドイツ兵だ。連中は立ち止まって数秒間見つめたあと、オートバイの一台に走っていった」

バーンズは前方を見つめた。すでにはじまりつつある。行く手にはじきに切り抜けなければならない左の曲がり角があり、そのためにかなりスピードを落とす必要があった。そして、もしオートバイの一台が彼らを追っているとしたら、これは彼らがもっともスピードを落とすべきでない瞬間だった。彼は車内通話装置が双方向で、コルバーンにサイドカーの男を見張るよう警告できたらいいのにと心から願った。短機関銃を持っているであろう男を。またコルバーンの声。

「オートバイがこの通りを追いかけてくる。じきに左の曲がり角があるのはわかっているが、スピードは落とすな。心配ない、わたしが対処する」

コルバーンは本気で心配していた。彼は近づいてくるオートバイのライトが急速に間隔を詰めてくるあたりをふりかえった。砲塔に陣取っている自分が危険なのはわかっていた——もしオートバイをじゅうぶん近づかせたら、サイドカーの男は、さきほど彼が持って走っているのを見た短機関銃で彼の頭を吹き飛ばすだろう。コルバーンは肩掛け鞄から手榴弾を一発取りだし、それからもう一発取りだすと、二発目をころがらないように発破器の箱の陰に置いた。それは多くの人間が取らない行動だったが、コルバーンにとって、発破器はスイッチをまわすまで死に体だった。彼はさらに砲塔内の綿火薬の床のほうを見おろした。この小さい坊主《ぼうず》をあそこに落とすんじゃないぞ、と彼は自分にいい聞かせた。彼の指はいまや安全ピンの先のリングに通されていた。正確にやるんだぞ、コルバーン。戦車のスピードとオートバイの突進を考慮しろ。そして、うまくやるんだ。おまえはこれからトロントで投球しようとしているんだ。手榴弾から安全ピンを抜くと、数えた。一、二、三、四。そして投げた。彼の手は待つことなく二発目の手榴弾にのびて、リングに指が入った。ピンを引き抜いて数える。彼が頭を引っこめると、最初の手榴弾がドイツ兵のわずか数十センチ前で爆発した。死をもたらす耳ざわりなバーンという音が通りを引き裂いた。閃光《せんこう》が壁を照らし、オートバイはサイドカーもろとも持ちあがり、タイヤが空転して、サイドカーがオートバイから引きちぎられた。コルバーンは砲塔内から二発目を投げたが、もはやそれは必要なかったので、たんに処分するためだった。そして、二発目の手榴弾の閃光で、その向こうの通りに影につつまれた残骸《ざんがい》を目にした。ライトも消えていた。彼は息を吐きだし、その音は車内通話装置でバーンズにつたわった。

「始末した」

コルバーンは砲塔にもたれ、飛行服で手の汗を拭《ふ》いた。空から人を撃ち落としたことはあったが、これはべつものだった。彼はサイドカーの男が頭から地面に落ちるのを一瞬ちらりと見ていて、すべてがこんなにすばやく終わったことに驚いた。この数分間、彼はひどくおびえていた。あまりにもおびえていたので、先に手を拭いておかないというひどいミスを犯していた――あの二発目の手榴弾はあやうく手からすべって、すんでのところで砲塔内に落ちるところだったのだ。そう考えただけでまた汗が噴きだしてきたが、すべてが終わったいま、彼は心の底からほっとしていた。自分がまだ生きていることにほっとした。だがこれは些事《さじ》にすぎなかった。一台のサイドカー付きオートバイでしか。すぐ先のどこかで彼らを待ち受けているものは、はるかに規模が大きいだろう。ヘッドライトが漆喰《しっくい》にペンキで文字が書かれた遠くの塀を照らしだした。〈レストラン・ドゥ・ラ・ガール〉。彼はマイクにすばやく話しかけた。

「例の建物が近づいてくる——レストランの建物だ。左へ曲がる用意。わたしが誘導する」

バーンズはすでにスピードを落としていて、ごくゆっくりと向きを変えはじめた。彼の手は、バート号をしずしずと旋回させるあいだ、コルバーンの指示に忠実にしたがっていた。曲がり角は急で、ほとんどすぐに彼らは石畳の下り坂に乗り入れていた。バート号は這《は》うように方向を変えながら、じりじりと進み、コルバーンは砲塔から身を乗りだして、壁との間隔を確認し、ずっと車内通話装置で話していた。彼らは右側の塀をあやうくこすりかけ、それから角を曲がりきると、戦車は直進して、金属製のキャタピラが石を踏みしめ、キュルキュルいいながら、石畳の通りを進んでいった。きわどかったが、ふたりでみごとに力を合わせてなんとか乗り切った、とコルバーンは思った。光線の先を見渡し、まだほっとした気分を味わいながら、バーンズはどう感じているのだろうと思った。

戦車の前部内では、バーンズがかなりちがった気分を味わっていた——バーンズは深刻な危機におちいっていて、背筋が凍るような恐怖が染《し》みこんでくると、彼は自分たちに最後までやり遂げる望みがほんのわずかでもあるのだろうかといぶかった。雷管の箱のひとつが崩れかけていた。それはあの最後の曲がり角で、彼がなんとか角を通り抜けて、通りの勾配《こうばい》にそなえようと真剣に奮闘しているあいだに起きた。彼らが曲がり角をほとんど曲がりきったとき、彼は激しい一撃が右肩にぶち当たるのを感じた。まだバート号に角を曲がらせている途中だったので、すばやく横に目をやる暇しかなかったが、その重い箱がその下の箱からかなり突きだしていて、いまや彼自身の体という障害物だけでささえられているのがわかった。彼は丘を下っていき、戦車がかすかに揺れながら石畳を進んでいくあいだに、箱を肩で元の場所にそろそろと押し戻そうとした。その行為はあやうく彼を座席から跳び上がらせかけた。さんざん酷使された傷の痛みが金切り声を上げて彼の身体《からだ》を走り抜け、彼の脳を突き刺した。その恐ろしい瞬間、彼は自分が気絶すると思った。目まいを追いはらうために唇を強く嚙《か》んで、口の切り傷をまた開くと、その夜二度目に自分の血を味わった。重い箱はずっと肩に押しつけられていて、つぎの右折で箱がバランスを取り戻すよう祈る以外には、できることはなにもない。自分はまだまっすぐ走っているだろうか？　彼は覗視孔ごしの視界にむりやり集中した。

「バーンズ、この通りの坂下の先に運河の土手が見える。だからわれわれは正しい道にいる。そしてすぐに右折する」

バーンズはその曲がり角をずっと待っていたが、両手が操向レバーでふさがっているので、肩が依然としてあの箱を壁に押し返す負担を一手に引き受けなければならないのはわかっていた。自分は苦痛に耐えられるだろうか。ふたたびコルバーンの声。声には緊張が浮かんでいる。まちがいなくさらなる厄介事のサインだ。

「なにかが起きようとしている……戸口に兵士、歩哨だと思う。このスピードで走りつづけろ――あと百メートル足らずで右折しなければならん……」

コルバーンは砲塔内に頭を引っこめて待った。誰何《すいか》の声と沈黙、それから歩哨が胸に下げた短機関銃からの最初の一連射を待った。短機関銃を手に握り、彼は砲塔の口を開けたへりの向こうを見あげた。戦車は石畳をガタガタと進み、不規則な家々の屋根の黒っぽいシルエットが砲塔のへりの向こうを飛び去っていく。星の光の冷たい点が深夜の空遠く輝いている。月はいまや低く、未明の寒さが彼の首筋をちくちくと刺した。まだ歩哨からはなにも聞こえてこない。もうこれ以上耐えられない。コルバーンはへりごしにのぞいてみた。なにひとつ動いていなかったが、戸口近くに影につつまれた人影が依然として見えたと思った。動かない人影が。

信じられない。彼の驚きの一部は車内通話装置でつたわった。

「バーンズ、歩哨はまったく動かなかった——まったく動かなかったんだ。こっちはイギリス軍の戦車に乗っているというのに」

うまく行った、とバーンズは思った。奇襲の要素がここで奏功した。たぶんあの歩哨は戦車のシルエットについてちゃんと予習をしていなかったのだろう。ほかの任務からここに配属されていたのかもしれない。おまけに疲れていたので、一輛《りょう》の車輛がヘッドライトを輝かせてドイツ軍占領下のルモンの通りをやって来たとき、きっと問題はないと思ったのだ。立ったまま眠っていたことだってありうる。だが、重要なのは、これが一度うまく行っていて、もう一度うまく行くこともありうるということだ。

コルバーンの声が切迫した調子でいった。

「もう土手がはっきりと見える——曲がり角に近づいている。こいつには気をつけろよ、狭いからな。わたしが誘導して……」

バーンズはスピードをゼロ近くまで落とした。この曲がり角のことはおぼえている。彼らが通り抜けなければならない、いちばん厄介な曲がり角だ。彼らが進んできたルートはじつにシンプルだったので、彼は農場の建物を出てからずっと自分たちがどこにいるか正確にわかっていた。いったん村に入ったら、ルートは最初の通りをまっすぐに進んで、広場を横切り、その先の通りを最初の左折まで進んで丘を下る。丘の坂下で右折すると、それからはまた運河の土手の下を走るわき道を直進する。もし彼らがこの曲がり角を通り抜けられさえしたら……。戦車が急な曲がり角をほとんどまわり終えたとき、それは起きた。ゆっくりと前進していたかと思うと、ひどい揺れがあって、戦車が停まった。エンジンはまだアイドリングしている。バーンズは、衝撃と、激しい衝突の直前に聞いたこすれる音に警告されてブレーキを踏んでいた。その衝突で雷管の箱が彼の肩に容赦なくぶつかった。彼は吐きたい衝動と戦ったが、あまりにも動揺していて、手が空いているあいだに箱を押し返そうとすることができなかった。それからコルバーンの声が聞こえた。

「キャタピラが左の塀に引っかかった。すまん――わたしのミスだ。すぐにここから抜けださないと――あの歩哨が丘を降りてきはじめている。ゆっくりバックしろ。前には進めない」

車体内でバーンズは、微動だにしない塀に金属板が激しくこすれる音を聞きながら、慎重にバックした。そこで戦車は動けなくなった。彼は顔をしかめて、ちょっと考えた。もしあまりついていなかったら、自分は自分たち自身を行動不能にしかねない。

彼は一度、キャタピラが真っ二つに切れて、戦車の車体が数メートル進みながら、金属製の絨毯《じゅうたん》を広げるようにキャタピラをくりだしていくのを見たのをおぼえていた。もしそれが起きたら、彼らはおしまいだし、歩哨《ほしょう》が丘を下って調べに来るというあの件もある。彼らは前へ進めないので、後ろへ下がるしかなかった。バーンズは歯を食いしばってバックすると、金属が石畳を苦しげに踏みしだくのを聞き、感じた。すると彼らはまた自由になった。しかもまだ無傷で。コルバーンはあわてずに彼を誘導して角をまわらせ、それから彼らはつぎの通りを進んでいった。ヘッドライトが人影のない寂しい通りを探る。バーンズは腕時計に目をやった。コルバーンから借りた時計だ。時刻は午前三時三十分。

砲塔では、コルバーンが発破器の箱のとなりの棚に回転式拳銃を戻し、両手を拭いた。拳銃は歩哨ひとりにはよりおあつらえ向きの武器に思えた。危険な曲がり角を最後にもう一度ふりかえってから、前方の視界を観測するのに意識を集中し、バーンズが通りのどまんなかからそれないようにするためにときおり指示を出す。心はおちついていた。右側では、二階建ての家の列がひとつづきの壁となって通りの横を走っている。二階の窓は砲塔よりほんの少し高い。左側は見えない運河の高い土手がつづき、傾斜の急な土手はすくなくとも六メートルの高さがあって、開けた地形の眺望をさえぎっている。行く手には、影につつまれた谷間のような通りが横たわっていた。見たところ人の気配はなく、前に進む光線は空っぽの道路だけをさらけ出した。かなり不気味な感じがして、戦車が前進するにつれ、コルバーンは緊張がほとんど耐えがたいレベルまで高まっていくのを感じた。あと数分以内に、彼らはなにかとても大きなものに出くわす運命にあった。

バーンズは同じ気分を経験していた。全身を捕らえる、いや増す苦痛以外のなにかを経験できるかぎりにおいてだが。肩の傷の圧痛は、雷管の箱の側面が彼にもたれかかっているせいで、いまやほとんど耐えがたかった。その容赦ない痛みは、ほかのすべてを霞《かす》ませていてもおかしくなかったが、彼はそれでも、ドイツ軍の歩哨が彼を殴り倒したときの頭のてっぺんの打撲傷がうずくのが感じられたし、火傷《やけど》をした左手の甲は、まるで腕の先からただよい流れていきそうなほど、奇妙に肉体から分離した感じがした。そして、そのすべての向こうから、彼の頭を溺《おぼ》れさせかねない疲労の高波が押し寄せていた。どんな意志の力よりも苦痛によって押しとどめられている高波が。

彼の頭のべつの部分は機械的に操向レバーとふたつの操縦ペダルを操作していた――左の変速機クラッチ・ペダルと、右のアクセル・ペダルを。彼らの前方には丘があった。その丘は、土手とほぼ同じ高さに隆起して、それからゆるやかに下りながらわき道が右に枝分かれしている。さらにその先にはまたべつの丘があった……。

コルバーンの声は張りつめていた。「われわれはいま運河の土手にそって走っている——右には家並みがある。まだ問題の兆候はなし」

それはまさにバーンズが思い浮かべているとおりだった。自分たちはなんとか乗り切ったのだろうか？　すでに彼らはルモンの端っこにあるこの道路を走っている——村は土手で唐突に終わっていて、その先は開けた地形になっている。ジャックはそれが、わき道同然だといっていたし、だからこそ彼らはこのルートにそって偵察していたのだ。そしていま、彼らはバーンズがこの旅でもっとも厳しいだろうと思っていた部分を片づけていた——村を通り抜ける突進を。前途に横たわるものは考えるだけで恐ろしかったが、彼らはほとんど飛行場にたどりつけるかもしれないように思えた。

バーンズは心の目で前方の地勢を見た。彼らは、往路はこの道路にそってジャックの父の空き家までやって来て、それから安全のために、土手の向こう側の野原を横切って引き返していた……。彼は一発の銃声を聞いた。それからもう一発。

コルバーンは全方向を一度に見ようと努力していた——前方の道路、後方の道路、右側の二階建ての建物の列、そしていまやかすかな光を背によりはっきりと見える高い土手のシルエットを。夜明けがおとずれようとしていた。彼は腕時計を探して、それをバーンズに貸していたことを思いだした。土手の線は彼らが丘を登りはじめるといまや下がりつつあった。じきにその向こうが見えるだろうとわかったし、彼はあの家々をしっかりと見張るようつねに自分に思いださせた。あの暗くなった窓からなにか危険がおよぶと疑う理由はなかったが、あまりにも近いうえに、二階の窓が戦車を見おろしていたので、心配だったのだ。彼は拳銃《けんじゅう》を取り上げ、武器は彼に安心感をあたえた。

非常事態はまったく予想外に発生したので、彼はあやうく息が止まりかけた。二階の窓が開き、きっとそれにカーテンがついていたのだろう。光のプールがあふれだし、下の戦車を照らしだした。コルバーンは顔を上げ、ドイツ兵が見おろしているのを見た。そのプディング型のヘルメットがはっきりと見えた。ドイツ兵が叫ぶのが聞こえ、室内に手をのばして、短機関銃を持ち上げるのを見た。コルバーンはただちに反応した。拳銃を上げると二発発射した。戦車が走りつづけるなかで、ドイツ兵はよろめいて下の庭に落ちた。

「バーンズ、ドイツ野郎が窓を開けて、こっちを見つけた。撃ってこようとしたが、わたしが先手を打った」コルバーンは、いまいましい車内通話装置が片方向だけでなければいいのにと思った。まるで幽霊に話しかけているようだ。「もしあの家に電話があったら、もうじき連中が襲いかかってくるだろう。やつが女の子とふたりっきりだったのでなければだが。やつはちゃんとヘルメットをかぶっていたよ」彼は無意識のユーモアをこめてつけくわえた。

バーンズはその冗談について考え、冷ややかな笑みを浮かべた。彼はドイツ兵が女の子といっしょであったことを願った。もしそうだとしたら、彼女はたぶんお隣さんを呼んで死体を手ごろな運河に捨てようとするだろう。ただし、もし村が立ち退《の》かされていたら、それはありえない。だから警報は発せられていると思ったほうがいい。自分たちはいま、この丘のてっぺんに近づき、ジャックといっしょにあの大きな艀《はしけ》で運河を渡った場所に近づいているはずだ。なにか問題があったのか？　彼はコルバーンがはっと息を呑む音をたしかに聞いた気がした。コルバーンは息を呑んでいて、いまはもう家々も土手も見ていなかった。真正面を見つめ、彼らが丘のてっぺんを越えると、彼の口はルモンを通り抜ける運命的な旅に乗りだして以来経験しなかったような恐怖でからからに乾いた。

丘の頂上の見晴らしのいい地点から、彼はその先の丘の頂上ごしに向こう側を見ることができた。そこでは数珠《じゅず》つなぎのヘッドライトが彼のほうに向かってくる。つぎの丘の頂上の向こう側に大きな光の輝きを投げかける、はてしない数珠が。彼はいま自分が、自分たちの進んでいる道路を前進してくる装甲車輛の縦隊を見ていることに、いささかの疑いもいだいていなかった。たぶん彼らを迎え撃つという明確な目的のために送りだされた縦隊だ。なんてことだ、と彼は心のなかでつぶやいた。なのにわたしは自分たちがなんとか乗り切れるかもしれないと自分を思いこませようとしていた。われわれはもうおしまいだ、万事休すだ。

「バーンズ！　前方に見わたすかぎり車輛の流れがある。まだ少し距離はあるが、こちらにやって来つつあり、あと数分で出会うだろう。連中はわれわれに気づいている――きっとドイツ軍戦車隊だ。ものすごい数がいる」

バーンズの反応にコルバーンは愕然《がくぜん》とした。彼は戦車がスピードを上げて丘を下っていくのを感じた。キャタピラがどんどん速く回転し、彼らはまるでやって来る縦隊と出会うのをバーンズが待ちきれないかのようにペースをよりいっそう上げながら突き進んだ。一瞬、コルバーンはバーンズが正気を失ったのかと思ったが、やがて彼らは丘の下にたどりついて停止した。ヘッドライトが消えて、バーンズがフードを後ろに押し下げた。彼はちょっとひと息つくあいだに、雷管の箱を元の位置に押し戻し、両手を使って箱を車体の側面にしっかりと押しつけた。それから座席の高さを上げて、座ったとき頭がハッチの上に出るようにした。彼は心配顔のコルバーンに声をかけた。

「その車輛はどれぐらい遠くにいる？」

「八百メートルだと思う。はっきりとはわからない」

「もしかしてほんの四百メートルでは？」

「いや、すくなくとも八百メートルはある。バーンズ、こっちのライトが消えているぞ」

「わたしが消したんだ。こっちが土手を登るところを見られる危険を冒したくない」

「あれを登るのか？」

コルバーンは彼らの頭上六メートルにそびえる急な斜面をぞっとして見あげた。バーンズは分別を失ったのだろうか？　きっと土手のてっぺんで最期《さいご》の戦いを挑むと決めたにちがいない。彼らがそもそもそこまで登れたらの話だが。バーンズが向かってくる縦隊の戦力をじゅうぶんに理解しているはずがない。コルバーンは砲塔から呼びかけた。

「きっとすくなくとも二十輛か三十輛がこちらに向かっているぞ」

「いいか、コルバーン」バーンズの声は切迫していた。「われわれは連中と戦うわけじゃない――連中をかわそうとしているんだ。わたしは、われわれの背後にあるこのルモンに戻る道路の真向いで、ジャックとこの運河を渡って戻ってきた。航空母艦のような甲板を持つ艀を渡ったんだ――艀はほとんど運河の幅いっぱいある。われわれはバート号の車体前部があの土手を指すまで、このわき道にバックする――そのあとは、あの上がわれわれの進むところだ」

「戦車にできるかな?」

「やってみるまではわからないが、それが唯一《ゆいいつ》のチャンスだ。夜明けが迫っている。だからいまできなければ、永遠にできないだろう。てっぺんにたどりついたら、きみにはわれわれが艀の中央に進んでいけるかどうかたしかめる時間がほんのわずかある。わたしはいつでもブレーキを踏めるようにしているが、斜面から離れるまでは踏むことができない。きみはとにかくすばやく反応する必要があるんだ。わかったな?」

「もし進んでだいじょうぶならオーケーという。そうでなければストップというよ」

土手にたいして九〇度の角度でのびているわき道は広くて、バーンズがすばやくバックするための空間がたっぷりあった。それから彼はちょっとひと休みして指を曲げ伸ばしした。彼は成功の公算など考えずに前進すると、コルバーンのやつはこれが取り憑《つ》かれた男の最後の賭けだと思っているだろうと推測した。そして砲塔では、自信はコルバーンがおよそ抱いていない感情だった。彼はできれば二方向を同時に見たかった――その向こう側を装甲縦隊が前進している丘の上と、斜面が山肌のようにそびえている真正面を。彼の下では、まるで下側の斜面にしがみついているのがむずかしいとわかったかのように、キャタピラが勾配を引っかき、すりつぶしながら登りはじめ、コルバーンは体が砲塔の後部のほうにのけぞるのを感じた。バーンズはすばらしいペースで登っているようだった。もしかりに艀が橋の役目をするのに適した位置になかったら？　もしかりに彼らが土手を半分登ったところで、敵の縦隊が丘の頂上を越えてなだれ込んで来たら？　彼は自分が出発直前にバーンズにいった言葉を苦々しく思い返した。この方程式にはやはり〝もしかりに〟が多すぎるのだろうか？　たぶんわれわれはこれをやり遂げられないだろうな、とコルバーンは心のなかでつぶやいた。

バーンズは決意を固めていて、いまや自分たちがやりとおせるかどうかをまったく自問しなかった。苦痛で打ちのめされた彼の頭はひとつの考えだけに集中していた——バート号にてっぺんを越えさせることに。戦車の傾斜は横方向ではなく縦方向だったので、雷管の箱は元の位置にしっかりと留まっていたが、雷管はこの種の扱いに耐えられるだろうか？　戦車は前方のキャタピラが窪《くぼ》みに落ちるとひどく揺れ、それから窪みを這い上がった。エンジンが荒々しく回転し、バーンズは戦車をもっと高いところへ持っていこうと奮闘した。きわめて不安定だ、とコルバーンはイギリスの雷管のことをいっていた。ドイツはTNT《トロチル》を使っている。左側のキャタピラがべつの窪みに危険なほど沈みこみ、箱がまたすべりだして彼の肩に激突し、敏感な傷にその重量をこすりつけた。彼はとっさに身をこわばらせ、もし自分たちが向こう側にたどりつくことがあったら、この箱を投げ捨ててやると悪態をつくと、てっぺんに近づきつつあることを知って、アクセルを踏んだ。

コルバーンはいまや砲塔に背筋をのばして立ち、両手で前のへりをつかんで直立した姿勢をたもっていた。自分たちが例の艀を横断するのに正しい位置にあるかどうかを瞬時に見て取ることがきわめて重要だからだ。彼がまだ見ることさえできない艀を。しかし、彼は加速を感じて、バーンズがそれに向かって突進していることを知った。彼はそわそわとさらに身を乗りだした。彼らはてっぺんにたどりついた。

「オーケーだ、バーンズ！　オーケー！　オーケー！」

あった――艀が。彼らはどまんなかを射止めていた。戦車は一瞬停まり、前側のキャタピラがちょっと宙に浮いてから、引き船道に水平に落ちた。戦車は五、六センチ分の水を渡ってまた前進し、平たい甲板のまんなかに降りた。艀は巨大なお客さんの衝撃で揺れ、戦車は甲板の途中まで進みつづけた。そこでエンジンが停止した。

コルバーンは強いてなにもいわなかった。彼らはいまや、接近する縦隊が丘の頂上に登ったらまる見えになる土手のてっぺんに釘づけにされていた。バーンズが何度もエンジンを始動しようとする音が聞こえた。コルバーンの目は本能的にその向こう側を縦隊が前進している丘の頂上を見まわした。まだなにも見えないが、縦隊の先頭はもうすぐ近くに来ているにちがいない。彼にはその光景がありありと想像できた——最初の大型戦車が丘の頂上に達し、自分たちが薄暗い光を背景に鮮明に浮かび上がるのを発見して、縦隊に無線で連絡しながら、丘を下りつづける。さらに多くの車輛がそれにつづき、砲弾の弾幕射撃が至近距離で狙いをつける……。コルバーンは自分が回転式拳銃をきつく握りしめているのに気づいて、むりやり手の力を抜いた。その視線が彼の下の発破器に落ち、それから彼は丘の向こう側の光の輝きをまた見た。その輝きはバーンズがエンジンを始動する努力をむなしくくりかえすあいだ刻一刻と大きくなっているように思えた。コルバーンは自分たちがやって来た方向をふりかえったが、通りはまだ人けがなかった。だれが装甲縦隊を招集したのだろう？　たぶん自分たちが横切った広場のもう一台のサイドカー付きオートバイの持ち主たちだ。そのときエンジンが点火して、戦車は急に前進し、艀をあとにして、向こう側の斜面をスピードを出して下っていった。斜面の下でバーンズは大きなカーブを描いて方向転換し、戦車を運河と平行に向けて停めた。そしてエンジンを切ると、フードを後ろに押し下げ、すばやく這いだした。

「てっぺんで立ち往生すると思ったんだがな」と彼は感想を漏らした。「例の縦隊はまだ見えないか？　けっこう。コルバーン、降りてきて、このくそいまいましい箱を捨てるのに手を貸してくれないか？」

彼は腕時計を見た。午前三時四十分。作戦開始時刻《ゼロ・アワー》まであと二十分。

土手の下の野原はしっかりとした固い土の地面で、彼らの前進をはばむ見えない泥沼はなかった。もっとも、左側のそう遠くないあたりには、冠水した地域のおぼろげな光が見えてはいたが。戦車が轟然《ごうぜん》と進むなか、バーンズは下げた座席から覗視孔をのぞいて、ジャックとの偵察から戻るときに通ったのと同じコースをたどった。これからの二十分がすべてを決するだろう。第十四装甲師団が水際線《みずぎわせん》を横切って、油断しているダンケルクに襲いかかるか、それとも自分たちが事態を思いきり混乱させて、ドイツ軍戦車隊をもしかすると致命的に遅延させられるかが、これで決まるのだ。コルバーンがいましゃべっていた。

「土手の下にアーチ道が見えるようだ」

そのアーチ道が終点だった。バーンズがレナルズを彼らから奪った偵察に出発する直前に、コルバーンがいった言葉だ。しかし、あの偵察がなければ、彼らがこの終点にたどりつくことはなかっただろう。アーチ道を抜けると開けた野原があり、その先が飛行場だった――巨大な弾薬集積所と待機するドイツ軍戦車隊の野営所がある場所だ。バーンズは、唇を引き結んで、覗視孔をのぞきこみ、戦車は未明の光のなかを前進した。

彼は自分が気づかずにスピードを上げていたことに気づき、あのアーチ道に思いをめぐらせた。幅はじゅうぶんだろうか？　彼はジャックとそのアーチの下をこっそり歩いたとき、バート号のことをすぐに思いだして、歩測で幅を計っていたし、緊急時にはきっとなんとかくぐり抜けられるはずだと判断していた。彼らはなんとかくぐり抜けなければならなかった――アーチ道は運河のこちら側から目標に接近する唯一の手段だったからだ。大きくなる光は狭い覗視孔ごしでもあきらかで、彼はあの場所をあとにして以降、防御が強化されていないことを願ったが、ドイツ軍が侵入者を調べるために道路ぞいに送りだした大規模な縦隊にまかせて安心している可能性はつねにあった。彼は、これが人生最後の数分間かもしれないと知って、コルバーンがどう感じているだろうと思った。

砲塔ではコルバーンが、夜明けの薄明かりが地平線に広がる東の方角をずっと見ていた。もし三十分遅れていたら、自分たちは村を無事通り抜けていなかっただろう——そして、たとえ通り抜けたとしても、すでに第十四装甲師団が動きだしていただろう。自分たちは本当にやってのけられるだろうか？　彼は驚きの気持ちでまた発破器を見おろし、突然、自分が一時間以内かそれよりも早く死んでいるかもしれないことを意識した。それは奇妙な感じで、思わず彼は身ぶるいした。いまや空気は刺すように冷たく、白い靄《もや》が野原から立ち上っていた。彼は同じような靄がマンストン基地近くの早朝の野原から立ち上るのを見たことがあった。そのとき彼はアーチ道をはっきり目にし、マンストンは消えていった。

アーチ道は戦車が通るにはひどく狭すぎるように見えた。その両側の石壁は近づきすぎて、コルバーンは農家の荷馬車より大きなものが通るのは不可能だと思った。ひどい失望感が彼の心を駆け抜けた——自分たちはたったひとつのアーチ道のせいで最後の最後で阻止されることになるのだ。もう一度、戦車を土手に登らせるのは問題外だった——ここの斜面はいっそう傾斜がきつかったし、もしてっぺんにたどりついても、彼らの前進は運河自体に阻止されるのはいうまでもない。彼が口を開いたとき、その声には圧倒的な挫折感《ざせつかん》がにじんでいた。

「バーンズ、このアーチ道は狭すぎて通れない——それはまちがいないよ」

戦車は前に進み、バーンズがアーチと直接向き合う位置に持ってくるまで、大きな半円を描いて土手から遠ざかった。いまやコルバーンにはその先の野原が靄につつまれ、彼らの接近をドイツ軍から隠しているのがわかった。彼は抗議するのをやめて、さらに前に身を乗りだし、バーンズを一センチ一センチ前へ誘導した。彼の視線は、信じられないほど狭いアーチと前部のキャタピラのあいだを前後に行き来した。地面はこの地点ではかなりでこぼこで、バーンズはカナダ人の指示に正確にしたがうのがむずかしいと感じた。彼がアーチ道に近づいたとき、コルバーンが切迫した声で停まれと呼びかけた。彼は右に寄りすぎていた。少しバックして、わずかに進行方向を変えると、超低速で前進する。もっとよく見えるように目をこらし、きわめて重要な一分一分を刻む腕時計を強いて見ないようにする。今度こそは通り抜けなければならない。暗いアーチ道はじりじりと近づいてきて、いまやその向こうの明かりはより強く、半円形をはっきりと照らしだしている。もう夜明けの一歩手前だった。車体前部が中に入った。突然、耳ざわりな音が響いた。鋼鉄が石積みをこする、かん高い音が。戦車は車体全体を激しく震わし、それからバーンズがブレーキを踏んで唐突に停まった。たぶんむだだ。これは彼らが真っ昼間でもぜったいに克服できないかもしれない唯一の障害の可能性があった。彼は後ろにフードを押し下げ、彼の上では、懐中電灯の光線が壁を照らしだした。

鋼鉄と石との激しい衝突はコルバーンをぎょっとさせていて、いま彼は光線の明かりで状況を見きわめようとした。彼らはいうまでもなく左側の壁につっこんでいた。先ほどのミスをくりかえすまいとして、逆方向に逸《そ》れすぎていたのだ。だが、そもそも操縦自体が可能なのだろうか？　彼は反対側に懐中電灯を向け、明かりが戦車と壁の隙間《すきま》をつらぬいた。わずか十五センチか、それすらもない隙間を。したがって、理論的には可能だったが、間隔がこれほど狭いと、この明かりでアーチ道をきれいに通り抜けられたらとてつもなく幸運だろう。彼はバーンズに直接呼びかけた。「反対側に十五センチの隙間がある。最大十五センチで、あるいはそれより少ないかもしれない」

「だったらできるさ、バックしたときなにも起こらなければだが」

「奇跡が必要になるな」

「もしかして、われわれにはそれに与《あずか》る資格があるかもしれないぞ」

バーンズはもう一度バックに入れ、たぶんこれまでに例のない集中力で操縦装置をあやつった。金属が壁を一センチ一センチ荒々しくこする音が聞こえる。しかし、彼らは動いていた。はらはらしながらの苦しい後退のあとで、引き裂くような音はしだいに小さくなって消え、ついに彼は自分たちを拘束するアーチからもう一度抜けだしたことを知った。今度こそ通り抜けなければならない。コルバーンはバーンズを誘導して短い距離バックさせると、そのあとはもうそれ以上指示をあたえなかった。必要な進行方向の変更はごく微妙なので、もしバーンズが必要とされるものを感じられなければ、彼らは結局、反対側の壁に突っこむことになるだろう。

彼はへりをつかんで、アーチがまた近づいてくるのを見た。バーンズがまちがいなくまたやりすぎないようにするために、今度は右側を懐中電灯で照らしだす。反対側の壁は完全に無視した。右側のキャタピラで壁をかろうじてこすりながら進むことができれば、彼らは通り抜けられるはずだとわかっていたからだ。あまりにも壁に注意を向けすぎていたので、コルバーンはあやうくその瞬間、死ぬところだった。すんでのところで、彼は固い石のアーチが頭のほうに向かってくるのを思いだした。砲塔内に飛びこむと、なにかが頭のてっぺんをかすめた。砲塔内に引っこみながら、彼の心に新たな恐怖が浮かんできた――砲塔はアーチの下をくぐれるだろうか？　彼は手を上にのばし、戦車が前進するなかで、指が石積みをこするのを感じた。彼らがあと少しで通り抜けるというとき、おなじみのこする音がはじまって、彼らの神経末端はまた責めさいなまれた。戦車はスピードを上げ、彼らは開けた場所に出ると、白い靄と不気味な未明の薄明かりが入り混じった野原を進んでいった。

バーンズは唐突に戦車を停め、エンジンを切ると、立ち上がって耳をすました。ぼんやりとした靄の塊は散っていきつつあり、その向こうに彼は戦車修理工場のパワードリルのような断続的なゴロゴロという音を聞き取った。さらにその向こうには、移動するドイツ軍戦車隊の機械的なガラガラという音が聞こえると確信した。うまくいけば、あのふたつの背景音は、いよいよというときまで、バート号の接近を隠すのに役立つかもしれない。ここで彼は腕時計を見た。午前三時四十八分。ドイツ戦車の攻撃まであと十二分だ。

「靄が晴れつつある」とコルバーンは静かにいった。「ちょうど弾薬の格納庫が見えるよ。わたしは接近するまでこの上に留まり、それから下に引っこんで、潜望鏡で観測する」

「そうしなかったら、きみは完全にお陀仏《だぶつ》だよ」

「それから、いざというときには機関銃を使うつもりだ――機関銃はわたしの十八番《おはこ》だからな。靄は急速に晴れている。あの格納庫は真正面だ。幸運を祈る、バーンズ。前進！」

「来てくれてありがとう、コルバーン。心から感謝する」その言葉はひどく平凡に聞こえたが、バーンズはこの瞬間になにかいわねばならないと感じたのだ。彼はまた腰を下ろすと、フードを閉じた。

戦車は平坦《へいたん》な地面をすばやく前進した。たなびく靄を押し分けて、一秒ごとにさらに速力を増す。コルバーンは骨の髄まで寒さを感じ、来るべきものに心底震え上がりながらも、格納庫のすぐ裏手にそびえる高い土手を物珍しそうに見つめた。その丘の向こうの家々は、未明の明かりのなかで、屋根の棟のぼんやりとしたシルエットを浮かび上がらせていた。バーンズとジャックが飛行場を見おろしたのは、この丘からだった。ここからふたりは、シュトルヒ将軍がダンケルクにぶつけようとしている装甲師団の機甲打撃部隊を構成する戦車の邪悪な群れを目にしていた。行く手には戦車野営所の外周防御が見えた。飛行場を封鎖するためにいそいで設営された有刺鉄線の遮《しゃ》蔽物《へいぶつ》だ。そして、来《きた》るべき一日の薄明かりが強まると、格納庫の向こうに二十以上の低く黒い輪郭が見えた。それを見たとき、コルバーンの心臓はどきっとした。第十四装甲師団の大型戦車だ。戦車野営所が見えたのだ。

彼はすぐさまバーンズに、格納庫の入り口に一直線に向かう新たなコースへ曲がるよう指示をあたえた。彼らは横向きに格納庫に近づきつつあった。車内に引っこんで潜望鏡で観測するといったが、それでは役に立たないだろう。彼は砲塔に留まって、彼らが必要とする完璧《かんぺき》な監視をつづけなければならない。彼は短機関銃を持ち上げた。有刺鉄線に近づくとき、コルバーンは彼らを待ちかまえているにちがいない大虐殺《だいぎゃくさつ》のことをほとんど忘れていた。見るもの、注意するものが、あまりにも多すぎた。格納庫近くに停められた一輛の装甲車、同型に見えるもう一輛の輪郭、左手の靄の向こうでなにかが動く気配。彼はいまその車輛を識別した――戦車を荷台に載せた大きな運搬車だ。そのとき彼ははじめてドイツ兵を見た――シェード付きのランプの明かりをたよりに荷台で作業をする小さな人影たちを。彼の手は短機関銃を握りしめ、戦車はどんどん近づいていった。あの男たちはまちがいなく自分たちを見て、自分たちがやって来るのを聞いているはずだが？　しかし、見守っていると、紫色の光と火花が靄のなかで奇妙に光るのが見えた。連中は溶接機を使っていて、その工具の音がバート号のエンジン音をかき消しているのだ。依然として、彼らが見つかっている兆候はなく、いまや有刺鉄線はすぐ近くだった。硝煙のような靄の渦が有刺鉄条網の向こうをただよっている。

コルバーンが適切な方向に頭を向けて、右手の五十メートル先、鉄線のすぐ向こうの地面低くに動きを目にしたのは、まったくの偶然だった。不確かな光で、彼は四角い防楯《ぼうじゅん》と長い砲身の輪郭を見分けた。旋回している砲身の輪郭を。野砲の砲身はまるでまだ目標に照準を合わせていないかのように旋回している。戦闘区画に駆け下りると、彼は砲手席に体を押しこみ、ショルダーグリップをかかえて、その手は旋回レバーを握りしめた。区画はあまりに速く旋回して、かなり行きすぎたので、目を望遠照準機に押し当てたまま、もう一度旋回させなければならなかった。射程は零距離だった。二ポンド砲だけでなく、野砲にとっても。彼は先に撃ちこまねばならない。照準機の十字線が防楯の汚れにぴったりと重なり、彼は砲身を数度押し下げた。引き金を押し下げると、戦車は反動の衝撃で揺れた。しまった！　爆薬が！　彼は戦車がばらばらになるのを待ったが、戦車はまだ前進している。彼は砲塔を旋回させて目標を見つけ、白煙が白い靄の渦巻に取って代わっているのを目にした。目標に命中だ。彼は砲塔にまた上がると、すばやく周囲を見まわした。戦車は有刺鉄線にたどりつき、渦巻状の鉄線を踏みつけると、引っかく音がはじまった。野砲は煙のなかに消え、そこから先はすべてがコルバーンにとってまるで万華鏡《まんげきょう》のようになって、彼はバーンズに無意識で話しかけつづけながら、彼を格納庫の入り口に誘導していった。

兵士たちがどこからともなく現われて、停まっている装甲車のほうへ走ってきた。コルバーンはすぐ危険に気づき、短機関銃を上げると、慎重に狙《ねら》いをつけた。その指が引き金をしっかりと引き、彼は銃を横に振った。装甲車に近い地点から外側に振ったので、銃弾の雨は兵士たちを車輛にたどりつく前に薙《な》ぎはらい、三人を撃ち倒すいっぽうで、四人目の兵士は連射のまっただなかに突っこんで、走る途中で突然立ち止まり、両腕を投げだして地面にばったり倒れた。コルバーンは新しい弾倉を差しこんで、方向変更を命じた。戦車はまだ前進していて、装甲車の装甲板を張った側面から五、六センチも離れていないところを通りすぎた。その車体先端は、格納庫の影から駆けだしてきた兵士が取りついたばかりの機関銃を指している。コルバーンは頭を引っこめて、銃弾が砲塔側面にばらばらと当たる音を聞いた。戦車は加速し、その鋼鉄の巨体が突進して兵士と機関銃にのしかかると、そのキャタピラで肉と金属をずたずたに粉砕した。

彼らの進路はいまや戦車運搬車に近づきつつあり、コルバーンはそこで作業をしていた男たちのことを思いだした。引き金を引いて、荷台を半円形に掃射すると、男たちが側面から落ちるのが見えた。撃ち返す短い連射音が聞こえ、べつのドイツ兵が戦車のキャタピラの下に短機関銃を落として前のめりに倒れた。コルバーンは自分が左肩を撃たれたことを知った。突然、肩の感覚がなくなった。彼はオーバーオール姿の無帽の人影が戦車の陰から出てきて荷台からバート号の車体に飛び乗ったとき、自分が短機関銃の弾倉を空にしていたことにも気づいた。棚に短機関銃を落とすと、自分の回転式拳銃をつかむ。オーバーオール姿の男は手に持っていたなにかを振り上げた——スパナか？——コルバーンにはわからなかったが、回転式拳銃を上げて、ドイツ兵の顔を一発撃ち、相手があお向けにひっくり返って、キャタピラの下に落ち、キャタピラが彼を踏みつぶすのを見た。コルバーンは息を切らしてマイクに話しかけた。

「あと少しだ。直進をつづけろ……」

バーンズが心配していたのは戦車だった。自分の同類だ。彼はそれがなにをできるかを知っていた。自分たちはドイツ兵が大型戦車をくりだしてくる前に格納庫の入り口にたどりつかねばならない。二ポンド砲を再装塡《さいそうてん》する装塡手兼無線手がいないので、コルバーンがたとえためしに戦車の一輛に命中させられたとしても、相手にたいして勝ち目はないだろう。戦車の前部内にいるバーンズは、踏みつぶされた野砲のことをまったく知らなかった。彼は進みつづけることに集中していた。奇襲の要素。そいつをやつらに最後の最後までいやというほど思い知らせるんだ。彼は自分たちがもうかなり近づいているにちがいないと思った。ハインリッヒ・シュトルヒ将軍の近くに。コルバーンはうまくやっている。いまや機関銃弾が車体で跳弾する音が聞こえた。怒った金属の蜂《はち》たちが、装甲板を無害にかすめている。汗が顔と手を流れ落ちていたが、最高潮に張りつめた神経が最後の奮闘の役目を引き受けると、痛みは引いていた。彼らはもうほとんどやり遂げていた。もし砲弾で撃たれて、それが貫通したら、彼のまわりのこの資材が爆発して、弾薬集積所を道連れにするはずだ。しかし、バーンズは確信したかった。百パーセント確信したかった。彼はバート号をあの格納庫の口に持っていきたかった。兵士たちが建物の端をまわってくるのが覗視孔から見えたが、コルバーンは連中を見ているだろうか？　コルバーンは見ていた。彼はかなり苦労しながら新しい弾倉を差しこんでいて、いま砲塔の上にぐったりと前のめりになって、短機関銃を右のわきにかかえ、右手を引き金にまわして、銃口を高く持ち上げた。まるで大砲を持ち上げるようで、戦車は波立つ海をゆく船よろしく奇妙に揺れているように思えた。いまや左の肩が痛みはじめ、ずきずきする痛みは体全体に影響をおよぼして、まるで体全体が巨大なヴァイオリンの弦となってつま弾かれているようだった。

彼はそれをなんとかなだめると、銃をもっと高く上げ、強く握って、銃口を右から左へ激しく振りまわし、走る兵士たちの集団を手当たりしだいに掃射した。兵士たちは山になって倒れた。密集しすぎていて、散開するのが間に合わなかったのだ。ひとりの兵士だけが数発あてずっぽうで撃ってきたが、あてずっぽうすぎて、ノンストップで彼らに迫ってくる戦車にも当たらなかった。コルバーンの指が引き金の上でゆるみ、彼はまだ短機関銃をつかんだまま砲塔のへりに前のめりになった。銃はいまや彼の胸とへりのあいだでささえられていた。

バーンズが格納庫の端にたどりついたとき、コルバーンはまだ必死で意識にしがみついていた。バーンズは右キャタピラにブレーキをかけ、左キャタピラで戦車を旋回させると、また数メートル前進して、それから開いた格納庫の入り口で停まった。コルバーンは自分たちがついに到着したことにぼんやりと気づき、頭を上げて、弾薬集積所を、木箱の大きな山をほんの一瞬ちらりと目にした。それから彼の視線は格納庫のつぎの角に移り、彼は本能的にそれが危険個所だと感じた。ヘルメット姿の人影の一群が無謀にも角をまわって走ってきて、彼は片腕と片手で銃をあやつると、銃口を横に振って、走る体の密集した塊に至近距離で銃弾の雨を浴びせた。その場は混乱と殺戮《さつりく》に変わった。先頭の兵士たちが倒れ、後ろの兵士たちは彼らの体につまずいて、つづく銃撃の雨のなかで死んだ。そこで弾倉が空になり、彼は自分が二度と再装塡できないことを知った。動かない敵兵の体の向こうに、ずんぐりとした黒っぽい姿が野営所から自分のほうへ向かってくるのが見えた。彼はマイクでささやいた。

「戦車が来る……忘れるな……ハッチを閉めるんだ」

横に目をやって、コルバーンは格納庫の開いた扉ごしに砲弾や弾薬の膨大な備蓄をぼんやりと見つめた。それが、木箱の山に隠れたひとりのドイツ兵が小銃の狙いをつけて一発撃ち、彼を即死させる前に、コルバーンが見た最後の光景だった。短機関銃が落ち、回転式拳銃を手にハッチから出ようとしていたバーンズにあやうくあたるところだった。彼はドイツ兵の群れが横たわる隅のほうをすばやく見て、それから視線を格納庫の内部に移した。拳銃がすばやく上がって、彼は二発撃った。小銃で狙いかけていたドイツ兵が木箱の向こうにくずおれた。地面に飛び降りたバーンズは、戦車の後部を走ってまわると、車体によじ登り、コルバーンをちょっと見て、砲塔内に下りていった。午後にやって来たばかりのカナダ人は、こめかみを撃ち抜かれていた。

砲手席に腰を落ちつけたバーンズは、二ポンド砲が装填されていないのを思いだした。悪態をつきながら立ち上がると、新しい砲弾を閉鎖器が閉じるのにじゅうぶんな力で放りこんで、また腰を下ろし、砲塔を旋回させた。彼はショルダーグリップを使って砲身を数度上げた。ドイツ軍戦車は照準の十字線の向こうを近づいてくる。巨大な黒い甲虫のように前に這《は》い進んでいる。そのシルエットを、彼は戦いに明け暮れた過去二週間で何度も目にしていた。

彼は引き金を押し下げ、バート号は痙攣《けいれん》したように震えた。一弾は目標に到達し、ドイツ軍戦車は停まった。炎が上部構造で燃え上がった。バート号はたったいま最初のドイツ軍戦車を撃破していた。バーンズは砲塔にまたよじ登り、発破器を見つめた。

不意に驚くほど静かになった。彼はそれについて考えることなく、ハンドルをしっかりと握ると、ひと呼吸おいてから、押し下げた。

なにも起きなかった。彼はスイッチのことを忘れていたのだ。彼はへりの上に頭を上げて、飛行場を見まわした。炎上する戦車はいまや轟々と燃え盛っていたが、ドイツ兵の姿はまったく見えなかった。またしても考えることなく、彼は発破器の箱と電線のリールを取り上げた。車体に降りると、ハッチを閉めて、地面に降り立ち、銃眼のなかにつづいている電線をくりだしていった。格納庫の角から自分たちがやって来た側をのぞいてみたが、人の気配はなかった。リールから電線をくりだしながら、格納庫の壁の下を速足で戻りはじめ、コルバーンが殺したドイツ兵たちを通りすぎ、戦車運搬車を通りすぎた。荷台にはアーク溶接トーチが置かれ、まだ火花を散らしている。壁の近くで電線を後ろにのばしながら、彼はロボットのように歩きつづけ、電線がはたして足りるだろうかと思った。

彼のくたびれはて、苦痛に責めさいなまれた頭には、スイッチをまわし忘れたひと幕は、お告げに思えた。もしあきらめるのをこばんだら、もしかしたら生きのびられるかもしれないというお告げに。彼は格納庫の端にたどりつき、奥の壁と高い土手のあいだの区域に人けがないのを発見した。依然として電線をくりだしながら、コンクリートの滑走路を横切り、斜面を登りはじめた。彼がジャックといっしょに飛行場を見おろした同じ斜面を。ふたりはそのあと、飛行場をおおまわりして、開いた格納庫の入り口のなかを彼が双眼鏡で見られる地点に来ていた。あと少しで斜面のてっぺんにたどりつくというとき、トラック隊が下のコンクリート製滑走路に到着する音がした。彼は発破器の箱を持ったまま斜面に身を投げだし、微動だにせずに横たわって、頭を横に向けた。兵士たちがトラックからあふれだし、二個分隊に整列して、それから一個分隊が格納庫の片側を進んでいき、もう一個分隊はもう一方の側を将校のあとについていった。バーンズは丘のてっぺんを乗りこえ、家々に近い大きな爆弾の弾孔のなかによろよろと下りていった。底に腰を下ろすと、腕時計を、コルバーンの腕時計を見て、二度と見ることはないかもしれない淡い空を見上げ、スイッチをまわして、発破器を押した。午前三時五十八分、世界はばらばらに吹き飛んだ。

最初の爆発は、ルモンからまっすぐに野営所を横切って押し寄せる、ふたつの衝撃波でやって来た——戦車爆弾の爆発と、ほとんどすぐにつづいた膨大な集積所の誘爆だ。それから火災があとにつづき、それが爆発する弾薬の連鎖反応を引き起こした。最初の二度の衝撃波は破壊の高波のように野営所を一掃し、戦車の壁を紙のようにへこませた。野営所の先では、衝撃波はドイツ軍の司令部が入った農家の壁を押し倒した。そして額から血を流したマイアーが上司の将軍の執務室によろよろと入っていったとき、彼はシュトルヒが床に横たわっているのを発見した。彼の頭蓋骨《ずがいこつ》は天井から落ちてきた垂木《たるき》に押しつぶされ、爪《つめ》を立てた片手は、漆喰《しっくい》の山に埋もれた電話のほうへのばされている。電話に手をのばしたマイアーは膝《ひざ》をつくと、受話器を取って、野戦電話が無事であるのを発見した。彼はケラーを呼びだした。自分がなにをしなければならないかはわかっていた――自分がずっと前、スダンの鉄舟橋を渡ったあの日からいつも恐れていた大惨事から事態を修復しなければならない。彼はすでに、彼らの後方を攻撃すべくイギリス軍の戦車隊がルモンを抜けて近づいていて、それを迎え撃つために一個縦隊が派遣されたが成果はなかったという報告を聞いていた。マイアーが恐れていたことがいま起きていた――敵は反撃に出ていた。たったいまシュトルヒを殺したすさまじい爆発は、最後の念押しだった。敵の飛行機の報告はなかったので、イギリス軍にはきっと重砲隊があって、それが集積所を吹き飛ばしたのだ。彼は声がしゃべっているのを聞いて、言葉をはさんだ。

「ケラー、こちらはマイアーだ。シュトルヒ将軍が死んだ。イギリス軍が南から攻撃している――そうだ、南だ。ダンケルクに進撃する命令をすぐさま取り消すんだ。わかったか？　きみは水際を背にしているから、いますぐに……」

会話の途中で電話が不通になったが、マイアーはケラーが自分の命令を理解したと確信した。いま戦車の野営所からは激しさを増す一連の爆発が起きていて、マイアーははじめて自分がまちがっているかもしれないという恐ろしい思いにとらわれた。いまは飛行機の音をたしかに聞くことができた。頭上を低空で飛ぶ飛行機の音を。そして対空砲が火蓋《ひぶた》を切っていた。彼は悪態をついて破壊された執務室を出ると、庭に飛びだした。落ちてくる爆弾の風切り音が聞こえ、向きを変えて走ろうとしたちょうどそのとき、爆弾が直撃して、彼は農家の母屋《おもや》の残骸《ざんがい》を正面からまともに食らった。

午前三時五十五分ちょうど、パディ・ブラウン空軍少佐は払暁《ふつぎょう》の空襲でブレニム爆撃機隊をひきいてフランスの海岸に近づいていた。彼への指示は彼に異例の自由度をあたえていたが、とはいえ状況もまた、控えめにいっても異例だった。イギリス海外派遣軍《BEF》の撤退が迫り、ドイツ軍の戦車隊は戦場に君臨し、状況はほとんど一分ごとに変化している。戦況公報がいう〝流動的〟というやつだ。彼の一次目標はアラスの重要な鉄道分岐点だったが、もし敵の地上部隊を目にして、それを確実に識別できたら、目標の選択は彼の裁量にゆだねられた。「だが、たのむから、われわれの仲間をぶちのめすんじゃないぞ」と、出撃前に指示をあたえた将校はつけくわえていた。

ブラウンはグラヴリーヌ＝ルモン地域にとくに興味はなかったが、飛行隊をひきいて海岸線を越えると、彼の関心は未明の空に立ち上る巨大なきのこ雲によってその地域に引きつけられた。きのこ雲はまるでフランスのその一角全体が爆発しているかのように刻一刻と高く立ち上っている。ちょっと見てみたほうがいいな、とブラウンは思い、飛行隊に合図を送って、自分のブレニムを降下させた。ふたつの要素がすぐにこいつはべつものだと彼に確信させた――彼はたちまち高射砲に出迎えられ、彼のするどい目はまるで取り乱したかのように地上を走りまわる甲虫を見た。彼は一瞬それがほとんど信じられなかったが、つぎの瞬間それを信じた。ドイツ野郎の戦車だ――野営所まるまる一個分の戦車だ。ブラウンは裁量権を行使した。彼は爆撃を命じた。高性能爆薬の雪崩《なだれ》が降りそそぎ、飛行隊が機首を転じたときには、煙の帳《とばり》の切れ間のどこを見わたしてもなにひとつ動く気配はなかった。帰路でブラウンが漏らした唯一の感想は象徴的だった。

「やつらが合図の狼煙《のろし》を上げてくれてよかったな」

フランス軍第十四猟兵連隊のジャン・デュラン中尉《ちゅうい》は、冠水した地域に双眼鏡の焦点を合わせたとき、自分の目がなかなか信じられなかった。彼の部隊はダンケルク周辺防御線のこの前線地区の防御をまかされていて、いまのところ静かな朝だったが、とはいえ、それは彼が予想していたことだった。だってドイツ軍戦車隊がどうして水を渡って前進できるだろう？　そして、とデュランは自問した、あの馬鹿者《ばかもの》はどうして水を渡って進めるのだろう？　彼は野戦電話に向かって話しかけ、イギリス軍の連絡将校にすぐ来てくれといった。これは共有せずにいられない光景だった。

自転車に乗った独りぼっちの人影は、またがりつづけるのがやっとともいうように、乗り物に低く身をかがめていたが、それでも薄く広がる水を横切って着実に漕《こ》いでいた。まるで道を記憶しているかのように、一度も顔を上げない。バーンズはこういうやりかたで自転車を走らせるしかなかった。これが水面下十五センチの路面を見られる唯一の方法だったからだ。ペダルを漕ぐ動作はとうの昔に機械的になり、その動きに思考は関係なかった。実際、いまや彼はしばらくのあいだ顔を上げないようになっていて、自分が連合軍の戦線にこれほど近づいていることを知らなかった。

イギリス軍の連絡将校、ミラー中尉はいま彼の同僚に合流していて、その目は、彼が軍服を見分けると、双眼鏡の向こうで細くなった。自転車乗りが水を渡れることをのぞけば、もうひとりの亡霊のこの唐突な到着は、ミラーにとって青天の霹靂《へきれき》ではなかった。現在の戦場の状態では、兵士たちがよりいっそう頻繁に周辺防御線にころがりこんで来つづけていた。めちゃめちゃな状態《ドッグズ・ブレックファスト》、まさにそれだ、とミラーは心のなかでつぶやいた。いまいましい大混乱だ。

　自転車乗りが彼らの立つ場所から百メートル以内に来たとき、あやうく大惨事が起きるところだった。デュランもミラーも知らなかったが、というのも彼らは道路の存在に気づいていなかったからだが、そしてバーンズも知らなかったが、というのも彼は以前こっちに来たことがなかったからだが、道路はいきなり下がっていて、バーンズはなにが起きているのか理解する前に、胸まで水につかって自転車を漕いでいたかと思うと、自転車から落ちた。ふたりは、水を跳ね散らかしてむせる彼を引きずり上げて両側からささえ、乾いた陸地にたどりつくと、草の上に寝かせた。バーンズは必死になにかいおうとしていて、ミラーが止めようとしたにもかかわらず、それをぶちまけた。

「道路がずっとつづいている……ずっとルモンまで……ドイツ野郎の戦車隊が」

「わかったよ」とミラーはいった。「心配するな。きみは病院へ行くんだ」

　バーンズはダンケルクの重傷者用野戦救護所で二日間すごしたが、自分はひどく疲れているだけだとずっと関係者にいおうとしていた。彼はなんとか出ていこうとしたが、彼らはその言葉に耳を貸そうとしなかった。そこで病室からスタッフがいなくなるまで機会を待って、それから、自分の衣服の束を小脇《こわき》にかかえ、まだパジャマ姿で病院の裏手から抜けだした。爆撃を受けた家のせりだした壁の陰で着替えるのに三十分かかり、そして海岸にたどりつくと、とてつもない努力をして、まるでどこも悪いところがないかのように背筋をのばして歩いた。まだ総撤退が実施されていることがおぼろげにしかわかっていなくて、もし健康に見えなければつれていってもらえないかもしれないと恐れていたのだ。

あとになって彼は、その旅のことをぼんやりとしか思いだせなかった。映写機で早回ししすぎた映画のように。海岸でのはてしない待機、爆弾が落ちると舞い上がる砂、肩を接して座る兵士たちの大重量で沈む恐れのあるぎゅう詰めの船。爆撃にさらされ、日光の輝きのなかでイギリスへ渡るときの、海峡の信じがたいほどの静けさ。それから ドーヴァー。ドーヴァーはもう一度同じことのくりかえしだった。すさまじい混乱、彼にわかる限りではほとんどなんの監督も受けずに、列車で出ていく何百という兵士たち。

彼は長い時間ひとりで待ち、無数の顔をあまりにも熱心に見まわしたので、しまいには自分が探しているものを目にできないのではないかと怖くなった。彼は二度、憲兵を説得してもう少し長く待たせてもらい、それでもだめかとあきらめかけたとき、彼の心臓は跳ね上がった。三人の兵士が四人目に手を貸して、待っている列車へとホームを進んでいた。手を借りているその足の悪い男の猫背の広い肩、頭のかたむきに彼は見おぼえがあった。レナルズだ！　彼はほとんど信じられない思いで前に駆けだし、三人の兵士は彼の階級章を見ると、操縦手を彼の手にゆだねて、疲れた様子で列車に乗りこんだ。レナルズは杖《つえ》にもたれて、なんとか薄笑みを浮かべた。

「あの三人のスコットランド兵がルモンの外でおれを見つけてくれましてね――おれたちは十五CWTトラックの一台を拝借したんです。おれが目をさますと、連中はダンケルクの周辺防御線に入るところでした」

ふたりがぎゅう詰めの列車に乗りこもうとすると、憲兵が三度目にバーンズに質問をして、彼の行く先をたずねた。

「コルチェスターだ」とバーンズは答えた。

コルチェスターは彼の基地補給所だった。バーンズはいまひとつの確固たる考えを抱いていた。わたしは新しい戦車を手に入れなければならない。

短い訳者あとがき

本書の翻訳は、The Companion Book Club, London 版（The Hamlyn Publishing Group, 1970）をテキストとし、不明な部分については、その昔、銀座のイエナ書店で購入した Pan Books 版（1971）を適宜参照しました。

なお、原文では、マチルダ戦車は砲塔の二ポンド砲の同軸に〈ベサ〉機関銃を装備していることになっていますが、フランスの戦いに参加した二十三輛《りょう》の歩兵戦車マークⅡマチルダはすべて〈ヴィッカーズ〉水冷式機関銃を同軸に装備した最初期型（マークⅠ仕様）なので、訳文では「同軸機関銃」あるいは「機関銃」としました。

厳密にいえば、フランス戦時には、本書に登場する歩兵戦車マークⅡは、おもに開発番号のA12で呼ばれていて、〈マチルダ〉の名称が英軍内で正式に使われるようになるのは一九四一年七月の戦車名称の変更以降なのですが、A12ではさすがに読み物としてはとっつきづらいので、原文のまま〈マチルダ〉としてあります。

ちなみに、フランス戦時のA12マチルダは、第一次世界大戦のような塹壕戦《ざんごうせん》を予期してか、サスペンションを下げて最低地上高を増し、車体後部には塹壕を超える能力

〈超壕能力〉を高めるために、マフラー内蔵の尾橇《びぞり》（スキッド）を装着するなど、のちに〈砂漠の女王〉と呼ばれた勇姿とはまたちがった趣があります。

本書は、味方から孤立してしまった一輌だけの戦車隊が、つぎつぎに降りかかる危難を切り抜けながら、隊員たちの不屈の精神と機略、そしてフランスの人々の力添えで敵中を突破する正統派の冒険小説です。戦史を知らない読者にも楽しめる、冒険小説黄金時代の一作ですので、お手に取っていただけたのなら幸いです。

参考資料

Armor Camouflage & Markings of the British Expeditionary Force – France 1939-1940, Part 1: 1st Army Tank Brigade, by Robert Gregory, Model Centrum Progres, 2017, Warsaw, Poland

British Cruiser Tanks A9 & A10, by Peter Brown, Model Centrum Progres, 2017, Warsaw, Poland

二〇二四年十一月

村上和久

解説

寶《たから》村《むら》信二

『戦車兵の栄光　マチルダ単騎行』（原題：*Tramp in Armour*）は、コリン・フォーブス（二〇〇六年八月二十三日没）が一九六九年に上梓《じょうし》した作品である。

いつもなら、こう書いた後は作品のあらすじへと移るのだが、二〇二四年は著者没後十八年、そして一九九三年に最後の邦訳『マレンゴ作戦発動す』（小西敦《あつこ》子訳、扶《ふ》桑《そう》社《しゃ》ミステリー）が刊行されてから三十一年が経過している。まずは簡単な作家紹介から始めたいと思う。

フォーブスの本名はレイモンド・ハロルド・ソーキンズ（一九二三年七月十四日生まれ）、十六歳から出版業界で働き、第二次大戦中は英国陸軍に入隊して北アフリカと中東で従軍している。

戦後は再び出版関係の仕事に就き、一九六六年に本名で *Snow on High Ground* を発表後、一九七九年までは複数のペンネーム（リチャード・レイン、コリン・フォーブス、ジェイ・バーナード、ハロルド・イングリッシュ）を使い分けていた（日本で翻訳されているのは、フォーブス名義の作品のみ）。

ただ、タイムズ紙に掲載された追悼記事（二〇〇六年十一月二十四日）によれば、著者は徐々に初期の作品とは距離を置くようになり、初めてフォーブス名義で出版された本書を自分のデビュー作と見なすようになった、とのこと。

そんな記念すべき本作の舞台は、一九四〇年のヨーロッパである。

五月十日、ドイツ軍は〈黄作戦〉と名付けた、ベネルクス三国、そしてフランス北部への進軍を開始、侵攻軍は、ベルギー南東部、ルクセンブルク、そしてフランスに跨《また》がり、「通行不能」と言われたアルデンヌの森林地帯を抜けるA軍集団、ベルギーとオランダに侵攻するB軍集団、更にはマジノ線（フランス国境の対ドイツ要塞線《ようさいせん》）に対抗するC軍集団、の三つに分けられていた。

これに対抗して、イギリス海外派遣軍（ＢＥＦ）はフォン・ボック将軍麾下《きか》のB軍集団を迎え撃つため、フランス第一軍と共にベルギーへと進軍する。

ＢＥＦに配属されたバーンズ軍曹も、バート号（マークⅡ型マチルダ戦車）の指揮官として戦闘に参加するものの、共同作戦を展開するはずのフランス軍の姿は見当たらず、メッサーシュミット戦闘機とシュトゥーカ急降下爆撃機に襲われ、無線機が損傷したバート号ごと鉄道のトンネルに閉じ込められてしまう。

二日かけて脱出に成功したものの、ドイツ軍はその間にフランスの国境を突破していた。敵陣深く取り残されたバーンズたちは司令部との連絡が取れないまま、進撃を続けるドイツ軍から身を隠すだけでなく、背後から迫りくる敵軍――それには戦車や歩兵だけでなく、戦闘機や爆撃機も含まれる――にも警戒しつつ、原隊復帰を目指すこととなる。

その途上で、フランス領内に戻ったのも束《つか》の間、一度爆撃を受けた街の廃墟《はいきょ》に隠れて再度の空襲をひたすら耐える場面は、凄《すさ》まじい迫力で描かれている。ただでさえ狭い戦車の中で恐怖を耐え忍ぶ様子から、筆者は映画『ジュラシック・パーク』（一九九三年、スティーヴン・スピルバーグ監督）で登場人物たちが恐竜をやり過ごそうと自動車の中で隠れている場面を連想した。

閑話休題。

一般的な軍記物語であれば、困難な作戦をいかに実行するか、或《あ》いは敵軍が優位である状況をどうやって打開するか、という任務を課せられた主人公が描かれることが多い。

　ところが本作は軍事作戦が破綻《はたん》する場面から幕を開け、その時点からバーンズたちはとにかく生き延びて、友軍と合流するべく奮闘することとなる。無線機は破損していて、司令部の指示を仰ぐこともできず、次から次へと襲い掛かる試練を自分たちの知力と体力の限りを尽くして潜《くぐ》り抜けていく。

　勿論《もちろん》、主人公たちは全く孤立無援というわけではなく、物語の中盤を過ぎた辺りではフランスの農民、マンデルとその一家に匿《かくま》われて一時の休息を得る。一家とともに食事を摂《と》る場面は――バーンズの緊張が解けることはないものの――それまでの張り詰めた空気とは打って変わってゆったりとした雰囲気があり、読む側にも一息つく機会を与えてくれる。

　フォーブスは執筆前に物語の舞台となる地域を入念に取材することで知られていたが、バート号の放浪も豊かな情景描写に支えられ、原題（直訳すると「鎧《よろい》をまとった放浪者」）からイメージされる、冒険小説を彷彿《ほうふつ》とさせる流離譚《りゅうりたん》の雰囲気を強くまとっていて、読み手をいつの間にか引き込む、いわく言い難い魅力がある。

　一方、綱渡り状態のバーンズたちに対して、フォン・ルントシュテット将軍麾下の装甲師団主体のA軍集団はフランス軍を撃破しながら部隊を進めていく。

これは電撃戦と呼ばれる戦い方で、航空機による爆撃で前線を攪乱《かくらん》し、それに続いて無線通信を受けた戦車と歩兵が突撃して敵陣深くに侵入する。作戦は従来の指揮系統に頼るのではなく、権限が委譲された現場指揮官の判断に従って進められる。

レン・デイトンの『電撃戦』（喜多迅鷹《としたか》訳、早川書房）を繙《ひもと》くと、この戦法は作中にもその名前が登場する実在の人物、ハインツ・グデーリアン将軍によって編み出された、とある（余談だが、デイトンの著作にはマークⅡ型マチルダ戦車の挿絵も入っている）。

鎧袖一触《がいしゅういっしょく》と言える勢いで進軍するドイツ軍ではあったものの、第十四装甲師団を率いてA軍集団の先鋒《せんぽう》を務めるハインリッヒ・シュトルヒ将軍と参謀長であるハンス・マイアー大佐のやり取りにも見られるように、内部には弛《たゆ》まず進撃を続けるべしと主張する一派と、慎重さを説く一派が存在しており、衝突を繰り返していた。

そして物語の後半、バーンズたちは、ドイツ軍装甲師団の速度が却《かえ》って災いして、占領部隊が追い付いていないという貴重な情報をマンデルから得て、敵の背後から忍び寄る作戦を立てる。

バート号の単騎行は五月十六日に始まり、二十六日に終わる。

歴史に詳しい読者であれば、五月二十六日は、英仏軍がダンケルクから撤退を開始する日でもあることに気づかれただろう（イギリス側のコードネームでは、〈ダイナモ作戦〉となっている）。

その日に向けて、どのような物語が展開するのか、フォーブスの気迫に満ちた語り口をとくとご堪能《たんのう》いただきたい。この作品が著者の再評価につながることを願って筆を置くこととする。

参考資料

Raymond Harold Sawkins（Wikipedia）
(https://en.wikipedia.org/wiki/Raymond_Harold_Sawkins)
ナチス・ドイツのフランス侵攻（ウィキペディア）
(https://ja.wikipedia.org/wiki/ ナチス・ドイツのフランス侵攻)
コリン・フォーブス追悼記事（タイムズ紙2006年11月24日付）
(https://web.archive.org/web/20110622100616/http://www.timesonline.co.uk/tol/comment/obituaries/article647513.ece)

（二〇二四年十月　書評家）

コリン・フォーブス著作リスト

【長篇小説】

Snow on High Ground*（1966）
*Snow in Paradise**（1967）
A Wreath for America ＋（1967）
*Snow Along The Border**（1968）
Night of the Hawk ＋（1968）
Tramp In Armour（1969）※本書
Bombshell ＋（1969）
The Heights of Zervos（1970）『氷雪のゼルヴォス』黒岩俊一訳（創元推理文庫）
The Burning Fuse ＃（1970）
The Palermo Ambush（1972）『パレルモ潜行作戦』宮祐二訳（ハヤカワ・ノヴェルズ）

Target Five（1973）『氷島基地脱出！』仁賀克雄訳（ハヤカワ・ノヴェルズ）
The Year of the Golden Ape（1974）『黄金猿の年』中野圭二訳（創元推理文庫、『オイル・タンカー強奪！』に改題）
The Stone Leopard（1975）『石の豹』森崎潤一郎訳（ハヤカワ・ノヴェルズ）
Avalanche Express（1976）『アバランチ・エクスプレス』田村義進訳（ハヤカワ・ノヴェルズ→ハヤカワ文庫ＮＶ）
In Ietzter Minute ψ（1979）
The Stockholm Syndicate（1981）
Double Jeopardy ★（1982）
The Leader and the Damned（1983）
Terminal ★（1984）『ターミナル計画を潰せ』名谷一郎訳（集英社文庫）
Cover Story ★（1985）『顔のない亡命者』名谷一郎訳（扶桑社ミステリー）
The Janus Man ★（1987）『ヤヌスの顔（上・下）』名谷一郎訳（扶桑社ミステリー）
Deadlock ★（1988）『デッドロック（上・下）』高沢明良訳（扶桑社ミステリー）
The Greek Key ★（1989）『グリーク・キイ（上・下）』小西敦子訳（扶桑社ミステリー）
Shockwave ★（1990）『ショックウェイブ（上・下）』小西敦子訳（扶桑社ミステリー）

Whirlpool ★（1991）『崩壊の序曲（上・下）』小西敦子訳（扶桑社ミステリー）
Cross of Fire ★（1992）『マレンゴ作戦発動す（上・下）』小西敦子訳（扶桑社ミステリー）
By Stealth ★（1992）
The Power ★（1994）
Fury ★（1995）
Precipice ★（1995）
The Cauldron ★（1997）
The Sisterhood ★（1998）
This United State ★（1998）
Sinister Tide ★（1999）
Rhinoceros ★（2000）
The Vorpal Blade ★（2001）
The Cell ★（2002）
No Mercy ★（2003）
Blood Storm ★（2004）
The Main Chance ★（2005）

The Savage Gorge ★（2006）

（＊はレイモンド・ソウキンズ名義のスノウ・シリーズ、＋はリチャード・レイン名義のデイヴィッド・マルティニ・シリーズ、＃はジェイ・バーナード名義、★はコリン・フォーブス名義のツウィード＆カンパニー・シリーズ、ψはハロルド・イングリッシュ名義）

本書は本邦初訳の新潮文庫オリジナル作品です。

Title : TRAMP IN ARMOUR
Author : Colin Forbes

戦《せん》車《しゃ》兵《へい》の栄《えい》光《こう》

マチルダ単騎行

新潮文庫　フ - 64 - 1

Published 2025 in Japan
by Shinchosha Company

令和七年一月一日発行

訳者　村《むら》上《かみ》和《かず》久《ひさ》

発行者　佐藤隆信

発行所　株式会社新潮社

郵便番号　一六二―八七一一
東京都新宿区矢来町七一
電話　編集部(〇三)三二六六―五四四〇
読者係(〇三)三二六六―五一一一
https://www.shinchosha.co.jp

価格はカバーに表示してあります。

乱丁・落丁本は、ご面倒ですが小社読者係宛ご送付ください。送料小社負担にてお取替えいたします。

印刷・株式会社光邦　製本・加藤製本株式会社

ISBN978-4-10-240681-6 C0197